張草

雲空行

—叁—

目錄

之卅二——降生圖「五」

之卅三——百妖堂後篇「五十九」

之卅四——行路難「七十九」

之卅五——蓬萊淳風「一一三」

之卅六——紫姑記「一四五」

之卅七——絕殺伍癩子「一七七」

之卅八——頭點地「二〇七」

之卅九——剪縷閣「二三七」

之四十——豔陽蛛「二六五」

之卌一——昆侖記「二九三」

之卌二——江流石不轉「三一五」

之卌三——南鯤記「三七一」

之卌四——飛頭記「三八五」

《雲空行》叁年表「四四五」

90km
西夏
金
燕京
渤海
真定府
常山
太原府
萊州
大名府
泰山
琅邪
相州
東郡(秦)
東海
河南府
開封府
(汴京)
應天府
涂州
咸陽(秦)
長安(唐)
漣水軍
亳州
楚州
1140年後金/南宋國界
揚州
江寧府
句曲山
南宋
蘇州
太湖
臨安府
(杭州)
成都府
江州
岳州
洞庭湖
桂州
韶州
泉州
廣州
南海縣
⊙南宋相關地點⊙

⊙南宋時期的南洋⊙

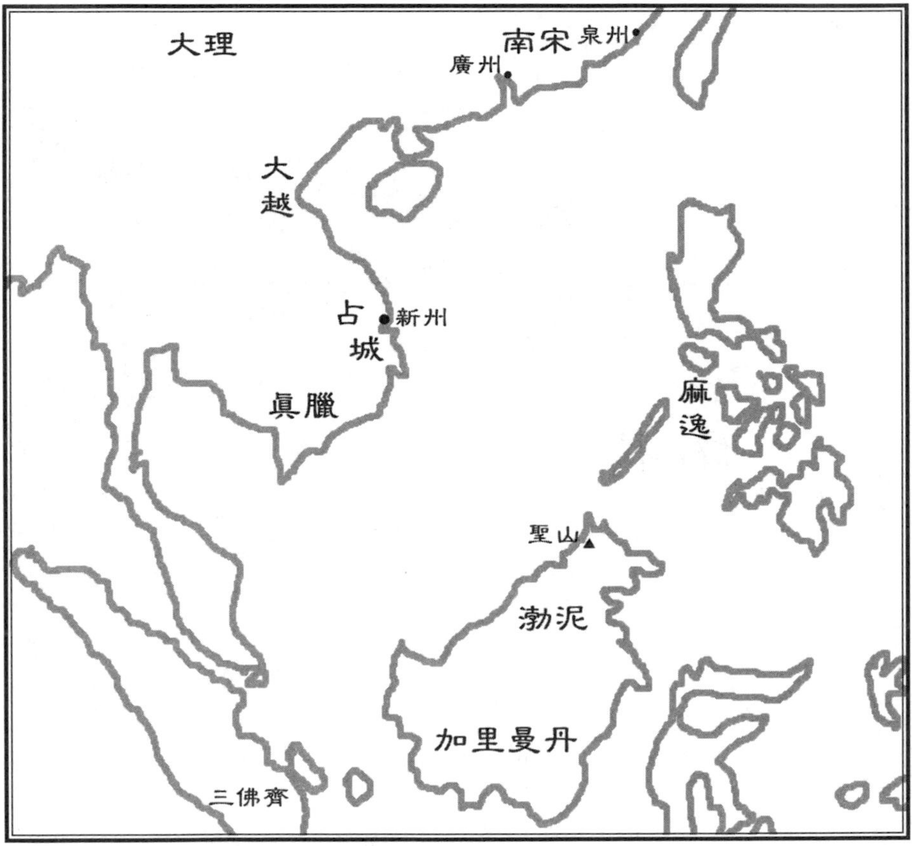

之卅二

降生圖

紹興元年（一一三一年）

【圖卷一】　故鄉之地

最美的不是故鄉，記憶中的故鄉才是最美的。

飛越了五百光年的星空，抵達這陌生的星系，故鄉的影子反而越來越濃，即使睜著眼，也能看見故鄉的風景。

他睜開雙眼，自沉溺在懷念的感傷中回神，隨從替他將頭盔戴上，視線立時被隔上了一層透明的玻璃。

「梭陛下，宇宙服已整裝完畢。」他動動雙臂，感受這個星球的重力。

他轉頭看另一名隨從，那隨從也穿上了宇宙服，保護他下船。

下了宇宙船，他的心一陣激動，淚水剎那溢出。

這個世界何其荒涼呀！

灰白色的大地，死寂而蒼白，碎石、細砂、高低不平的地形，沒有半點生氣。

如此荒涼，愈加勾起他的傷感，故鄉的美景，已經在五百光年之外，而且還落入了反叛者手中。

三道奶白色的光芒自宇宙船飛出，各呈六十度角，朝三個不同方向竄去。

「梭陛下……」宇宙服內的傳訊器傳來聲音，「已發射三枚探測器，待訊號傳來再呈報……」

梭默不作聲，遙想著……

反叛者闖入他的食邑時，他已得知父親慘死的消息。

不但慘死，連靈魂都被分解，看來反叛者不想留下一丁點餘地。

統御六個星系的切孔帝國，多年前步入瓶頸，帝國中心的命令漸漸不受理會，各星系群雄割據，準備推翻切孔帝國。

他們在中央政府所在的星球首先發難，殺死皇帝。

皇太子梭在他所屬的星球得到消息，馬上用電腦分析狀況，得知反叛者用極快速度封鎖切孔星系網，帝國軍無反抗的可能。

結論是：「必須馬上逃出切孔範圍。」

他再要求電腦計算，生死攸關，逃去何處最為安全？

切孔派到外星系的無人探測船，於五百光年外發現一個微型星系，其中有顆行星的背景資料，跟他們的生存環境相似。

由於它是新近發現的星球，資料還沒輸入資料庫。皇太子梭一旦逃到那裡，反叛者就再也找不著他。

他根據電腦的建議，搭乘生物實驗船，逃往外太空。

選擇生物實驗船，是因為它能收集宇宙中的飄浮元素來合成食物、能分解排泄物再利用、又能在落腳的星球改良出可食用的食物。

食物，是活著的必要條件。

生物實驗船不但設備齊全，還擁有整個切孔帝國的生物技術資料庫。

由於設備太齊全，所以隨行人員不能太多，否則宇宙船的燃料消耗很快。

總而言之，在匆忙決定下，切孔帝國的皇太子「梭」，逃到了五百光年之外，來到新近發現的微型星系。

這微型星系以年輕的氫反應恆星為中心，四周有數個地殼反應不激烈的行星圍繞著它。

距恆星中心的第三行星，便是資料中酷似切孔的星球。

生物實驗船在這行星的衛星上降落，首先探測這行星的安全性。

他們派出三枚探測器，先在落腳的衛星繞行一周，以分析出衛星全貌。

然後這三枚探測器，會再飛向那顆第三行星。

梭望著那顆藍色的行星，表面浮動白色輕紗，宛如黑夜中的藍寶石。

它和故鄉多麼的相似呀！他已經迫不及待的想飛過去了。

「報告，報告梭陛下！」宇宙服中的傳訊器響起，「探測器已繞行一周，傳來資料，這顆衛星有文明跡象……」

「文明跡象？」梭困惑著，掃視了一遍這荒涼的衛星，「這裡不是生物能居住的地方，莫非第三行星已發展出航空文明？」若是如此，登陸就需斟酌了，根據經驗，跟已有高文明的異星人接觸是不明智的。

這荒涼衛星的空氣稀薄，無法呼吸，是何種生物在此建立文明呢？

「文明跡象……是人工建築物遺跡，但無生命跡象……」

經過評估，建築物的年代已十分久遠，像是忽然被遺棄的樣子。

或許很久以前，曾有另一個星系到此探測。

梭不再戀棧這些建築物，把注意力轉向那顆藍色行星。

進入藍色行星軌道的探測器，開始源源不絕地傳回資料。

可喜的資料不停地累積。

這是一個水分充足、植物茂盛、氣候宜人的藍色行星，這批逃亡者可以舒適的住上很久。

「它將是咱們的第二故鄉嗎？」梭伸手想擦拭臉上的淚水，卻被玻璃阻隔了，但這句話，已經經由傳訊器傳到每位隨員耳中，大家都默默低下了頭。

蒼涼的地平線上，浮著半顆藍色行星，異常的安靜祥和。

同一時間，在藍色行星的的黑暗側，有雙血紅的眼，正凝望著天空。

皎白的月掛在天空，發出白玉般的迷人光芒。

血紅的眼眨了眨，憶起今天看到的恐怖情景，想起今天看到族人的血淹過了草原，瘋狂的敵人追逐屠殺逃跑的族人。

血紅的眼，體內蕩漾著想要仰天大叫的衝動，發洩胸中的悲痛和憤怒。

但他忍住了，他想留下這條命，不想被敵人發現蹤跡。

「總有一天，我會討回族人的命……」他對著皎月，咬牙發誓，咬得掉下了一小片碎齒。

他在黑暗中彎低身子，躲過月光，躍過崎嶇的山岩，消失在黑暗中。

梭站在月光之中，凝望著藍色行星，心中暗暗立誓：「總有一天，回去切孔，一定回去……」

當月球轉入黑暗的一面時，生物實驗船再度昇空，飛往藍色行星。

【圖卷六】　羽翼之陣

雲空應該一早察覺才對的。

將仙槎重重包圍的羽人們，振動著翅膀，發出蜂群似的嗡嗡聲，音聲震耳。

仙槎後面站了個白淨的男子，兩腳懸在空中，和氣的向雲空微笑。

可是隨雲空來的五味道人和黃叢先生，卻是充滿警戒的神情。

他們警戒，因為他們來過，他們知道。

他們知道，這裡不是可以隨意出入的。

雲空茫然不覺危險的存在，還作揖問道：「不知大名？」雲空見過他，他是無生五名弟子之一，上次見面也是七年前的事了，雲空又滄桑了不少，此人卻依舊年輕如昔。

「幸會，我叫白蒲。」

原來叫白蒲，他們五人曾經救過他，是以雲空並不擔心。

白蒲將視線移向黃叢先生，看到黃叢先生眼中的惶恐。

白蒲又將視線轉向五味道人，立即感到一股灼熱的敵意，他臉上的和氣驀然消失，冷冰冰的望著五味道人。

五味道人說：「我已經把雲空帶來了，希望令師遵守承諾。」

雲空驚訝的看著五味道人。

他記得五味道人曾說要「解決」一件事情，原來就是要將他帶給無生！

難怪五味道人頻頻欲言又止！

把雲空帶給無生後，無生要遵守什麼承諾呢？

雲空不敢置信的直視五味道人，他卻毫無慚色，眼神堅決的與雲空對視。

黃叢先生突然叫嚷：「白蒲先生！白蒲先生！」

白蒲憎惡地瞟他一眼。

「白蒲先生，我曉得無生先生的意思了，我也有份找到雲空，不過我不想死了，不想死了。」

白蒲突然綻開笑容：「這由不得你決定。」

黃叢先生頓時張口結舌。

白蒲白潔無瑕的樣子，宛如出汙泥而不染的年輕羽人，整個人穩立在虛空上。

羽人們開始在四周慢慢移動，小心在空中挪出一條通路，讓仙槎飛向一座高聳入雲的山峰。

原本鎮靜的雲空開始焦慮。

原本對五味道人和黃叢先生的信任，在被背叛之下陷入莫名的悲憤之中。

他的眼皮猛地振了幾下。

他忽然覺得跟這兩人擠在仙槎裡面，渾身都不自在。

如此擁擠的飛行了幾百里路，也從未這麼的不自在。

白蒲依然一副優雅的樣子，尾隨著仙槎，緩緩的飄向山峰。

山峰靜靜地開啟，露出一個洞穴。

洞穴外還站了四個人，分別穿了紅、紫、黃和青衣服，再加上仙槎後方的白蒲，便是無生的五個弟子了。

仙槎越接近洞穴，洞口看起來越大，如同野獸的嘴巴，黑沉沉的看不清內部。

雲空感到越來越緊張，越來越悔恨。

他太輕易相信人了！他明明知道，他明明看過這個世界的陰暗和邪惡，他知道最不可靠的是人，為何還那麼輕率呢？

他有一股想仰天嘶喊的衝動。

他忿怒的回頭看看白蒲，白蒲回他一笑。

他發出憤怒的聲音：「又是背叛嗎？」

所有人全嚇了一跳。

因為那不是雲空的聲音！

雲空也驚訝地往下看，企圖看見自己的嘴巴。

「又是背——叛——嗎——？」雄厚且充滿恨意的聲音自他口中發出，雲空發現那句話確實是他說的。

那把粗獷的聲音，悲傷和憤怒得無法自已，驀地怒號：「殺——！」

雲空的手很快的伸入布袋，抽出一把劍，沒人看清楚他取劍的速度。

雲空很清楚自己無法達到這種速度，他也不會去喊出「殺」這種字眼，這一切由他做出來的事，都不是他做的。

他整個人飛身蹬空，手中的劍朝白蒲刺去。

大家都看得很清楚，雲空手中的劍，只是一把舊桃木劍。

桃木劍隨著雲空的喊聲震盪，以雷霆萬鈞之勢刺去。

白蒲原本還輕蔑地微笑，但他瞧了雲空一眼之後，馬上變了臉色，滿臉大惑不解。

因為他看見雲空焦急的眼、風塵僕僕的臉，沒有半點殺氣，還似乎對自己的手感到十分困惑，但雲空口中充滿恨意的聲音，卻又如此懾人心魄。

白蒲察覺事情有異時，已經太遲反應了。

桃木劍已經逼近他的眉心，一股焚燒空氣的灼熱撲面而來。

「呔！」白蒲力圖自救，大喝一聲，閃動身形。

桃木劍割破空氣，空氣竟發出輕巧的爆裂聲，追逐在空中移動的白蒲，灼傷他白淨的臉。

白蒲驚惶的撫臉，嗅到血的溫熱鮮味，心裡吃驚不小：「竟有人能傷我？」

雲空的攻擊沒有歇息，他的身體也依然逗留在半空，這不是他可能達到的境界，這連「得道」的五味道人也辦不到。

雲空的桃木劍朝白蒲眉心連續刺去，根本沒打算要刺其他部位，只一個勁地猛攻眉心。

白蒲準備反攻，他意圖吐納吸氣，但雲空的攻擊擾亂了他的呼吸。他整個人急急後退，猛然撞開幾個羽人，企圖爭取更多時間呼吸。

羽人們紛紛走避，像是驚怕的鳥群，不滿的啼叫著，原本包圍得密密麻麻的天空，也出現了空洞。

留在仙槎上的兩人，目不轉睛的看著雲空驚人的變化，他們並沒採取任何行動，只是任由仙槎繼續飄向山峰，而雲空離他們的視線已經越來越遠。

黃叢先生恍然大悟：「原來此人如此了得！相處了這麼久都不知道！」

但五味道人跟蹤了雲空逾四十年，他很瞭解雲空的斤兩：「有事要發生了。」他垂下頭，躲藏他陰沉的微笑：「有事會發生……」他期待著。

在電光火石之間，白蒲爭取到吐納的時間，他一啟動全身的「氣」，四周的空氣頓時發生變化，變得異常清新。

雲空的臉也發生了變化。

在嘶喊之中，他的臉迸現裂痕，裂痕中洩出光芒。

他足踏虛空，撞開擋路的羽人，衝向白蒲。

白蒲表情嚴肅，不復平日優雅的氣息，表示他對雲空非常的認真。

他的四肢身體無須任何動作，氣，便已洶湧揚起，衝向雲空。

雲空的意識已經混沌，完全不知道自己在做什麼。

但他感覺到白蒲的氣團撞上來了。

那股氣團的力道又大又重，卻十分清新，被它撞上，竟會感覺到一陣喜悅。

氣團將雲空撕裂，他感到贅人的皮肉自他身上剝落、消失。

雲空化成片片白色的雲絲，有的飄落到羽人身上，羽人們接著了，好奇的拿在手上，困惑的輕拍翅膀。

雲空的道袍，自空中飄落，猶如水中游動的魚兒，衣袖在空中起伏擺動，鑽入一朵雲，消失於眾人視野中。

白蒲並沒放輕鬆。

因為雲空化成雲絲後，他的桃木劍仍然逗留在半空中。

桃木劍被一個全身泛光的人握著，他的身體在空中似有似無，身形的邊緣還在不安地蠕動著，身形很不穩定。

白蒲看得最清楚的，是他血紅的雙眼。

那泛光的人，血紅的眼，眼中似有千百年沉重的恨意，把白蒲瞪得不寒而慄。

「誰叫醒我?!」那人喊道，憤怒地四顧，把羽人們又嚇得退了好幾丈。「誰叫醒我?!」他重複嘶喊。

數百尺外，仙槎已經快抵達山峰的入口。

「看吧，」五味道人哼著鼻子在笑，「看吧。」

黃叢先生正看得目瞪口呆時，身後突然颼地幾股涼風掠過，四個人影已飛快地衝向白蒲那裡。是無生的其他弟子，從山峰入口衝過去支援了。

仙槎進入洞口，靜靜地著陸，揚起了一點塵沙。

洞口內沒人。

本來是無生的弟子守候著他們的，現在全飛過去幫忙了。

「逃吧！五味先生！」黃叢先生緊張的四處張望，催促五味道人。
五味道人哼了哼鼻子，沉默的望向洞口內的黑暗。
他屏息盯著黑暗，不發一言。
他的沉默感染了黃叢先生，也陪著他看望黑暗。
洞口外遠遠的天空中，傳來羽人們的窸窣聲，隱約中聽見有人怒吼。
不過這一切聲音，並不妨礙他們。
他們繼續看著黑暗。
太陽終於完全沒入海中，天色暗下來了。
洞口中也沉入了徹底的黑暗。
等了片刻，黑暗中終於透出了一點聲音。
那聲音像塊木板在石地上摩擦，像野獸的低吟，令人很不舒服。
那聲音並沒迫近，只在黑暗中持續的磨著、磨著……
黃叢先生悄悄貼近五味道人的耳朵：「……那是什麼？」
五味道人很簡單、很不以為然、不假思索的回答了他。
「無生。」

【圖卷二】 殺戮之原

靠大地生活的九黎，以大地為神的九黎，大地的子女九黎。
在數年之間，九黎一族諸氏，死的死、散的散、被俘的被俘、逃亡的逃亡，四分五裂個慘不忍睹。

西方山民的大撲殺，導致了九黎的滅亡。

西方山民的有熊氏，率領好幾個氏族聯合的大兵，將九黎各氏逐一攻破，搶了糧、殺了人，還把婦人幼童收為奴隸，僥倖逃過的，也只好遠遁他方，重建部落。

問題是，天地那麼大，水草豐美的地方那麼多，有熊氏為何偏要搶他們的地、殺他們的人？這是蚩尤感到不解的，也是他感到憤怒的。

九黎倚仗大地的恩賜，日漸茁壯，氏民分佈各地，分支出來的族人越來越多。他們發明了冶煉金屬的技術，製作出鋒利的武器、便利的農具、華美的儀仗。

或許他們的富足惹人眼紅，西方山上的有熊、有羆、應龍等好幾支大氏，聯合起來突襲，已經過慣了安逸日子的九黎，根本抵擋不住，一時哀鴻遍野。

蚩尤氏主率領殘餘的九黎，計畫反攻。

蚩尤氏乃九黎之一，以大甲蟲為圖騰，「蚩」是黑甲蟲，「尤」意指大。

蚩尤氏主傳承了蚩尤的名字，身兼天地與人溝通的大巫師。

在蚩尤的召集下，大家議論紛紛：「地那麼大，何處不能生根？」有的氏民主張遷移，「我們再生養，九黎又會壯大起來了。」

「無謂和那些野蠻人衝突。」是戰是和是躲避，各氏意見不一。

「就這樣算了嗎？」蚩尤恨恨的說，「九黎死了這許多人，這些人命，這些被俘的同胞們，就這樣算了？」

有人附和道：「九黎有什麼比不上那些野蠻人？咱們有金，他們卻還只會用石頭。」當時的「金」是指銅，而「石」還包括脆弱的玉，可見這些九黎殘民對於金屬被石頭擊敗，是相當憤憤不平的。

蚩尤在各氏敗亡後，集結了他們，已儼然九黎共主。

「我不強迫，」蚩尤火紅的眼，掃視在場每一個人的眼睛，「想殺野蠻人的留下，想逃的，明天太陽昇起以前，請自行離開！」

就這樣，九黎四分五裂，分散到中原以外的地區去繼續生活，有的甚至可能慢慢遷移到中南美洲去。

只有蚩尤帶領的人留下，跟以有熊氏為首的部落們展開戰爭。

蚩尤是個聰明人，他瞭解武器和人數並不代表一切，當初九黎武器精良、人數眾多，尚且不能取勝，如今人數銳減，對方又顯然很懂戰爭策略，所以不能採用正面攻擊。

他採取了游擊戰術。

這是「兵法」的萌芽期。

他不時侵擾有熊氏治下的部落，常常選他們最疲累的晚上，或是男人不在的白天，大肆騷亂，搶到了糧，便揚長而去。

他神出鬼沒，從來不讓同伴們遇上危險，騷擾的作戰法只是點到為止，不造成自己的傷亡，卻大大消耗了對手的精神。

沒想到，當他得意於屢戰屢勝的時候，有熊氏的首領熊人乘他出征時，暗襲他的藏身地，殺了他的家人，奪了他的妻子。

他發狂的攻打熊人的部落，找回的是被摧殘至死的妻子。

於是，他開始殺人，殺強壯的男人，殺能生產的年輕女人。

有熊氏的男人們，有時外出農耕或漁獵後，就沒再回來過。

有熊氏的女人們，也會在外出挑水後，無聲無息的消失了。

蚩尤的殘酷與日俱增，促使他兇狠的，是他心中的怨恨。

他看見母親被敵人用大石砸碎的頭。

他看見上千的同胞，手無寸鐵的被屠殺。

他看見嬰兒被當成幼獸般燒烤。

最令他難忘的，是妻子充滿了屈辱的死狀。

蚩尤的眼睛，就是從那時候開始變得血紅的。

雙方的拉鋸戰持續經年，蚩尤之名在敵人之間流傳，成了一個恐怖的戰神。

傳說中，他的頭是銅鑄的，他有野獸的身體，頭上長了牛角，卻會說人話。

他是與有熊氏為首的一族抗爭最久、最可怕的一位敵人。

他成了人們的惡夢，成了咒語，只要聽了蚩尤的名號，人們就會不由自主的寒顫。

但是，蚩尤終究無法力挽狂瀾，他最後還是輸了。

他不是輸給敵人，也不是輸給自己。

他敗給了他所信任的，九黎的一位氏主，也是一位巫師，向敵人透露所有的秘密，包括戰術、藏匿地點，還有他所有的習慣。

無論如何，古史紀錄上，蚩尤被描寫成罪大惡極的人。

不像後來的官修歷史一味貶低，古史絲毫沒掩飾勝利者對蚩尤的懼意。

聽說，蚩尤是黃帝最難克服的敵人，傳說七十一戰仍無法解決。

聽說，由於太過懼怕蚩尤，在終於殺死他後，還怕他再復活，於是切下蚩尤的首級，拿到遠地秘密埋葬，讓他永遠身首異處。

蚩尤死了，抱著全族的怨恨死了。

殘餘的氐人，被納入新社會，被人稱為「黎民」。

※※※

「梭」盯著原野。

原野在一場屠殺後，一片慘紅，掩去了翠綠的草色。

令梭好奇又大惑不解的是，為何這些人割下了蚩尤的頭，還一路喊叫，把頭帶得遠遠的。

梭在這個行星上落腳，也有四、五年了，這場平原上的戰爭打從一開始就引起他的注意，他也樂於研究這行星上初生而純樸的文明。

他除了覓得一塊地方，開始建造基地之外，也常常用輕便的飛行器往返基地和平原，觀察這個文明群。

他知道平原上有部落在爭戰，他完全瞭解他們之間的敵視和仇恨。

只要他想瞭解，他就可以瞭解。

正如他父親——切孔帝國的皇帝——的靈魂，被背叛者瓦解的那一瞬間，他清楚的感受到父親的意識，在剎那粉碎，散入虛空。

現在，他正感受著蚩尤的感受。

他感受到極度的怨氣與恨意混雜，然後是一刷而過的劇痛，身體和頭部的感覺倏地分開。

他的眼睛成了蚩尤的眼睛，眼前的景物一直在晃，髮根上有拉緊的感覺，他知道割下他人頭的人止提著他的頭髮，亢奮地奔跑。

耳邊掠過的風，沒有聲音，只有血液不斷在流失的聲音，冒泡似的響聲在腦中嘈鬧。

蚩尤的眼睛黑矇了，失去了光彩，失去了視線。

但梭仍然可以清楚感受到蚩尤的「氣」。

人死留氣，有意識的氣便是魂，人要死了一段時間，氣才慢慢釋出，意識強的人，死後才能氣積成魂。

梭明白了。

他們強行割下蚩尤的頭，又馬上把頭跟身體分得遠遠的，是不想讓他的魂留下。

可是……梭忽然想要冷笑。

徒然的，這是徒然的行為，因為他可以感受到，蚩尤雖死，頭雖然被分開，怨氣卻一點也沒少，反而愈增愈大。

怨氣沖天。

梭的興趣來了。

他吩咐一起來的隨從：「留意這道氣，很有意思。」

「是的。」隨從馬上吸入一口氣，整個人抖了一下。

這一抖，是將自己的氣和蚩尤的氣給聯繫上了，算是架上了橋樑，方便日後觀察。

「這個文明很年輕、很脆弱。」梭喃喃道。

「是的陛下，這是第三型文明。」

切孔帝國包含了許多星系和多種文明，其中大約可以歸為三大型文明。

「不，還沒，」梭冷眼看著草原上的殺戮，他在高高的空中，聽不見慘烈的廝殺，「這文明尚未定型，不過有些端倪，可能轉變成第三型。」

第一型文明就是切孔帝國的文明，乃「物質」與「精神」並行的文明。

第二型文明是純粹的精神文明，完全不需有形的工具。

第三型文明是純粹的物質文明，物質的方便令他們忘卻了使用精神力量，精神只淪為被崇拜的虛象。

以切孔帝國的第一型文明而言，他們在精神力和物質都有高度發展，他們擁有我們熟知的科學，也擁有我們未知的精神力，「神通」對他們而言只是生活中的一環，一如呼吸或說話那般自然。

正因如此，他們也清楚當物質毀滅後，留下的那一團精神體。

他們懂得利用科學的發明，阻擋外來的、侵入的精神（例如想窺視機密），也懂得如何「殺死」靈魂、粉碎意識，把輪迴硬生生的截斷。

梭的父親，就是這樣死得非常徹底。

眼前的這些人，將蚩尤的頭和身體分開，也是企圖殺死他的靈魂。

蚩尤積在心裡頭的恨意，並沒隨死亡消逝，死亡使他無法復仇，恨意因此化成了渾重的怨氣，草原上的空氣頓時變得黏稠，膠凝著化不去的怨，久久不散。

梭打算好好觀察它，所以叫隨從鎖定了那團怨氣。

在思考復國大計、思考逃避背叛者、思考安頓生活之餘，梭開始了他的新研究。

【圖卷七】　琉璃之室

黑暗中的聲音像是鏽了上千年的鐵條正心有不甘的嘟噥著。

五味道人說那聲音是無生，黃叢先生睜大雙目，企圖在黑暗中看破黑暗。

「真的是無生嗎？」黃叢先生憂慮地耳語，「那聲音是怎麼回事？」

五味道人仍舊目不轉睛，平靜地望著黑暗：「他在呼吸。」

黑暗中傳出咯咯的詭異笑聲。

五味道人的皮膚戛然綳緊，唇間猛地吸入一口寒氣。

黃叢先生察覺有異，卻不瞭解發生了什麼事，緊張得四下亂瞟。

只見五味道人的唇微微顫動，像在說話，卻只發出絲絲吐氣聲。

黃叢先生不知道，五味道人正跟無生交談，他不知道，因為他沒有五味道人的「他心通」，也沒有無生的精神力量。

意念的對話，是無須文字技巧的交流，如果要強行譯成文字的話，他們是這樣說的。

第一句話，是在五味道人腦中忽然爆發的，「你來啦！」這句話宛如空谷中響亮的迴音，嚇了五味道人一跳。

不過五味道人馬上便明白發生了怎麼一回事。

「是無生！」五味道人心中才剛動念，另一個聲音馬上在他腦中縈繞：「你可以這麼稱呼我……」

「事情已經辦成，我帶雲空來了，你的承諾……」

「我承諾了什麼？」

五味道人胸中一緊，心裡湧現了緊張不安（因為擔心得不到目的）、驚疑（因為擔心無生食言）和憤怒（因為他認為無生在推卸）。

「不，」低迴的聲音，在五味道人剛產生疑惑時，馬上插入他的心中，「時間太久了，我記不清楚了。」

如果無生記不清了，那五味道人是否會乘機加入幾項承諾？

不，他不會，因為他剛有此意，無生已經斥道：「休想騙我！」無生的精神力量像佈滿觸角的蟲，包圍了五味道人的每一寸思緒。
五味道人陡地一驚，當年的承諾立時在腦中掠過。
「我知道了，我不會再追蹤你。」無生答得很爽快。
五味道人對這回答感到不安，但他感覺不到無生的思緒，是隨口的答應還是認真的答應。
「還有一個人，我身邊的那個人……」
「他？」無生輕輕地低吟著。
五味道人碰了碰黃叢先生，黃叢先生才回過神來，忙問：「你發現什麼了嗎？」
「無生在問你。」
黃叢先生困惑地望向黑暗，他沒聽見任何聲音，更甭說問話了。
「別遲疑，快回答，」五味道人催促他，「你現在到底要求的是什麼？」
「我……沒聽見他問我……」
「他和我在用『心』通話，你聽不到。」
黃叢先生嚥了嚥口水。
要生？抑或要死？他現在想要求什麼，連自己也搞迷糊了。
千年以前，無生給了他不死，結果他活得很痛苦，一心想死，試過了上百種死法，硬是不死，自殺幾乎成了他的休閒活動。
他曾經熱切的渴望死亡。
當他終於有機會實現心願時，他又退縮了，似乎不想死了。
死過了數百回，理應不再怕死的他，依然怕死。
死是不死？是死不死？

「我……我……」他的喉嚨哽塞，一個字也說不出來。

「不必考慮了，你還不想死，」五味道人冷冷地說，「我告訴無生，希望他別再追蹤我們便是了。」

「你怎麼說……」黃叢先生已經一身冷汗滲濕了，「都好。」

無生的呼吸聲停頓了一下，又咯咯地笑了幾聲，似乎是接收到五味道人的意念了。

「雲空……」黃叢先生大膽的向黑暗中的無生說話，「我們把雲空帶來了，你想待他如何？」

「無生想殺了雲空。」五味道人代無生回答。

「什麼？」黃叢先生驚聲道，「為什麼？」

黑暗中的呼吸驀然而止，良久，才傳出細碎的、猙獰的卡卡聲。

五味道人瞇起兩眼，雖然他瞧不見，但他還是將視線固定在無生的位置上。

黑暗中傳來一聲很細的驚嘆。

「不錯不錯……」黑暗中的無生終於說話了，終於用聲音說話了，「一千年，果然可以讓你長進不少。」

五味道人回道：「不敢。」

黃叢先生不明白他們的對話藏了什麼玄機，他不知道五味道人剛剛做了什麼。

五味道人只是乘無生不備，意念的觸角倏然伸入無生心中，撈到了一些浮動的思緒，這一舉動已然使無生吃驚不小，他萬萬沒料到五味道人的能力。

無生鎮定下來，用沒什麼的口吻說：「我無須動手，雲空不是已經死了嗎？」

黃叢先生回首望去洞穴外頭。

夜空中，那個泛白光的人還在，無生的五個弟子圍繞在他周圍，未能制伏他。

「雲空已經碎裂，他體內的那個靈體也完全出來了，不是嗎？」無生的語氣中帶有笑意。

「那就是蚩尤嗎？」五味道人沒回頭。

「蚩尤嗎？是吧，他們似乎是這麼稱呼的。」

「蚩尤？怎麼回事？」黃叢先生訝異地問道，「雲空裡面有個蚩尤？」

「他的前世是蚩尤，怨氣太重，化散不去，」五味道人說，「三千年來，一直保留原來的怨恨。」

「可是雲空……雲空並不是充滿怨恨的人呀！」

「他不是，他甚至不會怨恨別人，」五味道人說，「但他能夠看見怨氣，或許是他體內充滿的怨氣使他更容易感應怨氣，而且他體內化散不去的蚩尤，不但是雲空的魂魄，也是一個獨立的靈體，這也使雲空能見人所不能見。」

「你都瞭解了，甚好甚好。」無生似乎很快樂。

「既然如此，雲空已交到你手上，我們也得到了你的承諾，該告辭了。」

「你們打算怎麼離開呢？」

「若沒什麼不便，我想仍用這個仙槎。」

「你們叫它仙槎呀？那是你旁邊這位，很久以前傷了我的一個隨從奪走的。」

「您當時沒……沒怪我，」黃叢先生急急分辯，「如果……我還給您……」

「沒關係，你儘管用，我不怪罪，」無生很大方，「這樣吧，我還得款待你們，盡盡地主之誼，畢竟以後也沒機會……」

「心領了，」五味道人保持戒備，擔心夜長夢多，「我們該離開了。」

「沒我的允許，這仙槎是飛不走的。」
三人沉默了一陣。
「進來吧。」無生說。
黃叢先生哆嗦了一陣，兩腳沒來由地麻了起來。
「那，打擾了……」五味道人率先步入黑暗，還拉了拉黃叢先生，他只好尾隨跟上。
無生一直沒現身，他們只是跟著他的聲音，在黑暗中小心踱步。
「別急，慢慢走。」無生的聲音宛如呢喃，在黑暗中迴盪著、引導著他們。
在一點一滴的指示下，他們繞了好幾個彎，他們的手觸摸到的牆壁，是冰冷的岩石，岩石十分光滑，不像天然洞穴。
在黑暗的盡頭，流瀉出一點光線。
光線突然擴大，把他們包圍，方才在黑暗中瞳孔放得過大，突來的強光令眼睛強烈刺痛，兩人頓時睜不開眼。
五味道人急忙運了口氣，將全身用氣籠罩起來，以防無生攻擊。
但什麼都沒發生。
瞳孔逐漸縮小，兩人才嘗試緩緩的張眼。
強光漸漸淡去，首先映入他們眼中的，是一個個透明筒子，竟然是琉璃。
琉璃乃難得的塞外異物，而無生竟然擁有這麼多。
琉璃筒子不算稀奇，奇的是每個筒子裡頭，都站著一個人。
五味道人心中一寒，忖道：「無生在收集人……？」
「如何？」一把年輕的聲音，自重重琉璃之間傳來。

兩人猛然回首，只見一位身著儒服的少年，手中揚著一把罕見的摺扇，模樣異常清秀。

「你是……」黃叢先生正想問少年，就被五味道人截道：「無須多問，他是無生。」

「我是無生，這樣你們看習慣吧？」少年禮貌一笑。

「怪道江湖中人不知無生真貌，原來是個專門裝神弄鬼的。」

「不敢，」無生打開摺扇，搧搧風，「不這副模樣，你們會見怪的。」說著，指了指黃叢先生：「至少他會。」

黃叢先生膽怯的退到五味道人身邊。

五味道人說：「閒話少說，你說款待我們，就是來瞧這些死人麼？」

「或許是要把你們也裝進去？」無生狡笑道。

五味道人縮縮下唇，知道他心裡的害怕都被無生聽去了。

無生驕傲的站在他的收集品前方，不屑地望著兩人。

話說回來，這些琉璃筒子中的死人，說是死人，卻是栩栩如生，肌膚似乎仍存著活人的彈性，像是只要一個不小心，就會呼吸起來似的。

無生低頭微笑，走向一個琉璃筒，指著裡頭的人：「你們瞧瞧，不覺眼熟嗎？」

兩人狐疑地望去。

琉璃筒中的人，長得體格魁梧，一身肌肉在死亡後依然鐵打似的強硬，肌膚似曾經過時間的洗練，煉出了無數傷疤。

那人臉上刺青，更顯得兇猛，眉宇間猶存有一抹煞氣，即使死了也仍像刺刀般尖銳，像是死前的剎那仍在殺人。但他畢竟是死了，眉梢平和的下垂了，卻仍不甘心承認死亡的降臨。

他一頭長至胸膛的亂髮，在他生前想必吹過爽朗的風、淋過清涼的雨，陪著主人在晨風中飛拂。

他的表情狂傲，或許是他的光榮事蹟，或許是他的天賦異稟，使他有理由狂傲。

但在他狂傲的臉下，卻有股濃濃的怨氣，像是仍在咬牙切齒，怨天地對他太苛，讓他死得太無價值。

最特別的是，他的脖子繞了一條裂縫，用線仔細縫合。

五味道人兩眼一瞪，滿臉疑問的轉向無生。

無生快樂地微笑著。

五味道人又一轉頭，望向進來的道路。

琉璃之室的門外，是一片漆黑，長長的黑暗走道，七拐八彎的通向洞穴。

洞穴之外，月色皎白，數以萬計的羽人越空而過。

月光之下，無生的五名弟子喘著氣，不敢相信自己已經累了，還未能制伏那個人。

那個人！

那個人在月光下更加光亮了，全身泛出的白光更加光燦奪目了，他血紅的雙眼更加血紅，亂髮在高空的夜風下紛飛。

他很滿意，這五個人果然厲害，但沒人贏得了他。

他太滿意了，他大笑，他狂笑，他狂傲地笑。

剎那間，他又沉醉於昔日的高昂情緒中。

【圖卷三】 輪轉之輻

梭從來不曾忘，故鄉的仇恨時刻縈繞在他心頭。

但是，在這廣寬的天地，他體驗了前所未有的自在，再也沒有惱人的瑣務，這麼一想，復不復仇似乎又沒那麼重要了。

梭在大陸東方的海上找到了一個島嶼，就開始著手改造工程。

他要將這島建立成他的基地，一個以復仇為目的的基地，同時也是他在這新世界的家。

憑著他從切孔帝國帶來的科技，他調控島嶼的氣候，使它終年雲深霧重，氣溫偏低，這種高濕度、涼爽的空氣正是切孔的氣候模式。

他移植了大量耐寒的樹木，把島嶼改造成林葉豐密的天堂。

然後，他利用生物實驗船上最優秀的科技，開始改造生命。

他改造生命有兩個遠程目標。

一是要延長自己的壽命，否則根本沒時間反攻。

二是製造反攻的兵力，否則他的數名隨從根本不夠用。

梭跟他的隨從兼科學家兼導師們討論：「切孔的偉大科學知道生命不滅，肉體失去生命便是死亡，然而，意識可以借由另一副肉體重生。問題是，我們該如何解決記憶殘缺的問題？」

這是切孔的先人們早在遠古就瞭解的哲學，也同時是真相。

梭說：「我們都知道，記憶是腦神經元的電位差傳導織成的『聯結』，一旦換了身體，那個身體固然有了我的意識，卻因為聯結改變，失去了我的記憶。可是，你們也知道，有些人能憶起前一副肉體的事吧？」

「陛下想要怎樣呢？」梭的隨從問道。

「那些人只能憶起部分的記憶，但若能夠保留所有的記憶呢？」

「是的，梭陛下，我想這關係到載體吧。」

「載體？」

「意識從這副到下一副肉體之間時，有時間和空間的差距，意識該如何在這轉換的中間保持完整，一直是歷代賢者們爭論的內容，」導師兼科學家說，「這方面的爭論，主要有三派……」

梭截道：「再多的爭論，也依然沒有成功的例子，那麼都是廢話。」

「屬下知道，」隨從困惑的說，「梭陛下請教我們生命的問題，但陛下早已知曉答案，不知陛下想我們怎樣效勞呢？」

梭的兩眼一亮，說：「我想延長壽命，或是延長意識。」

隨從們困惑地不作聲，不明白主子的意思。

梭於是點了點桌子：「延長壽命，是將生命留在肉體中更久，肉體得以不死；而延長意識，是萬一肉體無法不死，也希望下一個肉體保有完全相同的意識，這樣我們才能反擊切孔的叛逆者，完成復仇！」

言畢，他的視線掃過每一位隨從：「說吧，我親愛的導師們，可能嗎？」

隨從們立刻交頭接耳，議論起來。

「梭陛下，」一位導師說，「屬下耳聞，切孔屬國坦托爾星曾經有一支卡賀虛教派，據說握有意識不滅的秘密。」

「那不是叛逆者之一嗎？」

「是的，坦托爾星主迫他們交出秘密，他們不願服從，據說星主就把他們滅教了。」

「因為掌握不死，所以滅亡嗎？」梭冷笑數聲，又不禁墜入沉思。這些隨從們並不知曉，卡賀虛教派的秘密早已貢獻給切孔王室，坦托爾星主顯然早有謀逆之心，才會迫卡賀虛教派交出秘密的。

這是梭來到地球的第十二年，經過長期的思慮，在觀測戰爭和建設島嶼的過程中得到的想法。

第五十年、他首先完成了第二個目標：製造兵力。

嚴格來說，他的第二目標尚未達到完美境界，只是踏出了成功的前幾步。

他想像中的「兵」，必須絕對服從於他，能進行多項一般人無法達到的工作，比如說：飛。

幾年之間，他的島嶼上空，出現了許多會飛的羽人。

羽人是成功的人造生物，絕對服從、食物單純、容易飼養，卻有一個極大的缺點，那便是他們天生羸弱，容易死亡。

發展到了此處，梭的羽人已經無法再有改良，正如任何技術都有瓶頸，此刻的梭正是碰上了瓶頸。

第一百二十年、經過了無數次的試驗，無法突破瓶頸的梭，進行了另一個想法。

他常常乘著小飛船，到大陸上去尋找合適的心靈，他希望那片土地上不斷進步的人類，能有符合他期望的。

他在島嶼和陸地之間來回飛行，被目擊者記了下來……

前秦王嘉的《拾遺記》上是這麼寫的：「堯登位三十年，有巨槎浮於四海，槎上有光，夜明晝滅，海人望其光乍大乍小，若星月之出入矣。」

在穿梭兩地間，他發現了一件事，勾起他的興趣。

一百零八年前，蚩尤死亡時散出的那股怨氣，已經再次凝聚。

這是他的隨從告訴他的：「報告梭陛下，你吩咐我觀察的那道氣，在流竄多年後，最近又再進入了一個肉體。」

「那很正常呀。」梭不太熱心的說。
「那股怨氣這些年來一直沒減弱。」
「怨恨是一種很強的『聯結』，本來就不容易減弱。」
「他的肉體很弱，不知承不承受得了那股怨氣？」隨從說，「也似乎是怨氣在作怪，他偶爾會發狂似地奔跑，向四周的人大吼，或是在地上抱頭打滾，好像是頭很痛。」
「嗯？」梭仍然覺得不稀奇。
「然後他死了，死的年齡似乎跟上一個肉體相同。」
「相同？」梭終於看他的隨從了，「什麼意思？」
「陛下也知道，這個世界的相對時間，比切孔快許多。」
「是的，這裡一晝夜比切孔短多了。」
「時間」這個觀念並不是絕對的，對各個不同的生物、不同的民族而言，時間都有不同的意義，人類的時間觀也是全球通訊發達後的近世，才近乎統一的。
對人類而言，「一生」的「標準」或許有八十年，對狗而言或者只有十年，對某些蟲兒而言，一年已經是不可思議的長壽了。
這一點，莊子早有所體會：「朝菌不知晦朔，惠姑不知春秋，此小年也。楚之南有冥靈者，以五百歲為春，五百歲為秋……」這段出自〈逍遙遊〉。
「四十三年？」
「似乎。」梭的隨從強調道。
「這對他們這種生物而言，算是正常嗎？」
「不算不正常……不，陛下，我想強調的是，他的兩次死亡都是同一年紀，這在或然率上機會很小。」

梭沉吟了一陣，腦中打著轉：「繼續觀察。」

隨從正要退下時，又被梭叫住了：「慢著，你還記得他的前一副肉體埋在何處？」

「屬下……還記得。」

「很好，把它帶給我。」梭又補充道：「這一副肉體我也要。」

他想證明一件事。

或許他無法馬上證明，但他知道總有一天他能夠的。

時間像混濁的溪水，流得很慢。

「慢」是時間在流逝時的感覺，一旦回頭去瞧已逝的光陰，便會覺得太快。

所以一轉眼間，梭已進入了中年，人世又過了好幾個世代，新的文化和思想不斷的崛起和湮滅，只有部分能耐得住時間的磨蝕，留存下來。

梭明白自己的壽命還剩下不會太久，而延長壽命的計畫卻遲遲未成。

或許切孔本身的科技和心靈哲學無法提供他解答。

或許這個各種文明正在萌芽、爭著發展的新世界，能提供他什麼幫助？

或許吧。

梭憂傷的凝視夜空，兩行淚水緩緩沿臉龐而下。

他凝視著他看不見的切孔帝國，那個歷史悠久、腐敗、停滯不前的故鄉。

或許他從故鄉帶來的知識，也是一堆靡爛的東西。他這麼想。

偶爾有一兩個羽人越過天空，鳥啼似的叫上一兩聲，向他致敬。

羽人們的創造者站起來，回到洞穴。

洞穴中有他歷年來的收藏品。
這些收藏品全都一一置入琉璃筒中，用特殊的裝置將它們「固定化」，讓它們不會隨時間而腐朽。
梭撫了撫琉璃筒，凝視筒中的屍體。
「給我答案。」他輕輕地說。
琉璃筒中是一個斷首的屍體，斷下的頭已被縫上。
那是蚩尤的屍體，當年梭再去挖出時，驚訝地發現，它在土中一百多年依然不腐。
這使梭更為相信，這其中一定隱藏了答案。
「或許這是怨恨的力量。」他當時認為。
梭走去第二個琉璃筒，那是蚩尤的第二副肉體，亦即蚩尤的轉世。
這具屍體在皺著眉，兩眼像是受不了強光似的緊閉著，嘴唇微張，像在意圖抱怨些什麼。
他很瘦，似是一生中從未有過吃飽的日子，微微屈曲的手指，像在幻想著手上能捉著一點食物似的。
第三個琉璃筒，是個樸實的農人，黑瘦而結實的身體，雙手結了硬厚的繭，述說他辛勞的一生。他或許曾經抱怨日子過得毫無意義，抱怨他無力改變的生活，卻又不得不認命。
他同樣死於四十三歲。
梭把著琉璃筒，心中一緊：「答案的提示在這裡嗎？」
他撫的是第五個琉璃筒。
他發現一套規律。
蚩尤和他的三個轉世，全都死於四十三歲。

而且梭曾經觀察，蚩尤的怨氣，在他的三個轉世身上從未減弱過，但他的轉世卻不具有原本狂暴的性格。

是怨氣過強，反而壓抑了肉體嗎？

到了第四個轉世（梭忍不住看了眼琉璃筒），情況突然改變了。

怨氣似乎忽然消失了。

要不是他早有吩咐隨從追蹤，恐怕還找不到第四次轉世的肉體。

第四次轉世（也就是第五個琉璃筒）的蚩尤，臉神異常平和，是個普通的工匠，做的是陶器，每日重複揉弄泥土的兩手，指甲中塞滿的陶土已經成為身體的一部分。

他不是四十三歲死的。

他的鬍子有些花白，乾黃的臉顯示他在一場疾病中死去。

不，不對勁了，蚩尤的規律忽然改變了。

梭懊惱地看著琉璃後的屍體。

是什麼引起了變化？

他確信的是，眼前這一副肉體死亡之後，的確也迸出了一團怨氣，很清楚的，仍然是蚩尤的那一團。

但一旦再度轉世，那怨氣又無端感覺不到了。

梭看向第六個琉璃筒，是一個樣貌很滿足的老翁，一位活夠了、享受夠了、死而無憾的老人。

剎那間，梭在猜，是「恨」已經被忘記了嗎？

蚩尤的族人們四散遷徙，建立了新家園，而促使蚩尤死亡的那場戰事，早已過了一千多年的時光，早已成了一個黯淡的傳說。

沒遷走的族人，也跟打敗他們的敵人融合了，血液早已混入同一條血管，怨恨已經失去了意義。

梭猛然醒覺，突然之間，他發覺切孔的記憶已經變得模糊。

原來在這個毫無束縛的新世界，他是多麼的快活自在。

他常常觀察新文明的發展，閱讀學習他們的文字，研究他們的身體。

復仇的念頭，早已在不知何時悄悄溜出他的腦袋。

他想延長壽命，不正是為了復仇嗎？

可是已經過了這麼久，即使回到切孔，還有人會支持他復國嗎？有人會想回復過去舊帝國的腐敗嗎？

梭忽然沒了主意。

原來時間的力量果然如此偉大，任何堅硬的東西都抵不過時間的侵蝕，更何況是恨意？

梭在琉璃之室苦思了一整晚。

當晨光再度照入洞穴時，他終於決定了他的去向。

【圖卷四】 百鬼之奔

那一天的齊地，天空頻頻出現異象。

從前晚到今早，已經有好些人看見仙槎了。

仙槎急急的像在趕路，直飛往東海，消失在人們的視野裡。

那一天，是梭召集隨從的日子，他的好幾位隨從由世界各地的觀察站回來了。

他們會定期聚一聚，好報告新的發現。

梭還沒來到之前，隨從兼科學家兼導師們便鬧烘烘地寒暄，交換新資料和新發現。

梭悄悄的踱入會議廳，不打斷他們的交談。

他靜靜地聆聽，聽一些隨從們不會在他面前說的話，雖然他們能感應對方的感覺，卻聽不到心裡的思緒的，所以梭好好的把握機會，聽它一聽。

梭心裡得意的笑了笑，果然沒人發覺他的存在。他輕輕的咳了一聲。

一時，廳中鴉雀無聲，隨從們心虛的四望。

「是梭陛下來了嗎？」

他們等了一陣子，仍然沒看見梭。

一時之間，眾人疑神疑鬼的，討論也沒那麼熱烈了。

「夥伴們，」梭大聲說話了，「看這裡。」

隨從們大吃一驚，望向聲音的方向，只見梭的身影漸漸自空氣中浮出，慢慢凝聚成形。

「陛下！」隨從們對眼前這幕大為驚訝，對這突如其來的現象完全沒有準備。

「各位夥伴，我今天有好多事情要告訴你們，大家請坐吧。」在說話之間，梭的臉龐越來越清楚，隨從們又是吃驚的陣陣嘆息。

「陛下的臉……」

「變年輕了？」梭得意的笑，「還可以這樣呢。」他一說，臉孔立時又變得模糊，像一團漿糊般扭動，慢慢變成了人類的臉孔。

隨從們全忘了坐下，他們根本沒料到今天的相聚會如此不尋常。

他們全怔住了，已經快要老年的主子不但變年輕了，還可以將臉孔隨意變化。

梭滿意地微笑：「我不得不讚嘆這個世界的生物，全賴他們，我苦思良久的問題，才有了解答。」

「是復國嗎？」一名隨從熱切地問道，「陛下想到辦法一舉反攻了嗎？」

「不是，」梭將臉孔變回切孔人的樣子，好讓隨從們專心聽他的話，「復不復國，對我而言已不那麼重要，當年咱們崩潰得那麼快，我很清楚是因為失去了民心，時間隔了那麼久，空間相距那麼遠，我們一點資訊也沒有，也不知如今切孔已經怎樣了，說到反攻，不過是徒然而已。」

「陛下不想復國了？」隨從們有些失望。

「聽我說，」梭用認真的眼神望向每一位隨從，「反攻復國是一件吃力不討好的事，搞不好賠上大家的命，一切成空，我有個想法，我們不復國，但可以建國。」

一時間，沒人發出半點兒聲音。

「這個行星很不錯吧？咱們不如定居下來，建立新的切孔帝國。」

「可是我們沒有人民。」

「我們可以有，複製的技術不是早已成熟了嗎？」

「不行！」一名隨從慌張地嚷道，「那是切孔世代以來禁止的！」

「不行也沒關係，」梭又笑了，似乎又取得了一場勝利，「我們不需要人民，也不需要後裔，我們可以當他們的統治者。」

「陛下的意思……」

「這行星太年輕了，年輕得沒有一種比得過咱們的生物，只要壓抑他們的發展，我們便永遠不會從統治者的地位掉下來。」

「可是陛下，我們終究會死的呀！」

的確，每一位隨從早已垂老不堪，再過一些日子，這行星上的切孔人都會死盡，包括梭在內。

梭正是等著他們這麼想：「你們早已看見了，我是不會死的。」梭正說著，整個人突然又憑空消失了。

他的聲音在廳中四處繞走，興奮地大聲說著：「我，切孔帝國的繼承人梭，已經永遠不死，這全拜這個行星的生物所教導！」

「屬下不明白！」一名隨從跟著聲音打轉，朝著聲音呼叫。

「你們之中，有人從西邊遙遠之地，給我帶來了一些訊息，說是那裡的新思潮，一種叫『普他』的思想！」

「是我，陛下，」一名隨從應道，「『普他』的意思是醒覺的人。」他告訴大家。

「是的，覺者，覺者，這種思想最近也傳過來了，對岸的人正熱衷著呢！」梭的聲音在空中繞著繞著，又回到原來的座位上，顯現出他的形體。

梭默然的坐了一陣，隨從們全屏著鼻息，等他說話。

「你們……」他緩緩地說，「有沒有想過，所有所有的『存在』，全都是不真實的？」

沒人回答他，因為沒人能回答他。

「『普他』的想法是，一切是空，我們以為我們所見的所聽的所聞的是存在的，其實這只是一種主觀的感覺，這種感覺，覺者稱它為『有』，」梭怕他們不容易明白，是以說得很慢，「但在覺者的看法中，這一切的『有』，其實只是各種周圍的因素，在條件齊備之下產生的假象，所以只是『無生』。」

一名隨從想了一下，遲疑地說：「陛下的意思是……覺者是切孔所說的有智慧的人吧？一般人的『真實』的存在，在覺者眼中，這些『真實』即是機率下的產物。」
「大致上是如此，可是這當中又有一個矛盾，」梭說，「覺者所說的『無生』，必須要有一般人所言的『生』，才能夠成立，否則要是沒有『生』，又何來『無生』？」
「啊啊，我明白我明白，」一位隨從高興的叫著，「這是相對的，就像高沒有矮的比較，就不會有高的意義。對不對？陛下？」
「這種的『無生』，這種的空，是假的空，假的『無生』，是因為有生而產生的無生，」梭說道，「覺者要求的是真正的『無生』。」
「可是……陛下，」一名老成的隨從困惑地說，「這些道理奇是奇，不得不令人佩服這行星的生物也有這般哲思，可是又有什麼用途呢？」
「當然有，」梭不再賣關子，「我把這道理實踐化了，試想想，無生也就無死，也就無肉體的更換，沒有生命在死後忘記了意識的這種麻煩，因為我把『生命』超越了生死，生命不再屬於任何一副肉體，也不再屬於梭！」
眾人大吃一驚。
難道眼前的主子，眼前的梭，已經死了？
「是的，梭的生命已經脫離了梭的肉體，我不再是梭，我已然不死，因為我已然不生，我，就是『無生』。」
隨從們頓時一片譁然，慌張的議論著。
「無生」得意的觀望大家，心裡還有未曾說出的另一個想法。
啊，那只是一個個人的小小嗜好，無須多說的。
「只要咱們大家達到了不死的境界，再運用咱的心靈和科技，這個世界便是咱的『新切孔』了。」

隨從們對此並沒太熱烈的反應，因為他們不知是否還有時間去達到無生所言的無生。

無生並不擔心：「諸位放心，我正嘗試一種方法，成功以後，我可以直接賜與你們不死。」

※　※　※

梭，歲月如梭。

琉璃之室中的收藏品，已經增加到二十八個，一一裝在琉璃筒中。

梭檢視著他的收藏，他的小小的嗜好。

蚩尤的這些轉世們，已經被他「校正」回來了，想到這一點，他又不禁得意了起來。

他做了一點校正，使蚩尤的轉世維持在四十三歲死亡。

當然，他用了一點較激烈的手法，如果蚩尤的轉世們過了四十三歲還活得好好的，他便「強制」讓他死亡。

果然，這樣強制了幾次之後，蚩尤的轉世們似乎「學乖了」，準時在四十三歲去世。

但是，近來又似乎慢慢的不聽話了，最後兩個琉璃筒的收藏品活了很長的時間，給他帶來極大的麻煩，好不容易才殺了他！

都怪五味道人辦事不力！所以他才迫五味道人修正錯誤。

已經過了將近三千年，他仍未思考出原因：為何蚩尤的怨氣如此強烈，卻在每次轉世後遁形無跡？為何當初會有「四十三歲死亡」的規律，為何後來又會改變？為何他的強行「校正」會使死亡年齡重返軌道，最近又為何再起變化？

這個新世界果然仍有許多他不懂的事情，躲藏在一個個秘密的角落。

無生思考了很久，覺得思緒混亂。以往還有肉體時，一旦思考太久，只有腦子會混亂，如今捨棄了肉體，倘若思緒混亂，就會整個神識都不舒服。

他撫了撫第二十九個琉璃筒。

第二十九個琉璃筒是空的。

蚩尤彷彿是躲起來了，久久沒有輪迴，自從第二十八個琉璃筒之後，他已經很久沒有收藏了。直到最近，他終於偵察到蚩尤的氣息忽然在南方出現，而且不偏不倚的在他南境的根據地，他在那兒躲藏了從切孔飛來的生物實驗船，但在數十年前意外失去了啟動的鑰匙。

還是要怪五味道人！他的一時疏忽造成太多問題了！

他疑心蚩尤挑選這個地點投生，究竟是巧合還是刻意的？

「黃連。」無生渾厚的聲音瞬間自心中發出，傳到他大弟子耳中。

無生的大弟子黃連，是他從人間奪來的第一個人類，被他賜與了不死，還傳授他「氣」的操御法。無生告訴他：「東方『氣』的思想則涵蓋宇宙萬物，西方覺者之法超越了宇宙。」無生自人類文明之始便存在了，他比任何一位人類博學，而且孜孜不倦的吸收人類新興的文明。

無生繼黃連之後，還不時自人間帶回人類，並傳授他們御氣之法。

「青萍、紫蘇、白蒲、紅葉。」他依序呼叫。

一個個微弱的回應傳到他的意識中，他知道弟子們來了。

不一會，五個少男少女進入了琉璃之室。

黃衣的黃連，身形魁梧，一臉樸實，像是在街上不惹人注目的男子，總是和氣地微笑。

青衣的青萍，一臉冷豔，眼神帶有八分傲氣，是人們忍不住想看一眼的女子，卻不敢再看第二眼。

紫衣的紫蘇，一臉陰霾，冷漠的眼神，即使笑起來也帶三分寒氣。

白衣的白蒲，一臉秀氣，白白淨淨，很注意衣衫整齊，性情和善，喜歡陪笑。

紅衣的紅葉，年紀最小，只有七歲身軀，活了兩百年，依然不改稚氣而任性。

這五名弟子，帶著永遠不老不死的年輕身軀，和絕對服從的心，來到無生面前。

「我有一個任務要交付給你們，」無生像個大家長般慈祥地說道，「有個人將要出生，他的母親會難產，我要你們幫助他被生下來。」

「弟子知道！」五人齊聲回道。

「還有，你們要監視此人終其一生，在他四十三歲那年把他帶回來，生死不究！去吧。」

五名弟子答應了，正欲離去，又被無生叫住了。

「等等，我忽然覺得不安……」無生沒來由的一陣心悸，喝令弟子們止步。

無生慌亂了一陣，漸漸釐清紊亂的思緒。

他呼了口氣：「你們還要小心，記得我很久以前，曾把幾個人弄成不死之身，又把他們放走麼……？」

「弟子記得！」黃連應道。

黃連年紀最長，知道許多其他弟子不知道的事。

「謹防他們，小心別誤事。」無生擺擺手，「去吧。」

五名弟子離去後，無生覺得心裡的紛亂一直在擴大，原本只是思緒中的一小團漩渦，竟悄悄的搗亂了整個思緒，使他全身很是不舒服。

「或許有錯……」自從他把自己當成未來的統治者後，便開始喜歡做實驗，喜歡在世事裡頭加入一兩點因素，觀察事態發展。

例如他使幾個人類長生不死，又將他們拋回人世，試試看有何結果。

例如他將有靈氣的劍，送給封爐隱遁已久的鑄劍師，試試看有何結果。

這是他的因果遊戲。

或許他錯了。

本來自以為「無生」的他，自認已臻「涅槃」境界，不再被因果左右。

但因果並非一對一的，尤其當他加入了過多的「因」，「果」就變得遠非他所能預測。

「或許……」無生心裡又忽然一陣驚恐。

這一種恐懼，他猶記得上一次發生是在逃出切孔時。

三千多年了……他突然意識到。

※※※

「那裡那裡，師兄！」紅葉高興的嚷道，「我們到了嗎？」

「紅葉，別大聲叫嚷。」白蒲悄聲吩咐著，免得她又被其他師兄姊責罵。

他們從空中望下去，黑夜的山林中，有一盞小火光正時隱時現，看來是有人提燈在趕路，燈光穿過時密時疏的林葉，不規律地跳動著。

在他們眼中，林子裡除了燈光，還有很多其他的東西。

「好厚的陰氣在流動，」白蒲轉頭向黃連說道，「好像全往山下流去。」

「是鬼吧？」黃連隨口應道。

「啥是鬼呀？」紅葉拉拉白蒲的衣襟。

「噓……死了的人就會變鬼了。」

「哦？」紅葉還想再問，忽然注意到青萍嚴厲的目光，趕忙噤聲。

黃連在黑夜的高空中站著，面迎著疾風，指向山林中一塊空出來的土地。

空地上細細的一間小屋，淡淡的透出些許燈光，眼看燈光已經暗得不像話，快要熄滅了。

「去。」黃連一聲令下，五人立刻掠過林子上方，穿過稀薄的夜霧，趕向小屋。

林子下，響起慌張的奔跑聲，像有一大群沒命逃竄的人在疾跑，卻又不見半點人跡，只能感受到重重的陰氣。

五人不理那些陰氣，他們衝過渾濁不堪的陰氣，惹起一陣恐慌尖叫，然後直撲小屋，衝入門口。

門口一開，夜風急急的湧入，弄熄了奄奄一息的油燈，小屋頓時漆黑一片。

黑暗之中，傳來微弱的呻吟聲，床上的孕婦已經沒多少力氣，正處於半昏迷的她，對這些忽然闖入的人，沒感到絲毫不安。

「是穩婆來了嗎……？」她微弱的意識這麼想著，是奔下山的丈夫把穩婆找來了吧？

黃連環顧了一下小屋，令道：「燒水、乾淨的布。」

一聲令下，無生五名弟子各自就位。

於是，宋，元豐八年，雲空降生。

【圖卷八】　蓬萊之獸

仙島的天空充滿了殺戮的氣息。

月色固然皎白，卻被另一個更白的事物奪去了光采，那是個浮在空中、全身泛著耀眼白光的人。

那人朝天吼了一聲，猥笑著掃視眼前五人：「累了吧？」他好心的問道，問了，又忍不住狂笑起來。

無生的五名弟子已經跟他對峙了一個時辰，以弟子白蒲一人的御氣之法，已能獨步天下、無人能敵，此番卻五人輪戰也趨近不了那人。

無生五名弟子原本的任務，是在雲空四十三歲時，強制終止他的生命，以取得他的身體，並同時研究他的神識。

萬萬沒想到的是，雲空體內隱藏的那股怨氣、那個曾經叫蚩尤的靈魂，未待他們動手，已經撕裂雲空，自個兒迸了出來。

更沒想到的是，這團怨氣的力量竟如此強大。

他的強大，或許是怨恨的力量。

他大吼道：「你們這些小兔崽子，竟敢唆使人背叛我！」五味道人和黃叢先生的出賣，三千年前被同夥的背叛，這兩筆帳全被他算在一塊了。

他的強大，也或許是因為他的狂傲。

他大吼道：「憑你們五隻蟲兒，也敢來碰老子！」

三千年前他戰無不勝、殺人履血，從未想過失敗的滋味，更沒想過失敗會使他身首異處，積怨三千年不散。

他曾經是蚩尤，是傳說中黃帝最難纏的強敵，是歷代帝王立祠祭拜的戰神。

他有天大的理由狂傲。

黃連心念一動，一個念頭立時牽引了其他四人的腦子，他們全將氣集中於氣海，用最迅速的方法「養氣」，讓氣在氣海中全速沉積、搗動、擴大。

他們打算全力一搏。

眼前的蚩尤，也只不過一團氣，沒什麼理由他們無法將它擊散，使它永遠再無法形成稱作蚩尤的那團意識。

「啊啊，盡做些無益的事。」蚩尤冷笑著，兩手一揚，眾人只見兩道白光在空中劃過圓弧，氣海中的氣剎那消失得乾乾淨淨。

無生的五名弟子錯愕之際，恐懼已經自內心暴長。

天空中盤旋的羽人們，本來只敢遠遠觀看，此時又嚇得飛遠了些。

「哇——」一道哭聲突然響起，使蚩尤皺了皺眉。

是紅葉在哭。

她兩隻小手掩著眼，一面抹淚一面大哭，小小的身子在空中發抖。

白蒲將身體飄過去，撫著紅葉的背：「紅葉莫哭，師兄姊會罵的……」

沒人罵她。

沒人有心情罵她，黃連、紫蘇、青萍三人也在懼怕，沉著氣保留元氣，隨時準備應付蚩尤的攻擊，但他們也清楚，蚩尤一旦攻擊，或許就是死亡的那一瞬。

白蒲安慰著紅葉，不時偷瞥蚩尤：「別再哭了……別哭……」

「會死的……」紅葉邊擦拭淚水邊哭邊說，「大家會被他殺死的，白哥哥也會死……」

「我們是不死之身呀，白哥哥還要照顧妳呢……」白蒲知道自己在說謊，以蚩尤氣勢之強大，別說是死，說不定連他們的靈魂都會粉碎。他還在安慰紅葉時，整個人猛地一驚，抱緊了紅葉，因為在一瞬間，蚩尤已經趨至他面前，逼視著他。

其他三人也吃驚不小，一時體內真氣亂竄，亂了陣腳。
全身亮著刺目白光的蚩尤，白光中透出火紅的雙眼，瞪了白蒲好一陣子，才慢慢移到紅葉身上。
紅葉抖著唇，害怕得哆嗦不已。
蚩尤伸出手，移近紅葉的臉。
紅葉已經不會哭了，她只能睜大雙眼，水汪汪地看著蚩尤。
蚩尤只撫了一下她的小臉，很和懇地說：「甭怕，我不會傷妳。」
紅葉不放心地瞧他的手，仍自顫抖著。
「他們，」蚩尤指向黃連、青萍和紫蘇，「常常欺侮妳，妳討厭他們是不是？」
紅葉皺著眉頭，緊閉著嘴，快快的看了三人一眼，才很小心的微微頷首。
紅葉心裡有一個很特殊的感覺，她發現她並不畏懼這個強大的生物。
「嘿，」蚩尤笑了，露出一口光燦的牙齒，「我把他們都殺了好不好？」黃連的臉剎那整個綠了。
「不好。」紅葉馬上回答。
「妳不是討厭他們嗎？」
「不要殺師兄、師姊……」紅葉濕濕的兩眼凝視蚩尤，哀求著。
蚩尤凝視了她一陣，又瞧了摟著她的白蒲一眼，忽然轉過身去，血紅的雙眼恨恨的望向高峰。
高聳的山峰，月光下猶如猙獰的獸角，醜陋的立在山林之上。
「不要……」紅葉大聲說，「也求求你，不要殺我師父。」
蚩尤回頭一瞪，熱紅的視線嚇得紅葉整個人畏縮，蚩尤的臉忽然變得很恐怖，鐵錚錚的聲音比夜風更加冰冷：「這個妳不能求我。」

紅葉怕得不敢再出聲，瑟縮在白蒲懷中，白蒲直視蚩尤，更加抱緊了他疼愛的小師妹。

蚩尤不再多說，在他們毫無防備之際，已經突然自眼前消失，剎那之間，他已經抵達山峰，鑽入洞穴裡。

※※※

「來了！」無生這麼一說，五味道人也趕緊運緊了氣。

有股強大的怨氣直迫而來，琉璃室的空氣立時變得令人難受，每一顆空氣分子，都變得鉛粒似的沉重。

只有黃叢先生沒有道行，壓根兒不知發生了什麼事。

他還想問什麼來了。

他還沒問，答案已赫然出現在眼前，嚇得他慘叫一聲，跌倒在地。

殺氣騰騰的蚩尤，正咧開嘴猙獰地笑著，滿臉驕狂，紅得燒人的雙眼在恨意中帶著不屑，抬眼望著無生。

無生還是一副年輕小伙子的模樣，笑吟吟地舞動扇子：「你竟然可以逃出我弟子們的包圍，看來我果然沒做錯。」

「你做的任何事，都是錯的。」蚩尤狂妄的大聲說道。

「未必，我留下了這個人，」無生指指五味道人，「就是要對付你。」

五味道人沒有太吃驚，他早知無生必定有所圖，才會將他們留下的。

「你太看得起他了，」蚩尤瞟了五味道人一眼，「你難道想用他來擋我不成？你以為我不會先把你宰了，再對付他嗎？」

「為什麼呢？」無生一笑，「我沒背叛你呀，背叛你的是他們兩位。」

「啊，你殺我。」蚩尤輕描淡寫似地，「我與你毫無瓜葛，你卻殺了我好幾次轉生的肉體，還不只一次教我信任的人背叛我，」他覷了一眼五味道人，「這次你將『雲空』誘來，不也是為此嗎？」

無生聳聳肩：「我是殺了一些你的轉世沒錯，可是那又有啥差別呢？你還是同樣可以一而再、再而三的轉世又轉世。」

蚩尤聽了，便不再說話，只是輕蔑地笑著，雖然他的冷笑沒笑出聲音，可是那種冷冰冰的嘲諷，一如利刃般搗亂了無生的思緒。

無生渾身的氣陷入深深的不安，一種莫名的惱怒自胸中滋長。

他很想知道蚩尤憑什麼輕視他，他很想知道。

但他一問，便等於是輸了。

輸了也沒關係。無生狡猾的一笑。反正最後是要殺死他的。

蚩尤只不過一個狂妄自大的靈魂，一團氣，雖然能夠打贏他的五名弟子，也只不過表示他的氣較強而已。

但他畢竟是靈魂。

靈魂是一種人死後散發的氣，氣裡頭留存有些許「聯結」，保留了上一個肉體的意識。

一旦將這些「聯結」撕裂，這些氣便回復為自然之氣，失去意識、失去人格。

無生早就知道這個事實，因為這是切孔帝國最徹底的一種死刑。

相反的只要加強「聯結」，靈魂便會固定，並且緊緊的維持肉體，這便是不死，這是無生在無生之後才明白的。

無生相當清楚，他隨時可以撕裂眼前的這個靈魂。

只是有些可惜，如此無生會很遺憾的。因為一旦消滅了這個靈魂，他花了三千年的收藏和研究，便要告一段落了，真是可惜。

基於這個想法，無生允許蚩尤說出心裡的話：「也罷，你就在消失之前，告訴我吧。」

「告訴你什麼？」

「告訴我你在譏笑什麼？」

蚩尤不屑地轉過頭去：「你這句話，已足以讓你改名。」

無生忍著惱意，等他說下去。

「你不該叫無生的，或許叫無知較為貼切。」

五味道人在旁邊一直沒吭聲，現在他說話了：「請你們兩位莫再耍嘴皮子了。」

蚩尤和無生同時轉過頭來。

無生眼中隱藏著殺意，不過他不是想親自動手，只是想引誘蚩尤攻擊五味道人，再藉機消滅蚩尤。

這時，黃叢先生慌張的拉著五味道人：「你別多嘴了……」

「怕死嗎？」五味道人啐道，「我們活了這麼久，也不妄一死，況且眼看也免不了一死。」五味道人說著，高傲地抬頭，直視蚩尤的眼睛。

蚩尤點點頭，同意五味道人的話：「也對，夜也深了，天也涼了，大家也累了，無須多費唇舌。」

無生意識一緊，全身真氣忽然凝聚，形成一層堅硬的護罩。

他猜，蚩尤要動手了。

但蚩尤沒做什麼。

他依然站著，什麼也沒做。

無生正感到疑惑，忽然覺得一癢。

「癢」這種感覺，是皮膚下的神經末梢，受碰觸刺激時產生的感覺。

可是無生早已沒有肉體，所以也不可能有皮膚。

但他確確實實感到癢，痕癢無比，而且癢的感覺像條小蛇在體內游動。

無生大吃一驚，感到前所未有的恐懼。

即使當年逃離切孔的生死關頭，他也未有如此的驚懼。

因為他發現了他為何會癢。

他驚疑的僵直了身形，如果他是人，他早已渾身冷汗。

他癢，因為他堅硬的護罩洞穿了，而且只穿了小小的一個難以察覺的細孔。

他很癢，因為有一絲細微的氣穿入小洞，鑽入他充滿真氣的體內。

他痕癢無比，因為這道細細的氣一穿入體內，便快速撫摸他的每一個聯結、探測他的每一個意識，像個猖狂的窺探者，貪婪的閱讀他的每一釐記憶。

方才五味道人乘他不備，也曾把心靈的觸鬚伸入，無生雖感吃驚，但五味道人的能力相對太弱，他也不放在眼裡，再者，反正他遲早殺了五味道人，也不怕將來會有更強的敵人。

但眼前的蚩尤，這個他的收藏品的原宿主，何時培養了這麼強大的能力？三千年來，他竟從未發覺？

無生的意識，莫名的感到一慄，部分的記憶突然變得紊亂而模糊。

他驚覺他的「聯結」，逐個被撕裂了。

蚩尤伸入的氣，正破壞他的聯結，消去他的記憶、他的意識、他的仇恨……

「切孔！」無生驚叫，「我還沒回切孔！」他已經不再只是驚慌，還同時非常非常的遺憾。

「你忘了，」蚩尤提醒他，「你並不想回切孔，你是想建立新切孔。」

「我……我的隨從，我忠心的隨從……」無生的叫聲已經變得斷斷續續，沒辦法連成完整的句子。

蚩尤毫不留情的破壞他的聯結，一個接一個剖開，無生原本化身成的年輕男子形象，已在漸漸崩潰，變得像扭曲的麵糰，混濁了起來。

「我的士兵們……」無生殘存的意識中，羽人們像喋噪的鳥群，成群在小島的天空上飛翔。

「我的弟子……」他已經在喃喃自語。

蚩尤最後的一擊，無生立時崩散成一團白氣，在空氣中載浮載沉，變成奶白色的氣團，不安地蠕動著。

黃叢先生緊盯著無生，眼看他散成一團之後，更加慌張了起來——原來靈魂也可以死——他恐懼地望向蚩尤，全身泌出冷汗。

而五味道人則一刻也沒將視線離開過蚩尤，他見蚩尤發動攻擊時，體內的光芒驀然增強，輕輕閃耀，待無生一崩解，蚩尤馬上像鬆了一口氣般，光芒迅速退去。

這表示什麼？五味道人暗忖……可以偷襲嗎？

「別做蠢事。」蚩尤血紅的眼珠子朝他望來，五味道人慌忙止住了氣，「省著，還有用呢。」

五味道人心裡七上八下，不懂蚩尤打的禪語。

「無生啊無生，」蚩尤的語氣忽然柔和了起來，「我不如此，你又豈肯聽我說話？」

白氣浮在半空，頑固地扭動著，不知是否有在聽。

「你可知何謂無生？」蚩尤繞著白氣，慢慢地踱起步來，「萬物氣聚則生、氣散則亡，氣聚便產生『形』，有形便是佛曰之『有色』，一旦接觸形色，便生欲望，如此看來，層層相因，由氣的聚集到產生欲念，令有形色的生靈無法斷絕欲念，因此不斷想維持自己的『形』，這便是你的境界，這便是你所謂的無生。」

白氣在空中戛然靜止，似在沉思。

蚩尤瞟了白氣一眼，問道：「何謂無生？」

接著又自問自答：「生是剎那之間的事，死也是剎那，一旦死而氣散，過往的『生』，過往的因緣、欲望又何在？不但一丁點也找不來，而且還猶如從未發生過一般，以往的生滅變化成了一場空，就和從未有過生滅變化一般，能透徹領悟了這點，才是無生。」蚩尤冷言道：「你還差得遠。」

「你又領悟了嗎？」五味道人忽然發問，嚇得黃叢先生縮去一角，他萬萬沒想到五味道人會再去招惹蚩尤。

可是蚩尤很和氣地答道：「沒呢，我怎會領悟呢？我在很久以前叫做蚩尤，轉世數次仍然怨氣沖天，過去的因緣一直鬱結在靈魂中，所以生生世世擺脫不了悲慘的生活……但是，後來，我理解到輪迴的目的。」

「輪迴的目的？」五味道人反問道。

「你，」蚩尤指著黃叢先生，把他嚇了一跳，「你體內不過是一個腐臭的靈魂，你把它終日愁在軀殼裡頭，一千多年來，你不覺得臭嗎？」

「我呢？」五味道人沉著兩眼，歪嘴笑問。

「還好。」蚩尤只回他這句。

「你呢？」

「我？」

「你說輪迴的目的。」

「輪迴的目的在修行，」蚩尤說，「每一次轉世，換一個全然不同的學習環境，多次的轉世，我已增進不少。」

「是不少。」五味道人瞟了眼曾經是無生的白氣。

「可是他三番四次打擾我，」蚩尤指向白氣，「他總在我四十三歲時殺了我的轉世，為了避免他打擾，只得在四十三歲自動死去，好專心我的修行……上一次，我正有精進，他又派人來殺我。」蚩尤的語氣中沒有恨意、沒有抱怨，只有惋惜：「我想，我終於能夠對付他，是該算算帳了。」

「你算了，算得很清楚，你成功的消滅了他，」五味道人覺悟似地說，「現在你也該向我算帳了。」

蚩尤沒回答他。

只見蚩尤全身猝然亮起強光，一股清爽的氣頓時充滿全室。

只不過一瞬間，那團浮在半空的白氣忽然發出陣陣吱吱聲，上億萬個氣的「聯結」又重新連了起來。

無生的記憶、意識、知識剎那間回復，那團氣又恢復成一個人形，重重地摔到地上。

地上伏了個衰老的人形，正微微地抽噎著，發出異於人類的飲泣聲。

五味道人和黃叢先生都驚訝不已，不敢相信地直盯蚩尤。

「現在我要向你們算帳，」蚩尤又恢復了冷酷的微笑，「跟我來！」

※※※

黃叢先生駕著仙槎飛離洞穴，仙槎上還載了五味道人。

然而蚩尤是待在仙槎上空，緊盯著他們。

當他們飛出洞穴時，無生的五名弟子馬上從旁邊越過，欣喜的去找無生。

只有最小的弟子紅葉，在經過時刻意掠過蚩尤耳邊，拋下一句話。

「謝謝。」

蚩尤沒有露出反應，紅葉的一句話，只像夜風中飄下的一片碎葉。

但是這片樹葉在平靜的水面上激起了微小的漣漪。

「島的對岸有一群山妖精怪等著我，等我去當牠們的大王。」蚩尤像在告訴他們兩人，又像在喃喃自語。

他說的是七年前的事。

「你想去當王嗎？」五味道人抬頭問道。

蚩尤默不作聲。

三人沉默的穿過大海。

黑夜中的大海，明月投落的影子，像是黑墨中的一輪金鏡。

【圖卷九】百妖之王

【典錄】蚩尤

蚩尤是一種神話「原型人物」，扮演惡人或叛逆者的角色，是咱們老祖宗黃帝之大敵，又矛盾的祭他為「戰神」。

蚩尤首度登場於《山海經．大荒北經》：「蚩尤作兵戈黃帝，黃帝使應龍攻之冀州之野，應龍畜水，蚩尤請風伯雨師，縱大風雨，黃帝乃下天女曰魃，雨止，遂殺蚩尤。」他是唯一能把黃帝打怕的對手，《太平御覽》卷十五說「黃帝與蚩尤九戰九不勝。」

傳說中，蚩尤的長相奇特，《廣成子傳》說「蚩尤銅頭啖石，飛空走險」，《初學記》說他「八肱八趾疏首」，《太平御覽》卷七十八說「蚩尤兄弟八十一人，並獸身人語，銅頭鐵額，食沙石子」，或《述異記》說「蚩尤兄弟七十二人，銅頭鐵額，食鐵石。…人身牛蹄，四目六手，…耳鬢如劍戟，頭有角。」由此看來，蚩尤還是人嗎？

蚩尤之所以屢屢戰勝黃帝，必有過人之處，《春秋元命苞》、《述異記》都說他能起大霧，《龍魚河圖》說他「造五兵，威振天下」。現今普遍認為蚩尤非一人，而是一氏，而且是懂得提煉金屬的氏族，又能造兵器，所以才會「銅頭鐵額」，在戰場上佔盡優勢，想必當時金屬武器是驚人的新武器。

但黃帝最後仍是贏了，有關蚩尤戰死有多種說法，有說上天派玄女教授黃帝戰略，有說黃帝製造指南車破了蚩尤大霧。而他死後被分屍，是出自宋朝羅泌《路史．后紀四》：「黃帝傳戰執尤於中冀而殊之，爰謂之解。」在這裡「解」是指分屍兩地，或許是一種刑罰，也或者為了避免死者會回來復仇。

儒家系統以黃帝為「仁義」代表，而蚩尤則是反面的「叛逆者」，另一說他從黃帝或炎帝底下叛亂，例如《博古圖》說：「三代彝器多著蚩尤之像，以為貪虐之戒。」但歷史是勝利者寫的，這段歷史太久遠，我們無法還原。

蚩尤死後，黃帝還利用他來威服其他對手，《龍魚河圖》說：「後天下復擾亂，黃帝畫蚩尤形象，以威天下。」後來蚩尤便成了祭祀對象，《封禪書》中說齊國有八種祀，第三種是「兵主，祀蚩尤。」《史記・高祖本紀》記劉邦出兵前祭祀黃帝、蚩尤，《述異記》和《漢書》也說太原地方在漢武帝時立祠祭蚩尤，歷代君王祭神，都不會遺漏蚩尤。

之卅三

百妖堂復篇

紹興元年（一一三一年）

烈火之中，妖物撥開火焰，露出正在被燒死的孕婦。

孕婦肚中有個生命在頑強的掙扎，包圍在他四周的肌肉被高溫燒得緊縮，壓縮他僅有的空間。他不願就此死去，他的一生尚未啟步，他甚至還沒看到陽光，卻先面對了火光。

「奇貨可居呀！奇貨可居呀！」妖物興奮的說道。

他在子宮之中十分難受，羊水被加熱了，子宮成了熬煮他的容器。在極度痛苦之中，他憶起了無始以來曾經面臨過火死，也面臨過油炸之刑，還面臨水煮之刑，他怨毒的詛咒著命運，為何這種命運總是重複發生在他身上？

火焰終於燒燬最後一層保護，滾熱的羊水從洞口衝出體外，但無法澆熄地獄般的烈焰。

妖物伸手，將皮肉被煮得快要剝落的胎兒抱出子宮。

「小東西，你想活下去嗎？」

他擺動脆弱的小手。他想。

「我有方法哦，不過你要乖乖聽我的話哦。」

只要能活下去，只要不這麼快墮回輪迴，他什麼都願意！

「那就好辦了。」妖物兩手把他包在懷中。

他正要安心時，妖物的懷中突然燃起烈焰，火舌剖開他浮腫起水泡的皮膚，他咧開大口，縮成一團的肺臟倏地脹開，他吸入空氣，想要號啕大哭，但他吸入的是火焰，馬上焚燒了他的聲帶、燒焦了他的氣管。

「乖乖別鬧，」妖物柔聲說，「我不是要救活你，你這副身體不堪使用了。」

說得也是，皮開肉綻、內臟被煮熟的身體，救活了不也是殘廢嗎？

「我是要轉化你。」妖物輕聲道。

原來如此，難怪烈火沒那麼灼熱了。

事實上，還變涼快了呢。

※※※

月影在海面隨著海浪波動。

仙槎無聲無息的穿越東海，黃叢先生聆聽著低聲細語的浪濤，不知不覺竟累得睡著了。

雖然害怕，也總是要睡的。

漸漸的，陸地遠遠的露出邊緣了。

深沉的夜，沒有植物在進行光合作用。即使月光皎白，光線的強度也不足以叫醒葉綠體開工。

但是，海面上低迴的嗡嗡聲，卻令某些體質敏感的植物體內的水分震動，把他們自沉睡中喚醒。

有的植物張開了眼，或是某種等同於視覺的感光組織。

他們感到夜空中有一團光，自遠方的海面迫近陸地。

強光中站了個人影，兩手在胸前交叉，傲視前方。

「是大王，」三百年老樹首先發覺，「大王回來了！」他馬上興奮的告知同伴。

他深埋地底，穿透深層岩石的根部，將訊息傳遞給旁邊較年輕的樹——說起來該是他最年幼的孩子——年輕的樹懵懂的將訊息拋給隔壁四周，如此將訊息一路擴散下去，頃刻之後，整個山東的植物都得到了消息。

在天亮以前，消息就會傳遍整個宋、金地區的植物。

各地的妖物開始飛奔而來，他們相信無生履行他的約定了。

當仙槎終於接近海的邊緣時，群妖已經密密麻麻的聚集在海邊，欣喜的歡呼，歡迎他們未來的大王。

霎時間，各種各樣的歡呼聲，由鹿鳴、熊號、虎嘯、猴啼等百獸雜聲以及金、木、水、火、土各類精物之聲交奏而起，令整個海邊熱鬧不已。

五味道人沉著氣，凝神準備。

他準備一死。

自從得到長生以來，這是他首次正視死亡的來臨。

「你準備好了？」蚩尤的聲音自頭頂上方傳來。

「呃？」五味道人冷不防他這麼一問。

蚩尤高高在上，望也不望五味道人一眼，血紅的眼睛掃視遠方海邊的群妖，似在妖物中尋覓不知什麼。

「請將你的氣集中在陰蹻。」蚩尤指示道。

五味道人聽話照做，心中卻不免疑惑：「陰蹻位於會陰之內，人身百濁集中之處，把氣聚在此處何用？」

仙槎緩緩降落於百妖群中，喧囂的怪叫聲吵醒了黃叢先生，發現自己身陷重重妖物之中，不禁嚇了一大跳。

「歡迎大王！歡迎大王！」「大王來了！」百妖們興奮不已，氣氛十分高昂。

他們還不知道東海上的仙島剛剛發生了什麼事。

置根於陸地的樹妖們無法知悉彼端的事，由於隔了一道海，海水杜絕了訊息傳遞，仙島上的植物也跟他們沒有聯繫。

但妖物們看見雲空蛻去了人類的軀殼，露出真身，以蚩尤之姿航向他們時，他們無法抑制心中的興奮，以為蚩尤已經準備好領導他們了。

蚩尤由空中慢慢的降到地面，伸出兩手示意百妖安靜，他們頓時鴉雀無聲。

老骨妖從妖群中步出，手中拎了個人皮袋子，矮小的他一邊走，袋子便拖地的骨碌骨碌作響。他走到蚩尤面前，朝蚩尤恭敬的行禮：「大王駕到，小妖有失遠迎。」

蚩尤輕瞄他一眼：「我不是你們的大王。」眼神繼續在妖群中搜索。

此言一出，百妖們頓時譁然，議論紛紛。

老骨妖錯愕道：「小妖還道大王是來帶領咱……」

「我從三千年前開始就不想領導別人了。」

百妖發出失望的噓嘆聲，一片喧譁。

「大王三思！」老骨妖緊張的高呼道，但一個「思」字還沒講完，下巴就掉落地面，急得他趕忙俯身撿起。

「我也很納悶，」蚩尤對老骨妖說：「為何執意要我這個人來當王？」

「大王以前答應過的呀。」老骨妖忙說：「大王降生時，百鬼驚跑，何其威武！我輩早已執意要大王率領我們！」

蚩尤環顧眾妖，揚聲說道：「百妖人才濟濟，你們之中，必有更有資格的！」

蚩尤說了這句話，妖群中默然生起一股詭異的氣氛。

「恐怕，」老骨妖深沉的說，「沒人比你有資格。」

「你代表他們出來說話，你難道不是大王嗎？」

老骨妖一邊撐住搖晃的下巴，一邊搖搖頭：「我是個戰場上化不掉的人骨，有幸被大家推舉，一來因為資格老，二來因為會說話，說到帶兵遣將，絕對不行。」

蚩尤血紅的眼睛望著老骨妖，似乎想看穿看透他：「為何要帶兵遣將？」

老骨妖回眸瞥了一眼四周，才貼近蚩尤說：「大王，後面有間破廟，咱去那兒談談，好嗎？」

蚩尤想了一下，回頭對五味道人說：「陰蹻。」

五味道人雖然不明就裡，但仍然點點頭。

蚩尤覷了眼黃叢先生，此人撕不碎也砸不爛，大可擺著不理。

於是，蚩尤對老骨妖點點頭，示意他開路。

老骨妖向群妖高叫：「讓路，讓路，我和大王有事商量！」

眾妖讓開一條大路，露出路盡頭的一間廢廟。

五味道人高聲問道：「不用我去嗎？」

蚩尤不回頭：「你看好仙槎。」與此同時，五味道人的腦海出現蚩尤的聲音：「看緊，這些妖怪並不同心，小心捲入他們的是非。」

原來如此，五味道人懂了，這種蠱惑人心、挑撥離間的事他最懂了，怎麼會不懂呢？

老骨妖走過妖怪開出的路時，一個很高又瘦長的人步出道：「我一起來。」

「待會，」老骨妖說，「我會叫你來。」

又有一個滿臉細毛、背部高隆、體格魁梧的人步出：「我呢？」

「諸位暫請稍候，待我先跟大王傾談。」

蚩尤尾隨老骨妖走到廢廟時，聞到廟宇散發出一股像魚腥又像雞肉的異味，才知是龍王廟。

山東沿海一帶水神信仰興旺，尤其北宋興起龍王廟，但如今此地已屬金人地界，主持廟宇和供奉香火的人大概也不知逃往何方了吧？

進入廟門之前，蚩尤問道：「方才那兩人是誰？」

「高高的是樟大仙，另一位是虎大仙，是他們各族的頭目。」老骨妖說，「還有幾位，他們想一塊兒商量，如果大王願意，待會再叫他們。」

兩人進入龍王廟後，樟大仙在妖群中投目向五味道人，凝視他良久。

五味道人感受到他的目光，盼了他一眼：「我認得你嗎？」

樟大仙走出妖群，步向五味道人，走動時發出嘰嘰聲，長長光滑的臉面向五味道人：「咱倆是老相識了。」

「怎麼說？」

「咱倆是同鄉呢。」樟大仙的臉龐木然的擠出笑容，「你一定想不起來吧。」

五味道人見他身上披了件華麗的大紅袍，隱然繡有日月神人，日輪中有金烏、月輪中有蟾蜍，還有躍兔、飛仙、人身蛇尾、巨獸等物。

五味道人嗅到有股很熟悉的氣息，卻猜不出他是什麼來歷：「你告訴我好了。」

「你去尋仙後，家人擔心得不得了，你老母每日憂心，又得不到你消息，沒幾年就鬱鬱而終。」

五味道人臉上變色，不覺真氣撩亂：「那是千年以前的事兒。」

「而我是你家後面的大樟樹。」

兩人對視良久，沉默不語，五味道人感到淚水盈然，胸中沉悶，但他極力控制自己的心念，否則無從操縱體內的真氣。

他譴責自己，即使經過千年，比別人爭取到更多時間修行，依舊無法控制那一念心。

陰蹻。

不管為何，但他相信蚩尤必有深意。

「我家人後來怎樣了？」他沉著氣問。

「還重要嗎？」樟大仙依舊臉孔木然，「都已經是千年以前的老事兒了。」

五味道人深吸一口氣，穩住了自心，止住了淚意。

陰蹻。

※※※

進入龍王廟後，老骨妖馬上朝蚩尤跪下，蚩尤也不多言，就等看他會說什麼。

「實不相瞞，人間危急，妖界也在危急。」老骨妖激動的說。

蚩尤不反應，等他說。

「金國攻打大宋，眼看宋國是不行了，咱妖物不明瞭韃子習性，韃子的妖物也會入侵咱們地盤，往後日子恐怕不好過。」

「這事你們幾十年前就知曉了麼？」

「不，比起韃子和韃子妖怪，還有更可怕的事情，」老骨妖似乎忍了許久，不吐不快，「西方有魔羅，據說住在黃河源頭，意欲入侵中原，西方邊境的同伴已經遭到侵略，近幾年來，甚至連樹精都失去了聯絡！」

「樹精失去聯絡又怎樣？」

其實他知道怎麼樣。

當蚩尤仍擁有雲空的身體時，曾經遇過一位吊在樹上多年卻仍未真正死去的舉人，他的意識跟上吊的樹身相連，竟能透過地底龐大的樹根聯繫，構成一個強大又迅速的全國通訊網。如果失去聯絡，意味著對方知道這個通訊網的存在，也有能力把他斷絕。

「你們要我領導你們去跟魔羅戰爭？」

「我們妖類素來不喜戰爭，因為人身修來不易，不會如此輕視性命，」老骨妖輕輕搖首，「只求大王率領我們，令魔羅不敢入侵中土。」

蚩尤沉吟半晌，問道：「這魔羅是何物？不是妖怪嗎？」

「不，妖是修來的，或天地氣積變化而來，」老骨妖說，「而『魔』是一種天生的神物……」

「他們是神？」

「大王，您也是神。」

蚩尤不感興趣，斬釘截鐵的說：「魔羅不關我的事。」

老骨妖十分的失望：「大王不擔心魔羅入侵嗎？」

「不過，我方才看見你們妖眾之中，有幾個很有能力的，何不讓他們當王？」

老骨妖嘆了口氣，用力稍重，下巴竟當場脫落，在地面摔成兩截，他只好從人皮袋子取出另一個死人下巴安裝上去。

老骨妖整了整下巴，說：「屍不湘茫……」他懊惱的用手調整下巴，發覺上下顎大小不符，造成前牙咬字漏風，舌頭也爛得差不多了，只好再從人皮袋取下巴更換，換了兩三個才滿意：「抱歉，實不相瞞，方才大王也瞧見那幾位了，他們各有擁躉，互不相讓，因此僵持百年，仍無定奪。」老骨妖下巴換了，連嗓音也換了。

「剛才哪幾位？」

「虎大仙、龜大仙、樟大仙、羊仙、鹿仙，還有鼠王、鷹王、蟾蜍精……」

「誰最有實力？」

老骨妖沉吟了一下，似乎不太想說：「樟大仙。」

「為什麼？」

「他年歲最長，據說有千年之久。」

「那豈非正好，他是木精之王吧？」蚩尤道，「魔羅侵害木精，由他報仇不很合理嗎？」

老骨妖一副有口難言的樣子：「眾妖你不服我、我不服你，要讓他們齊心合力，還是大王您能服眾。」

蚩尤不由分說，走過老骨妖身邊，走出龍王廟，老骨妖吃驚的緊跟上去。

外頭群妖見蚩尤現身，立即安靜下來。

天色仍然晦暗，蚩尤的身體幽幽發光，看在群妖眼中，不啻神人下凡。

蚩尤瞟了五味道人一眼，他仍然跟黃叢先生坐在仙槎裡頭，五味道人眼神堅毅的直視蚩尤，黃叢先生依舊一臉畏懼。

「很抱歉，」蚩尤的聲音洪亮，響遍四野：「讓大家辛苦走這麼一趟，可是我真的不想當你們大王。」

眾妖紛紛發出異聲，有失望的，有憤慨的，卻也有一批陰沉沉的不知計算著什麼。

「不過，我知道有人適合當大王。」眾妖出現興奮的情緒，等他說下去。

「那麼……」老骨妖步上前來，嘆道：「還請大王指示，何人合適當王？」

「我說了不算，需你們心服口服才是！」蚩尤掃視眾妖，「你們之中……有人有提議的嗎？」

沉靜了一陣，忽然有妖物跳起來大呼：「還用說嗎？最適合當大王的，自然是樟大仙了！」

「樟大仙！對極了！樟大仙！」立時有妖物隨之起鬨，像是預演過的一般。

穿著古老紅袍的樟大仙從妖群中步出，轉動身體向四周致意，此時才看清楚，高瘦的他其實身形很扁，如同一方木板。

蚩尤眼前的老骨妖皺了皺眉，隱忍不發。

「是否……」蚩尤緊盯著那位得意洋洋的樟大仙，「是否千年樟木棺材蓋？」

「是的。」老骨妖嘆道。

「那麼，他不是木精，而是個火精了。」

「說得也是。」老妖心中大奇，抬頭睇了一眼蚩尤。

蚩尤忽然面朝五味道人，低聲命令道：「陰蹻上氣海、心竅，右手！」五味道人還未反應過來，右手已不由自主的伸直，手掌朝向名叫樟大仙的火精。

一道真氣猶如決堤大水，排山倒海的衝向樟大仙，在百妖們的驚叫聲中，樟大仙的身體穿了個大洞，噴灑出一堆木粉。

樟大仙驚愕之際，身上的華服飄落，才知不是袍子，而是一條長長的招魂幡，乃出殯時高掛在木竿上、入土時披蓋在棺木上的招魂幡，而樟大仙露出本相，原來是一方漢朝的老棺蓋，有朱漆和黑漆繪上的祥雲、仙人、仙獸、神話怪物的彩繪，相當華麗。

樟大仙嚇得跌跌撞撞的衝入妖群尋求庇護，口中大喊：「快救我，還不快救我?!」

妖物們面面相覷，沒人敢出來對抗蚩尤。

「嬰重！嬰重！」樟大仙怪叫：「殺了他！」原來他叫的另有其人。

眾妖望向一處，空出位子，才見到一位頭面如嬰兒的怪人，頭大身小，睜著一雙有段距離的圓眼。

見到自己被暴露形跡，嬰重發出初生兒般的格格笑聲，徐徐步出妖群，笑道：「你要我殺哪一位呢？」他口中沒有牙齒，語音含糊。

「殺，殺，」樟大仙慌亂得結巴，「殺那個！」他指向五味道人。

五味道人舉著右手，掌心依然朝向樟大仙。

嬰重用三歲幼童的可愛聲音說：「呵呵，這位我殺不起，人家道行那麼高，我動手就等於送死。」

樟大仙愣了一下，朝他的木精、火精同伴叫嚷：「你們，一起上呀！」

眾妖靜默，沒人敢移動寸步。

「今時不同往日呀，大仙，」嬰重說道，「當年我們毫無防備，才會被你得手，說到底，你畢竟是殺害我們父母的仇人呀。」

蚩尤聞他話裡有話，瞪他一眼：「你是什麼人？」

「初次見面，哥哥，」嬰重笑望蚩尤，「我是你弟弟。」

蚩尤冷冷的凝視他，良久才說：「你是雲空的弟弟。」

嬰重格格笑道：「沒錯，我是樟大仙從我被燒死的娘肚子裡掏出來的。」

五味道人打斷他的話頭：「如今你要如何？」

蚩尤說：「別讓他再搗蛋。」

五味道人手中真氣一發，樟大仙才剛啊了半聲，頓時化為木粉。

空氣中揚起一陣帶有霉味的木屑味，很快就被鹹鹹的海風颳走了。

蚩尤靜靜地凝視樟大仙消失的方向。

百妖們完全安靜無聲，不敢發出丁點聲音。

許久，蚩尤才對五味道人說：「謝謝，帳已經算清了。」

五味道人點點頭。

「如此你我就互不相欠了，」蚩尤道，「無生已經弱得無法再操縱你，我們兩人就各放對方一條生路，讓自己自由吧。」

五味道人看著木粉在空氣中漸漸飄落地面：「為何殺他？」

蚩尤冷峻的說：「那些妖物等我當大王很久了，但是也有不服的，好多年前，就有火精企圖殺死雲空，卻殺了雲空的父母，還有許許多多的村民。」蚩尤把臉轉向群妖，「不特此也，他還第二次在隱山寺找到我，企圖再殺，但他忘了一件事。」

老骨妖端了端下巴：「什麼事呢？」

「我是蚩尤，我家本是炎氏，我不怕火。」

五味道人望著木屑隨風而逝，了然的點點頭。

「你是被樟大仙養大的嗎？」蚩尤問嬰重。

「能活著比什麼都重要，不是嗎？」嬰重反問，一直維持著笑臉。

老骨妖上前碰觸蚩尤的手：「你真的忍心不當我們大王，眼睜睜看著魔羅壓境嗎？」

蚩尤帶著些許傷感地說：「諸位，我不當你們大王，但有一事相託。」

老骨妖世故地回頭看了百妖一眼，又轉回頭來：「只要大王吩咐的，一定辦到。」

「就像七年前一般……」蚩尤說道，「麻煩你們找回雲空的身體，給我穿上。」

「沒問題。」老骨妖拍拍胸膛。

「可是……好像碎得很厲害。」

「沒問題。」老骨妖更用力的拍了拍胸膛，「大王請稍等。」

老骨妖邁步走去龍王廟，在眾目睽睽下進入廟門。

不久，龍王廟冒出一股腥氣，一條黑龍從屋頂飛出，在空中盤旋了一陣，便一頭鑽入東海。

眾妖發出驚嘆，老骨妖既然有辦法叫得動老龍，那張嘴想必十分了得。

正當眾妖抬頭仰視黑龍時，妖群中走出一個戴著草笠、身穿破斗篷者，走到蚩尤跟前：「百妖王，我有一事相求。」

此人長得頗高大，幾乎跟蚩尤一樣高。

蚩尤見他不露臉，便問：「你是何人？」

他拿下草笠，露出他一頭白髮，以及額頭上那隻妖眼，正因四周充滿妖物而發出耀目的紅光，甚至照紅了全身泛著白光的蚩尤。

「你認得我的，我是洪浩逸。」此言一出，眾妖立即譁然！

洪浩逸曾經殺害許多妖物，尤其是獸妖，還獵殺供人食用，是以他一自道姓名，許多仇家當即怒火中燒，恨不得馬上衝過去把他碎屍萬段！

「他何時混進來的？」妖物們也十分訝異，「怎麼沒人發覺？」

待在仙槎上的五味道人聽見騷動，也不免注意洪浩逸，他沒見過這位跟他同列「四大奇人」的人物，不禁感到詫異，即使他再逞匹夫之勇，也不可能愚蠢得獨闖妖群。

蚩尤環顧群妖，眼見他們一個個摩拳擦掌，只是礙於蚩尤，不想在他面前做出不敬的舉動。他冷眼望著洪浩逸：「你帶了多少箭？你的箭有多快？」

「不多。」

「你明知前來是送死，為何要在群妖聚會中現身？」

「我追尋了你十年，追蹤妖氣最盛的地方，因為惟有此刻，你才會現出百妖王真身，而我需要百妖王的幫助。」

「我不是百妖王，你剛才也一定聽到了，」蚩尤道，「況且，有什麼事值得你冒生命危險這麼做？」

洪浩逸點了點額頭上的妖眼：「此乃夜叉之目，我想請求你幫我把它拿下，給我此目的夜叉告訴我，惟有百妖王才拿得下來。」

眾妖立刻竊竊私語：「原來他有夜叉目……」他們恍然大悟，為何洪浩逸有追殺妖物的能力，又為何能躲在妖群中不被發現。

「給你此目？」蚩尤想了想，「為何夜叉會給你？」

「因為她是我的高外祖母，為了救我的命才給我的。」

「那麼她是獨眼夜叉囉？」蚩尤朝著洪浩逸說：「她忍受獨眼的不方便，那她一定很疼惜你。」

洪浩逸聽了，心下一震！

疼惜？他可從來沒想過。

蚩尤繼道：「這麼好的東西，還讓你在人間和妖界揚名，被稱為北神叟，你不喜歡它嗎？」

「我已經九十歲，對人生毫無惦念，只想以人類的身體死去。」洪浩逸回道，但他除了滿頭白髮之外，壯碩的體格根本不像老人。他環視群妖：「我也不害怕你們復仇，只要妖目去除，洪某便任由你們處置。」

眾妖聽了，見他絲毫不把他們放在眼裡，愈加忿恨，紛紛怪叫起來。
「你的高外祖母是夜叉，那麼你也是夜叉的種了！」蚩尤道。
「非也，我的高外祖母之所以變成夜叉，是因為百妖王你給她吃了夜叉肉。」
「我？」
「她親口告訴我的。」
蚩尤回想了一下：「的確有這麼一回事，那是好久好久以前了。」
「在你前世，也是當百妖王的時候。」
「我明白了。」蚩尤才剛說，竟迅雷般的出手，一把抓去洪浩逸額頭的妖眼，將紅色的眼珠子摘下，洪浩逸當場血流如注。
血水掩蓋了他的眼睛，他卻感激的說：「謝謝你，百妖王。」洪浩逸的額頭開了個洞，在失去妖眼的瞬間，周圍的妖物馬上變了模樣，不再看起來像人形，在他眼中一一回復本來面目。
他感覺到體內的力量飛快流失，趕忙解下綁在腰間的小皮囊，把袋口打開，當下飄出一縷清煙。
蚩尤看見，清煙中有一位病弱的少年，憐憫的凝視洪浩逸，看著洪浩逸強壯的身體慢慢變瘦，背脊漸漸彎曲，皺紋如蠕蟲般爬滿臉上，回復他應有的體態。
那位少年是洪浪，雲空在幫助狐仙時見過的洪浩逸之子。
原來這麼多年以來，洪浩逸一直把他帶在身邊。
「那麼，這個眼珠子，你也不會要了。」蚩尤說著，將紅色的夜叉目奮力一拋，眼珠子飛出遠遠的，越過龍王廟上空，飛過海邊的防風林，消失得無影無蹤。
群妖走近蚩尤：「大王，此人乃我們殺父母、殺子女的仇家，請讓我們殺了他吧！」

洪浩逸心滿意足的抱著皮囊，羸弱的蜷曲在地面，嘴角掛著笑意。

蚩尤伸手制止群妖。

他凝望著洪浩逸的臉，直待他的呼吸停止、心跳停頓，神識也幽幽的離開身體。他已經想捨棄這副肉體很久了，是以神識離開得很快。

蚩尤放下手。

群妖一擁而上，爭奪洪浩逸的身體，在眾妖用力的拉扯下，洪浩逸的軀殼四分五裂，被撕裂成碎片。

老骨妖聽見喧鬧聲，匆匆從龍王廟趕回來了：「發生啥事？我才剛離開一下而已。」沒人回應他，他轉頭以眼神問嬰重。

雲空在胎中被燒死的弟弟嬰重，冷笑著說：「我哥哥原來是個仁慈的人呀。」

※※※

龍王廟後遠處的林邊，一隻巨鼠般的生物屈著精瘦的身體，仰視即將要清晨的夜空。

一顆發著紅光的小點正越空朝這方向飛來。

巨鼠般的生物躍身而起，伸手接住了夜叉眼。

望著掌心的紅眼珠，傷感的嘆了口氣之後，才把紅色的眼珠子塞回臉上的空眼眶子。

經過了八十餘年，她又得回了她的眼睛。

夜叉女朝龍王廟的方向作了個揖，對遠處彼方的蚩尤表示感激。

在她轉身離去的前一刻，她瞧見黑龍從東海回來了。

※※※

太陽完全露出海面時，海邊的岩石鋪上陽光，忽然活起來似的閃閃發亮。

小小的螃蟹在岩石間横行，迎接旭陽。

海岸上躺著的道士，被陽光照醒了。

他用一手擋著陽光，昏昏然，無力地甩甩頭。

頭很重。

慢慢適應了陽光之後，他睜開眼，一瞭無際的海洋頓時衝入眼中。

他大大吸了口氣，吸入晨間帶有寒意的海風，頭部的沉重感馬上去了大半。

他習慣性的瞧看身邊，點算隨身物件。

草帽、布袋、寫了「占卜算命・奇難雜症」的白布招子，一件不缺。

他望了一會大海，隨即又低下頭，沉吟著，似乎睡了一場很長的覺，就什麼都忘光光了。

「雲空。」他告訴自己，似乎想確認一下。

還是有點不清不楚……他再度甩了甩頭。

忽然，他神經質的急急環視四周。

沒啥特別的。

他又將視線回到海上。

他舉起右手，將手掌平放在眉上，眺望著，望見海中有個小黑點，是島嗎？

不一會，小黑點變模糊了，像是被霧遮去了。

雲空伸了伸懶腰，便一骨碌站起身來。

曉風吹入他的衣袖，袖子慢慢鼓起，又慢慢垂下。

緩緩爬上天空的太陽，燒紅了海面。

天的另一頭，依然皎白的月，依依不捨地落入山後。

雲空拿起隨身物件，朝西行去。

【典錄】妖

「妖」是「娱」字的通俗寫法，《說文》解為「巧也」。在字義上，它是用來形容女性的豔冶和嫵媚，或是指一切反常的事物，比如《左傳》宣公十五年載：「天反時為災，地反物為妖。」古人認為天的失序是災，地的失序便生妖。又莊公十四年載：「人棄常則妖興。」

《禮記・中庸》也有：「國家將亡，必有妖孽。」其疏曰：「衣服歌謠草木之怪為妖，禽獸蟲蝗之怪為孽。」才是我們現在一般所言的「妖怪」的意思。

晉干寶《搜神記・卷六》卷首有「妖怪」專論：「妖怪者，蓋精氣之依物者也。氣亂於中，物變於外。形神氣質，表裏之用也。本於五行，通於五事，雖消息升降，化動萬端，其於休咎之徵，皆可得域而論矣。」其意指五行之氣附於物件，使物件外表產生變化，因此而生妖，可從妖的表現知道事情的吉凶、亂象之源頭。至於文中的「五氣」，同書卷十二又有論及五行之氣在「清」或「濁」時的表現都不同，可藉以判斷休咎。

之卅四

行路難

紹興二年（一一三二年）

清明之後，雨季便來了。

一陣迅雨忽然暴起，帶走了些許暑氣，大地被潤濕得一片深染，灰濛濛的雲層透出天光，看來這場雨不會下很久。

這場迅雨可苦了趕路的雲空。

他把布袋抱在懷中，腳下疾步踏過雨水打出的水窪，想找地方避雨。

遠遠望見一棵大樹，頂著華蓋般的濃葉，雲空毫不遲疑的衝到樹下，抬頭確認樹葉夠不夠茂密。

沒想到，樹葉沒來由的一陣騷動，一頭亂水撥了下來。

雲空搖頭甩了甩水，把腰彎得更低，免得布袋被打濕了。

他的眼簾滴著水，在模糊的視線中，瞄到了一所破庵。

雲空邁開大步奔跑過去，在漸漸迫近破庵時，眼中不停打量破庵。

破庵的門邊斜掛了一方木匾，霉黑的木匾上刻了沉沉的「滴水庵」三字。

庵門兩扇都脫落了，有一扇破得不像話，變成癱瘓在濕地上的木材，顯然是被外力強行弄裂的。

「有人來過？」雲空腦中閃過這麼一個念頭。

不知是最近的事？還是好久好久以前的事呢？

國事不寧，大宋對金屢戰屢敗，皇室早已過江重新建國，平民百姓也跟著南逃，一波一波的流民湧向南方，相信這破庵也曾是流民們夜宿之地。

雲空也是一路南逃，好不容易過了淮水，想越江到漢人的地方去，回到他出生的南方。

在思潮之間，雲空已一腳踏到庵門前，濺起一片水花，為早已沾濕的衣角再添幾塊泥跡。

庵門上方有屋簷擋住部分雨水，雲空總算鬆了口氣，擦了擦眼，喘了幾口氣，才望入庵門之內。

庵內沒有陽光，陰沉沉的瀰漫著發霉的氣味，弄得雲空鼻子酸酸的。

這「滴水庵」教人打從第一眼起就有不信任感，令他想起當年跟赤成子誤闖的百妖堂。

雲空撥撥衣服上的水，取下草帽揮揮水花，小心的步入庵內，兩眼一面適應黑暗，一面四下打量：「貧道路過貴寶地，求借一宿，避避雨勢。」雲空習慣性地向四方大聲說著，算是向晦暗的世界打個招呼，「萬望多多包涵。」

黑暗用迴音回答了他。

迴音只短促的出現，便被陰暗吞沒了。

雲空瞪眼看望四周，看看沒有回應，便再作了個揖，放下緊抱的布袋和白布招子。地上輕輕的揚起灰塵，加重了空氣的霉味。

雲空思忖著：「天下大亂，想必夏安居也沒了。」

承自印度的習俗，僧人在雨季不出門，在庵中精進勤修，印度的雨季正逢中國的夏季，是謂「夏安居」，一般自五月十五開始「結夏」，八月十五才「解夏」。

可是此時庵中別說僧人，連鬼影也沒一個。

「僧人不安居，倒是我道士來安居了。」雲空嘀咕著，一邊翻找布袋中的火石，慶幸火石沒有弄潮。

他又四下找了找，拖來牆邊堆著的乾草，搬來沒被燒完的幾根木材（大概正是方才所見到的門板碎片）。

他敲敲火石，火石迸出了一點火星。

突然，他又狐疑地環顧一下，對庵內的空氣感到不安。

他停頓了一陣，細心聆聽。

很寧靜。

只有雨聲在外頭聒噪不休，庵內迴盪的只有寧靜。

雲空又細心的聽了一回，將火石移近乾草，引出火星，讓乾草悄悄燃起。

在他熟練的吹拂、添草之後，火燒旺了起來，雲空再添木材，慢慢將火撥大。

潮濕的木材冒出熏煙，雲空咳了幾下，鼻子的敏銳突然加強，他警覺地再三看望四周，小小的一個庵還是瞧不出什麼。

火光漸強，漸漸爬滿了天花板和牆壁，與此同時，鼻子裡也有一種氣味逐漸加重。

雲空站了起身，追尋著氣味。

他在滴水庵後方的一角，看到一根斷臂，無數肥大的白蛆在上頭蠕動，幾隻青頭大蠅還在上方嗡嗡盤旋。

斷臂與鼻中的氣味刹那聯繫，異味一旦有了意義之後，忽然間變得更加濃烈。

雲空心神一緊，轉去滴水庵後方，才看到一個內堂，橫七豎八的躺了十餘具屍體，腐氣衝天，連空氣都被染青了顏色。

屍體全都高度腐爛，滿堂的蠅蟲在興奮地亂飛。

雲空摸出手帕掩在鼻上，濕透的手帕正好隔去屍臭。

他蹙著眉，從容地踏入內堂，跨過屍體，觀看一具具苦主生前最後的姿勢。

暴露在空氣中的屍體是腐敗得最快的，這些屍體沒幾位留下臉孔，但殘存的皮肉上仍可看出深深的刀痕。

「快刀。」雲空盯著創口，告訴自己。

殺人的人很急，每具屍體都是用刀砍死的，不管脖子、胸部或是腹部都透了風。

殺人的人很準，每人一刀斃命，沒浪費多一刀的力氣，想必殺人殺慣了，駕輕就熟。

地上又擺著另一隻斷臂，拳頭不知在緊握著什麼。

或許殺人者想搶奪死者手中之物，所以才斬下了手臂，不想死者太過緊張，斷臂反而握得更緊。

如果殺人者有耐心多待幾日，待手臂腐爛就可以拿到了。

雲空用鞋尖滾了滾手臂，手指隨即鬆開，掌中滾出一枚銅錢。

雲空撿起銅錢，端詳了一回，看見方孔四周順時針鑄了「招納信寶」四個字。翻過銅錢，後面也有二字，上有「使」字，下有個鏡反面的「上」字。

「這是哪門子銅錢？」雲空忖道。

銅錢上一般是「年號」加上「通寶」，這上面的「招納」不是年號，不知是啥玩意兒？

他想，這些死者身邊沒有行李，想必是南逃之人，自家鄉千里迢迢追尋安居之地，眼看快要抵達南方，卻在此庵被人一刀了結性命，等於說辛辛苦苦來到此地，卻專程將性命和行李雙手奉人。

在這死人數以萬計的亂世，滴水庵的十餘具死屍，也許根本不算什麼，也沒人會去追究。

「現在該怎麼做？」雲空心裡懊惱著，「是全部留在這裡？還是全埋了？」他懷疑自己有沒有埋葬這麼多屍體的能力。

他摸摸衣服。

濕透的衣服貼著皮膚，令他感到窒息，怪不舒服的，所以他決定先到火堆旁烤乾衣服。

他踏出內堂，卻馬上愣住了。

在他生起的火堆旁，坐了個衣衫襤褸的人。

「是流民或叫化？」

無論是逃命的流民或是乞食的叫化，都可能如此殘破，像廢布揉成一團般殘破。

那人察覺有人，回頭瞥了一下：「原來是個仙家啊？得罪了，借火烤烤。」

「無妨，」雲空邊說邊脫下外衣，「貧道正要弄乾自己。」

那人屈著兩腿，把頭埋在腿間，雙眼不時偷瞄雲空。

雲空將衣服用木材架起，又把布袋放在火堆旁，再將白布招子展開。

白布招子一展，那人陡地「咦」了一聲。

雲空停下手中動作，望著他。

那人抹抹鼻子：「不知仙家道號？」

「貧道雲空。」

「果然，洒家一瞧你這招子上的字，便猜了個八九分了。」

雲空的白布招子掛在竹竿上，寫了「占卜算命・奇難雜症」八字。

「不知怎地稱呼？」

「洒家白天頂天、晚上臥地，是個伸手的叫化，無須名字。」

「那……先生認得貧道？」

「不敢不敢，」叫化趕忙搖手，「別稱先生，折殺我了……江南一帶的叫化，有誰不知道長大名？」

雲空心下大奇：「此話怎講？」

「好幾年前，你見過咱們的鐵橋先生之後，他就慘死了，江寧府團頭為了此事，吩咐天下的叫化找你，雲空二字，我是不忘的。」叫化又抹了抹鼻子。

「那件事……」雲空知道他講的是神算張鐵橋，已經是十數年前的舊事了。

「甭提了，團頭也換人了，沒人要尋訪你了，況且現在天下大亂，誰還在乎這碼子事？」

雲空鬆了一口氣：「有件事，貧道倒是想請教。」

「哦？叫化何德何能被仙家請教？」

「你的手接過天下的錢，不知可曾見過這種？」雲空取出那枚銅錢，「這種銅錢你見過嗎？」

聽到錢，叫化的眼睛立時亮了起來，見是一枚沾血的銅錢，語帶輕視：「天圓地方的銅錢，還會有啥不同？」

「方孔旁邊寫的是『招納信寶』。」

叫化蹙眉將銅錢拿過來，仔細瞧了瞧，口中咕噥著：「洒家沒見過這年號。」

「貧道也沒。」

「哪來的？」

雲空指向滴水庵後方：「那裡死了好多人，不知誰殺的。」

叫化聽了，馬上跳起來，咚咚咚地跑到庵後方，去翻找死人身上的東西。

天空越來越白，越來越亮，果然，過不久雨就歇了。

雲空收拾好烤乾的行李，披上外衣，還不見叫化從後堂出來。

他走去後堂，見那叫化靜靜地蹲在地上，細心端詳死人身上的創口。

「我要離開了，」雲空掩著鼻子道，「我把火留下。」

叫化沒回頭：「謝啦。」然後又繼續研究另一具屍體。

雲空正轉身要走，突然被叫化喊住：「仙家，且慢！」

「有何指教？」

「這些死人，」叫化指指腐屍，「全都是男人。」

經他一說，雲空也覺得蹊蹺，難怪剛才就覺得不太對勁。

「你朝南去的嗎？」叫化問他。

「是的。」

原本金兵像蝗蟲一般撲向南方，意圖消滅大宋，在宋人軍民頑強抵抗下，金兵無法推進，又因來自北方的金人不適應亞熱帶氣候，只好暫時撤退，留下大片無人管轄的空間，許多人乘機利用這空間逃去南方。

「路要走慢點。」叫化說。

雲空不解。

逃亡的人，哪有走慢的道理？

他對叫化說的話不置可否，只說：「謝了。」

離開滴水庵，雲空加緊腳步，希望能趕在天黑前找到個落腳處。

雨後的空氣令人精神爽朗，但天空依然昏沉，看不出是什麼時辰。

高空似乎颳著大風，把雲撥散了，天空更加的明亮了，眼看離天黑尚有一段時間。

雲空看見前頭的路上躺了一堆東西。

隨著他的迫近，那堆東西越來越清楚，又是人類的殘骸！

有個人頭滾在路邊，臉孔已被撕裂，下巴被扯脫，連舌頭也不見了，只剩少許皮肉附在頭骨上，破爛的衣服、碎骨、殘餘的內臟散落一地，如同猛獸飽餐後的狼藉。

雲空背脊一涼，趕忙從布袋取出一塊桃木，上面塗了紅紅的符文，這是道士入山避獸專用的「老君入山符」。

一陣低沉的咆哮聲，雲空心底一沉，路旁迸出五隻野狗，分佔四個角落，包圍著他。雲空驚慌的望著地上的殘骸，腦中浮現出未來的命運。

野狗伸出長長的黑舌頭，貪婪地瞪著雲空，似乎並不著急，或牠們才剛吃飽，地上的殘骸還飄著新鮮的血味。

雲空小心地移動腳步，野狗們的包圍圈也隨之移動，視線卻一寸也沒離開雲空身上。

他的老君入山符果然不管用！

雲空慌張的四下張望，尋思脫身之計，偶爾跟野狗有視線接觸，全身登時麻了半截，連小腿也酥軟了。因為野狗的眼中不是飢餓，而是瞭解人肉滋味後，還想再飽嘗一頓的渴望！

包圍他的五隻野狗以逸待勞，並沒馬上攻擊他，只是沉沉的低嘯著，時而吠上幾聲，每吠一次，雲空的髮根就麻痺一次。

但牠們的眼光，不時瞄向雲空手上的竹竿。

原來！牠們對竹竿有所顧忌。

雲空心亂如麻，不自覺的舉高竹竿，他的手才剛有動作，兩隻野狗立刻狂吠，作勢要衝過來，嚇得雲空馬上住手，牠們才又退回原位，繼續低吼。雲空嚇出一身冷汗，連腦子也感到一波一波地顫動。

「仙家呀。」雲空吃驚的往聲音的方向望去，只見剛才在滴水庵的叫化子，正悠閒地坐在樹頭上，「洒家不是叮嚀要你慢走的嗎？」

雲空無助地望著叫化，哭笑不得，不知說啥是好。

「仙家瞧瞧，這五隻畜生裡頭，有個領頭的。」

五隻野狗對轉頭望向樹上的叫化，某隻野狗只低吠了一聲，轉回頭來瞪著雲空，其餘四隻也馬上回到崗位。雲空看出來了，發號施令的野狗體型較小的，眼神冷靜，不像其餘四隻野狗十分高壯，有他的腰那麼高，一口就可以咬斷他的脖子，眼中盡是殺戮的意味。

「貧道瞧得出來……」雲空向叫化說，「可是我又能怎地？」

「先攻擊領頭的，其他的自然陣腳大亂。」

「不是貧道客氣，恐怕才剛攻擊，其他幾隻就馬上把我撕成四大塊了。」

叫化皺了皺眉：「你隻身行走江湖，卻如此不濟，怎麼活到現在的？」

「說來慚愧。」雲空充滿歉意地苦笑。

叫化舔了舔唇：「也罷，待洒家想想。」叫化果真閉上眼，低頭沉思起來。

雲空眼看野狗的包圍圈越來越小，心裡著實慌亂得緊。

他擔心一揮動竹竿，就會像柳宗元說的《黔之驢》那般，一來個後空踢腿，就馬上被老虎摸清斤兩，高高興興的吃了牠。

「虎有虎勢，熊有熊勢，狗也有狗勢，」叫化沒頭沒腦地嘀咕著，「虎難轉身，熊難下坡，所以遇虎要繞樹跑，遇熊要往山下跑。」

「可是……」雲空不安地瞟了叫化一眼，「狗比老虎或熊都來得靈巧呀。」

「我們當叫化的，在路上常遇惡狗，久而久之，也摸透狗的性情，先人有德，創了一套專門打狗的棍法。」叫化揚了揚手中的齊眉棍。

為免惹狗攻擊，雲空只敢小聲說話：「先生既有打狗妙法，如今生死攸關，可否相救則箇？」

「別那麼沉不住氣嘛。」叫化在樹上換了個姿勢。

雲空見他不像要幫，眼見野狗的口水都快滴到鞋子上了，心裡一急，便小心取下竹竿上的白布招子，將白布纏繞到左手臂上，然後慢慢的轉動竹竿。

他打算萬一野狗攻擊，左手臂纏繞的布可先擋住利齒，然後用竹竿殺出個缺口，邊打邊逃。只怕牠們不畏打，硬要吃他。

「很好很好，孺子可教。」

雲空一怔，看見叫化在樹上滿意的點頭，一手撫弄下巴的鬚碴：「很好，竿子準備好啦？且記下洒家這幾句話。」

原來叫化以為他要受教了。

「聽著，狗有四腿，只要擾亂這畜生的腿，牠便無計可施。」

雲空聽了只是茫然，困惑地抬頭看叫化。

沒想到，他才剛抬頭，野狗見他分心，立刻發動攻擊。原來牠們等候時機已久，乘雲空不備，立刻同時撲上去，咧開大口，利齒瞄準雲空的喉頭。

雲空渾身寒顫，下意識將竹竿揮起，混亂中擊中一隻野狗，但絲毫沒影響牠們的攻勢，一隻撲空，另一隻馬上接替。

叫化也沒遲疑，立即翻身下樹，將齊眉棍對準領頭的狗揮打，重重打在牠的鼻子上。那頭領慘叫著縮起尾巴，閃去一旁，心有不甘的低哮。

無論是人是狗，鼻子乃一大要害，一旦受到重擊，短時間內會失去抵抗能力，尤其鼻子對狗而言是第二生命，萬萬傷不得。

叫化一招得逞，馬上衝入包圍圈，大嚷道：「仙家看著了！」

他一棍橫胸掃去，正好伸入騰空跳起的野狗腹下，他喊道：「四足不著地，正好攻擊啦！」於是棍子往上一挑，野狗在半空四腳朝天，重重落地。「乘牠未翻身，了結牠！」叫化馬上又去對付另一隻了。

雲空一時緊張，手中竹竿忘了留情，奮力打去野狗腦門，竹竿上的鐵鉤一插，勾入野狗脖子，那狗登時氣管開洞，喉頭冒出鮮血的泡泡，雲空不敢置信的望著鉤子上的血跡。

在轉息之間，叫化的齊眉棍朝地面一伸，探入另一隻野狗腹下，野狗稍有遲疑，被叫化撩起後腿，頓失重心，叫化便順勢一棍直落，野狗的背脊「咔」了一聲，立刻翻在地上淒厲的哀號，使同伴遲疑了攻勢。

已有三隻野狗失去攻擊力，「二對二。」叫化咬牙朝雲空笑道：「了結這幾隻畜生，也免得日後傷人！」

「牠們只是為了覓食，苟活性命而已……」雲空怔怔然說。

「什麼？」叫化難以置信，以為自己沒聽清楚。

「我看過大宋的兵，他們在南逃的路上還殺老百姓，醃了肉當軍糧……」

「你是沒殺過生嗎？」叫化吼道。

「算是沒殺過……」

「殺死一隻要吃你的狗，不要像死了爹娘似的精神恍惚，你要不殺，洒家可要殺了。」

「為何要殺？」

「大宋官兵把老百姓當軍糧，洒家把狗當午餐總行了吧？洒家可是一整天沒東西下肚了！」

※※※

半刻鐘後，叫化已在林中生起火，把雲空殺死的野狗用小刀剝了皮，用樹枝架在火上燒烤。

另一隻被斷了背脊的野狗，早已內出血過多死去，牠存活的三隻同伴也沒閒著，為首的拉出牠的舌頭吃掉，其餘兩隻撕破牠的肚子，享用牠熱騰騰的腸子。牠們剛吃過人，還不餓，只是想嘗嘗最鮮美的部位，還時而瞄來叫化的火堆，大概想試試烤熟的同伴是什麼味道吧？

雲空早已鎮定下來，一起忙著烤狗肉。

兩人果然餓了太久，三兩下便將一隻野狗啃得乾乾淨淨，還把骨頭扔給野狗，野狗不感興趣的嗅了嗅骨頭，牠們要的是肉。

叫化摸摸飽漲的肚子，輕蔑地瞥了眼野狗：「瞧吧，人跟狗一樣，只要能進肚，理他吃的是啥。」

雲空舔舔唇緣殘餘的狗肉腥味，兩手合抱，道：「感謝先生今日解了我兩個難關。」

「小事一樁，」叫化擺了擺手，「叫化伸手向天下人要飯，救救人是分內事。」

「打狗的棍法，不知有何名目？」雲空請教道。

「就叫打狗棍法。」

「方才先生所言，似乎是專向狗腿下手？」

「非也，打狗棍法與一般棍法並無太大差別，同樣是掃、撥、挑、打、點、黏，只不過重在搞亂狗的腳步，若被那畜生咬到，只要提起牠的後腿，牠便會鬆口的，即使是兩人對決，若先制住敵方的腳，許多招數便使不出來了。」

雲空感激的拱手道：「謝教，貧道終生受用。」

「打狗跟打人也差別不大，遇上仗勢欺人的，打他身邊的狗腿便是。」叫化哈哈大笑，

「不跟你扯淡，」叫化站起來，拍拍本來就很髒的屁股，「洒家有路要走，且先行一步。」

「不如咱們結伴……」

「咦，」叫化截道，「我倆本非同道人，洒家要趕路，不便同行，但請聽我一言……」叫化把臉靠近雲空，一字接一字地說：「不要走太快。」

雲空正困惑著，叫化已經邁步走去，不一會兒，竟在大路上走得無影無蹤了。

雲空怔然道：「是個高人。」他站起來，不放心的看那三隻野狗。

三隻野狗不敢再惹他，況且牠們已經吃得飽飽的，沒有再惹他的理由了。

雲空仍然不放心的且走且回頭，直到看不見牠們了，腳步才放輕鬆起來。

叫化的叮嚀，他仍舊沒放在心上。

隻身在路，路旁似乎隨時會有險惡冒出來，這種路，叫他怎能慢慢走呢？

他巴不得快快走完！

於是雲空加緊腳步，望著天色趕路程，巴望天黑前能找到歇腳處。

太陽早過了中天，在偏西的半路上，眼看大概未時快交申時了，很快老天就要沉下臉了。

雲空沉默的趕路，時而取出司南以確認方向。

走了個把時辰，雲空忽然發現腳底踏進一片血灘。

血被吸入土中，形成一灘軟軟的血泥，十分觸目驚心。

雲空迅速四下游顧，發現血跡不只一灘，彷彿有人邊噴血邊趕路，留下一路血泊。他這才終於放慢腳步，驚疑的看著被染紅的路面。

不只是血，路肩上還排了一列圓圓的事物，無須靠近，便已看出是人頭。

誰會把一個個人頭這麼排列的？

人頭很新鮮，還沒發出崩解的臭味，每個失去生命的臉像在冥思，半垂著眼簾、半閉著唇。雲空不知不覺數了起來：一個……兩個……三個……

「二十七個。」數到最後一個人頭時，他告訴自己說。

「不，是二十八。」不知何時，身邊已站了個粗黑大漢。

雲空驚退一步，大漢早已舉起手上大刀，追著他的脖子砍來，刀刃猙獰的剃過空氣，呼呼的寒風夾帶著血氣。

雲空腦子驀地一片空白，腦中蹦出叫化的打狗手法，下意識提起竹竿，從刀的側面一壓，在空中壓出半道圓弧，輕鬆的把刀路帶偏。

大漢沒料到有此一著，忙用蠻力將刀抽離，再劈頭斬來。

雲空這次可是很明白自己在做什麼了。

「黏！」他心中一聲低喊，竹竿伸入大刀的軌道，在刀勢正當凌厲之際，竹竿打個轉圈，大刀再次偏移了方向，差點把大漢弄得腳步不穩。

「這臭道士邪門得緊！」大漢怒聲一叫，不用大刀了，衝前來用手捉著雲空，「看你怎麼閃？」正說著，兩隻大手捉著雲空的脖子，兩隻大拇指熟練的壓上他的喉結。

雲空感到氣息一悶，眼珠子像要被擠出眼眶般難受。

「賢弟！住手！」一把嘶啞的聲音使大漢立刻鬆手，雲空推開他，咳個不停。

雲空睜眼看這位從鬼門關拉他一把的人，心裡暗暗感激。

感激中又帶有十分的不安。

因為那人喚大漢「賢弟」。

路旁林子閃出一人，他一身勁裝，狡詐的大眼打量了雲空一番，才慢慢的走上前來。

黑大漢指著雲空嚷道：「他是孔仲乾的人，怎麼不殺？」

那人罵道：「混帳！他身上哪兒寫了『孔仲乾』？」回首一喚：「來人！」林中又竄出幾個漢子，個個帶有暴戾之氣，用充滿殺意的眼睛打量雲空。

那一身勁裝的漢子會使喚人，又叫那黑大漢「賢弟」，看來是個領頭的。

黑大漢押著雲空：「二哥，好好一個人頭，怎地不取了？」

「沒見識就不要說話！」那「二哥」一斥，黑大漢雖然不服，還是低下了頭，狠狠地瞪著雲空。

「二哥」拍拍黑大漢的肩，令他走開，再度好好的打量了雲空一番。

忽然，他將雲空竹竿上的白布招子扯下，扔去路旁，惹得竹竿上掛的兩枚銅鈴亂搖著抗議。

接著，他取下雲空的草帽，交給手下：「加上黑紗，要遮去容貌。」手下應了聲是，一旁忙去了。

黑大漢早已搶過雲空的布袋，一面翻找、一面嘟囔道：「啥鬼個道士，一個銅板也沒。」

雲空憂心忡忡地看著布袋被翻弄，那裡頭可是他的全副家當。

「噫，這臭不拉嘰道士，」黑大漢翻出一面銅鏡，前後反轉著瞧，「怎地帶些娘兒的東西？」話才說完，黑大漢就把銅鏡收到衣服裡面了。

雲空一時情急，忙嚷道：「那不能拿！」

黑大漢狠狠地瞪著他，又有些避忌地望了「二哥」一眼。

「那是我師傳的古鑑，不能給你！」

「古鑑？」旁邊的同夥，笑呵呵地摸去黑大漢身上，「很值錢嗎？借來瞧瞧。」

「去！去！」黑大漢惱怒地咄道。

那位「二哥」擠過來了：「黑個兒，你拿人家鏡子為啥？」

「給我那娘兒呀。」

周圍的手下們譏諷地偷笑著，眼神中帶有許多曖昧。

「拿來。」那「二哥」令道。

黑大漢不情願的交出古鑑，那「二哥」接過來，看也不看一眼，只問道：「沒武器吧？」

黑大漢搖頭。

「拿去。」那「二哥」把古鑑和布袋一併交還雲空，「記住一件事，在眾人面前，你不能說話。」

雲空愣著眼看他。

「只有在我向你請示時，你才需要說：『賢弟，照你的意思去做吧。』明白了嗎？」

雲空環顧四周的人，不解地看著他。

「明白了吧？照說一遍。」

「賢賢弟，就照你的意思去做……」

「很好。」

「呸。」黑大漢吐了一口涎沫，飛腳踢掉路旁好幾個人頭。

那「二哥」立刻叱喝道：「擺回去！別誤了大事！」

「二哥，你別老是罵我！」黑大漢也不滿的頂撞了，「大哥……他就從來不罵我的。」

「黑個兒，你不是不知道，孔仲乾不是好惹的貨色，」那「二哥」依舊一副冷峻的表情，「你殺了他這麼多兄弟，樑子已經結得夠深了，祭人頭是表示尊重，要是看見人頭散亂，會惹得他更毛的，聽話，把人頭擺回去吧。」

雲空陷入了一片疑雲，未知的不安感緊緊勒著他的脖子，讓他有種說不出的難受。很顯然的，他們要他冒充一個人，這個人比「二哥」的輩分還要大。

比二哥輩分大的當然是「大哥」。

此人很可能也是位道士。

雲空的草帽被送回來了，上面加了一圈黑紗，可以把他的臉完全遮去。

「二哥」一擺手，那批人前呼後擁的把他推入林子，雲空被包圍在中間，無力左右自己的命運。

只見林子一角躺了具死屍，死屍上蓋著蓆子，但仍蓋不掉死者頭上的道冠。

「二哥」向死者合掌拜了拜，便吩咐人將屍體掩埋了。

雲空被迫跟著「二哥」離開，沒看見他們怎麼處理屍體的。

忽然，眼前霍然開朗，林子裡出現大片空地，空地上聚了不少人，幾個人各自圍成圈圈，把行李堆在圈圈中間。

雲空尾隨「二哥」穿越空地，見到這些人全都形如槁木、衣衫破爛，凹陷的眼窩和臉頰帶有饑色，活脫脫一群流民。

是的，雲空心下大悟，這些人正是流民！

北方被金人佔領，近來在金、宋交界的戰事中，宋兵忽然有如起死回生，把金人打跑了一些，乘著這片軍事空檔，不少北方人趕忙逃往南方。

這些人一批批匯流，匯成了龐大的流民集團。

同時，地方上的強豪和武裝勢力也乘機崛起，不少流民為求路上平安，遂加入這些武裝集團一起南逃，形成一股不容忽視的力量。

武裝集團保護流民，也剝削流民，各個武裝集團之間也常在遭遇時起衝突。北方已是金人天下，宋朝政府在南方偏安，中間地帶可說是無人管轄的地獄之場。

雲空心下洞然明白了。

他大膽的輕拍「二哥」肩膀：「請問，我叫什麼名字？」

「二哥」回過頭來，警戒地看著他：「說啥？」雲空的腔調混雜南北口音，他一時沒會意過來。

「你要我冒充你大哥，」雲空小心地說，「至少，別人叫我時，我該知道是在叫我。」

「二哥」狐疑地瞧他一眼，依然用警戒的眼神盯著他：「我大哥也是道士，名叫盧鳳如。」

「盧鳳如。」雲空頷首，又問：「敢問如何稱呼閣下？」

「葛九。」語畢，他掉頭繼續走，帶他們穿過人群。

坐在地上的流民們，一個個抬頭望向雲空，雲空的臉在黑紗中若隱若現。

他可以感覺到流民們的目光。

目光有灼熱的、憤恨的、惱怒的、哀怨的。

也有崇仰的、放心的、困惑的、興奮的。

雲空不禁思索，不知道盧鳳如這位道士，是怎麼當上大哥的？怎麼去當一位大哥？又是怎麼死的？

對於盧鳳如，雲空僅僅知道他叫盧鳳如而已。

雲空透過黑紗，看著「二哥」葛九的背影，一身勁裝下浮現結實的肩膀，顯得相當魁梧。在這種人手下，雲空估算著，沒那麼容易逃。

「盧大仙！盧大仙！」人群中迸出個老人，直往雲空奔來。

雲空忽然領悟到那人是在喚他。

一時，他身旁的手下馬上走向老人，要制止他靠近。

葛九冷冷的說：「滾回去。」他的手下們硬捉住老人，將他拖走。

老人兀自不甘心的大嚷：「盧大仙！老朽有冤！老朽有冤！」

雲空緊張的舔舔舌頭，壓低聲音說：「你們，讓他過來。」

葛九驚訝地看著他。

雲空硬著頭皮，加重了語氣：「還不讓他過來？」

這幾名手下都知道他的真實身分，但在這種情況下，他們應該在流民面前維持秘密？抑或馬上拆穿？

他們顯然有另一個更重要的目的，必須暫時有一個活著的大哥。

雲空正是掌握了這一點。

葛九冷冷的擺了擺頭，示意他們讓老人過來。

葛九冷峻的眼中，深藏了無數個念頭，他狡詐的眼神像在看熱鬧，看這位假大哥會露出什麼馬腳，又在露出馬腳時該怎麼做。

葛九的手指頭在跳動，暗暗透露他內心正在計算。

老人恭敬的走前來，雲空不禁手心冒汗，透過黑紗偷瞥葛九等人的神情。

他知道自己多事，想乘著假冒盧鳳如的機會，幫這老人一把。

他也知道這等於給自己製造麻煩。

「說吧。」他面對老人，極力裝出威嚴的聲音。

老人哈著腰，哭喪著臉說：「盧大仙家，老朽是半個月前加入仙家營下，老朽有一女，路上不平靖，怕小女遭難，才加入營下，以為可以討回一命，沒想到……沒想到……」老人家說著說著，就忍不住嗚咽起來，連話也說不出。

雲空確信他看見葛九的嘴角掛了一抹冷笑。

「甭哭，說了，貧道才好定奪。」

「是……是……」老人用力擦了擦眼，雖然眼睛已經老得掉不出多少淚水了，「老朽的女兒，才剛加入營下，就被這漢子……」他一手指向黑大漢，「被他給強奪去了！」

這老人膽敢指控「大哥」的兄弟，不是吃了豹子膽，就是豁出去了。

老人搥著胸口，哽咽著說：「女兒被他奪去，迫姦不成，竟被他勒死了……老朽只存此孑然一身，命也不要了，求您評評理，您要是不講理，老朽反正是死，也要……」

「也要什麼?!」黑大漢圓瞪雙目一喝，老人嚇得整個人跳起。

雲空馬上喝道：「不得無禮！」

這下反而黑大漢吃了一驚，吃驚這位假大哥竟如此大膽。

事實上雲空自個兒也嚇了一跳，背上一時佈滿冷汗。

葛九上前一步，不經意似地說：「大哥，逢此戰亂，流民加入咱們，為的也是求活路，要求活路，就需要咱們的保護，他們要的也正是咱們的保護，咱們也沒要求回報的。」

雲空的聲音有些顫抖：「奪人女兒，不算回報……」在老人耳中聽來，像是在氣得發抖。

「當然不算，不算，」葛九轉向老人，依然冷冷的看著老人，「可是這老漢要您評理，不就是想要殺了黑個兒麼？」

「嗯？」黑大漢鼻子吹氣，漲紅了臉，「二哥？」

「咱們兄弟，都是以一當十的漢子，殺了黑個兒，固然公平，可是就少了一個保護你們的人，」葛九冷酷的目光掃視四周的流民，「你們會有多少人因此而死，可別怪這老頭子。」

老人驚訝地抬頭，不安地回頭看眾人。

「更何況，」葛九揚揚手，「這一帶隨時有盜賊和官兵出沒，無論官兵強盜，都是殺人不眨眼的，會比咱們好到哪裡去？老人家你只不過死了一個女兒，犯不著再賠上我們兄弟的性命呀。」

老人有口難言，氣得脖子暴脹，整隻手發抖指著葛九：「你……你們這群惡人……不得好死……我做鬼也要告狀！」

葛九向雲空抱拳作了個揖：「大哥您說過，救民於水火，需要我們這些惡人，否則誰抵擋得了那些如狼似虎的官兵和強盜？」

雲空不知道盧鳳如說過什麼，只得嘆了口氣：「賢弟，你說怎的？」

「眼下最要緊的是大家成功抵達南方，這途中死傷，所有人都要有心理準備，」葛九大聲說話，好讓周圍的流民都聽到，「我們以大家的性命為重！」

流民們不敢多作聲，四周愈是沉靜了。

葛九向雲空打了個眼色，雲空才猛然省起葛九教他的「標準回答」。

他看了一眼伏在地上哽咽得抽搐的老人，硬著頭皮說：「賢弟，就照你的意思吧。」

葛九彬彬有禮的抱拳作揖，順便向雲空打了個眼色。

葛九眼神中的狠毒，在警告雲空。

這一眼，把雲空的背上擠出一片冷汗。

※※※

見晚時分，流民們各自生起了火，準備用膳。

有的烤著蜥蜴，有的不知怎麼有乾肉，躲在一旁啃著。

有的可能來自較好人家的，竟帶有土鍋，他們聚在一起煮了一鍋雜物，鍋中有草根、樹葉，還偷偷放入了一小把麥子、一小撮鹽巴，左顧右盼的怕被人瞧見。

有的流民揹了一小袋麵粉，用指尖沾了些放在舌尖，一直咀嚼了好久還不願吞下去。

大部分的流民，都是骨碌著深陷的眼珠子，眼睜睜看別人的吃相，口水不斷往肚子裡嚥，好像只要瞧著別人吃，自己也會吃飽似的。

葛九遞給雲空一碗肉羹，雖然午後剛吃過半隻野狗，或許是過於緊張，此刻雲空的肚子卻轆轆作響，接過肉羹時，一時滿心的感激油然湧起。

「吃吧，養好力氣，」葛九說，「今晚有大事。」

雲空細細地吃著肉羹，肉羹的鮮味不同於狗肉的腥味，一面吃著，心裡也一面在盤算葛九所言的「大事」。

「到時，你可別露出馬腳。」葛九又說。

「要貧道不露出馬腳，可否告訴貧道是何大事？」

葛九看著雲空，看了好長一段時間。

「到時你無須出聲，」葛九說，「只要站著就行了。」

葛九轉身離去前，再回頭說：「還有，注意黑紗，別露出你的臉。」

雲空繼續享用肉羹，他吃得很慢很慢，像在吃人生最後一餐似的。

四周瀰漫著一股暴風雨前的寧靜，一堆堆稀落的火光照躍著黑夜的林子，更加重了林子的沉重感。

連林子上空，偶爾露出的稀落星光，也像是別有用心的窺探著這裡。

「來了。」一名手下霍地站起，低聲說道。

原來這名手下從剛才一直橫臥在地，頭下枕著一個充氣的牛皮袋。

雲空這下子才弄清楚，他不是在睡覺，而是用牛皮袋監聽四方地面的動靜。

得到消息的葛九，匆匆的趕來了：「多少人馬？」

那手下舔了舔唇緣，應道：「有九匹馬，走路的人之中有八人有底子，其餘不計其數的腳步很弱，大概是跟隨的流民。」

雲空暗暗驚訝此人的耳力。

葛九借來那人的牛皮袋，也靠在地面聆聽了一陣。

「從西北方來的。」葛九喃喃道。

「二哥，該當如何？」

「佈陣。」

「是。」手下們低聲回應，迅速穿出林子，走向大路。

原來這些人還會佈陣。

不知他們死去的大哥，那位道士盧鳳如，到底是何方神聖？

只不知他們要佈的是什麼陣，是兵法之陣？或方士之陣？

「隨我來。」葛九向雲空一擺頭，雲空只得緩緩站起，尾隨他步出林子。

他知道流民們已經留意到他們的舉動，也知道流民們的眼光正不安地緊跟著他們。

一旦他們失敗，這些流民可能會死。

也可能不會。

可能他們只會再投入另一支武裝集團而已。

雲空沉重的踏出林子，看見這些手下們果然已在大路上拿著兵器、列好陣形，只是叫不出是何名堂。

站在陣首的人舉了支火把，緊張地望著前方。

火光照得不遠，光線伸入大路，就被黑暗吞沒了。

黑暗的彼端，傳來細碎的聲音，咚咚咚敲著地面。

聲音逐漸清晰，逐漸緊湊，逐漸加重。

不僅是聲音，黑暗的彼端還亮起了幾個光點。

光點逐漸增加，顯然對方人馬抵達了大路的轉彎處，原本被林子遮去的火光也一一從轉彎口出現了。

黑暗，自古便是人類恐懼的一部分。

黑暗中似乎總是藏有不知名的事物，觸動恐懼的神經。

雲空望著黑暗中湧現的火光，彷如黑暗睜開了好幾十隻眼睛。

雲空的胸口緊繃，雖然他曾經過諸多風浪，死亡往往擦肩拭踵而過，依然會忍不住緊張。

火光和馬蹄聲洶湧而來，把遠處的黑暗衝破，緊迫而來。

手下們的陣形堅持不動，凝神閉氣的緊視前方，刀劍早已出鞘，在陣首的火光照耀下閃著黃光。

一向冷峻的葛九，也似乎有些慌張，眼神凌散，手背也泛著汗光。

火光已迫近他們，馬蹄聲卻似乎沒停下的意思，直衝而來。

忽然，馬蹄聲停下了。

馬兒似乎是忽然停下的，沒聽見騎者拉馬韁時的呼喝，也沒聽見馬兒的嘶叫，更沒聽見馬兒的鼻息。

火光靜止在黑暗中，沒照出來人的樣貌。

葛九急著打破沉默，用刀指著那數十支火把：「來人是誰？報上名號！」

沒人回答。

除了火把，沒有半點人聲。

葛九走向一名手下，倚近耳邊問道：「消息沒錯嗎？莫非來人不是孔仲乾那夥……？」

「沒錯的，」那手下耳語道，「我今午明明瞧見他們往這路來的。」

葛九睜大眼，壯聲喝道：「孔仲乾！莫要故弄玄虛！快下馬受死！」

來人仍然不回答，似乎是鐵了心不回應了。

「孔仲乾！你偷襲我們，傷我盧大哥！我們兄弟要討回公道！」

雲空這才知道，盧鳳如是被暗算的。

這些人說的「大事」，就是要尋仇。

這下總算明白了，雲空更加留意觀看黑暗中的事物，只是透過黑紗，實在看不分明。

葛九見對方沒反應，忙指向雲空：「你瞧！孔仲乾！我大哥可沒那麼容易被你殺害！」

雲空不敢吭聲，只靜靜地挺胸站著。

「孔仲乾！」一見對方總是不回答，葛九的語氣也漸漸失去了把握。

黑暗中的幾十把火，靜靜地燃燒著。

慢慢的，黑暗中浮現出一個人。

這個人長得高大威猛，可是背有些駝，兩眼深陷無神，臉上蒙了層陰晦之氣。

葛九咧嘴笑道：「媽的你這崽子，總算露臉了？」

顯然此人正是孔仲乾。

孔仲乾整個人陰沉沉的，他站在黑暗的前方，渾身是沒色彩的灰色，他緩緩張開嘴，啞啞的發出幾個怪聲，像兩片竹片摩擦發出的聲音。

葛九和手下們一時之間大為驚奇，殺死他們大哥的孔仲乾，怎麼會落得這步田地？

孔仲乾扭扭脖子，好不容易掙出幾個字：「盧鳳如……早就死了……」

「胡說！我大哥豈是你能害的，瞧！他正等著向你算帳！」

雲空有些心虛地站立著。

孔仲乾不理葛九，繼續呢喃著：「盧鳳如……早死了……」

黑暗中又透出了另一把聲音：「葛……兄弟……」

葛九整個人突然毛骨悚然，雲空見他整個人僵直，還看著他的衣衫背後立時透出汗澤。

雲空再看其他手下，一個個面無人色。

「葛兄弟……」那人自黑暗中緩緩行出，雙目幾乎已全陷入了眼眶，一張臉枯黃得像白蠟，頭上還戴了頂道冠，「我……早就死了……」

黑大漢突然怪叫一聲，軟倒在地。

黑暗中的火把，慢慢拉下，照亮了來人。

一匹漆黑的駿馬陰森森地自黑暗中步出，馬背上坐了個男子，身著大紅官袍，雙目發出懾人的迫視：「葛九……」

葛九手上的大刀掉落在地，彈了一下。

「葛九為首等人，前日殺死十七口宋軍，搶奪金錢，認是不認？」

那人的聲音斬釘截鐵，句句切入葛九心坎。

葛九全身發抖，一面牙關咬緊，一面大聲反問：「什麼宋軍？你是誰？」

「看是不認？」那官員往後一招手，黑暗中又迸出了十幾個人。

那些人形狀特別，一個個截手斷足，或是頭斷了，連著皮垂在一側。

「正是此人……」其中一人指向葛九，「我等十七人，應劉光世將軍之命，潛入北方，招人投向宋廷，半路在破廟遇上這些人，將我等滅口……」

葛九回頭一看，一個個平日殺人也面不改色的手下，竟早已軟倒的軟倒，昏倒的昏倒。

「有何證據？」葛九知道面前的官，不是隨便可以敷衍的，於是鐵了心要嘴硬下去。

只見那馬背上的官取出一本冊子，小心的寫了幾個字，口中喃喃自語道：「不認殺人，加刑一劫……」然後再轉頭問那些人：「證據呢？」

「證據……劉光世將軍在江州，令我們帶金、銀、銅錢過江，是要交給投宋士兵的信物，每一枚銅錢都鑄有『招納信寶』四字……取得銅錢的人，只要向宋軍出示招納信寶，就會被納入軍中。」

「不特此也，」另一個頭頂被削去一片的人說：「劉將軍為了讓金兵不想打仗，也把招納信寶交給金兵戰俘，讓他們一路平安回家……正因如此，金兵才軍心崩潰，無心作戰。」

「我等所攜金銀銅錢，本可拯救千千萬萬人，」一個肚子外掛著腸子的人指著葛九，「就是此人，在破廟殺死我們！」

那人才剛說完，葛九身上便莫名的掉下一袋錢，而且一落地便開了口，散出一堆銅錢。

葛九的臉已經白得不能再白，卻還要辯白：「你們不早說？這些不能用的錢，要來何用？而且……」他指著陰森森的孔仲乾：「他為了搶這筆錢，也殺了我們不少人！」

馬背上的官員頓首說道：「你說得沒錯，這就是為何他們現在在我身邊了。」

葛九登時毛骨悚然。

「亂世之中，橫死本是尋常，」馬背上的官員說，「然而搶奪劉光世將軍所鑄招納信寶，情節干涉過大，影響甚鉅，數萬人命運因你們而改變，本來就罪無可赦，何況如今罪上加罪！」說著，官員把冊子放穩在馬背上，提起朱筆，正色道：「好，葛九、馬森、李黑等一干七人，殺人越貨，傷害人命共計兩百一十八口，扣除陽壽，明日未時當死。」大筆正要批下，忽然凝止。

那官員望向林子。

眾人不約而同的一起望過去。

林子那處，剛才向雲空伸冤的老人，正好把脖子穿入繩套，奪力從樹上躍下。

那官員這才下筆：「改成午時七刻。」

大筆批完，方才站出黑暗的人一個個又沒入了黑暗。

「啟程。」那官一聲令下，黑馬立刻向前狂奔，數十支火把一擁而來。

沒有人擋上他們。

葛九等人只覺陰風撲面，一股股冰冷的風穿透肌骨，一根根火把從頭上越過，沒入後方的黑暗之中。

風過了，骨頭中的寒意兀自留著，隱隱的感覺刺痛。

葛九回過神來，回頭張望，忽然省起：「那道士呢？」

他的兄弟們還伏在地上發抖，楚楚可憐的看著他。
「那道士呢?!」他失去理智地大吼。

※※※

一夜的混亂過去，林子慢慢籠罩上晨光，一點一點的甦醒。
晨霧輕拂過林間，粉茫茫的濕氣輕盈地流動，吸入肺中時會帶有一絲寒意。
林子裡的人已全部離開，啟程朝大路南行去了。
此刻，才有兩人悄悄的上路。
他們經過昨夜的林子時，也經過了掛在樹上的老人。
老人刻意將自己掛在大路旁，死不瞑目的吐出一段黑舌，怨恨地瞪向南方。
雲空沉重地仰視老人，告訴叫化：「昨晚，他鼓起勇氣向我投訴，還是怨恨而終了。」
輕風推了推老人，使他在半空中緩緩轉了個身，眼神拂過雲空臉上。
叫化背剪著手，說：「都怪你不聽話。」
「不聽話？」
「洒家千叮嚀、萬叮嚀，說慢慢走，走慢些，你硬是不聽，還兩次麻煩我。」
雲空感激地拱手說：「有勞兩番相救，真是無以為報。」
「甭多說了，」叫化說，「是我有言在先，明知你出事，也不好不救，只是此刻開始，你跟著我走，可千萬得走慢點了。」
「這次貧道不敢不聽了。」
「大概這麼走去，見晚就會到達劉光世將軍的營地吧？屆時莫忘了你那枚銅錢。」

雲空摸出懷裡那枚鑄有「招納信寶」的銅錢。

「今日過關，這銅錢可是有大大的好處。」

他們一路走著，望著前面的人留下的凌亂腳印，錯綜交疊得一片糊塗。

兩人在路上談著各自的經歷，說著走著，將近中午，大路上滾起了一片黃沙，夾帶著森森寒氣。

「噫，那話兒邪門。」叫化說著，拉著雲空到路旁去。

黃沙爭先恐後地翻滾而過，沙中隱約見有人影刀兵，還混雜著窸窸窣窣的低吟聲。時而，滾過的沙塵中傳來一兩聲哀叫，雜亂無章的腳步聲啪啦啪啦的經過。

絲絲寒氣削過雲空面前，牽動白布招子，使招子上的兩枚銅鈴嘈亂不已。

黃沙喧鬧了一陣子，才全部通過，在大路遠處拐了個彎，消失在兩人的視野之外。

「那是過陰兵。」叫化探頭瞧了瞧，說。

「貧道聽說過，還是頭一遭見著。」

「頭一遭嗎？」叫化笑道，「洒家倒是遇過幾次。」

「說來聽聽，一路上也好解悶。」

叫化說是說了，只是那又是另一個故事了，以後有機會再述。

再走了一段路，可能是太陽偏西，天色漸淡了。

「又來了。」雲空說著，拖了叫化站去路旁。

「什麼？」叫化莫名其妙的四下張望。

「過陰兵呀。」

叫化很認真地看著路面，連一隻走動的螞蟻也沒見著：「你真的看到了什麼嗎？」

雲空一愣，轉頭望前，心裡納悶著：難道叫化沒看到嗎？

眼前又是大隊人馬，浩浩蕩蕩的揚起路面黃沙，沙子還飄到眼珠子上，惹出雲空的淚水。

雲空看清楚了，領頭的他認得，是昨晚騎在黑馬上的官員，現在仍然騎在黑馬上。

一隊士兵前呼後擁著大官，吆喝著後方拖著的一批人影，人影在漫天黃沙中朦朧不清。

「是昨晚的……」雲空低喃道。

叫化還是什麼都沒見著：「仙家，難不成你有陰陽眼？」

「天啊。」

「啥？」

「是他們。」

「誰？」

「葛九，那個叫葛九的，還有黑個兒。」

叫化好奇地看雲空，雲空的臉正發呆，嘴唇微張，皺著眉直望平靜的路面。

他看見雲空的眼中，有東西正在流動。

叫化一怔，忙靠近去瞧雲空的眼睛。

雲空烏黑的眼瞳上，人影幢幢。

叫化忙轉頭去看大路，大路依舊靜如止水。

雲空慢慢轉動脖子，像在目送什麼遠去。

良久，他才回過神來：「瞧見了嗎？那些惡人全被鍊子鎖著。」

叫化咬了咬牙，苦笑道：「洒家全都沒看見，不過依你所言，洒家倒是確定了兩件事。」

雲空等他說。

「第一，這可能不是過陰兵，而是過冥府，」叫化說，「第二，洒家相信，現在大概已經是未時了，或許已經過了好一段時間了。」

「那麼……劉將軍的營地或也快到了吧？」

「看來，現在咱們該加緊腳步了。」

雲空笑道：「悉聽尊便。」

蓬萊淳風

之卅五

紹興二年（一一三二年）

他急需一個身體！

蚩尤把他的神識拆解，又把它再度螯合。

雖然蚩尤把他的神識恢復原貌，但他不放心，老覺得神識已經不再穩定，生怕隨時卻會裂解。

他急需一個容器，將他的神識暫時保護著，即使他曉得肉體對神識而言不是好事，肉體會吸引神識去沾黏，很容易產生依賴，將來還無法輕易擺脫。

但是眼前的狀況令他覺得十分危急，無暇多想，他擔心神識一旦粉碎，就再也無法重聚！再也無法具有「無生」的自我！

虛弱的無生眼睜睜看著蚩尤離開他的老巢，五味和黃叢也駕著仙槎緊跟著離開。

緊接著，他的五個弟子從洞穴外急急進來，滿心擔憂的扶著他，彷彿生怕一個不小心就會碎裂似的。

他忿恨他低估了雲空，不，低估了他體內真正的元神，原來蚩尤躲在生生世世輪迴的肉體中修行，已臻如斯境地，是無生萬萬沒料到的。

他以為他的五弟子能輕易對付雲空的元神，把這一世再捉來研究，沒想到蚩尤露出真面目，讓他遭受徹底的失敗！

五弟子想幫他，想為他做些什麼，不，他們沒這個能力，連他們的不死生命都是由他賦予的，他沒讓他們知道不死的真正秘密，即使在危急的此刻，他也不會讓他們知道。

現在他還有一件事要擔心的。

「皮切楚呢？」他問黃連，他的大弟子。

皮切楚是從切孔跟他一起逃來地球的導師兼隨從之中，倖存的兩人之一，其他幾位在這數千年之間，不幸被追殺者一個個殲滅。

他的幾位隨從各自帶領他們的合成生物羽人，分散在這世界各個角落，好分散追殺者的注意力，但好幾位已經犧牲了。

他沒接收到皮切楚的消息，他擔心皮切楚發生危險。

因為剛才蚩尤跟五弟子對峙時所發出的巨大能量，說不定已經引起追殺者們的注意。

皮切楚負責這仙島基地的外圍保護，如果有任何危險，他應該會收到訊息的。

「皮切楚……」無生擔心自己因為過於虛弱而無法用心靈聯絡上他的隨從，是以要黃連幫忙。

黃連收斂心神，感應了一下，頓時臉色蒼白：「皮切楚正在苦戰。」

「發現這裡了嗎？果然……」

「師父，怎麼辦？撤退嗎？」身為大弟子，黃連跟無生對於可能發生最壞的事早有了準備。

「你，和青萍留下，把洞內的所有裝備破壞，要碎成粉末。」有些他發明的技術是切孔帝國不曾存在的，絕對不能留給敵人。「白蒲和紅葉保護我，一同乘仙槎離開。」

「師父，我呢？」紫蘇焦急的問道。

「我要你立刻去幫我找一個身體。」

※※※

皮切楚有著切孔人典型的臉孔，渾圓的頭型，細小的耳朵，在切孔帝國算是美男子。

正確的說，他也不完全算是男子，因為切孔人有三種性別：陽孢體（等於精子提供者）、陰孢體（等於卵子提供者）以及孕孢體（子宮提供者）。而皮切楚是陽孢體。

在切孔算是初老者的他，以地球的標準而言已逾一萬歲。
他帶領著十六個手連著手的羽人，奮力抵抗追殺者的攻擊。
對方有五艘戰鬥艇，跟他擁有的一艘仙槎功能相同，是以他完全曉得雙方勢力的懸殊。
夜空中，十六個發光的羽人時而連成一串、時而分成兩串，攻擊對方仙槎上的駕駛員，但敵手是相當老練的戰鬥員，不是他們這些技術員可以堪比的。
皮切楚裝在腦葉的收發晶片收到訊息，是主人無生在聯絡他！這樣很危險，訊號會被敵方攔截的！
「回來，回來海上。」無生的訊號如此說道。
「不行，他們的所有軍力都在這裡了，星際戰船和五艘戰鬥艇，會毀掉海島的！」
「沒有關係，引他們過來。」
皮切楚心裡盤算了一下，揣測主人的想法……島上有大約兩千個羽人，大部分都體質脆弱，但他培養了五名心靈能力強大的地球人隨從，或許可以一搏，除非……他想要玉石俱焚。
皮切楚咬一咬牙，向十六羽人發訊，命令他們停止攻擊，全力衝回仙島，途中必須迂迴避開敵人的攻擊：「回到海島以前，不准死！」語畢，他奮力掉轉飛艇，全速衝向仙島。

※※※

他睡得不安，天氣涼涼的，也沒有蚊蟲，但空氣中有細微的騷動，干擾他敏感的神經。
他坐起床，坐在床緣感覺了一下，尋找騷亂的源頭。
不久，他乾脆步下床，走到窗邊去眺望深夜的星空。
星空是他再熟悉不過的，很久以前，父祖輩教他背誦《步天歌》，令天空彷彿翻開了一頁書，在他眼中可以如數家珍的解讀。

他依循《步天歌》巡視星空，忽然心中悸動，冥冥中有一根細線拉緊，警示他危厄臨近。他忙以手掌為九宮，依年月日時干支排盤，掐指一算，便往南方的天空望去。

太遠了，望不到，不過陸地的那端的確有事情正在發生。

很慘烈，很多的生命如煙火般消失，他們美麗而純真，但他們的價值連蟲蟻都不如。

他停止去感覺遠方的動靜，回到床上，盤腿趺坐，靜思守一。

他知道時間還未到，最快也要明年春後，所以養足精力是很重要的。

床的牆壁傳來格格聲，有人在隔壁輕敲木板隔間：「少爺，你醒著嗎？」

是奶媽，大概聽到了動靜，耳朵真利，從小到大都那麼盡職。

他不作聲，免得奶媽從隔壁房過來查看。

木板隔間發出細微的壓迫聲，奶媽一定又把耳朵緊貼在牆上了。

他繼續靜坐到天色發白，才輕輕鑽回被窩去，等待奶媽來喚醒他。

※※※

清晨的陽光鋪照在東海的海面上，粼粼金光，隨著波浪點點閃爍。

仙島四周的海面上浮著數以千計的羽人屍體，他們面孔朝下，半泡於海水中，曾經泛著霞輝的羽翼平攤在海面，一些好奇的魚兒也開始接近羽人灰白的屍體，想嘗一下這從未見過的肉品。

仙島上空的雲霧完全散失了，因為控制雲霧的設備已經毀壞，所以無生和兩名弟子坐在仙槎上，可以從清淨的天空俯視觸目驚心的海面，看見冒著濃煙的仙洞，以及——

一具巨大的圓盤，斜插在仙洞之下的山壁上。

山峰被圓盤腰斬，顯得搖搖欲墜，似乎隨時要崩塌的樣子。

白蒲凝視良久，才說：「那不是咱們的圓船。」

「不是，」無生發出模糊的囈語，「黃連青萍幹得好。」他沒有白白訓練這個星球的人類，切孔人果然不熟悉人類的攻擊方式，敵人一定沒料到，地球人竟有類型如此不同的心靈力量。

這是無生準備了很久的策略，他就在預備這一天的到來：首先要誘敵深入，要他們直接到他的老巢，先讓兩千隻羽人以肉身阻擋他們。追殺者何曾料到有如此宏大的自殺隊伍？但星際戰船表面沒有任何空隙，沒有換氣口、沒有窗口，羽人沒有可以偷偷進入的部位，但當羽人將星際戰船完全包圍時，追殺者才知道他們估計錯誤了。

羽人會發光，因為他們的身體能產生磁場，激活身體四周的空氣分子，令他們看起來總像披上了一件由光子織成的羽衣。

無生以特殊的方法合成他們的細胞，讓他們能自行減數分裂，模擬受精卵慢慢增長成為個體的模式，令他們在人工的卵囊中成長，若以現代術語來說明，羽人是「蛋白質機器人」。

身體產生的磁場也讓他們能夠浮起，他們背上的羽翼幫助控制飛行方向，以及接收和發出訊號。其實這是無生在地球上學來的概念，不過那是另外一段故事，為免打亂故事進行，只好就此打斷。

當兩千隻羽人包圍追殺者的星際戰船時，不是以往他們交手過的那串十六個羽人可以相比擬的，兩千隻羽人所產生的磁場足以令星際戰船癱瘓，操作系統失靈、反重力裝置無法正常運行，當他們將大半的羽人射擊殺死之時，星際戰船也隨之失控撞上仙島了。

追殺者不得已打開艙門逃生時，他們遇上的是一名方臉的地球男子，和一位秀麗的地球女子，問題是，他們也是浮在半空的。

黃連根本不打招呼，他在對方還在驚呆之際，以雷電之速撲上前去，一把將他撕成兩半。

青萍對付另一個剛從艙門出來的切孔人，她手中的武器在追殺者身上轟出好幾個洞，然後她便長驅直入，殺進星際戰船內，解決其餘追殺者。

羽人繼續包圍戰鬥艇，雖然好些羽人被射殺了，但他們一旦成功包圍，戰鬥艇便即刻失去動力，直接從高空墜入海中，或掉入海島的森林中。

無生從遠處感覺著，跟他同樣來自切孔帝國的肉體一個接一個消失，連皮切楚和另一位隨從也失去肉體了，不久，他便完全感覺不到他們活著的特徵，只剩下生命的雜訊。

在地球上，這種雜訊叫「神識」。

他知道，這些神識將會帶著死亡前的記憶去重獲新肉體，如果他現在尚有餘力，他必定會將追殺者的神識消滅得灰飛煙滅，不讓他們有重生的機會，就像他們對他父親所做的那般。

不知追殺者和他的隨從會在地球輪迴嗎？抑或會回到遙遠的切孔帝國？

黃連和青萍向他回報。

即使他們不回報，他也曉得他是地球上僅存的切孔人了。不，他早已捨棄切孔人的軀殼，他現在什麼也不是。

「把戰船沉入深海。」他命令道。

在黃連、青萍、白蒲三名弟子的合力之下，他們用足以扭曲空間的心靈力量將星際戰船移出山壁，連同小型的戰鬥艇和切孔人的屍體一起引到海中，將其沉入深邃的海底，而人類的科技必須要千年後才有可能發現。

紅葉還沒練成他們的巨大心靈力量，她沒上前幫忙，只留在無生身邊保護他。長達數千年的追殺終於結束了，無生鬆了一口氣。

不過，他也失去了他所有同來的族人。

這也代表他擺脫所有過去的束縛，現在他是一個全新的無生了。

不管怎樣，此刻他急需一個身體！

紫蘇去了哪裡呢？

※※※

正月十五，元宵燈會照例舉行。

不像過去京城開封府放燈三日，此地萊州僅舉辦一日，已經是大大的恩賜了。雖然此地已經被金人佔領數年，漢人通事奏請仍舊舉辦燈會，好平伏民心，讓漢人覺得跟過去沒什麼差別。

夜晚還沒降臨，燈尚未點上，燈會現場已經湧現人潮了，小販也開市了，萊州居民們都很希望從燈會中感受大宋過去的風華，不分男女貧富全都出動逛燈會，他的家人也不例外。

而他其實打從昨天就開始準備隨同家人逛燈會要帶的東西了。

「少爺，你帶了些什麼呀？」奶媽上前來關心了。

他搖搖手中的金魚袋，那是繡了兩尾金魚的布袋，金魚捲曲長身，嘴對嘴親著。看官，且插個嘴，金魚乃鯽魚的變種，宋時已有人開魚池飼養，然而我們所知的大肚及雙尾等金魚要在明朝才培育出來，宋朝的金魚仍保有鯽魚的身形。

小少爺的金魚袋本來是放香草的香包，但他藏了另一些東西進去。

他早在去年便知悉今晚將會發生禍事，他還再三用九宮演算奇門方位，尋找吉方和凶方，然而，世事錯綜複雜，無論他再怎麼推算，依然無法推知全豹，必須要事到臨頭時，還需見機行事，把事情導向吉的方向。

他又焦慮又期待，今晚會發生什麼事呢？

利用九宮奇門，他只能得到以下資訊：

「今晚戌時交亥時有性命之虞。」

「來人是老男人，穿紫衣。」

「禍事來自南方的海上」，亦即他去年感覺到異象的方向。問題是，他所居住的萊州，海是在北方的渤海，要說南方的話，就是陸地另一側的東海。

除此之外，他更需要知道的是來人的目的。

他懊惱的是這場無可避免的劫數，偏偏在他尚無法順利使用神通的時候來臨，說不定會打亂他的長遠計畫，他最擔心的是計畫會胎死腹中。

「如果桃兒能找到我就好了。」桃兒很可靠，數次化險為夷都靠他，但自從幾年前的意外之後，不知道桃兒還找得到他嗎？

他抱著忐忑的心情去燈會，同行的都是家中女眷，她們全都興奮的觀看花燈、觀看俊男美女，而奶媽一點欣賞的心情也沒有，只管寸步不離的拉住他的手，不僅因為燈會是拐子作案的高峰期，也因為小少爺是她的飯碗，萬一有個不是，她便吃不完兜著走。

結果，一夜無事，大家盡了興，他手上也拿了個捏糖人，女眷們不敢太遲回家，免得耽誤了家裡的工作，被老爺責罵。

他仰望星象，細數《步天歌》，推算出當下的時間：戌時二刻。危機尚未過去。

奶媽幫他洗了臉、弄乾淨身子，把沸水倒進湯婆子給他暖被，哄了他上床，就回去隔壁的寢室了。

一等奶媽出去，他即刻行動，時間刻不容緩，已經太迫近了。奶媽留下了一根點亮的蠟燭，估計會在他睡著後進房來吹熄，他用兩手環抱著燭火，口中密唸咒文，輕聲喝道：「疾！」鄰房的奶媽馬上睡死，發出響亮的鼾聲。

他趕緊從金魚袋取出他藏著的紙人，每個紙人的額頭都沾了一個紅血點，是他昨天午夜咬破指頭沾點上去的。血乃攜帶精氣的介體，把血點上紙人，就將自身的精氣連接在一起了。

他用幼小的手掌結印，口中唸唸有辭一番，隨即輕喝：「急急如律令！」十個紙人立即站起，分頭飛散，守在窗牖、門楣、床下、几下等方位。

這是他父親的師父，也是他的師父至元道人教授的「替身之術」，非危急之時，等閒不會隨便用的。

時間剛剛好。

從裡面閉好的窗口自行敞開，外頭月色明亮，一名紫衣男子飄然進入。

令他驚訝的是，他的推算有一項並不正確：來人頗年輕的，不是老男人。

他坐在床緣，直盯著這位陌生的闖入者。

男子料想不到小男孩會坐在床緣，也不禁吃了一驚。

「你是誰？」男孩開門見山，「為何事而來？」

年輕男子用冷酷的眼神觀看他，打量他的每一寸，像在選購家畜一般，看得他不寒而慄。

忽然，年輕男子毫無預警的衝向他。

他也毫不遲疑，口中一聲「疾！」十個紙人從四面八方飛撲向男子。

※※※

紫蘇沒有乘燈會行動，而是在小孩回家之後，家人累得睡死之後才動手，如此等到他們早上發覺小孩失蹤，也無濟於事了。

但紫蘇壓根兒沒預料小男孩會坐在床緣瞪他。

他查訪過了，這男孩很聰明，他的腦袋應該是上等的載體，可以承受得住無生的神識，他的身體狀況很適合無生原有的神力，也就是俗稱的「有仙骨」，是修神仙術的好軀殼。

但此時此刻，小男孩身上發出他以往沒留意到的氣息，他馬上知道他低估這男孩了。

不能再猶豫！凡事貴在取得先機，他必須快刀斬亂麻，免得錯失良機。

主意一定，紫蘇馬上撲向男孩，心裡已將擒拿男孩的程序演練一遍，眼睛瞄準了令他昏絕又不會傷害他肉體的穴位（畢竟這具身體是師父要用的）。

沒想到，在他發動攻擊的同一時間，他竟感覺到從八方上下迸出一群殺意，他心下一慄，趕忙防守，卻看見是紙人。

「什麼玩意？」紫蘇用手撥開紙人，當手觸碰到紙人的當下，皮膚先感到一陣電流通過似的麻痺，接著肌肉突然猛烈爆脹，他感到整個人像被雷打中一般的抽搐劇痛，手臂頓時失去知覺！

這是罕見的道術「雷法」！近年才被大力提倡，但以紙人來實施雷法，他還是畢生首見！

幾個紙人飛撲到他身上，他感到像被響雷擊中了幾次，頓時全身無法動彈，摔倒在地，發出極大的聲響。

一般人被雷擊一次，已經癱瘓無疑，更何況數次。

但他不是一般人。

他是無生精挑細選的弟子。

男孩依然坐在床緣不動，但手中結了印訣，他見紫蘇已然倒地，便問：「你是什麼人？」

男孩還來不及問完，紫蘇已將真氣在大周天運轉一圈，打通所有被雷法閉塞的穴道，再次飛身而起，衝向男孩。

男孩大驚，手中印訣一變，其餘紙人紛紛從各個角落飛向紫蘇，他不想傷了元氣，不敢再撥紙人，於是掄起兩掌，轉出一道旋風，令輕盈的紙人無法近身，口中道：「我也很有興趣知道，你是什麼人？」

男孩沉著聲音，儘管聲音依舊幼嫩：「你沒你看起來的年輕。」

紫蘇也冷冷的說：「彼此彼此。」

男孩說：「閣下不如就此歇手吧？」

紫蘇不打話，兩手輕拂，把紙人吹開少許，便趕緊抽身竄出窗外，在月色下消失了蹤影。

男孩鬆了一口氣。

不久，窗外又爬進來一個白髮蒼蒼的老人，他一身道士裝扮，回頭眺望離去的紫蘇，滿臉警戒的問男孩：「那人是誰？」

男孩嘆道：「我也不知道，他試圖攻擊我，不知想幹什麼？」

「攻擊？少爺有什麼好攻擊的？」

「別叫我少爺了，你怎麼這麼遲才找到我？」

「這次不好找，你走得太匆忙了。」那老道士爬進窗口，「幸好桃兒還找得到少爺。」

「說不定你把他嚇跑了，謝謝你。」男孩走下床收拾紙人，免得被家人看到。

「什麼人要對少爺不利？莫非還有人知道蓬萊會的事？」

「不曉得，」男孩搖頭，「不過他還會回來的。」
「好，」老道人說，「少爺您累了，我在外頭守著，明日才正式登門拜會。」
「謝謝你，桃兒。」
「這家人姓什麼來著？」
「姓周，是教書的。」

※※※

紫蘇乘著仙槎，也就是切孔的戰鬥艇，回到東海上的仙島。
他從空中望見滿目瘡痍的島嶼，不禁唏噓。
圍繞島嶼的綠色樹林變成烏黑的木堆，山峰的中段崩塌了一塊，令上方的仙洞岌岌可危。仙槎直接進入仙洞，洞裡光線晦暗，深處傳來低迴波的輕震聲，紫蘇從仙槎抱下一名昏絕的男孩，步入洞穴深處，黃連和青萍已在等候，他們正守護著形體還不甚穩定的無生。
紫蘇把男孩放在無生面前，讓他檢視。
「這是你找到最好的嗎？」無生問他。他像一團黏稠的凝膠，發出微弱的亮光。
「不是。」紫蘇老實回道。
「那你為何帶來？」
「最好的那個，有些棘手。」
「他有多好？」
「他聰明又健康，家世好，年紀僅八九歲，卻有深厚的道術，還懂雷法，能用紙人替身術攻擊我，深藏不露。」

無生心中一亮。

他明白紫蘇的意思。

很久很久以前，他就曾經用這種方法取得許多知識。

這古法叫「換形術」，或有新流派叫「奪舍術」，意思就是奪取別人的身體，道教八仙之一的李鐵拐就是借了個跛腳乞丐的屍體復生，就再也沒擺脫那副身體。

但無生不同，他的換形術不是人類的法術，而是切孔帝國王室的不傳之術，由屬國坦托爾星古老的卡賀虛教派所奉獻，只有繼承皇家血統的人才代代私傳，讓他們能永保統治者的地位。

他在來到地球千年之後，捨棄切孔人的肉體，奪取人類的身體，以人類之姿在人類之間生活，探索這批年輕的智慧物種。他常常更換軀體，當他趕走某人的神識、進入某人的軀體時，該人的腦袋仍保有他的學識、他的記憶，他便能完全複製進自己的神識中。

當他奪取武術高手的身體時，他也學會了他的畢生所學。

當他奪取某位高僧的身體時，他便馬上可以講經說法。

當他奪取高道的身體，他便即刻習會各種複雜的道術。

久而久之，他成了「無所不知的無生」。

但是，他也並非不曾遭遇過失敗。

數十年前，他意圖奪取一對新生雙胞胎的身體，結果他才剛趕跑了一個神識，竟馬上有另一個神識過來佔據，不讓他進入，終於他弄清楚，那阻止他的神識乃雙胞胎的兄弟，無生試圖去佔領另一個空出的肉體時，該神識又搶過來了。

無生並沒戀棧，他即刻吩咐陪同他去奪舍的不死人去尋找另一個身體。

那個被他支使的不死人，叫五味道人。

後來無生繼續觀察那對雙胞胎，發覺那個神識共用兩具軀體，而被他趕走的神識一直回不來。這就是五味道人認識燈心和燈火大師的緣由。

回頭來說，那個八九歲有深厚道術的男孩，是個能令他更容易適應的肉體。

「那麼，你帶回來的這個，又如何？」無生問紫蘇。

「他是金人將領的兒子，自幼學習騎馬、拉弓、刀術，師父願意的話，奪舍之後可以依舊回去他家。」馬術和弓箭是無生尚未熟悉的技藝，如果他在金人將領之家，日後就可能成為重要的軍事人物……

「拿過來。」

紫蘇把小孩抱到無生面前，小孩身著皮襖，頭戴有毛邊的皮帽，發出輕輕的打鼾聲，正在熟睡。

無生如凝膠般的形體包住小孩的身體，只不過一瞬，小孩紅通通的臉忽然一片死灰，然後圓胖的兩頰如氣球洩氣般深陷下去，轉眼便成了乾屍。

無生推開屍體，他的身體又穩定了一些，恢復些人形了。

他舒服的深吸一口氣：「帶我去找那個人。」

他疑心那位道術高的男孩，也在用著他人的身體。

※※※

山東是戰國時代的魯國、孔子的故鄉、儒家的發源地，而周家是該地儒學世家之一。雖然已被金人佔領，然而金人為了政局穩定，對儒道佛等影響百姓思想的重要人物十分禮待，周老爺也跟往常一般每日教授學生。

當家人通報周家老爺，有位老道士在門外求見，周老爺很是疑惑。即使以往道教備受大宋皇上崇敬時，他也鮮少跟道士來往，不知老道士所為何事？

出自好奇，周老爺傳喚家人帶老道士去偏廳，先到教室吩咐學生背書本的指定章節，再轉去偏廳會他，聽聽他欲說些什麼。

他見老道士長得仙風道骨，相貌說不上來就是跟凡人不一樣，雙目之中還透出精亮的光芒，這是周老爺見所未見的。

老道士先向周老爺作揖道：「貧道桃園使者，冒昧登門拜會。」

「使者……？老夫與道長素不相識，不知道長此來，所為何事？」

「貧道就不寒暄了，今日乃為令公子而來。」

「哦？我家小孩怎麼了？」

「令么兒前世乃我師父，只因道緣未了，仙逝前特地吩咐我前來尋訪，我特來帶他修行的。」

周老爺聽得一愣一愣的，不禁慍道：「胡言亂語，輪迴之事乃佛家妄說，子虛烏有，何來拐我孩子？」

桃園使者也不生氣，只說：「輪迴有隔胎之迷，一般人恐怕不記得前生，然而我師父道行高深，必定記得我，是真是妄，老爺何不請令公子來一趟，不就清楚了？」

周老爺也按捺不住好奇心，叫人去喚奶媽把么兒帶來。

奶媽戰戰兢兢的把小少爺帶來，小少爺一見著老道人，馬上蹦上前去拉住他：「桃兒，你總算來找師父了！」周老爺和一眾家人、奶媽看得目瞪口呆。

周老爺生氣的把小孩拉到跟前，抓著他的肩膀問：「是誰教你這樣說的？」

男孩竟搖首道：「我的確是他師父，借母胎重來世間的，只能說咱倆父子緣盡，我要繼續修行仙道去了。」
周老爺怒不可遏，這孩兒乃小妾懷胎十月所生，是他最疼惜的，今日忽然說出這番話來，他料想其中必有詭詐。不料男孩竟掙脫他，拱手作揖道：「請見我做什麼，便知虛實。」男孩口中唸咒，兩手結印訣，往空中劃了幾畫，再往天花板一指，竟平空發出雷聲，偏廳之內倏地捲風四起、飛沙走石，把一眾家人嚇得魂不附體。
周老爺又驚又怒：「來人，把這妖道給轟出去！我兒是儒家種子，何曾習得此種邪術？」桃園使者只好告退，而男孩被下令禁閉房中，不許外出，一切飲食由奶媽送入。
軟的不成，只好來硬的。
次日早晨，周家小少爺已經不知所蹤，門窗緊閉，沒有強行闖入或闖出的痕跡，而鄰房的奶媽睡死過去，沒聽見任何動靜。

※※※

他們選擇這麼做，也是迫不得已，由於桃兒的軀體已經衰老，行將不堪使用，必須儘快尋找適合的身體來奪舍。
本來他們兩人會一先一後尋找身體，互相照應，但一場意外打亂了他們的節奏，令男孩不得不率先奪舍。
「桃兒，你找到你要的身體了嗎？」男孩已換上道童打扮，一路上避開金人關卡的盤詰，以免耽誤大事。
桃園使者搖搖頭：「我不想待在胡人之地，我要找的肉身應該在大宋。」
男孩明白他的意思，因為這正是他們向來的目標：避免自商周以來傳承的中土文化消滅，而中土文化消滅的最大敵人理應是胡人。

「可是，」桃園使者說，「如今宋金戰事不斷，越過邊境是個問題，況且你年紀太小，要等你長大也是個問題。」必須要等男孩長大有能力保護他時，桃園使者才能去奪舍，不過如今只怕無法等待了。

「也是。」男孩沉吟道。他們所用的「換形術」必須從這個肉體跳去另一個肉體，如果中間有閃失，便會墮入輪迴，無法控制，則隨著業力投生到不同的身體去。小孩的腦袋比較清淨，他們比較容易融入，萬不得已才會選擇成人的身體。「不過，若情況危急時，你也甭堅持了。」

「當然的，少爺。」四百多年來，他依然改變不了老習慣，稱呼他為少爺，即使兩人皆已換過幾副身體，實際的年紀也其實相差無幾。

「而且無論昨晚的人來找我為何，我們避開就是。」他們擁有太多的秘密，他們成立了一個僅有寥寥數人的組織，四百多年來謹守著一個原則，除了他們自身之外，沒有任何人知道他們這個組織存在。

為了方便辨識，他們的組織就叫「蓬萊會」。

不知為何，像他們這種秘密的存在，卻會有人來攻擊他？

又或許這只是一個巧合，跟蓬萊會一點關係也沒有？

「一定得南渡到大宋去，」桃園使者說，「仙宗他們都在那兒，我們得會合。」宋金之戰給他們帶來了不少問題，現在只有他們兩人被困在北方胡人之地，組織裡的其他人皆遠水救不了近火。

他們邊走邊談，漸漸遠離人煙密集之處，好不容易找到一間破屋歇腳。

桃園使者的身體有七十歲了，不耐長途跋涉，能找到休息的地方，不禁放鬆的嘆了口氣：

「少爺，在外人面前，我該如何叫你？你那『至異道人』的名號，得等你的身體長大才能用了。」

「那就叫我本名淳風好了。」男孩道。

「會被人猜出來的。」

「四百餘年了，不會有人相信我還活著吧？」

「別忘了，趙匡胤就很不喜歡你寫的《推背圖》。」桃園使者說，「還是低調一點得好。」

「那麼叫我『風』就行了。」李淳風說著，便在掌心排盤，以九宮推演，計算出此時此地十分安全，一直到明日寅時之前都不會有人前來打擾。

身為術數宗師，他所著的占算法制被後世奉為圭臬。

不過，他也有百密一疏的時候……

※※※

十年前，他以至異道人的身分拜訪常山鼠精，促成牠們幫助初次當兵的岳飛。

萬萬沒料到，原本跟妖物的世界沒有干涉、只想努力進行「蓬萊會」計畫的他，此舉竟招來其他妖物們的注意。

他從常山走水路去大名府，原本約好桃兒在那邊會合的。

行船途中，在船上打坐靜修，當客船暫時停泊在渡口時，他下船走動，活動一下筋骨。雖然這副身體是奪舍別人的，也還是要好好維持他的健康，於是找個林邊靜謐處做個行氣的五禽戲，此時卻有人悄悄的靠近他。

他感覺來者有些詭異，便一面做五禽戲，一面留神來者何人。

當他瞥見那人的相貌時，心下著實吃驚不小。

他的臉根本是一張嬰兒的臉，只不過跟成人的頭一樣大，跟嬰兒一樣兩眼距離分開，紅通通的包子臉，小巧的嘴唇，發現至巽道人在偷覷他時，還發出嬰兒般格格的笑聲。

他主動說話了：「聽說，你叫至巽道人。」聲音竟像幼童一般。

至巽道人防備的望了他一眼，見他身穿普通長袍，隱藏手足，一臉可愛的笑容，十分怪異。

「足下何人？」至巽道人停下五禽戲，手上偷偷結了印訣。

那人沒回答他的詢問，自顧自的說：「我聽到鼠精們說你很厲害，在下想請你占算兩件事。」

至巽道人馬上在手中排列九宮，得到大凶之象，心中不禁愕然：為何這次沒事前得到徵兆？他從容的說：「對不起，貧道沒替人占算的習慣。」

「很簡單的，我只想問你，我有沒有王相？還有，西方魔羅來襲將於何時發生？」對方根本沒理會他在說什麼，就像個沒教養的小孩一樣。

渡口那邊傳來船夫的呼喚聲，他們要開船了。

至巽道人只想擺脫此人，他不打話，轉身便要踱出林子。

「你好無禮。」那把嬰孩的聲音說著，通往渡口的地面竟無故冒出一團烈火。

至巽道人忍耐著不理他，繞過那團火焰，只聽後頭的聲音說：「哼，幫個小小的忙也不肯！」至巽道人覺得後面一陣灼熱，道袍後襬竟也著起火來！「幫我算嘛，幫我算嘛！」那人糾纏不休，他口中一邊嬌罵，至巽道人的四周也隨之冒出一團團火焰，登時把他包圍了起來。

事發突然，打亂了他的各種計算，令至巽道人愁苦不已。他撥掉後襬上的火焰，耐著性子問：「你剛才問我什麼兩個問題來著？」

那人高興的說：「第一個，我有沒有當上大王的命？第二，聽說西方會有個魔羅來侵佔中土，你知道將會在何時發生嗎？」

「你得先給我生辰八字，我才可以計畫，還有，那個魔羅是什麼？」

那人變了臉色，跺著腳嬌嗔道：「不公平，不公平！為什麼要八字？為什麼要八字？」他一面作喊，至巽道人四周的火圈則不斷熾盛。

此人來歷不明，至巽道人也不知自己犯了什麼煞？他沒有神通，無法像那些具有神通的人那般輕易分辨對方是人是妖。在這危急之際，桃兒又不在身邊，萬一有個不幸，只怕蓬萊會的計畫會永遠成空。

他手持印訣，默念神咒，指向火焰：「水神急急如律令！疾！」登時火圈熄滅了一片，開出一條路來，他舉步要跑，聽見那把幼兒的聲音尖聲大喊：「你欺負我！」火焰竟猛烈的爆燃，把至巽道人吞沒。

這沒來由橫生的禍事，迫得至巽道人必定瞬間做出決定：存活或死亡？

若要活下來，就必須和這來歷不明的傢伙糾纏，他不知對方的虛實，也不知對方的目的，即使在烈火焚身中存活，恐怕這破敗的身體也難以逃走。

死亡成了最快捷的選擇。

在電光火石之間，他唸起換形秘咒，兩手結印訣，立刻運行大周天真氣，以往他在靜室花上半個時辰進行的換形之術，現在必須趕在肉體被燒燬之前完成！

火舌已經舔上皮膚，末梢神經已經燒灼，名符其實的十萬火急，至巽道人把意念集中在眉心，立刻看到兩眼之間開啟了一個洞口，那是神識出去的路徑。

「疾！」他心念一動，感到整個人拉成一條細線，從洞口直射出去，這副肉體當即崩潰，在火圈中軟倒在地。

那嬰兒頭的怪人愣愣的望著至巽道人蜷曲在地上被火焰吞沒，口中喃喃說：「你不幫嬰重就算了，幹麼要被燒死？」河岸渡口的人們見林中有火光，紛紛驚疑的互問發生了何事？嬰重見有人過來探看，才悻悻然離去。

至巽道人的神識飛離肉體後，急著感覺何處有初生兒，否則他的神識便會被業力牽引進入輪迴。他遙遙望見有小舟數艘在江面划行，有婦人正在舟尾抱著嬰孩餵乳，他當下毫不遲疑的飛竄過去，衝進嬰孩的體內。

口中吮吸著乳頭的嬰孩忽然停止吸奶，驚怕的嚎啕大哭，至巽道人感覺到這體內的神識十分驚慌，他不明白發生了什麼事，竟在體內被不知名的東西推擠。

至巽道人用心念唸了個換形咒，心念一動：「去！」那個神識馬上被撞出體外，嬰兒在母親懷中振跳了一下，嚇壞了母親，只見嬰兒兩眼呆滯無神，乳婦忙自問：「是不是嗆到了？」於是將嬰兒搭上肩膀，從下到上輕撫他的背部。

至巽道人乘機跟這副肉體融合，讓肉體的神經跟他的神識相連，嬰兒從出生以來的記憶也一古腦的摻進了他的神識之中。不久，嬰兒打了個大大的嗝，呼吸系統重新啟動，乳婦放下了心，又把乳頭塞進嬰兒嘴中，至巽道人感到淡淡的溫熱奶水流進喉頭。

至於那個被撞飛出去的神識，要不是幸運的找到機會再投生，若拖得太久，就可能在虛空中散失，至巽道人已經顧不了太多了。

他瞇著兩眼觀看嬰兒的母親，看著這女人在藍空下愜意的神情，隨意紮起的長髮半掛在肩膀，河面涼爽的柔風吹動她的髮梢。

「這只是暫時的。」至巽道人心想：他必須找到更好的軀體、更好的家世、更適合他執行蓬萊會計畫的背景。

還有，他必須想辦法讓桃兒知道。

他輾轉又換形了一次，才找到周家么兒的軀體，花了好幾年時間，才長大到有能力執行「圓光術」，聯絡上桃兒。

但在金人管制之下，漢人的行動處處受限，所以桃兒費了許多時間才得以跟他會合。

這一次，至巽道人選擇趕緊逃離，因為周家已經被不明的人物盯上了，而他不想再遇上十年前那種突如其來的厄運。「不能再發生意外了。」正在使用周家么兒身體的至巽道人說道，「每次換形都十分耗損，原本預計一個身體該用上幾十年的。」

「遁逃並不是辦法，少爺不想弄清楚來者的目的再說嗎？」桃園使者問他。

「我問過了，他跟之前那人一樣不回答。」至巽道人說，「而且我用九宮和六壬都計算過了……」

「結果是？」

「俱皆大凶。」

※※※

「他們離開了。」黃連從冥想中睜開眼睛，告訴無生。他根據紫蘇給的資料，讓元神出竅去監看紫蘇所說的男孩，「他和一名老者待在城外的破屋中。」

「沒有其他人嗎？」

「方圓一里之內，不見人煙。」

「那麼我們出發吧。」無生迫不及待的想得到那副軀體，他有個預感，那副軀體會對他很有幫助。

五名弟子等待無生的指示。

「紅葉留下。」無生說。

大家頗感意外的，白蒲忍不住問道：「只有紅葉嗎？」

「你們四個，兩人需保護我，兩人搶他的身體，紅葉性情毛躁，我怕壞了大事。」無生這麼說，紅葉沮喪的垂下了頭，黃連、青萍、紫蘇都同意的頷首，惟有白蒲不忍的望了她一眼。

「不特此也，我先前叫黃連摧毀洞內，但如今敵人已經被殲滅，洞內的一切反而要好好保留，我要紅葉留守，待我回來再好好修理，咱們重新來過。」如此一說，紅葉才釋懷了一些。

「師父放心。」紅葉大聲回道。

於是，無生弟子四人分乘兩台仙槎，由黃連抱著形體不隱定的無生，青萍負責遙感男孩的方位，從東海飛向陸地，飛越琅邪，飛向半島另一側、面對渤海的萊州，依仙槎的飛行速度，預計半個時辰就到了。

紅葉目送他們離開洞穴後，便在洞穴中踱步，觀看她看過了無數遍的東西：第一次被帶來時，師父把她放進去的透明箱子，自從那次之後，她便不再長大。

還有控制仙島天氣的裝備、聯絡其他切孔人的裝備，還有……

二十九個琉璃筒。

只有第二十九是空的，原本師父期待這次能將雲空裝進去的。

紅葉輕撫琉璃筒，觀看裡面的屍體，心裡漾著奇異的感覺。

不久前，他們還在與這琉璃筒裡的人的元神蚩尤奮戰。

不知為什麼，紅葉並不害怕蚩尤。

她回想跟蚩尤在空中對峙的時刻，當她看見全身泛光的蚩尤時，反而有一種親切感，胸中不禁一陣灼熱。

她撫摸第二十七個琉璃筒，裡面有個初老男子，她記得當初他是如何被殺死然後放進去的。

當她走到第二十六個琉璃筒面前時，忽然心中悸動，筒中的男子正值壯年，她知道是四十三歲，不知為何，她格外的感到激動！忍不住想摸男子的臉龐。

第二十六個琉璃筒中的男子微張兩眼，瞳孔已經灰白混濁，清瘦的臉上留著鬢鬚，眉清目秀，面貌姣好……紅葉猛地睜大眼，她想起這人是誰了！

許多忘卻了的記憶忽然如決堤般湧入，紅葉激動得發抖，她後退數步端詳筒中男子，淚水情不自禁的溢出眼眶。她崩潰的坐在地上，腦中念頭紛亂。

不知發呆了多久，她腦中忽然響起一個熟悉的聲音，是最呵護她的白蒲。

「快逃！快離開島！」白蒲的聲音十萬火急，像針刺般在她腦中迴響。

發生了什麼事？

「快逃！別回頭！我會找妳！」

白蒲不會騙她，白蒲從來不曾騙她。

不管發生了什麼事，聽白蒲的不會錯。

紅葉跑去停放仙槎的地方，那邊還留下一艘仙槎，她立刻跳上仙槎，啟動飛船。她再惦戀的望了一眼那列琉璃筒，便將仙槎頭也不回的衝出仙島。

※※※

沒有人知道無生的內心在想什麼。

他責怪自己低估了雲空的元神蚩尤，本以為可以跟往常一般收集雲空今世的軀體，沒想到竟差點連性命也沒了。蚩尤提醒了他已經忘卻了三千年對死亡的恐懼，回想起跟蚩尤對峙的那一刻，他依然心有餘悸。

這次，他不會再低估對手，即使對方看起來只是個小男孩。

自從聽了紫蘇描述那小男孩的情況，無生心裡就隱隱興奮著，很想快點鑽進那個身體去探索他的記憶！他記得以前，每當他侵佔一個身體時，那種記憶、知識和技藝湧進神識的快感，已經很久沒體驗過了。

他們一抵達萊州上空，四名弟子即刻從遠距離包圍至巽道人和桃園使者，他們打算伺機縮小包圍圈，讓他絕對沒有逃脫的機會。在尚未摸清那名老者的實力以前，他們要小心翼翼的觀察。

「要速戰速決嗎？還是要先解決掉他身邊那位老者？」弟子們都在等待師父作決定。

無生觀察了好久，仍然無法作出決定，蚩尤那一次的慘敗，在他心中留下了巨大的陰影，但他又不希望弟子們會覺得他變膽小了，如此未來就難以控制他們了。

「白蒲和青萍幫我引開他身邊的老道士，」無生總算下了決定，「黃連和紫蘇幫我牽制著那小孩的四肢和嘴巴，不讓他有機會唸咒，也不讓他有機會比印訣，讓我直接從百會穴奪舍！」

「那老道士，若是不小心錯手殺死，也沒關係嗎？」青萍要問清楚。

「我不在乎！」

「那麼弟子就好辦事了。」青萍才剛說完，就和白蒲兩人從高高的樹頂上包抄他們兩人，她手中握著數枚橡實子，從高空一揮手，橡實子就像鐵彈一般衝向桃園使者的頭頂。

至巽道人和桃園使者都同時察覺有異，當他們雙雙打算抬頭時，黃連也抱著無生跟紫蘇一起沿著樹幹衝下去，完全不讓他們有任何喘息的機會。

桃園使者下意識用手臂擋住橡實，沒想到橡實力量之大，竟使他的手臂當場穿了幾個洞，橡實擊斷肌肉，擊碎骨頭，左手頓時廢掉，痛楚直入心肺！

但桃園使者也非常人，他竟能夠忍住劇痛，沉下真氣，口中唸咒，右爪朝向樹頂，叱喝一聲：「疾！」頓時發出震耳欲聾的雷響，一股力量在他頭上化成無形的圓罩，將其餘的像實震開，青萍及時躲開，而白蒲被雷擊中半邊，立刻感到麻痺。

「雷法！」無生興奮的看著桃園使者的道術，只見旁邊的小兒抬頭直視他，也手執印訣，手指朝衝下來的他晃了一晃，無生竟感到整個周圍的空間似乎也晃了晃，抱著他的黃連和紫蘇即刻偏移了軌道，要撞到樹幹上去。

無生大為吃驚，不知道小孩使的是何種手法？他是影響了空間的曲率嗎？這令他更想得到那具身體，恨不得馬上掏空小孩腦袋裡的東西！

青萍和白蒲躍到桃園使者身邊，青萍手段狠辣，兩手各執一長針，兩針交叉穿過桃園使者的兩片唇，封住他的嘴巴，白蒲用他沒麻掉的那隻手握住桃園使者的手肘，用他把黃豆變成豆粉的內功一使勁，桃園使者的肘關節猝然粉碎！

桃園使者無奈的望著小男孩，眼神如秋水般平靜，至巽道人也停止反擊無生等人，換了印訣，口中緊唸一串咒語，朝桃園使者一指：「疾！」他竟瞬間起火，從全身毛孔噴出細細的火焰。

桃園使者閉上雙眼，腦袋猛彈了一下，整個身體就崩潰似地軟倒。

無生知道他的神識逃掉了，匆忙下令：「封住小孩的嘴巴！」

男孩不讓他們有機會得逞，在黃連和紫蘇的手指碰上他以前，男孩也渾身毛孔噴火，轉眼之間，連頭顱也成了火球。

無生和四名弟子圍著樹下的兩堆火焰，心有不甘的望著火焰中扭曲焦黑的肌肉，這火顯然不是凡火，普通的火沒那麼快將蛋白質燒盡，想必是溫度達至攝氏千度的高熱。

沒有人知道無生的內心在想什麼。

「師父，現在怎麼辦？」黃連問道。他低頭去看抱在懷中的無生時，驚訝的發現他懷中什麼都沒有，他抬頭時，竟看見自己的軀體正站在他面前。

他意識到他的神識已經離開他的身體了！

是怎麼離開的？為什麼會離開？他竟一點也沒察覺！

他企圖回去，卻發現一股強烈的力量將他阻擋在外。

他被驅離自己的身體了！

他看見他自己正冷漠的望向他，懷中那團浮動不定的師父已經不見蹤影。忽然間他明白了，那個侵佔他身體的人就是師父無生！

他對師父那麼忠誠，為何師父要這麼對待他？

黃連的身體別過頭去，繼續觀望地上的火堆，而黃連的神識開始感覺到一股力量在牽引著他，將他拉向一個在空間中深陷的洞穴。他無助的被那股力量吸進去，他發出喊叫聲，卻發現他的師弟妹們沒有一個人聽見。

白蒲似乎聽見奇怪的聲音，不經意的抬了一下頭，覷了一眼黃連。

「我們走吧。」黃連說著，不跟白蒲的眼神交集，舉步回身，施展輕功，飛快抵達停放仙槎的地方，率先登上仙槎，青萍也依舊跟他同一艘仙槎。

白蒲和紫蘇追了上來，也登上他們的仙槎。

紫蘇愧疚的說：「咱們勞師動眾卻無功而返，師父請讓我贖罪，我會再去找適合您的身體！」說著，便要步下仙槎。

「不急，」無生的聲音響起，「咱們回到島上再說。」

最接近黃連的青萍，覺得無生的聲音有點怪怪的：「師父……來得及嗎？」

黃連－無生已經啟動了仙槎，兩人直升上天際，紫蘇見他們飛走，只好回到仙槎，叫白蒲也啟動仙槎。

白蒲搖搖頭：「不對勁，師兄請稍等。」

「等什麼？」

「師兄請感覺一下，黃連師兄和青萍師姐現在何處？」

紫蘇也知道白蒲向來靈巧，不會亂說話，他凝神靜觀了一會兒，詫異的看著白蒲：「黃連呢？」

白蒲神色凝重：「我也聽見了。」

他們聽見黃連在虛空中的吶喊，卻漸漸微弱，彷彿墜入了深得沒有回音的洞穴之中。

紫蘇望著遠去的仙槎，躊躇著不知該如何是好。

「不對，」白蒲忽然省起，「紅葉還在島上，師父要回去！」他慌張得身體涼了半截，趕忙收斂心神，將意念集中投射到陸地彼方的紅葉身上：「紅葉，快逃，還來得及……」

白蒲不懂，他搞不懂師父的想法，他們五人成為無生的弟子最少也有兩百年，其中以黃連履歷最久，已經跟隨無生逾千年，為何無生要在此刻奪取他的身體呢？

在師父的心目中，他們究竟是什麼呢？

高空的仙槎中，青萍也感覺有異了，黃連老是背對著她不發一言，她按捺不住，伸手拉了拉黃連：「你怎麼了？」她的手才剛碰上黃連，竟然被緊緊吸著，怎麼也拉不開。青萍感到身體裡面的精力像瓶子倒水一般流失，通通灌進了黃連的身體！

「黃連！」突如其來的異變，讓她經歷了千年以來從未有的恐懼，她的身體被迅速掏空，肌肉萎縮得緊貼骨骼，她在數秒之內變得無力站立，雙腿一軟便坐倒在地，仍被貪婪的吸盡她細胞中僅存的精氣。

「你自由了，」黃連張口了，發出的竟是無生的聲音，「我也自由了。」

無生知道聰明的白蒲已經察覺了，但無所謂，白蒲怎樣也不是他的對手，因為白蒲所會的一切都是由他教出來的。

※※※

荒廢的官道上，兩名年輕人並肩而行，來到一間破爛的草廬。

此村地處宋金邊界，多年前曾在宋金戰爭中滅村，近年才漸漸有從金國南逃的宋人遷移進來，兩名年輕人要找的就是不久前剛臨盆的一戶人家，他們聽見屋裡有嬰兒哭聲，便不客氣的鑽了進去。

「祖父，仙宗來了。」一名年輕人進門便說，屋內仍在休養的產婦呆愣的望著他們，她髒兮兮的一張臉道盡了潛逃的艱苦。

「曾祖父，李真也來了。」另一名年輕人也說，「嘿，哪一位是桃真人呢？」產婦身邊躺了兩名嬰兒，是一對雙胞胎。

產婦的丈夫見來路不明的兩人衣著整齊，惶恐的問道：「你們要幹什麼？」沒想到，兩名嬰兒咯咯的朝兩人笑了起來，像在打招呼，男人也不禁呆住了。

原來，至巽道人和桃園使者老早商量好，這場劫難既然不易善了，便決定金蟬脫殼，不讓來歷不明的對方得到任何訊息。他們使用三昧真火自焚肉體後，神識用盡全力前往南宋，正巧遇上走難的孕婦。

生雙胞胎可能令產婦有生命危險，他們還想辦法穩住了產婦的性命。

兩名年輕人恭敬的向嬰孩揖手。

新生兒的脖子還軟弱，無力點頭。

所以兩名雙胞胎眨了眨眼。

之卅六

紫姑記

紹興三年（一一三三年）

在模糊的視線中，有道黑影橫過，他知道那是他年少時，每日要經過好幾回的便橋。

他太疲累了，視線搖晃不休，眼前景物如流沙般移動。

跨過便橋，低吟的流水聲便拋在身後了，過去的記憶引著路，將他帶上一條小徑，他便知道快到家了。

「快到了……快到了……」他告訴自己。

他在恍惚中望見荒蕪的田園，雖說初春可能落霜，也不至於荒蕪得雜草叢生，記憶中的佃農們不在了，他們理該在此時除草預備下種的。

終於，熟悉的大門在眼前了，斑駁剝漆的門扉上貼著的門神畫好幾年都沒換過，線條都模糊了。

他貼到門板上，用盡最後的力氣去敲門。

敲了一段時間卻沒有反應，心裡不禁恐懼：難道說家人全搬走了？

兵荒馬亂，金兵也迫近來了，家人真的逃了嗎？

「一定是流民，不要開門。」裡面有聲音傳出來，他馬上鬆了一口氣。

「是我……」他掙出力氣呼叫，卻聽見自己的聲音比蚊子還要細，乾透的喉嚨還隱隱有股鐵鏽味。他深吸一口氣，奮力高喊：「小蜻蜓……小蜻蜓……」

裡頭的人沉默了一陣。

小蜻蜓是他的乳名，家人都知道的，他不報姓名反而報上乳名，為的就要裡頭的人不再疑心。

果然，腳步聲匆匆跑來，大門開了道小縫，露出既期盼又擔憂的眼睛。

他終於昏倒在地，全身疲累不堪的肌肉剎那鬆弛，在昏睡過去以前，他聽見興奮的聲音：

「是二少爺！果真是二少爺！」

「紫姑果然所言不虛呀……」什麼意思？不理了，睡吧。

睡了好久好久，強烈的飢餓感洶湧而來，胃部抽搐不停，他才自黑甜中睜眼。

很快有人將他扶起，讓他靠坐在床上，隨即有湯匙將暖烘烘的粥送到嘴前，他把碗接過來，狼吞虎嚥的把粥全吞食了：「再給我。」他把碗遞給來人，才開始細瞧四周。

他首先看見眼前的兩名婢女，意識到她們是當年離家時的小女孩。

他看見他大哥端詳了他一陣，確定他沒事，便步出房門去了。

他看見母親正忍著淚水，口中喃喃道：「終於回來了，回來就好……」

他心裡一片茫然，沒有激動也沒有感觸，大概是過了太久的苦日子，一路從北方逃來，好不容易撿回一條命，人卻也麻木了。

一碗熱粥送來，他立刻又大口吞下，他一邊吃粥，腦子一邊不停地打轉，搜尋過去的記憶片段，將它們拼湊起來。

漸漸的，腦子和肚子都不再茫然。

待他吃完粥，腦子也完全清醒了。

他欠欠身子，爬下床來：「爹呢？」

他母親也隨著站起：「你爹在等你，趕緊去，你大哥剛去通知了。」言畢，便牽了他的手，領他行出房門。

牽著兒子的手，當母親的心裡暗暗吃驚，兒子的手何時變得如此粗糙？黝黑的皮膚下青筋微浮，像是有無數風霜爬佈在手背上。

她望望兒子的臉，過往的少年稚氣早已蕩然無存，瘦削的臉上換成了一雙老成的眼睛。

當她看到兒子的瞳孔時，心裡忽然發寒，莫名的一陣不安，卻不敢說出口。

他爹坐在院子的竹椅上，被樹蔭籠罩著。

他快步跑前跪下：「爹，不孝子回來了！」

他爹才不過剛邁入老年，臉上卻顯出嚴重的老態，他眨著兩眼，定睛看著孩子好一會，才轉頭對妻子說：「叫大家最後收拾，細軟就好了，累重的東西會拖慢行程，反而拖累人命。」

「是，老爺。」他妻子應了，卻沒移動腳步，不放心的瞥了眼兒子。

「去吧，把我的話傳下去。」他再揮了揮手，妻子才很不情願地移了寸許。

「老爺，我這便去，」她依舊不放心地說，「別罵你兒子吧。」

他又揮揮手，見妻子走進房子了，才再面對兒子。

兒子低著頭，準備挨一頓罵。

打從小時候，他父親只要一開罵，便像狗血淋頭似的，他早已準備好迎受了。

「小蜻蜓，」父親呼叫他的乳名，語氣中一點罵人的意思也沒有，「你可知道，我們曉得金兵已經迫近，本來早就要避難，全為了等你回來，才拖到現在，要是咱家遭金人滅族，要知道是因你而起的。」

他把頭壓得更低了：「孩兒慚愧……要是父親已和家人離去，孩兒回來必定活活餓死！」

「你離家這許多年，為何一點音訊也無？」

「爹，孩兒有託人送信，」他猛然抬頭，「七年來，孩兒親筆寫過十餘封信，難道一封都沒到嗎？」他爹搖搖頭。

七年來，家人完全不知道他的消息，在金兵壓境之際，竟然還冒險等他回來。突然之間，生疏了七年的親情湧上心頭，淚水止不住崩堤而出，七年來的任何苦難他都忍過了，這一刻竟忍不住把庫存的淚水流個痛快。

他爹瞬間老了幾分，老淚也在眼眶邊滾著：「無論如何，你回來了，咱家得趕緊動身才是。」他爹不怪罪他，似是什麼都看開了。

「爹打算舉家遷往何處？我回來時，鎮上的人似乎全都跑了。」

他爹靠上竹椅，仰天看著穿過葉縫的陽光，才嘆了口氣：「咱們是最後一家了，聽聞皇上在杭州，往那裡去或較安全，也有官兵倚仗。」

此時，他母親探了個頭，見兒子沒被罵，才放心的走出來：「老爺，吩咐好了，今日連夜打點，明日即可啟程。」

「祠堂那裡呢？」

「馬上去，我要帶小蜻蜓去。」他娘說，「老爺您看，紫姑神的話果然沒錯，說平安回來，就平安回來了，連日子也分毫不差。」

「婦道人家，就是迷信……」

「啥婦道人家？」多年不見，他娘竟敢跟爹頂撞了，「你擔心兒子回不來，不也叫我去問紫姑神？祂說的大大小小事，有哪件不靈了？」

「娘，娘，」他忙截道，「啥門子紫姑神？」

他母親忙將手指抵在唇上，小聲叮嚀：「不得無禮。」

他怔了一下，意識到他離家這七年，有了不少變化，有些事變得不再熟悉了。

「待會我們要去祠堂，移出列祖列宗的靈位，你可千萬不得語言放肆。」

他聽話的點點頭。

「還有，娘要問你，阿雙呢？」

他陡地一驚，心虛的瞄了旁邊一眼，視線接觸到幾隻搬著死蟲的螞蟻，又轉了回來：「阿雙？」

他娘見他的反應如此詭異，訝然道：「你怎麼沒事人兒一般？你不是帶著阿雙跑了嗎？還一去七年，我也不再怪你，可是阿雙人呢？有沒有生孩子？」

終於，他弄明白了。

他臉神黯淡，忍不住露出哀傷：「是我不好……阿雙身子不好，我倆到了開封，一年後她便難產，過世了……」

「那孩子……」

「沒留下。」

兩老嘆了口氣。

阿雙是他的童年玩伴，是住在鎮尾一對老夫婦的女兒。

正確的說，是養女。

老夫婦沒子女，從小抱來養的。

江淮地方，女孩兒是很好的投資，養大還可以幫父母掙錢。

看看日子過去，阿雙愈發長得標緻，開始散發出小女人的味道，在他的眼中也不再只是玩伴，奇妙的感情慢慢包圍了兩人。他們不再嬉笑玩樂，而是喜歡找個無人的所在，貼近身子，小聲地說悄悄話。

大人們也漸漸察覺了。

「遲早會出事的。」不知是心存邪念，還是深諳人情，大人們如此顧慮著。

「要嘛，分開他倆，要嘛送作堆吧。」

「哪日要是鬧出了不體面的事兒，那才大家難堪呢。」

這些話像擾人的蚊蠅，終日繞著他母親耳邊打轉。

眼看兩人一天比一天親密，次子又每天有事沒事便溜出去，再鬼鬼祟祟的回來，嘴角總掛有一抹笑意，越看越叫人擔心。

「孩子也可以定親了，不如先定下親來，安了他的心吧。」母親這般遊說父親。

「不行，」父親劈頭就反對，「一來門不當戶不對，二來，我還要他上京考取功名，怎能這麼小就昏了頭？不行！」

說起門當戶對，其實他們也只是小富人家，從佃農熬出頭的，而阿雙的養父母是以織布、賣餅艱苦營生的窮人家。實質上分野不大，但看在小富的父親眼中，卻像眼中的沙子一般討厭。

「不准兒子再去見阿雙，定下心來讀書。」父親這麼命令著。

明的不行，就來暗的。

他每晚偷偷溜出去，天快白了才溜回來。

夜晚的低聲細語，更是充滿了誘惑。

他和阿雙在夜晚的空氣中相互取暖，時而阿雙依偎在他胸前，數著他的心跳，兩人默默無言，也可以度過一夜。

當他們覺得空氣轉寒了，就擁得更緊了。

當他的手摟著阿雙的纖腰，發現自己的情緒變得亢奮，熱氣漲滿了下腹，他察覺到阿雙的呼吸也變得急促，兩眼看起來泛著水波，十分蕩漾。

在好奇和慌張下，在黑夜的保護下……

在溫熱的濕唇和手掌的探索下，在沾了夜露的石板地面上……

在篝火的火光撫動中，在四周醉人的蟲鳴間……

「為娘的要讓你知道，你和阿雙的私奔，害了多少人。」他母親的目光凌厲又悲傷。

他再度跪下，聽母親的教誨。

有七年沒聽過教誨，心裡莫名的有點渴望。

樹蔭下的父親，移了移身子：「阿香……」像是要勸阻他母親。

「我不得不說，」他母親截道，「娘看出來，這些年來你成長了，明白事理了，娘不是在罵你，只希望你看清楚因果。」

「請娘教訓吧。」他順從地說。

「那天你一直沒回家，你爹很生氣，派人四下找你都找不著，便親自到阿雙家裡去，打算說個明白……」

他偷偷嚥了嚥口水，擔心著即將從母親口中說出的話。

「不想你爹竟看見阿雙爹娘，已雙雙懸樑，」他娘說到此，瞥他一眼，「桌上還擺了封信，是阿雙寫給爹娘，不告而別的。」

他把頭垂得更低了。

父親邊搖頭邊嘆氣，將整個身體埋進竹椅中。

「你爹去報官，說阿雙爹娘死了，不報還好，這一報官，就遭了殃……咱家有幾個親戚，向來眼紅咱家的錢財，也不想想是你爹一手掙下來的，貪心想分一杯羹，我們不答應，他們就懷恨在心，這下可給他們逮到機會了。」

他心中一緊，把頭壓到了地面：「是孩兒的錯……」

「他們硬說是你爹殺人，還作證說見到你爹恐嚇阿雙爹娘，還說拿了繩子行兇等等。」

「孩兒知道，是三叔四叔他們吧？」他憤怒的抬頭。

「他們都死了，」他母親皺著眉，看了眼兒子惡鬼般的怒臉，「你爹被官府毒打，差點沒打死，我們送銀兩給那縣官，才救下你爹的命。」

「他們怎麼死的？」他驚問。

「官府說，他們兩人心機叵測，顯是要奪佔財產，若說親眼見你爹殺人，為何不報官，反而是你爹報的官？於是也拉下堂去受杖，才打沒幾下竟打死了。」

「可是爹……」

「你爹大難不死，可是瘸了。」

他這才留意到，其父一直沒站起來，下身一直沒使力，原來早被打壞了！

他跪著爬過去，抱著父親的腿，哽咽著：「爹……是孩兒不孝……」

父親也滿臉辛酸，憐愛地撫摸兒子的頭髮：「回來就好，回來就好。」

母親輕撫他的肩膀：「時間也不早，咱們且去祭告祖宗，也將靈位包紮好，明日上路。」

他停止哭泣，身體還在顫抖：「我不想去祠堂……」

父親怔然問：「為什麼？」

「我……我愧對祖先。」

他娘頷首道：「知錯能改，善莫大焉，祖宗會原諒你的，你且去，也順便問問紫姑神，一路上平安不平安。」

「怎麼祠堂會有紫姑神？」

「娘早說過了，別亂講話！」他母親氣急敗壞地搖手，「咱家祠堂的紫姑神，教我們賄賂官府，才救了你爹，又有問必答，不僅知道你身在何方？生死與否？更知道你今日回家團聚。」

說完，不滿地看著她兒子：「所以要不是紫姑神，我們早就離開逃難了，祂還救了你一命！所以待會可千萬小心說話。」

※※※

紫姑神，早在南北朝就有了記載。

她是廁所之神，習俗在正月十五晚上迎廁神，並在廁所、牲欄等污穢之地求紫姑降鸞，以問一年吉凶。

到了宋朝，紫姑神愈發流行，而且也不再限於廁所，也不限在正月。

她成了扶鸞的重要對象，只要請來的是身分不明的女神，大概就被稱為紫姑了。蘇軾的〈天篆記〉記載了江淮一帶的紫姑神，沈括《夢溪筆談》也記有紫姑神。

母親娓娓道來，原來他們家的紫姑神是偶爾出現的。一批小孩好玩，在祠堂外玩著迎紫姑，結果真的請來了紫姑。

紫姑在沙地上大批了幾個字：「劉家有禍，速來問我。」劉家便是他家。

這些字寫在劉氏祠堂正前方地面上，正好有家人看見，還以為是孩子鬧著玩的。

當時劉氏的大家長被杖刑，卻沒人意識到紫姑神的警語。

祠堂內開始出現怪聲，靈位又無故震動，常常突然所有靈位一起狂震，卻沒一片掉落下來。

「是祖先在示警嗎？」憂心忡忡的劉家人，終於正視不久前的紫姑神傳說，趕忙請神降鸞。

紫姑神的句句鸞語都切中重點，句句指示無不將問題迎刃而解，多年來幫助劉家不少，使得劉家異常的倚重紫姑神。

也有人曾大膽問過紫姑神芳名，是何人家？為何在此？

紫姑神也回答了：「妾名無奇，身困在此，滿劫方去。」看來是一縷路過的孤魂，只是不知什麼「劫」令祂困在此地。

沒人敢再追問下去。

世傳廁神紫姑是被善嫉的夫人毒死的小姨子，但也有紫姑神自稱上帝之女，下凡來逛逛，還會與人吟詩作對。總而言之，紫姑神乃何方神聖，大家心照。

他與母親、大哥及兩位婢女，一行五人前往祠堂。

一路上，大哥默不作聲，他也不主動搭訕，只聽母親述說這些年來紫姑神的事蹟。母親說累了，眼看祠堂已近，便吩咐兩個兒子先趕前去準備焚香祝告祖先：要移動靈位了。

兩兄弟答應了，加緊腳步，這時，大哥才開口說話：「七年前離家，你去了何處？」

他望了一眼大哥：「京城。」

大哥點點頭，沉吟著。

從小他備受寵愛，常常欺負大哥，父母也不許大哥還手，是以他向來不將大哥放在眼裡。

此時，大哥說了一句令他寒顫的話：「七年前……？不正是京城快淪陷了嗎？」他心虛了一下。

但大哥沒再多說，見到守祠堂的家人迎過來，便說：「去後邊幫忙吧。」

「好。」那名家人走到後方，接過劉夫人手上的物件：「夫人，要移靈了嗎？」

「是的，明天動身，待會你也不必留守了，回去收拾吧。」

「是，夫人，」守祠堂的家人應道，「兵荒馬亂的，昨天好不容易來了個路過的道士，我硬把他留下，好做法事。」

「道士？還真湊巧。」

「噯，我怕沒了道士，祖先走不動，那道士急著想避兵燹，好不容易才勸下來的。」

劉夫人抬眼望去，只見祠堂旁的小屋前站了個道士，道士旁還有個駝背老頭，穿了厚重的棉襖，把小小的身體整個包在裡面，手上拿了根綠竹竿。他一對精明銳利的目光探照過來，使劉夫人也忍不住抖了一下。

她留意到這老頭沒鬍子，臉上乾乾淨淨的，這倒挺少見。

只聽兒子在身邊「呃」了一聲，她以詢問的眼神望了望他，兒子蹙著眉，小聲說：「那兩人令我很不舒服。」

她的長子望了望道士和老頭，對弟弟說：「你多心了。」

劉夫人忙向道士致意：「有勞道長了，酬勞必定不會少給的。」

「幫個忙是應該的，只是目下金兵壓境，你們該早逃方是。」

「多勞道長費心，咱家明日大早便啟程。」

「甚好。」

「還請問道長法號？」

「貧道雲空，」雲空作了個揖，便介紹身邊的老頭，「他是貧道路上結識的朋友。」

「老夫姓游名鶴，正要回家鄉去。」老頭的聲音又尖又細，有些陰陽怪氣。

劉夫人也介紹了兩個兒子：「咱家姓劉，這是我的長男、次男。」

劉家長子和氣的拱手：「在下名寬，有勞道長。」

次子就沒那麼客氣了，他警惕地看著兩人，只雙手抱拳道：「劉資。」

劉夫人吩咐兩名婢女擺好祭品、焚好香火、準備好包紮靈位的白布，便向雲空說：「咱家凡事必問過紫姑神，在此先請紫姑神問個吉凶。」

「方才聽這位家人說過，」雲空指指守祠堂的人，「你家紫姑神靈驗得很呀？」

「百試百應。」劉夫人自豪的笑道。

她拿起神檯上的「簸箕」，那是一根丫字形的粗木枝，吩咐長子劉寬和守祠堂的家人各執一端「箕頭」，前端則放在沙盤上。

這個問鸞的方法，幾近千年都沒改變，今日的廟宇扶乩依舊如此。

劉夫人焚香祝告，拜了又拜，拜得滿頭大汗，簸箕依然沒反應。

執箕的兩人互瞄一眼，困惑地望著沙盤。

以往紫姑神總是一請就到，怎麼今日姍姍來遲？

好不容易，簸箕的筆端微微動了一下。

守祠堂的家人警覺的「呼」了一聲，但筆端又不動了。

劉夫人好生困惑，更加賣力的拜道：「紫姑神，紫姑神，咱家明日便要逃難，請神降臨，信女心有疑惑，求紫姑神解答……」紫姑神仍不反應。

劉夫人回頭瞧看次子劉資，生怕他以為她言過其實。

劉夫人又看看道士，帶有些歉意。

但她發現道士和老頭並沒理會她，而是望向祠堂門口一角的小几，那裡有一方石硯，上頭磨好了墨，鋪好了白紙，是守祠堂的家人準備習書用的。

神奇的是，小几上的毛筆正凌空豎起，彷彿有隻無形的手正提著筆，緩緩在白紙上畫著。

劉家上下全變了臉色，劉夫人吐了口寒氣：「老天爺，紫姑神顯靈了！」兩名跟來的婢女嚇得尖叫。

毛筆寫得很慢，大夥屏著氣不敢靠近，直等字寫完了，筆管忽然虛脫似的在空中繞了半圈，才徐徐落在墨硯上。

大家瞧它不動了，依舊不敢上前。

雲空見他們害怕，便上前撿起白紙，舉起來給大家看。白紙上的字體十分稚氣，猶如初習字的孩童所寫：「七月七日長生殿」。

劉夫人端詳了好一陣：「這是何解？」

「貧道也不明白。」雲空說著，從旁邊取了幾張白紙放在几上，「方才那位姑娘，似乎有言未盡。」雲空取小勺子為墨硯添水，磨出更多的墨。

「什麼姑娘？」

「紫姑神不是一位姑娘嗎？」

「噯噯，要不得，要不得，」劉夫人慌忙擺手，「道長怎能如此稱呼紫姑神呢？祂可是……」

那名家人話未說完，雲空已將毛筆沾飽墨，理好筆尖，擺在硯上，擺手向半空道：「姑娘請。」

毛筆再度緩緩升起，浮在半空，舉筆不動，像在等待。

「你們可有話問她？」雲空回頭問眾人。

眾人看呆了，舌頭像是忽然打了千百個結，本來存了一肚子問題的劉夫人，現在是一個字也問不出來了。

「那，貧道僭越了……」雲空向著毛筆，問了個很簡單又似乎沒有意義的問題：「姑娘請問，您刻下正在何處？」

毛筆在半空中遲疑了一會兒，才小心翼翼地降在紙上。

第一個字筆畫太多，寫得很慢很笨拙，是個「靈」字。接下來的字比較簡單，毛筆總共寫了三個字，才降回硯上。

雲空引頸看那三個字，不禁抽了口寒氣。他回身仰視劉家祖宗靈位，由低到高，層層而上，整齊的擺在階梯形的大木架上，密密麻麻的，教人眼花撩亂。

「得罪了。」他向靈位拱手作揖後，便邁步走到擺靈位的木架後方。

「道長！」劉夫人忙欲阻止，但雲空已經沒入木架後方的黑暗中。

那裡掛滿蜘蛛網，很是陰冷，不知有幾年沒人進過去。雲空鑽入黑暗中後，久久未有聲息，也沒人願意去瞧個究竟。

眾人不時往小几瞟去，看看紫姑神寫了這兩句莫名其妙的話之後，有沒有再寫些什麼。而那位名叫游鶴的老頭，兩眼不斷在眾人之間遛達，觀察他們的神情。

「游老先生！」雲空的聲音從木架後方傳來，「請您帶火進來瞧瞧。」

「有火嗎？」游鶴問守祠堂的家人。

「油燈是有的。」那名家人取了油燈點上，遞給游鶴。

游鶴謝了一聲，便鑽入放靈位的木架後方。

眾人從木架後方透出的微弱燈光，依稀見到兩條人影晃動，聽見窸窣的低語聲。

不久，人影停止晃動，只見游鶴的駝背露出木架，慢慢倒退著走出來，引起眾人好奇，不禁走近幾步觀看。

游鶴兩手前伸，抬著一件褐黃色、乾癟的東西，另一端由雲空抬著，兩人身上皆沾滿了蛛網，咳嗽不已，那乾黃色的東西也積滿厚厚的塵埃和蛛網，一路飄落著塵灰。

兩人將那東西抬到靈位前方，眾人忍不住驚呼：「是死人！」

屍體全身赤裸，乾黃的皮肉皺摺，披著一頭失去光澤的烏髮。「這乾屍恐怕是位女子，」

雲空嘆道，「誰可以拿張布來遮遮？姑娘會害羞的。」

乾屍背朝著天跪在地面，一臂伸前，另一臂則曲著讓臉靠在臂上，像是死前痛苦地伏下身子，企圖去捉住什麼。

劉夫人趕忙取了幾塊白布遞給雲空，那些布本來是要用來包裹靈位的。

突然發生這種事，大家六神無主，也沒人提起要祭祖移靈的事了。

駝背老頭打破了僵局：「老夫我需要幾樣東西。」他背剪著手，蹣跚地走到劉夫人面前。

「呃？」劉夫人嚥了嚥口水，「老先生需要什麼？」

「老夫要炭灰，一定要用木炭燒成的灰，用木頭燒的也不行，多少不拘，行嗎？」

「行的，廚房爐炊就有。」

「還有，老夫要兩樣藥物：麻黃和甘草，還要幾樣調味的：蔥、椒、鹽、白梅，另加醋、酒、糟各一瓶，記下了嗎？」

劉夫人愣了愣，回頭望望跟來的婢女，兩名婢女忙迎上前來：「請老先生再說一遍。」游鶴重複了一次，兩名婢女記下，忙告個退，便趕回家去。

守祠堂的家人開了個玩笑：「聽來是菜、肉、佐料全有了。」才一說完，小几上的毛筆便彈了一下，在小几上敲出聲響，嚇得那名家人連忙住口。

游鶴問那名家人：「官府就在不遠，幾步就到了吧？」

「是，」那名家人指向外頭，「可是那位父母官早就溜了，門也封起了啦。」

「無妨，」游鶴回頭對雲空說，「我去一趟，你且守著。」

「曉得。」

游鶴又將兩手反剪在背，背上腰帶插了他那根短綠竹竿，慢吞吞地往官府方向走去。

看看游鶴走遠，劉家長子劉寬低頭咕噥著：「聽起來像一帖藥方，甘草性甘平、麻黃性辛苦……有點像發表（解除「表」症）用的藥劑，可是要蔥、椒、鹽，不會藥性太過嗎……？」劉寬像書呆子似的，陷入了自己的沉思之中，雲空耳中聽了他的嘀咕，微微一笑。

守祠堂的家人走來，蹙眉問雲空：「那位游老先生，究竟何等人物？」

雲空望著游鶴遠去的背影，和氣地回道：「是京城的老仵作。」

※※※

劉夫人拜請紫姑神所焚的香，僅燃剩一指節的長度了。

兩位婢女各提了一籃東西，氣喘吁吁地疾步走來。

不多時，游鶴也悠哉地盪過來了，手上還拿了一卷紙。

他瞄了眼擺在地上的籃子，也不多說，便向雲空指指祠堂門旁的小几，雲空像個徒兒般乖乖坐下，磨好墨、提好筆，聽候指示。

游鶴氣定神閒，雖是駝背老耋，卻有懾服眾人的氣勢，大家不禁凝神屏息，看著游鶴的一舉一動。

游鶴朝靈位作了個揖，轉身在乾屍旁邊蹲下，掀開布，開始大聲報道：「劉氏祠堂，置靈位之木架後方，發現乾屍一具，發現時背朝天，兩腿屈跪，上身前傾，左手曲枕頭面，右手伸前，頭朝南，屍首及周圍無衣裳等物，仵作游鶴並道士雲空抬屍於祠堂大門光亮處，方便檢驗。」

游鶴一邊唸，雲空一邊筆錄，游鶴看雲空寫得差不多了，才再繼續檢驗。他稍稍翻動屍體，屍體已經乾透，很輕，游鶴僅輕輕翻了一半，上下端詳了一陣，又放回原狀：「屍為女子，因乾皺不堪，無法辨別傷痕，現改進行罨屍。」

「什麼叫罨屍？」有人低聲說著。

只見游鶴先將炭灰鋪在地上，再鋪上一層布，將布用水澆濕，才把乾屍置於布上，然後又在乾屍上鋪層布，又撒上炭灰、澆水，令濕布貼住屍體的皮膚，尤其是臉部，好讓炭灰水浸濕乾屍。

如此做完後，游鶴便背剪兩手，四下踱步，偶爾瞄一眼雲空的筆錄。

守祠堂的家人按捺不住，好奇的問道：「游老先生，您此舉是為何？」

「把乾屍弄軟。」回答簡單明瞭。

劉資聽了，立刻打了個寒噤。

「等等，」劉家長子劉寬說話了，「這裡是劉氏祠堂，我們來的目的是移靈，老先生您打擾了我家的正事。」

游鶴精銳的目光掃了過來，眼神似能將人看穿：「這裡有人死了，而且還死在你家的祖宗面前，難道不想查個水落石出嗎？」

「刻下金兵已經快殺過來了，大家連逃命也來不及了，誰又理會得呢？」劉寬說，「況且官府也逃了，沒人會理誰死了。」

「是嗎？」游鶴抬頭看看天時，便蹲下去掀開布，低呼了一聲：「果然是個標緻的女孩……」說著，他將屍體的臉轉過來：「瞧瞧，認得嗎？」

劉夫人驚嘆一聲，忙掩了口。

劉寬兩眼圓睜，不敢置信的瞪著屍體。

女屍的臉孔已經變軟，膚色依然是皮革似的褐黃色，再也顯不出生前粉白的肌膚，以及微微透紅的臉蛋，但她的容貌已經清楚可辨，依稀顯出生前的美貌。
女屍的名字很久沒人提起了，但每個人都記得。
「是阿雙？」劉夫人輕聲說道。
她和劉寬的視線，不約而同地朝次子劉資望去。
劉資的衣裳早已被冷汗浸透，兩手顫抖不止，不知所措地接觸母親的眼光：「怎會是阿雙呢？怎麼可能是阿雙呢？」
驚愕不已的三人，一起用充滿疑問的眼光望向游鶴。
游鶴習慣性的嘟了嘟嘴，像在咀嚼著什麼似的，這是缺牙的老人常做的動作。
他慢悠悠地再把屍體遮上，取出從官府拿來的那卷紙：「這些是我剛才擅闖官府，從檔案架上找到的。」說著，他攤開發黃的紙，紙上輕輕揚起的細塵令他咳了幾下，他將那卷紙遞給雲空，自個兒從籃子裡拿了瓶醋，走到祠堂旁的小屋去搬來個取暖用的小爐子。
游鶴將醋瓶置於小爐加熱，時而摸摸瓶身，測看夠熱了沒。
眾人不安地瞟著雲空手旁的紙，彷彿那發黃的紙上封存著什麼可怕的秘密。
游鶴拿起已經加熱的醋，用布沾了熱醋，小心塗抹女屍全身。
他們靜靜地看著游鶴工作，沒人敢開口。
游鶴也低頭不語，努力地塗抹屍體，將皮肉上的灰塵、蛛絲、泥沙等髒東西洗去，然後拿出籃中的蔥、椒、鹽、白梅、糟等物，一起研爛和成泥，反覆拍動，拍成一塊餅。
他將那塊「餅」貼去爐子外壁弄熱，然後在屍身上鋪紙，再將熱過的餅放上去，如此一遍遍的熱餅、鋪紙、罨屍，待他弄完，已是滿頭大汗，體力有些不支，呼吸也有些喘了。
而女屍身上，竟現出一塊塊瘀青、傷痕，十分搶眼。

「她死前曾遭毆打，遍體鱗傷，而且，」游鶴翻過屍體，讓大家看到背面，「這裡，還被深深的插了一刀。」背上的一道菱形創口，猙獰的露在眾人面前，「也就是說，她生前被毒打，肺部被插了一刀，全身衣物被脫下，再被棄屍在劉氏祠堂內，多年來竟沒被人發現。」言畢，他便看著守祠堂的家人，「是嗎？」

那名家人有些心虛，他守了多年祠堂，難道真的從來沒到過靈位後方？

他瞭解別人對他的懷疑，結結巴巴的說：「你，你怎麼知道那死人放在那裡多年呢？」

「我不知道，」游鶴說，「但屍體在通風好、水分少的地方，大約八十天以上就可能會變成乾屍，所以至少有三個月左右吧。」

「這麼多年來，你有進過去嗎？」雲空打岔道。

那名家人忙搖首說：「從沒進過去，太髒了。」

「所以，她是你們認識的阿雙嗎？」游鶴忽來的一問，再次提醒了大家。

劉夫人走上前，放膽端詳女屍臉孔：「的確是很像，可是……到底……阿雙早已隨小蜻蜓遠走，難產而死了。」

游鶴眨眨眼：「這倒是剛聽說。」他走到祠堂一角，那裡堆著沒用過的瓦片，他取了一塊，拋入小爐子火紅的煤炭中。他準備好一碗醋，待瓦片燒紅，忙將熱瓦淬入醋中，隨即往女屍肚皮上一蓋，劉夫人立時驚呼。

瓦片上隱隱浮現一個影子，像個蜷曲的嬰兒。

劉夫人惶恐地望著游鶴，游鶴衰老的眼睛見慣了這種惶恐的表情，無神地躲了開去：「方才，我們與他聊天，知道了你們家七年前那件事。」他指的是那守祠堂的家人，他為了要雲空留下來幫忙法事，在等候劉夫人來之前，跟他們聊了不少家事。

「恕我多事，」游鶴頷首說，「我去官府拿的，是當年仵作的紀錄。」他指指雲空手邊的那幾張紙：「大聲唸吧。」

「好，」雲空攤開紙，唸了年月日，「查得民女阿雙與劉資私奔，其老父母……」那是阿雙父母上吊的紀錄。

劉家的人倒吸了一口寒氣，原來游鶴剛發現乾屍時，就認為兩件事有關聯了。

雲空唸畢後，翻起第二張：「檢屍單：查得老男子屍懸於屋樑下，足尖離地三尺，繩套活結，細繩繞頸一周，位於喉結之上，頸上索溝亦僅有一圈，再繞樑而上，樑上塵跡僅有繩痕一道，並無凌亂現象，死者口閉、牙關緊咬、舌抵齒而沒露出，確係縊死無疑……」又唸了阿雙母親的上吊情況，幾乎同出一轍。

「實際上，」游鶴大聲說，「官府的文書中，以為無他殺之嫌，阿雙父母乃自縊無疑。」

「這當然。」劉夫人搶道。

「可是……怎麼看得出來呢？」守祠堂的家人奇道。

「方才雲空唸的是：死者閉著口、緊咬牙，舌抵齒不出，這是繩勒在喉頭上方而死，若勒在喉頭之下，就會吐出舌尖，足見死者確係被勒死，而非死後才吊上去的。」

守祠堂的家人點點頭。

「又，頸上壓出索溝一道，樑上又塵痕一道，並無凌亂痕跡，大概是自縊吧？」

雲空警覺地說：「您說『大概』……？」

「是的，官府認為自縊，老夫不以為然。」

「此話怎解？」

「兩人自縊，頸上的是活結，依現場情況看來，死者必須先將繩索繞上屋樑，再踏上高物，一墜而死。」

雲空忙看紀錄：「上面寫，兩人離地三尺，夠高了。」

「太高了，」游鶴說，「事實上只要套了繩，不需用墜下之力，也能夠勒死自己，屍離地三尺，要如何上去呢？」游鶴頓了頓，又說：「好吧，即使是男人先吊死老妻，也無法說明男人是怎麼把自己吊上去的。」

「他可以爬上屋樑再跳下來。」劉資突然插口。

游鶴看見他期待的眼神，面無表情的說：「他當然可以，但是剛才說過，屋樑上的灰塵，只有繩子留下的一道痕跡，沒有其他的凌亂跡象。」

「可是……他……」劉資還要辯說。

「年輕人，你急啥？」游鶴的眼神忽然充滿了自信。

劉資從游鶴的眼中，看到了深不可測的深淵：「我沒急！只是……在想還有沒有別的可能。」

「呵，」游鶴輕輕搖頭，「你好多年前就想過了，而且你把他們吊得太高了。」一時之間，眾人沒全會意過來，祠堂內剎那間變得很寧靜。

劉資慌張地探索家人們的眼光，發現家人紛紛痛心地看著他，或乾脆別過頭去，以免難堪。

這下他才察覺，打從一開始，他就努力避免被懷疑，而實際上打從一開始，他就是被懷疑的對象。

初春的風掃過腳邊，有些陰森森的毛骨悚然。

「雲空，有勞唸下一張。」

雲空拿起第三張紙，上面潦草的寫了幾行字，字體十分工整。雲空唸道：「爹、娘，女兒不孝，隨劉資遠去，從此嫁雞隨雞，盼爹娘勿掛念，原諒女兒。不孝女，雙。」

「阿雙的留書，」游鶴說，「她家貧，也沒上過學、習過字，不是嗎？」

「我……我有教她寫字！」劉資忙說。

「可是，這封信根本是你寫的不是嗎？」

「我……我……」劉資很急，冷汗如雨般流下臉頰，兩手慌張的亂搖，「阿雙怕寫不好看，是她叫我幫忙寫的。」

「這也說得過去。」游鶴說，「可是為什麼要毒打阿雙呢？」

「我不知道！」劉資又驚又怒，雙眼佈滿紅絲，恨不得游鶴馬上住口。

「你真的沒殺死阿雙？」

「可惡的老傢伙！」

游鶴的語氣突然溫柔了起來：「別緊張嘛，老夫只是問你有殺沒有，況且又沒人可以逮捕你，你慌什麼呢？」游鶴的聲音本來就尖尖的，一溫柔起來，竟像女人般細軟。

劉資頓時像洩了氣的皮球一般，但語氣仍然強硬：「我沒殺。」

「很好，很好，」游鶴似乎也累了，揮了揮手，「現在只有兩個人知道是誰殺了她，一個是兇手，一個是死者，既然你不是兇手，那我們只好請死者說了。」

「那要再請一次紫姑神？」守祠堂的家人問道。

「不，」游鶴與雲空神秘兮兮地相視一笑，「不需再請。」

劉夫人陡地一驚，瞪著靈位前的香爐，香爐上的香枝已經燃盡，游鶴對她說：「妳尚未把祂請回去呢。」

正說著，劉氏祠堂便起了一陣騷動。

上百個靈位忽然全體同時抖了一下，咔咔咔的敲了數聲。

雲空手上的毛筆猛然脫手，在半空轉了幾圈，掉到地上，沾了一筆泥沙。

女屍忽然抖動，兩臂朝天亂揮，她睜開雙目，兩顆縮水的眼珠子如棗子般皺成一團，在眼眶裡骨碌碌滾動，她的脖子轉動得格格作響，讓臉孔轉向劉家母子三人。

女屍吃力地張口，許久未拉動的臉皮和肌肉早已乾縮緜緊，很難打開，失去彈性的聲帶也說不出半個字：「嘰……嘰……」她喉頸發出的聲音，猶如費力張合的舊木門，兩臂像發狂的玩偶般亂揮，試圖能像生前一般活動。

忽然間，她放棄了努力，兩手重重的墜回地面，只有嘴巴仍在吃力的微微開合，兩側下巴關節發出輕微的咔咔聲。

劉家眾人全怔在原地，嚇得渾身發冷。

最後，女屍連張口說話的嘗試也放棄了，只將兩唇微合，吹著氣。

吹了好一陣，終於吹出一道細微的聲音，像在哼著一首完全走調的歌。

這首五音不全的歌自一具女屍口中哼出，倍感陰森，眾人無不毛骨悚然。

但是如此恐怖的聲音，卻令劉資突然覺得感傷。

女屍的歌像是依依不捨的呢喃，隱約飄出了一些字句，她輕柔哀怨低吟著的，原來是唐代詩人白居易《長恨歌》的最後幾句，吟唱得非常緩慢吃力：「在天……願作比翼鳥……在地……願為連理枝……」

劉資用手摀著臉，抽噎了起來。

「天長地久……有時盡……」

劉資跪坐在地，肩膀抽搐著，淚水由指縫間滴落地面：「雙……阿雙……」他啞然說著，呼喚著這個埋藏心中已久的名字。

「此恨……」風中的低吟，更加的感傷，更加的無奈了，「綿綿……無絕期……」

最後一個「期」字，漸漸拉成嘶嘶吹氣聲，噴著穢氣，從女屍齒間緩緩吐完，漸漸散去。

女屍靜止了，兩眼依舊張著，乾梅子似的眼珠蒼然望著屋頂。

聽見當年教阿雙唸的句子，劉資哭得整個人彎到了地上，滿頭亂髮沾滿了塵沙，因為他明白阿雙的意思。

「阿雙……」他哽咽著呼喚。

女屍僵硬地躺著，沒回答他。

游鶴見女屍不再動了，小心翼翼地俟近前去，為她掩上布。

「好了，為什麼毒打阿雙？」他柔聲問劉資。

劉資還在哽咽：「不是我打的……是她爹娘……」

「為什麼？」

「他們……老早就把她許配給城裡一戶人家，那家人很有錢，想納阿雙為妾……當他們發現阿雙懷了我的孩子時，立刻憤怒的打她……」說到這裡，他已經不再只是悲傷，而是發怒得滿臉通紅，「他們大罵阿雙，說阿雙不知養育之恩，還毀了他倆的後半輩子，因為他們早已收了人家一大筆聘金，一旦食言，那家人一定會告到官府……」

「當時你在場嗎？」

劉資點點頭：「他們打算先發制人，要告我們劉家，讓我們傾家蕩產……」

說到這裡，劉資停了下來。

游鶴深知，隱藏心中已久的秘密，一旦鬆了口，就沒有不說完的道理。「然後呢？」他誘導著。

「然後……我拉阿雙跑出她家，躲來這裡。」

「當時沒人守祠堂嗎？」

「那天沒人……不知什麼緣故。」

「接著，你殺了阿雙？」

劉資猛一抬頭，滿臉掙扎：「我們打算一起死。」

「可是你殺了她？」

劉資奮力搥打地面，似乎要發洩自己心中無盡的悔恨：「我要她私奔，我倆一塊兒逃到外地，她不肯，她沒有逃的勇氣，滿腦子只有死的勇氣，她怕人生地不熟，在外地活不下去，她寧願死，她要我們兩人死在一塊！」

「所以……」

「是！我殺了她！我答應陪她死，可是我一刀刺下去以後，見阿雙很痛苦，掙扎了很久很久，我怕，我怕了，我覺得這麼死，不值！」劉資盡情地說，不想再保存這個秘密，「阿雙斷氣後，我越想越憤怒，便直奔阿雙的家，吊死她爹娘！」

劉夫人看見兒子充滿恨意的臉漸漸變化，像死屍般蒼白，像惡鬼般恐怖，不禁嚇得渾身發抖。

「都是他們害的！我不殺死他們，他們會害我家人的！」說完，劉資不住地喘著氣，多年來鬱結在心中的情緒，此時此刻終於徹底流洩出來了。

游鶴低頭微笑說：「你當時很冷靜，還留了一封信故佈疑陣。」

劉資狠狠地瞪著他。

游鶴忙擺手說：「你別怕我報官，我只是個老仵作，老頭子見到死人就想查個究竟，不會再為難你了……況且這裡沒官，況且……」游鶴搖頭嘆氣：「兵荒馬亂的年頭，人命也不值錢。」

劉夫人嗚咽哭道：「原來幫了我們這麼多年的紫姑神就是阿雙……」婢女和守祠堂的家人聽了，馬上屈膝跪在女屍前，連連稱謝，他們都曾被紫姑神幫助不少。

「你打算如何呢？」雲空問劉資，「剛才阿雙唱的，不正是你們的誓約嗎？」

劉資大驚：「你怎麼知道？」

「我看得見她，她告訴我的。」

劉資了然的點點頭，然後抬頭往上望去。

眾人也隨著朝上望去，卻只看見陰暗的屋頂，結了層層像雲朵般的蜘蛛網，眾人莫名其妙，不懂劉資在望什麼。

反倒是雲空，驚訝地看著劉資。

原來劉資也看得見了，在劉家祖宗靈位上方高高的屋樑上，坐著一個模糊的白影，在陰晦的屋頂下哭泣。

劉資臉上的憤怒和恐懼早已消失無蹤，神色異常的平和。

在眾人的譁然中，劉資忽然撲倒，身體重重壓在女屍上。

「小蜻蜓！」劉夫人趕忙想扶起他，卻拉不起來，劉寬立刻上來把弟弟拉起，劉夫人一看，更加恐怖地尖叫起來。只見劉資的臉一片死白，半閉的眼皮下，眼珠一片混濁，皮膚也已經有了崩爛的跡象。

游鶴一個箭步上前，用手指按壓劉資的臉，皮肉竟立時下陷，鬆垮得差點流出黃色的水。

「死了好幾天了?」游鶴困惑的望著雲空，卻發現雲空正出神地望著屋樑，那裡有兩縷白影在糾纏著，一面輕盪迴旋，一面齊齊嗚嗚著歌，逐漸散去、淡去。

「看來，他肉體雖死，卻仍撐著最後一口氣回家呀。」雲空說，「心願已了，氣便散了。」

「怪不得老夫剛才覺得他怪怪的。」游鶴將雲空的筆錄整理好，對雲空說：「老夫要放回官府去了，你趕緊替他們辦好移靈的法事吧。」

「好呀。」雲空幽幽地答著。他見兩縷白影躲入了屋頂的一角，蠢蠢蠕動，似是為重逢而欣喜不已。

劉家將劉資和阿雙一同葬在祠堂旁的空地上，留待太平時再回來好好處理葬禮。

但是，沒人想起該請走紫姑神。

劉氏舉家南遷後，再也沒回過來，後世子孫也無人知悉，那個從來沒被請回去的紫姑神。

【典錄】紫姑

許多崇拜民間俗神的廟宇，請神降壇常用「扶箕」，或稱扶乩、扶鸞、扶鑾，常見是一根丫形木棒，兩人各執一端，棒頭放入沙盤或灰盤，待神明降臨了，兩人便會兩手自動在盤中寫字。但最早以前，它是簸箕中插上一枝筆或木，也可在紙上寫字，宋朝洪邁《夷堅志》便記說：「但以箕插筆，使兩人扶之，或書字於沙中。」

從古書中的記載，可見自六朝時代至民國初年都是常見的活動，一般人在家中就可進行，甚至召來的神還會跟文人吟詩論文，例如清朝紀曉嵐《閱微草堂筆記》，常可見到例子，幾乎是一種遊戲，但又不像「碟仙」如此詭異。

紫姑神，相傳是個可憐的小妾，南朝宋代劉敬叔《異苑・卷五》記載：「世有紫姑神，古來相傳云是人家妾，為大婦所嫉，每以穢事相次役，正月十五日感激而死，故世人以其日作其形，夜於廁間或豬欄邊迎之，祝曰：『子胥（夫名）不在，曹姑（大婦名）亦歸，小姑可出戲。』捉者覺重，便是神來，……」梁代宗懍《荊楚歲時記》也說：「其（正月十五）夕，迎紫姑，以卜將來蠶桑，並占農事。」可見當時是元宵節才請紫姑神的。

唐代扶箕降神，以「紫姑」為主要對象，李商隱詩「身閒不睹中興盛，羞逐鄉人賽紫姑」，可見民間之盛。而宋代的扶箕請來許多紫姑以外的神，請紫姑也不限在元宵進行，沈括《夢溪筆談・卷廿一》記載：「舊俗正月望夜迎廁神，謂之紫姑，亦不必正月，常時皆可召，予少時見小兒輩等閑則召之以為嬉笑，親戚間曾有召之而不肯去者，而見有此，自後遂不敢召。」

蘇軾《東坡集・子姑神記》提到紫姑神是被正妻殺死在廁所的，姓何名媚字麗卿，是唐代某刺史之妾，梁代陶弘景《真誥》說是為師母毒殺乳婦，被謫降廁所以贖罪，本姓楊。無論如何，她本是廁所之神便沒錯了。

雲空的故事〈紫姑記〉是設定在雲空逃難，過了長江之後遇上的，這是根據蘇軾《東坡集·天篆記》：「江淮間，俗尚鬼，歲正月，必衣服箕帚為子姑神，或能數數畫字。」所以發生在當時宋金交界。

近人許地山有一本《扶箕迷信的研究》專書（商務出版），詳列有關一百三十二條文獻，是很好的參考書。

【典錄】宋慈《洗冤錄》

只要提到世界的法醫學歷史，便一定會提到宋慈，他的《洗冤錄》是最早的法醫學專書（歐洲要遲三百年）。但宋慈要在這篇故事之後才出生，所以本故事不會提到他。

最早的法醫學資料是「雲夢秦簡」中的秦律，對創傷的類型做了分類，以作為辨別和判案的基礎，另外漢朝《禮記》也有驗屍程序。

到了南宋，福建人宋慈（一一八六~一二四九）當了四任法官、累積前人和自身的經驗，六十二歲時於廣東縣令任上（一二四七年）完成《洗冤錄》，他在序中自稱「博採近世所傳諸書，自《內恕錄》以下，凡數家，會而粹之，釐而正之，增以己見，總為一編」，可見該書是當時諸法醫學著作的集大成。到了近代，其他的著作也大多佚失不存，只有內容完整的《洗冤錄》流傳不已，也引發了南宋末年《平冤錄》、元朝《無冤錄》等著作的出現。

《洗冤錄》的內容主要有三：驗屍人員條令、驗屍程序及知識、救死方。其中「驗屍」一項佔最大篇幅，但要注意的是，它只限於屍體表面及遺骨的檢驗，沒有今日的解剖程序。雖然後世有類似解剖的程序（稱為「簡」），但也常被死者家人反對而難以執行。中國的法律解剖要一九一二年才有明定（比歐洲遲六百年）。

我手上的《洗冤錄》版本，一個是面貌較原始、嘉慶十二年孫星衍依「元刊本」重刊的《洗冤集錄》，另一個是民國十年重刊、加入大量後世註解的道光年石香藏本《洗冤錄集證》。它最為人所稱道的是自縊和被勒、真假溺死的分辨，符合「經驗科學」的精神，也從各種程序中看出前人經驗的累積是多麼可貴，比如〈紫姑記〉以蔥末顯出瘀青的方法。當然，我也用大學時代唸的法醫學來對照古人的智慧。

之卅七

絕殺伍癩子

紹興三年（一一三三年）

他的腦子已經使用了七十多載了。
裡面留存的記憶，越來越是菁華。
也就是剩下的越少。
要追憶自己的來歷時，他的腦子會先浮現一道城門。
城門朝西，雜草叢生，荒涼而蒼茫，人跡罕見。
雜草間藏了許多孤墳，年歲已久的骷髏們賴在地底，散發渾濁的穢氣，到了晚上還會一個個黃澄澄的亮著跳著，人喚作鬼打燈，或說是狐火。
記憶中的西城門，總是有滿鼻子酸臭的氣味，不過待久了也不覺得。
他們一家子便住在城門旁的小屋，偶見有人要出城，便打個招呼。
要從這裡出城的，大都是辦喪事的。
南北兩門就大大的不同了，那是交通要道，他記得那裡的守門人也較神氣，嗓門較大，也較有肉。
不像他父親，西門守門人，連自己也餵不出一兩肉，更甭說家中成群的兒女。
他五歲那年，家門外來了個男子，父親馬上陪著笑，熱絡的迎上去。
男子衣著光鮮，連臉上也似乎有光采。
父親和男子談話時，兩人總不時回頭來看他。
當時並沒覺得任何不安，因為他還不知道，那是他最後一次見到父親了。
在回憶中，每當憶起那男人的視線，便會渾身顫抖，齒關緊咬，哆嗦不已。
回憶在這裡突然變得模糊，飛快的轉去下一幕。
下一幕是一間溫暖的房間，房間裡燃了一盆盆炭火，溫度很高，但當時他的心卻是萬般寒冷。

下體傳來陣陣痛楚，疼痛直刺入心，撕咬著他的神經。

耳邊傳來那男子的聲音：「不得飲水，否則會更痛的。」

他記得，兩個大人制伏他的四肢，一把雪亮的利刃切過他的下體。

以前喜歡拿出來把玩的那個小東西，剎那之間與他的身體分開了。

他那條小東西被埋入石灰，漸漸縮成一團皺巴巴的乾東西。

痛了許多日，痛得連夢裡也會哀嚎，那衣著華麗的男子見他痛了那麼久，於是扯開他圍在腰上的布。「哎喲，」那男子皺眉道，「還流血。」

他吩咐人取來熱酒，又將那團乾東西取來，擣成碎粉，摻在酒中。

「服下。」男子將酒遞給他。

他乖乖的喝了，喝了自己身體的一部分。

記憶中，這一幕掠過去了。

止血後，他被人帶到一處十分巨大的建築物，從建築物的後門進去，迎接他的男子沒蓄鬍子，嗓子尖尖的，舉止有些娘兒樣。

那男子每日吩咐他切菜、擔水、種菜、施肥，每日派給他很重的工作，還不住地打罵。

他哭，但哭的結果是更厲害的打罵。

很多年以後，他才知道那個讓他受盡虐罵的地方，是一處皇室女眷們的住處，算是後宮。

記憶中，他總是很累，又總不能休息，睡覺的時間也不夠，肚子老是飢餓。

因此，腦子總是昏沉沉。

也因此，他被打罵得更加嚴厲。

最後，他倒下了，在某次沉重的差事中，他腦中一陣黑甜，整個人很乾脆的仆倒在地，任憑管他的老宦官拳打腳踢，他這次橫了心硬是不起來，無論如何都不想再起來了。

「報廢了？」

「沒氣啦？」

黑暗中聽見這兩句，他被塞入一個大米袋，被人拎了起來。

「照例吧。」

黑暗是會搖晃的，他在深度昏迷之中，似乎又格外的清醒，感覺到瘦弱的身體一撞一撞地碰在某人背上。

如此搖晃著、撞擊著一段時間，他被放下，聽見耳邊有挖土的聲音。

袋口打開了一些，送入了沁涼的夜氣，令他覺得舒服了些。

說到這裡，游鶴累了，喝了一口水，便閉起眼睛略微歇息。

打從遇見游鶴的第一天起，他便常常如此，說一說話又休息一會，走一走路也要歇息片刻。

正因如此，雲空擔心老人半路會有不測，寧可陪他慢慢走，也不願趕路。

他們兩人都要往南走，除了躲開北方來襲的金兵之外，雲空也想一路上探訪舊識，再回故鄉去，但游鶴似乎並無目的地。

今天他倆進入了大宋的新國都臨安府（以前的杭州），在大街上走累了，便在街邊酒棚坐下。

游鶴還是第一次談起他的出身。

以前只知道他是個老仵作，不知為何成了閹人，雲空很有興趣地向他學習，因為這門知識是他遍覽群書也學不到的。

今天，雲空知道游鶴是個守門人的兒子，很小就被賣去當個小宦官了。

「後來呢？」雲空催著他說下文，「你有被埋嗎？」

游鶴搖頭：「我義父救了我。」

「呔！是何人？」

一聲怒喝之後，掘土的聲音忽然止住了，傳來一陣奔跑聲，接著又有幾隻腳步聲倉促奔來，其中一雙腳脫離了這批急來的跫聲，追逐逃人。

「竟然有人企圖埋屍！」袋口外一把粗獷的聲音叱道，接著袋口就被打開了，「還是個童屍！」

袋口外伸入一隻手，粗糙結繭的掌心撫著他的胸口：「不，還暖的，或可一救。」是一把冷得不帶感情的聲音。

那人依舊把他用袋子包著，只讓他露出頭，以免受寒。

接著，他感到一道細風吹入耳中，有人輪流朝他兩耳吹風，受到了這些刺激，他在渾沌之中，漸漸摸到了一絲光線。

忽然頭皮一痛，他被拔下幾根頭髮，他的頭髮被點燃，傳來一股刺鼻的焦臭，頓時腦子洞然清明，原本的黑暗忽然光亮了起來。

他不舒服地扭了扭身子，聽見那人說：「醒了。」然後唇邊有片冷冷的東西靠上來，他意識到那是個碗。

一股溫熱流入喉中，立刻流佈全身，使他很快暖和起來。

那碗湯液有股涼涼的香味，從他的口鼻直涼到腦子，神智頓時清醒了幾分，心裡覺得很舒服，只想就這樣躺著不動。

游鶴拿起掛在腰間的葫蘆，倒出一粒丸子：「這是蘇合香丸。」遞給了雲空。

雲空拿來嗅嗅：「果然醒神。」再放回游鶴掌中。

「此乃仵作必不可少之物，」游鶴將丸子小心置入葫蘆，「我也隨身攜有酒，」游鶴拍拍腰際的一個粗竹筒，「把酒調了蘇合香丸，可救魘死之人，義父便是如此救我的。」

「可是，你平日不都在驗屍嗎？」雲空奇道，「這麼多蘇合香丸，不會常用上吧？」

「當然常用，我們最常用在辟惡臭，遇上腐爛死屍便含上一丸。」

「原來如此。」

兩人一愣。

因為這句話不是他們講的。

兩人聊得入神，不想竟沒注意有人坐了過來，津津有味地聽他們談話。

這句話就是這人說的。

兩人定睛一瞧，只見那人幾乎和游鶴一樣老。

通常雲空見到老者，都會恭恭敬敬的，可是一見到這老人，卻不由自主地生起一絲憎惡。

「閣下是？」游鶴有氣無力地問道。

那老人滿臉橫肉，身材肥大，魚尾紋和厚重的眼袋包圍的，是一雙不懷好意的眼睛，眼神中透露出血腥味。

「在下與你有些淵源。」那人咧嘴一笑，更使雲空增感憎惡。

「哦？」游鶴眨了眨眼。

「在下姓陳，在京師當過捕頭，薄有虛名。」

「陳捕頭。」游鶴抱了抱拳，「老夫在此獻醜，望勿見笑。」

「不，不，我以前還奇怪，仵作怎麼不怕屍臭，今日一聽，才知原來如此。」

「莫非，」雲空一蹙眉，說：「是陳大果？」

那陳捕頭馬上臉色一沉，拳背青筋浮凸，四周的空氣頓時令人感到悶熱。

他果然是陳大果。

因為陳大果最討厭有人叫他的名字陳大果。

年少時就聽說過的名捕陳大果，竟然在此碰上了，雲空心裡寒了半截，曉得自己說錯話了。

因為他還記得，陳大果有三大特點：記性很好，過目不忘；心腸很險，處處暗算；心胸很窄，報仇加倍。

雲空這回是犯上他了。

「陳捕頭，」游鶴軟軟地說，「年輕人不懂事，給老夫面子，放他一馬吧。」

陳大果依然滿臉怒容：「憑什麼身分要我給面子。」

「說起來我們都是官門十品、衙門走卒，老夫不才，京師的人，也略知游鶴名號。」

陳大果果然兩眼一睜，肅然起敬：「你便是游鶴？」

游鶴點頭。

「怪道閣下的嗓音尖尖的，我竟沒想到是游鶴，」陳大果抱拳作揖，還是白了雲空一眼，「巧的巧的，你可來得正好呀。」

「怎麼說？」

「臨安府近來出了一事，死了八條人命，此地仵作無一能人，完全瞧不出死因。」

游鶴皺皺眉，疲乏地嘆了口氣，果然無法說退休就退休呀。

陳大果繼道：「其實在下也是避難到此，不再當公差，但也與衙門有來往，也去翻弄過死屍，果然一點傷痕也不見。」

「怎麼發生的？」

陳大果歪嘴一笑，得意的看著游鶴，似乎很高興能夠引起他的興趣：「你且多吃些，我帶你去瞧瞧。」言畢，立刻喚來酒棚老闆，叫來一碟兩個大包子，又切了盤肉，豪氣地推向游鶴，也自個兒大啖起來。

只有雲空沒份。

雲空只好悶著不吭聲，他不想再惹陳大果。

陳大果一邊咬包子，一邊說：「這裡有個姓伍的人家，出了個浪蕩子，每日不幫忙家裡，只把錢往外送。」

游鶴拿起包子，捧在手中，耐心的聽著。

「可是他中了痲瘋，全身長瘤，變成個很難看的癩子，」陳大果雖老，聲音卻很大，引來一些路人回頭觀看，「他的家人早想趕他出門，這下可不再留情，把他逐出家門，不給他回來，也不供他吃喝，聽由他死活。」

「渾身是瘤，想是很厲害的痲瘋？」游鶴說。

「可不是？說多醜就有多醜，從臉到腳都長了一個個凸出的小瘤，說他是妖怪更加貼切。」陳大果說，「更慘的是，這一場痲瘋下來，他手腳不能活動，整個人癱了。」

游鶴很疲憊地吐著氣說：「陳兄特別提起此人，莫非他跟那幾條人命有關？」

「人是他殺的。」

游鶴側頭看陳大果：「那不就結了？」

「可是……」雲空忽然想說話。

陳大果不高興的瞪他，游鶴卻抬抬下巴示意他說下去。

雲空舔舔嘴唇，說：「可是他的手不是廢了嗎？」

陳大果還是一臉不爽，但依然讚了半句：「頭腦不差。」

游鶴立刻把手上的包子塞到雲空手中：「吃吧，吃了會更聰明。」

陳大果瞪大了眼。

游鶴瞇起垂老的眼，指指雲空：「這小子頭腦不壞，只是平日三餐不繼，忙著生計又沒填飽肚子，是以有些鈍了。」

「是嗎？」陳大果知道游鶴在說情，於是狠狠的咬了口包子。

「陳捕頭怎麼認為是他殺的人？」

「哼，他被逐出家門後，便一直坐在街角，有人丟些剩菜給他，他才沒餓死，但也沒人敢去碰他，怕也沾染了痲瘋，結果有一次，他的一個家人經過見到他，不留情地數落他兩句，便當場死掉！」

「嗯？」

「沒人碰他家人，就這樣還在罵伍癩子罵得起勁，才罵了一半，就仆到地上斷了氣，連罵人的表情都沒變。」陳大果說得像是親見一般。

游鶴無神地望望雲空：「你見多識廣，有何看法？」

「我不清楚……」雲空說，「不過的確見過有人殺人於無形，也不需見血。」

「如果是你所說的那種人，就非我仵作能管的了。」

陳大果不喜歡聽見他不明白的話，老大不爽的粗聲說道：「哪種人？」

「無論如何，陳捕頭有興趣，」游鶴說，「咱就去瞧瞧吧。」

一個壯年道士加上一肥一瘦兩個老頭，在大街上緩緩行著，很是引人矚目。

三人轉了幾個彎，來到一間廢屋破損的外牆。

破牆下的樹蔭處，坐了一個人，隨興的倚牆坐著。

那人衣衫破爛，頭髮又長又亂，四周積了一塊塊穢物，有的已經乾硬得黏在牆上，好幾隻金頭大蠅在興奮的盤旋。

腐肉和穢物的惡臭瀰漫，使伍癩子方圓十步之內無人敢近，偏偏他又在大街旁，許多人不得不由此經過。

現在，伍癩子的方圓十步之處，就站了那三個人。

三個人分明是專程為伍癩子而來的，他們不斷地打量伍癩子，引來許多路人，他們預料有好戲將發生，也有閒人聽到風聲趕來觀看，這條人人生畏的路，一時竟聚了好些人。

他們是專為看熱鬧而來，期望這三人能為他們平淡的日子帶來一些話題。

「屍體呢？」游鶴問道。

「上一次死人也是好幾天前了，早就發回家人去安葬了。」

「如此，老夫無屍可驗。」

雲空捋捋鬚，小聲地說：「未必。」

游鶴疑問地看看雲空。

雲空指指伍癩子四周的地上，那裡有許多金色蒼蠅的屍體。

游鶴再看了看雲空的眼睛，確定他不是在開玩笑。

「那只是蒼蠅。」陳大果乘勢譏諷。

「不僅如此，這麼多的死蠅並不尋常，」雲空跪下細看地面，有螞蟻搬了隻屍體來到他腳前，被他搶了過來，「蠅屍未乾，還是新的，」正說著，忽然眼前一亮：「而且……」

「得了！」陳大果大聲截道，「不過就死了一堆蒼蠅！」
伍癩子欠了欠身體，似乎被吵醒了。
他的動作十分僵硬，上半身不自在的移了移，眼角積了團團眼垢的眼睛，在亂髮下睜開。
「是……陳捕頭嗎？」伍癩子的聲音嘶啞，像沒上油的門軸，又慢又刺耳，隨即露出一口黑黑黃黃的爛牙，像隨時會爬出蛆蟲。
「伍癩子！」陳大果大聲打招呼。
「您老，又來瞧我如何殺人嗎？」
此言一出，圍觀的人們立時一片譁然，議論紛紛。
「嘿嘿，你認了？」
伍癩子有氣無力的說道：「是您口口聲聲說小的殺人的，您青天大老爺，萬萬不可冤枉小民呀。」說完便淡淡一笑。
這一笑像在挑釁，果然激起陳大果的怒氣：「有種！」陳大果指著伍癩子叱道，「你有膽再殺一人，看我逮不逮你！」
「冤枉呀老爺，」伍癩子這一聲喊，原本沙啞的嗓子，更像是要哭出來了，「各位街坊明察呀，我一個癩子，連行動都已不便，沒餓死已是大幸，殺什麼人哪？」他一咧嘴哭喊，肩膀上下震動，停在他身上的金蠅全被驚動飛竄到人群中。
「我陳某在京師，也非浪得虛名之輩，」陳大果向四周宣布道，「好幾條汪洋大盜也敗在我手裡，什麼人犯過罪，我只消一眼便瞧出來！」
人們聽他說完，便紛紛打聽這老頭乃何方神聖。
「況且今次我請來一人，也是在京師有名的仵作，」陳大果這一說，游鶴不禁蹙眉，「你敢殺人，他就有法子知道你怎麼殺人。」

伍癩子一聽，忽然停止哭鬧，透過被眼垢遮去一半的視線，打量了游鶴一陣，然後深沉的微笑。

「陳大果！」伍癩子直呼陳大果名諱。

陳大果一聽，登時面紅耳赤。

這些人明知他不喜歡的事，卻偏偏要做，這使他更為惱怒。

「你口口聲聲的京師，不是開封府嗎？」伍癩子的聲音斷斷續續的，使不上力的樣子，「此地乃臨安府，不是你的老巢開封府，身為喪家之犬，在此地亂吠，你以為你還是那個陳大果嗎？」

「你說啥?!」陳大果脖子又紅又粗，連太陽穴也凸了起來。

「我說，這裡非你地頭，你憑什麼像隻瘋狗那般吹大氣？」

「可恨呀！」陳大果怒叫著，伍癩子的話，句句刺痛他的心，「你這……」

「這」字以後就沒再接下去的字了。

「這」的尾音拖得很長，是一道長長的呼氣聲，呼氣聲在空中畫了道圓弧，隨著陳大果重重倒地而止。

陳大果右手依然朝前方指著，仍舊一臉罵人的怒容。

他看起來似乎不知道自己已死，似乎還舉棋不定該如何罵伍癩子是好。

四周圍觀的人驚惶不定，有人還沒搞清楚發生了什麼事。

雲空從頭到尾一直盯住伍癩子，盯住伍癩子的手指、腳指、嘴唇，卻瞧不出伍癩子有什麼動作。

他也悄悄開啟了自己的「氣」，意圖探測伍癩子是否能用心念殺人，卻也感覺不到異樣。
終於，有人好奇的問：「氣死了？」
有死人的場面，總是能吸引觀眾，尤其眼前這老頭瞬間變成死人，大家便興奮的圍上去，指頭評足一番。
一擁而上的人群擠開了游鶴，游鶴腳步不穩，差點跌倒，雲空趕忙一手扶住。
「還是第一次見到有人活活氣死的。」
「原來孔明氣死周瑜、罵死王朗，不是瞎說的。」
「瞧他，眼還睜著呢……」
群眾是殘忍的，是幸災樂禍的。
沒人理會伍癩子。
游鶴轉頭望向伍癩子，發現伍癩子正帶著勝利的眼神對他微笑。
游鶴取出葫蘆，倒出一粒蘇合香丸，含入口中，蹣跚地步向伍癩子。
「游老……」雲空想阻止他，被游鶴堅決地回手拒絕了。
游鶴走到滿地蠅屍之處，撿起一隻蠅屍，小心翼翼地放入手掌。撿了好幾隻之後，他才抬頭瞧伍癩子，看見伍癩子冷著一張臉，不再微笑了。
游鶴將死蠅握在手中，向伍癩子出示了一下：「這些我要了。」
伍癩子沒搭理他，慢慢合上眼，轉頭睡去。

※※※

陳大果果然名聲遠播，他的屍身被臨安府的捕快們收去，還合了資，打算像樣的葬了他。

臨安府的仵作也來了，左翻右查看不出個所以然，草草在屍格上添了個「病故」了事。畢竟陳大果也很老了，當街暴斃也就不稀奇了。

游鶴親自去拜會臨安府的仵作。

一聽來人是開封府的仵作游鶴，正與捕快們聊天的仵作，先是沉默了一陣。

他知道游鶴，游鶴在仵作間的名氣是十分響亮的，游鶴來了臨安府，卻令他先擔心起自己的飯碗。

他不太情願的出去見游鶴，打探一下來意。當他看見站在衙門外的游鶴時，很客氣的以晚輩之禮作揖，說了幾句仰慕的話。

「老夫是要南下回故里去的。」游鶴開門見山，先讓他放下了心，才問他的名字。

「晚輩顧仲里。」

「好，仲里，」游鶴說，「陳捕頭今日是死在老夫面前的。」

顧仲里回說：「晚輩已檢驗仔細，實乃猝死，並無嫌疑。」

「老夫也希望如此，只是心裡納悶得緊，想再一探究竟。」

顧仲里面子上過不去：「晚輩經已檢驗再三……」

「仲里，」游鶴雖兩眼無神，卻很有威嚴，「算是老夫請求，只檢屍一遍，絕不囉嗦。」

顧仲里紅了臉，心裡躊躇了一陣，只好請游鶴進衙門，雲空也尾隨進去。

陳大果停屍在衙門後院，一干捕快正商量著一起抬去葬了，見到一老一道隨仵作進來，便問來人是誰。

聽說是游鶴，一名年紀較長的捕快低聲驚嘆：「莫非要轎子才請得動的游老先生？」捕快們有知道游鶴事蹟的，忙讓出了路，游鶴點頭表示謝意。

躺在草蓆上的陳大果，兩眼已被合起，嘴巴亦如是，原本指向前方的手也被擺在身邊了。他安靜的躺著，沒有生前的殺氣騰騰，也沒有傳說般的陰狠毒辣。

游鶴在陳大果身旁跪下，兩手靈巧的摸弄他的頭殼，還解下他的髮髻，在頭髮下摸索。

雲空忍不住好奇：「為何要檢查頭髮呢？」

游鶴邊摸邊說：「義父曾教我，民間有幾種殺人法，向來以為神不知鬼不覺，其中一種便是在腦門釘鐵釘，其實只要解髮檢查，我們還是查得出來的。」

「原來如此。」雲空頷首，看見仵作顧仲里也在點頭。

「我們還不確定你的猜想對不對。」游鶴說著，便依序檢視各個部位，如此弄了許久，已是滿頭大汗，微微喘氣。

雲空擔心游鶴體力不支，問他要不要休息，

游鶴搖搖手：「快好了，拿塊棉來。」雲空翻找游鶴的行李，摸出一小團棉花。游鶴撕了一點棉，纏上一根小竹籤，把棉纏緊了，便伸入陳大果的鼻孔。

顧仲里在一旁大惑不解：「游老，這是為何？」

游鶴繼續深入，把有兩根食指長度的竹籤，幾乎全伸了進去，然後一邊旋轉竹籤，一邊慢慢抽出。

竹籤前端的棉塊髒髒的，黏了乾黑的血塊、泥黃的鼻屎和一些黏液及鼻毛。

「發現了什麼嗎？」顧仲里期待的引頸探視。

游鶴只搖了搖頭：「多謝諸位，老夫的疑慮已經澄清了。」

「陳捕頭的死，果然不尋常嗎？」一名捕快問道。

「老夫不敢說。」游鶴從腰囊取出一根小針，從棉塊上挑下了一樣東西，放在一方白巾上。

眾人忍著不舒服的感覺，引頸去瞧。

在那方白巾上的，是一條腿，很小很細黑黑長了小剛毛的昆蟲腿。

眾人看了，只覺得游鶴雖髒，陳大果更髒。

游鶴摺起白巾，收入腰囊：「如此，老夫要告辭了。」

「陳捕頭可以下葬了嗎？」

「可以了。」

「等等，」雲空忙截道，「諸位大哥，貧道有一事請教。」

那些捕快不知他是何許人，困惑的望著他。

「不知那位伍癩子……」

「伍癩子？」一名捕快皺眉，似乎奇怪雲空怎麼會提起此人。

「是的……那位伍癩子，不知家中以何為業？」

「這誰人不知？他家世代醫家，父祖三代皆行醫賣藥，積財不少。」

雲空兩眼一亮：「那伍癩子也曾習醫？」

「聽說他祖父得了名家真傳，以前有『活華佗』之稱，到了父親那一代，好像就不怎麼行了，伍癩子還被瘋瘋折騰成這樣子，真是一代比一代糟糕。」

「豈只如此？」另一位捕快也插嘴了，「他家人口厄運連連，好幾個家人都死在伍癩子面前。」

雲空和游鶴睜大了眼。

「聽說有八人死在伍癩子面前，還是罵伍癩子罵死的？」雲空問道。

「說得也是，」一名捕快說，「那八個人都是他家的人。」

「還有他大哥。」

一名捕快搖頭嘆息：「不想陳捕頭一世英名，竟也這般死法。」

此言一出，捕快們個個感傷了起來。

陳大果當年有「神捕」之名，晚年竟死得如此沒光采，使他們感到人生果然無常。

「這位道長可會算命？」一名捕快憂容問道。

雲空一愣：「自然會的。」他擺擺手中的白布招子，「占卜算命・奇難雜症」也在他手中晃了晃。

一陣感傷下來，另一位捕快也覺得該算算命了：「道長我也要算。」結果捕快們紛紛要求雲空決疑，有要占卜的，也有要論命的，雲空只得直接在陳大果屍身旁邊設攤算命。

游鶴樂得到一旁歇息，顧仲里見機不可失，忙湊前上去請教了。

※※※

是夜，二更末，城中只剩更夫的腳步聲。

伍癩子縮著身體，微微的哆嗦著，在孤獨的黑夜中奮力呼吸。

他沒有其他蔽體的衣物，身上唯一的衣服已經披了幾季，早就破爛不堪，他這要靠它熬過下一個冬天。

伍癩子冷得發抖，哀怨地望向夜空，彎彎的月牙悠哉的模樣，使他心裡很不是滋味。

他猛然察覺，黑暗中有東西正在迫近。

是一隻狗。
狗兒腳底軟軟的，走路無聲，靜悄悄地迫近來。
牠是嗅到了腐肉的氣味，來找食物的。
由於伍癩子的身體很難移動，長久壓迫的部位長了褥瘡，敗壞的皮肉滲出汁水，發出陣陣惡臭，加上長期不潔，全身皮膚病，更是臭不可當。
這樣的氣味，嗅在狗兒鼻中，可是代表了食物。
伍癩子曾經擔心，自己終有一天會在這個街角完全腐爛掉，現在他已不在乎。
他現在只在乎眼前的這條狗。
狗兒的嘴巴滴著涎沫，意圖十分明顯。
伍癩子冷漠地看著狗，黑暗中只能看見狗兒的輪廓，還有牠飢渴的目光。
狗兒湊了上來，用舌頭舔了舔伍癩子。
伍癩子哼了一聲，把狗兒嚇得趕忙後退。
牠低聲咆哮，再度伺機步步迫近伍癩子。
終於，狗兒下足了決心，咧開大嘴，大步跨前，朝伍癩子的脖子奮力咬去。
狗兒哀哼一聲，撲倒在伍癩子身上。
「好暖和……」伍癩子感受著狗屍的體溫，感到心裡也溫暖了。
他知道狗屍再不久就會冷掉，但他會在冷掉之前盡情享受這片刻的暖和。
這股暖意，令他頃刻間產生一種錯覺，以為那是一種曾經熟悉的感覺。
恍惚之中，他憶起了母親，這在眾人完全背棄他時，唯一仍關心他的人。
是母親去世，他才被逐出來的，連母親的葬禮都去不了。

他的憤恨，一時悲湧上胸口，使他頓感呼吸困難。

他恨！

頭頂上的一片樹葉脫離枝幹，輕輕落下。

他恨！

一隻夜棲葉間的鳥兒，倒楣的直落下地。

他恨恨恨！

樹葉間毫無動靜。

他的恨意，剎那之間被困惑取代了。

他困難地抬頭，用眼角餘光企圖望去樹上。

暗暗的，看不分明，也聽不見動靜。

接著他感到臉上一刺，一根細小的東西從臉上翻落下去，因為太小了，他看不見是什麼。

但那種觸感很熟悉，他知道是什麼。

是一條蒼蠅腿。

問題是，它是從樹上被拋下來的。

躲在暗處監視的游鶴見伍癩子神色有異，便悄悄問道：「怎麼了？」

「不曉得，」雲空將身體再往暗處移了移，視線依然緊盯著伍癩子，「像是有什麼異樣。」

雲空隱隱覺得有些不對勁，伍癩子身邊的樹上，似乎有什麼東西。

游鶴嘆了口氣：「我們從陳捕頭的鼻子找到蒼蠅腿，又在伍癩子身邊找到一堆死蒼蠅，而且蒼蠅身上都插著一根蒼蠅腿，眼看我們已經知道他如何殺人了，可是又能怎樣？」

「沒人會相信我們的。」雲空說。

兩人躲在不遠的牆角，觀察伍癩子的舉動也很久了，還是瞧不出他的手法。
「總得有人制止他……」
雲空訝然轉頭，看著游鶴緊咬的下唇。
游鶴疲倦地問道：「你殺過人嗎？」
「沒有。」雲空搖首，「我年少時曾起過念頭，認為一個會傷害很多人的人該殺，但我並沒下手。」
「為什麼？」
「因為他的命不是我的。」
游鶴凝視了他一陣，掉頭不語。
街上隱隱傳來打更的聲音，是三更天了。
「該走了。」雲空擔心游鶴會太累。
「嗯。」游鶴點點頭。
才一轉身，便看見有一個人，幾乎緊貼著他們站著。
那麼那人打從剛才就一直站在他們背後，竟然沒有一絲聲息，連雲空也未察覺到他的存在。
那個人若非內功高手，就可能不是人類。
但雲空認得他：「紅……紅葉？」
「紅葉拜見恩人！」眼前的小女孩兩手抱拳，作了個揖。
游鶴不可思議地望著她，她還沒游鶴的一半高，幼嫩的聲音也顯示出她的年齡，但卻跟她出現的方式扯不上關聯。
「恩人？」雲空懵然說道。

「我知道他怎麼殺人的。」紅葉說著，水汪汪的眼睛迸現寒光，「如果恩人有意，我可以殺了他。」

這句話從一個小女孩口中吐出，更教夜間的空氣剎那寒了幾分。

※※※

這天旭日初昇，就教人精神振奮，伍癩子每日坐在這裡，觀看天空的一隅，很清楚天氣的變化模式，他知道今天會是很好的天氣。

好天氣會有很多蒼蠅。

果然，街道才剛有些晨光，行人還稀少，蠶豆般大的金蠅便猙獰地現身了，牠們圍繞著伍癩子，發出喧鬧的嗡嗡聲，伺機停到伍癩子身上，吸食他爛瘡上的膿水。

伍癩子又長又不整齊的指甲中，塞了厚厚的黑垢，黑垢中藏了他收集來的蒼蠅腿。

他用極細微的動作弄出一根，夾在兩指之間。

兩指一擦，蒼蠅腿立時飛射出去，插入一隻越過他頭上的蒼蠅。

他周圍的金蠅們，一隻接一隻掉落，愚鈍的金蠅只貪圖眼前的食物，完全沒考慮逃走，片刻之後，伍癩子已聽不見煩人的嗡嗡聲。

他知道，再過不久又會有另一批蒼蠅來騷擾他。

在那之前，他要好好的將蒼蠅腿摘下，收集在指甲縫中。

倒在他身上的狗屍已有些軟化了，是肌肉開始崩解了，大概到中午，狗屍就能夠很輕易的撕下來吃了。

伍癩子慢條斯理地把蒼蠅腿塞入指垢，一面想忘掉肚子的飢餓感……這兩天都沒好東西下肚，只吃了些蒼蠅，等這狗腐爛了，他才有辦法用手剝開……他等待著。
「伍癩子。」有人呼喚他。
他瞄了一眼，有個道士站在他前方不遠，記得是昨天跟陳大果一道的。
同行的應該還有一個「京師有名的仵作」，他記得陳大果是這樣說的。
看來陳大果沒唬他，陳大果才一死，那老仵作就撿起地上的蒼蠅屍，顯然識破了他的玄機一半的玄機。
伍癩子心中暗暗有些得意。
可是這道士又來幹什麼？
「殺我吧。」道士說。
來討死的？伍癩子暗忖著。準是瘋了。
「儘管殺我，」那道士又說了，「不過你殺不死我的。」
他不想理會這個瘋子，他肚子正餓，沒力氣殺人。
雲空見他不理，竟大步走上前，蹲到伍癩子前面去。
他不嫌伍癩子熏人的惡臭，從袋中取出兩個熱包子，香噴噴的熱包子。
伍癩子肚裡一陣抽搐，兩眼血紅，兩手想搶過包子，肌肉卻僵硬得無法控制。
他想吃！他好久沒吃過熱騰騰的食物了！
雲空把包子挨到他嘴上，讓他可以咬到。
兩個熱包子下肚，肉餡的甜汁溫暖了胃囊，伍癩子沒想到今天會吃到許久未有的一頓飽餐。
吃完了，他瞇眼看著道士。
雲空還是說：「殺我吧。」

「為什麼？」伍癩子反問他。

「要證明你殺不死我。」

「真的要我殺你？」伍癩子向來不徵求他要殺的人的意見，這是他第一次這麼做，因為這人至少對他有一次恩惠。

雲空還是點頭。

「可以，但你必須要做一件事。」

「是條件嗎？」

「不是，」伍癩子說，「是我殺人的方法。」

這人竟然告訴他殺人的方法。

並不是他對那兩個包子感激，而是他太有自信了。

「我該怎麼做？」

「張口，用口大力呼吸。」

雲空站起來，退開幾步，聽話的張開口，用力呼吸。

吸了好幾口大氣，他看伍癩子還沒動靜。

可是伍癩子的臉色變得很難看。

「你還沒動手嗎？」雲空問道。

伍癩子的臉色更難看了。

「他早就動手了。」紅葉自牆角走出來，冷冷的說。

雲空忽地鬆了口氣，綳緊的神經頓時輕鬆了不少：「怎麼動手的？」

伍癩子驚異萬分地看著那紅衣小女孩，完全摸不清頭緒。

他是怎麼失敗的？

「他趁你用力呼吸時，把蒼蠅腿射入你口中的貫門穴。」

聽了小女孩說的話，伍癩子心中大震，乍喜乍憂。

憂的是，有人揭穿他的玄機了。

喜的是，竟然有人會知道這個……

「貫門穴？」雲空說，「我怎麼沒聽過呢？」

「它在喉嚨的頂部。」

「喉頂？可是人身上的穴位……」

「《銅人經》上說有六百五十七穴，其實不只那麼少，因為那只是體表的穴道，還有古醫書上早已失傳的體內穴道，僅只喉頂就有三穴。」

伍癩子興奮不已，忍不住插嘴說：「貫門、斷睛、止息……是這三穴！女娃！」

紅葉依舊冷眼相望。

「女娃……」伍癩子激動地說，「妳是怎麼知道的？」

「師父教我的，」紅葉說，「我師父無所不知。」

「可知這些體內之穴，共有若干？」

「師父說有一百四十四個。」

「一百四十四……」伍癩子茫然若失地呢喃道，「我只知道七個。」

「七個已經讓你殺了不少人了。」一直站在一旁的游鶴，此時才現身，慢吞吞地從地上撿起了什麼，交到伍癩子手上。

伍癩子一瞧，是他射出去的三隻蒼蠅腿，每隻上面都插了根細針，他這下才明白，他一早就被設計了。

眼前的紅衣女孩，忽然令他不寒而慄。

他在潦倒之下練就的絕技，竟然敗在一名小女孩手上。

他猛然想起前一天晚上，從樹上被「還」回來的蒼蠅腿。

游鶴說：「老夫當了幾十年仵作，什麼暗器沒見過，袖箭、飛鏢、金錢鏢、飛蝗石、氣結石、繡針都嫌平庸，你這個蒼蠅腿真能算是獨門暗器。」

伍癩子不接受這恭維，別過頭去。

「你家世代醫家，看來也非普通醫家，」游鶴說，「紅葉告訴我，體內穴道早在人世失傳，你又怎會知道呢？」

伍癩子不想回答。

他不甘心。

他原本被剝奪了一切，現在好不容易擁有的又要被奪去了。

「你可能不想說，」游鶴說，「但老夫有一個理由要你說。」

「什麼理由？」

「殺人要添命。」

伍癩子啐了一口。

「這些人命，你必須補償回來，」然後指向紅葉，「她可以治好你。」

伍癩子以為游鶴在尋他開心。

「我不要！」紅葉嬌聲怒叫。

「紅葉，」雲空忙說，「妳不是說，妳是來幫我的嗎？」

「我不要幫他……」紅葉嘟起了嘴。

「一次，」雲空討好地對她笑道，「只幫我一次好不好？」

紅葉沉默了一陣，抬頭道：「除非你答應我，讓我跟著你。」

「妳不是早就跟著我了嗎？」

「那不同，那是我偷偷跟的，我不要偷偷跟。」

雲空從來沒跟小孩相處過，一時不知該如何是好，只好頻頻點頭答應。

紅葉高興的咧嘴，兩個紅紅的酒窩煞是可愛，可是一走向伍癩子，她馬上又拉下了一張臉。

她的手才一舉，兩指間已夾了五枚長針。

伍癩子為她熟練的手法驚奇不已。

紅葉的手再一揚，五枚針便失去了蹤影。

伍癩子這才驚覺，五枚針已經刺入他身上五個穴道，其中三枚還穿透衣服，針針力道不同、深淺不一，卻是針針「得氣」。

一針刺入肚臍下方，挑動了「氣海」，一時之內，體內真氣被點燃，突然沸騰了起來。被痲瘋病毒麻痺了的神經，漸漸有了反應，全身的肌肉開始微微顫動，麻木已久的四肢興奮地抖動著。

游鶴再度提醒他：「記得殺人要償命。」

他的眼眶徐徐湧出淚水，多年來的委屈，剎那不再鬱結心頭，他想一而再再而三的歡呼。

今天果然是大晴天，是好天氣呀。

※※※

清晨過去，真正的大白天來了，路上多了來來往往的人。

一開始還沒人注意到，忽然有人發現了，人們便議論紛紛地聚在一起。

他們看見伍癩子的地盤上，躺著一具狗屍，轟天雷響似的蒼蠅密密麻麻地亂飛，垂涎著屍體的惡臭。

「伍癩子哪裡去了？」

街角的一家店鋪夥計提供證詞：「昨兒晚收店時還在的。」

最後的結論是：「伍癩子變成狗了」。

不稀奇，不稀奇，人是會變成其他動物的，古書有云，這稱作「化」。

一名也來湊熱鬧的飽學之士提出證據，說《搜神記》記述，古代有人的老母洗澡泡浴太久，變成了一隻黿。同樣的例子，不勝枚舉。

眾人點頭稱是，也認為伍癩子變成狗不無道理，也是天道彰顯的證明，於是眾人散去，伍癩子化狗的傳說也傳了開去，不知何年何日，又會被人記下。

好些年後，江湖上有一個郎中的名字，漸漸在小鎮村聚之間傳頌著。

聽說他在天涯四方採藥，明瞭四方藥草的藥性，任何難疾到了他手上便迎刃而解。

傳說總是誇大，沒有百分之百的神醫，治不好的病總是有的。

傳說中最重要的部分是：他總是遮著臉和手腳，不讓皮膚外露，彷彿怕給人瞧見皮膚似的。

有人問他來歷，他便說：「自幼習醫，年少被家中奸人所害，潦倒數年，重操故業。」

其餘的，他便不再多說了。

【典錄】點穴

武俠小說中的「點穴」，是指觸點了某個穴位造成某種效果，最常見是「昏穴」、「定穴」，在影視中屢見不鮮，而點穴的功夫，要在清末的俠義小說才偶爾出現（例如《三俠五義》），又在當代武俠小說中成為常見伎倆。

嚴格來說，點穴是中醫的事，但武術能傷人或受傷，所以習武之人不免也要認識醫理，以免傷害到重要的「禁穴」，造成重傷甚或死亡。比如宋代法醫學名著《洗冤錄》有〈針灸死〉一條，說明驗屍要認針灸傷口以查明死因，後世有注云：「灸，不宜在頂上、太陽等處，亦致不救。」晉朝皇甫謐《針灸甲乙經》列有十二禁穴，其中五個正是武術中公認的致命點，是解剖構造上容易碎裂的地方。

小說家奇想點穴會使人全身僵硬或昏迷，是根據經絡理論中（例如元朝竇漢卿《子午流注》），「氣」是在十二經脈中循行的，不同時刻行到不同部位，所以強行制止氣的運行，便會（小說中）達到定、昏的神奇結果。

故事中紅葉利用點穴操縱人的行為，雖是我的想像，也能在古傳統中找到根據，李約瑟《針灸：歷史與理論》（聯經出版）便提到印度馴象師，藉由刺激大象身上九十個不同的點，控制牠鳴叫、前進、後退、止步、跪、躺等動作。

【典錄】仵作

仵作是古時負責驗屍工作的人員，屬於官府的「吏」（沒頭銜的受僱人員），身分下等，沒有專門訓練，只憑代代相承的經驗檢驗死屍。負責的官員也會參與驗屍，水準更加糟糕，因為官員只動口不動手，沒有實際接觸屍體的經驗，甚至會有扭曲驗屍結果以達到自己所欲的結果。宋慈的《洗冤錄》做為驗屍工作教科書，可謂對後世的一大功德！（不過宋慈也是動口的「官」而非動手的「吏」）

《洗冤錄》中處處強調仵作不可信賴，因為他們容易收賄作假，簡而言之，仵作是「役賤而任重」，卻沒足夠相關知識和收入，出現弊端可以說是必然之事，這一點在姚德豫《洗冤錄解》有專論。

相信大家記得《水滸傳》中，武松殺嫂的關鍵是在仵作何九叔身上，何九叔也是乞丐的團頭，驗武大郎屍時，西門慶來賄，由於西門慶權勢大，何九叔不敢不從，但他也知道武松惹不得，便留下武大郎遺骨，當作後路，可見他的處境多麼艱難。

游鶴是一位高資歷的名仵作，這類仵作必然是有，比如晚清楊乃武與小白菜一案中，召來北京二十四屬仵作到齊，又用車隆重載來一位八十歲、工作六十年的刑部老仵作，證明死者不是毒死而是病死，一下扳倒之前其他仵作的檢驗結果。

之卅八

頭點地

紹興四年（一一三四年）

他看看天時，午時快到了，於是開始坐立不安，兩腿像長蟲似的移來移去。

從剛才開始，他就覺得樹梢上的鳥兒很聒噪，每回轉頭望向學塾外頭，便會忍不住先瞄到那幾隻鳥。

不行，他是堂堂塾師，前面坐了十數名尊他為師的生徒，他必須保持嚴正的坐姿，才是傳道授業的榜樣。

他再看了一遍外頭，天空白得燦眼，樹影已經很短了。

下定決心了。

「今早提早休息。」他向生徒們宣布，生徒們馬上一陣歡呼，他不耐煩的等歡呼過去，才再說道：「下午的課要先背《千字文》，從『禍因惡積』開始。」這次他不理生徒們的抱怨，快步走出學塾。

他怎麼能被這些小混蛋們誤了大事呢？今天可是難得的大日子。

他很想用跑的離開學塾，卻又怕有損夫子形象，只好疾步而走，一路上還向縣上的居民們打招呼。對於讀書人，這些老百姓還是挺敬重的。

好不容易來到菜市口，緊張不安的心情才輕鬆了下來。

很多人已經擠在菜市口，團團圍著一塊血跡斑斑的場地，此處正是無數死囚灑血之地。

是的，今天是難得的死刑日，昨天剛定刑的犯人，今天就要處斬了。

平常死囚都要等秋天來到，連天地之氣也變得肅殺了，才推來斬首的。可是這犯人定罪得很快，判了個「斬立決」，也不理它正是萬物生機勃勃的初夏。

按常理，「斬立決」是要上呈京師的，怎會斬得這麼快呢？

「是皇上的意思。」塾師聽見有人議論道。

從旁人的討論中，他得知此人是一年前投降朝廷的，先前在宋金交界之地聚眾成軍，很有一番氣勢，沒想到才投歸一年，就被判以「叛亂」罪名，為免節外生枝，所以斬立決。

難得呀！難得！

塾師心裡興奮得很。

他跟一般人一樣喜歡看人殺頭，不僅因為這是枯燥生活中，難得的刺激戲碼，還因為他對死亡有深深的好奇。

至聖先師不就說了嗎？「未知生，焉知死？」

孔夫子不討論，不表示不能探索。

來了！

他興奮地舔了舔嘴唇。

臨時搭建的棚子下，監斬官嚴正起立，詢問時辰。

「回大人，午時正。」一名捕快回道。

於是監斬官便向東方拜了三拜，表示呈報天子，回頭取了令牌，朝地面一拋：「斬！」

劊子手舉起大刀，兩眼瞄準犯人的脖子。

犯人跪在地上，髮髻被解下，一個助手拉緊他的一束長髮，令脖子長長伸直，旁邊有人將一瓢冷水淋上脖子，犯人冷得打了個寒噤，大刀便霍地劈下。

塾師兩眼睜大，要看清楚斬下的位置。

無聲無息的，脖子已經乾乾淨淨地分開，掉落在地上。

這一陣高潮好戲，令塾師渾身毛孔酥麻，但腦子只興奮地熱了一陣，又回歸了落寞。

人們慢慢的散去，他依舊心有不甘的盯著屍體，斷了的脖子正冒著血，劊子手提了人頭，向捕快驗明正身。

人們都散得差不多了，他再留下觀看就有失身分了，這才悻悻然離去。

回到學塾，胡亂用了妻子送來的午飯，上課時間又到了。

他心裡掛著許多疑問，卻苦於尋不著答案，心裡苦悶得緊。

「開卷。」他向生徒們大聲說著，「《千字文》曰：禍因惡積，福緣善慶。可知是何道理？今天有人被斬首，就是惡事犯盡，該是罪禍臨門了。」

他心裡憤然忖著，生徒們有他解惑，他又該找誰解惑去？

「子雅！」他呼叫生徒的名字，把生徒嚇了一跳。

「唸下去！」

「是，夫子……」

這一天，學塾裡殺氣騰騰。

※※※

「當劊子手的都是黑心人，」一名獄卒喝醉了，說起真話來，「斬頭的勾當，秋天時令，一天不斷上幾個？手也不抖，氣也不喘，面不改色，能說心不黑嗎？」

塾師再為獄卒倒滿了酒，問道：「這劊子手是專門斬人的麼？我查過了，朝廷規定秋分以後、立春以前才是斬首的日子，其他日子他們做些什麼生計呢？」

獄卒模模糊糊地說：「你是夫子，怎麼盡問俺一些殺頭的事兒呢？」

「見笑了，」塾師笑道，「在下素好刑名之學，對有關的軼事也想要知曉一二，教你見笑了。」

「原來夫子在做學問呀？」獄卒肅然起敬地瞇了瞇眼，抱拳道：「俺是粗人，還請夫子多多包涵。」

「別這麼說，我才需要向你請教呢。」

塾師的確是來請教的。

書本上沒的知識，他只好自己來尋求了。

他打聽到衙門人物常出沒的酒樓，找機會搭訕，再用酒套出一些內行人才知曉的行內事。

獄卒告訴他：「劊子手也是普通人，平日也斬柴、挑水，做些粗活兒，也有的有自己的本業，人家嫌他們霉氣，不太願意僱他們工作，所以一年下來，就靠斬頭掙得大部分的生計。」

「斬頭能有這麼多錢嗎？」

「嘿，」獄卒醉了六、七分，臉孔已經醉得冒出熱氣了，「一個人頭賞銀一千錢，要膽邊長毛的人才敢賺這些錢吧……要沒出高價，國法就無法執行啦。」

塾師眼看獄卒醉得口中囈語、眼珠子也半白了，擔心再也問不出什麼，便思量著要再追問出一些事情來。

獄卒斜眼看了一眼門口，喃喃道：「哎喲……霉氣……」

塾師順著他的目光望去酒館門口，只見走進一名魁梧大漢，在這初夏的夜晚，上半身只披了件薄衣，露出粗壯的手臂。

那大漢一臉無神，也不多看旁人，便直直走到角落的空座位上，坐下之後，就只管盯著桌面看。

酒館的客人憎惡的瞥他一眼，紛紛露出不悅之色，在他經過身邊時，還特地閃了身體，生怕給他碰到。

他看來十分孤獨，臉孔似乎老早失去了喜怒哀樂，或許是太久沒跟人接觸了，也沒人願意跟他接觸。

他的四周似乎蒙上一層陰霾，教人看了也難過。

塾師想起他是誰了。

這人前幾天才見過的。

酒館夥計送去一壺酒、一盤切肉，就匆匆離開，生怕跟他多接觸一回。

塾師看了，覺得有些可憐，正想回頭詢問獄卒，才見獄卒早已醉得像爛泥般睡倒在桌上，嘴角還流著涎沫。

他心裡躊躇，很想上去搭訕，又怕引人注目，畢竟他還顧忌著自己的身分。

但是他心裡一直存著這個念頭，即使付了酒錢、離開了酒館，這個念頭依舊縈繞著。

一回到家，他又自哀自怨，為何沒捉緊機會去跟那劊子手搭訕呢？

「幹麼長吁短嘆的？」髮妻的冷言冷語，將他拉回了現實。

這妻子初討來時，還是個笑容可掬的少女，日子久了，發現丈夫沒辦法讓她當上官夫人，也就日漸冷漠起來，連房事也許久未有了。

塾師一聽見髮妻的聲音，就免不了瑟縮身子，更想溜到外頭去了。

妻子嘴裡喃喃不清地嘟囔著，無非是些輕蔑他的話語。

剎那之間，塾師覺得房子裡長滿了刺，令他渾身不自在。

※※※

幾乎每一天，他都會向酒館報到，攜了本書，邊飲酒邊看，期盼劊子手出現。

也幾乎每一天，劊子手都會準時進門，坐到同一個角落，愁悶地喝酒。

終於等到某一天，塾師鼓起勇氣走向劊子手。

「隻身飲悶酒，酒菜無味，」塾師說，「不知可否與你共啜？」

劊子手怔了怔，完全沒料到會有人肯找他飲酒。

「你不怕別人見怪？」被酒燒乾的嗓子，再加上很少有說話的機會，聲音十分苦澀。

塾師忐忑不安地瞟了眼四周，果然酒客們正好奇的看望他。

為了求知，為了他強烈又無法被滿足的好奇心，他是硬了頭皮下定決心要不計形象了。

「見怪的人是俗人，」塾師想辦法放鬆僵直的肌肉，勉強擠出笑容，「咱兩人都無人對飲，尋人伴飲以增酒味，有何怪乎？」言罷，他便坐下來了。

坐下之後，他才有踏實感，猶豫的理由已經消失了。

塾師先敬了劊子手幾杯酒，開始引他說話。

劊子手似乎有些畏縮，說出來的語句也湊搭不出個清楚的意思，他真的太久沒跟人對談了。

塾師不敢太急，船已上舵，該慢行才是。

幾天下來，兩人慢慢混熟了，塾師也知道了他名叫杜五。

這麼一來，塾師才敢伺機問他問題。

他有很多問題想問，必須選一個做為第一題。

「你怎麼會做這行的？」

塾師冷不防的一問，杜五正要抬近唇邊的酒杯，戛然而止。

塾師很怕他不高興、不回答，甚或起身離去。

杜五的臉色很快平和下來，接著說了一個故事。

二十餘年前，大宋還在北方時，各地民變造成全國亂上加亂，此時年方二十的杜五，是個屠夫之子。

當時有一批劇盜被官兵勸降，不想投降之後，竟然馬上送往刑場。這些投降的強盜往往叛順無常，朝廷認為留著這些人，徒然令人寢食難安，不如殺了乾淨。刑場上滾了十多個人頭，被颳起的大風吹得不斷搖頭，劊子手從未在一日之內斬這麼多人頭，斬得手臂發軟，連刀也握不穩了。

眼看尚有三十多個盜賊未被押上，真不知該如何繼續斬下去才好。

杜五替父親收好攤子，正拎著挑肉的擔子和幾把刀兒，經過刑場，認真地看了一會兒。看到劊子手一刀斬不下人頭，還得歇息一下再補刀，三刀才斬下人頭，盜賊哀號連天，痛苦的喊叫教人聽不下去，觀刑的人們紛紛不忍地皺眉，別過頭去。

杜五也看不下去，一時衝動，喊了出來：「殺頭是這般殺的麼？」

眾人的視線紛紛朝他看去。

斬頭斬累了的劊子手擦去汗水，看著好不容易「切」下的人頭，人頭臉上極度痛苦的表情，把整張臉都皺成一團了。

劊子手呼了口氣，才轉向杜五：「小子恁大口氣，你知道人頭有多難斬嗎？」

「胡說，」杜五不屑地說，「那是你自己不行。」

劊子手被一個小子奚落，滿臉通紅：「你有本事，你來！」

「好呀！」說著，杜五已將衣袖捲上。

「且慢。」監斬官在一旁叫道，「劊子，這裡刑場重地，斬首乃國法，豈可如此兒戲？」

劊子手也不想兒戲，可是他的手已經發麻，有些虛虛浮浮了：「大人，小的請讓他一試，多個人助力也好……」

監斬官看了眼杜五，確定他真要幹：「小子，刑場無戲言，你要真有本事，賞錢是少不了的。」

「不用多說了。」杜五大步邁入刑場，從腰間抽出一把刀。

劊子手腳下的犯人，突然哭了起來。

「你哭啥？」劊子手問道。

「剛才你斬那個人，我看他死得好慘，現在換了個小子，恐怕我會死得更苦了。」他越說越傷心，越說越害怕，哭得渾身發抖。

杜五似乎受了恥辱似的，說：「你大可放心。」說著，已經把刀搭上犯人的脖子。

「小哥……」犯人哀求似地說，「那位大哥雖然斬得不怎麼樣，還是……」

他沒再說下去。

他的頭已經滾落在地，還沒合上的嘴馬上吃了把泥。

沒人注意到杜五是怎麼斬頭的，他手上的刀就如忽然陷進犯人的脖子，輕輕就滑了到底，頭和身體就分離了。

劊子手錯愕不已，驚奇地看著斷了的脖子正噴出血來。

「還有呢？」杜五大氣不喘地問道。

剩下的三十多個犯人全被拉上刑場，跪成一列。

杜五的動作用「手起刀落」來形容，正是恰恰好。

他手上的刀，滑過每一個犯人的脖子，一個個人頭無聲無息地滾落，一根根血柱飛噴，剎那間刑場成了血池。

杜五斬完了三十多個人頭，一點疲態也沒有，向監斬官拿了賞錢，高高興興的回家去。

他當時沒有意識到，他已踏上了一條不歸路。

「沒人再要買我家的肉，」他告訴塾師，「他們不想買用斬頭的刀切的肉……我爹罵我，為什麼去幹斬頭的勾當，造孽而已，連家裡的生意也敗壞了，於是我被趕出了家門……可是爹的生意還是很差，一場大怒之後，爹病倒了，不久也過世了。」說著說著，杜五哽咽了起來，淚珠滴入了酒杯。

塾師同情了他一陣，不過他更關心一件事：「過去的事無法回頭，也無謂傷心了……可是，杜兄，我好奇的是，斬人頭怎麼能恁般俐落呢？」

杜五將酒一飲而盡，說：「我從小學切肉，很清楚如何切肉才不會弄損刀刃，得摸透肉的紋路了，刀子便不需使力，也能將肉一劃而開，刀子順著紋路，肉便一路自己剖開，不費力氣。」

塾師脫口而出：「這不是庖丁解牛嗎？」

「什麼……解牛？」

「是《莊子》上說的，庖丁把一隻活牛的肉全切下來了，牛還渾然不覺。」

「也有這種人嗎？」杜五不帶勁地說。

「可是切肉容易，切到頸骨又如何？」

「頸骨是一塊塊相連的，」杜五說，「只要在骨頭交接處一挑，頸骨便會自然分開了。」

塾師大為稱奇，不停地勸酒、讚美。

可是塾師心中也不免納悶，杜五說得那麼神奇，可是那日見他在菜市口斬人，也是舉起大刀，奮力斬下，沒他說的離奇。

他見杜五的手微微地在抖，杯子裡的酒也濺出了些，心裡有些明白了。

※※※

塾師一大早起來，發覺妻子不在身邊。

昨晚他喝酒喝得很晚，很怕妻子又埋怨，幸好妻子已經睡了。

他又擔心妻子一早起來，會對他冷嘲熱諷，這是他更想逃開的。

發現妻子不在了，他反而有些困惑。

他下了床，繞到廚房，見妻子正在燒水，地板上躺了隻母雞，雙足綁了繩子，眼睛不安地四轉，嘴巴咕嚕咕嚕地抱怨。

「要殺雞？」他問道。

妻子不理他，自顧自地忙著。

「有客人嗎？」他不死心，又問道。

「你忘了，是你的老同學，當官的那位。」

塾師敲了一記自己的頭，他想起來了。

其實也不是官，而是當個小吏的老同學，在妻子眼中也總比他強多了。

妻子邊磨刀邊說：「好好款待人家，說不定幫你也找個官做。」

他的思緒還陷在早晨的迷濛中，不知不覺，他拋開了老同學，耳中只聽見磨刀聲，眼中只看見母雞無辜的眼神。

「刀子利嗎？」

「磨了就利啦。」妻子在磨刀石上淋了些冷水，反覆磨著。

「雞難殺嗎？」他舔舔上唇。

「吃了多少雞，今兒也來關心雞不雞殺？」他妻子將刀子移入晨光中，滿意地看著刀刃閃耀著一輪光彩。

「讓我來。」

「什麼？」他妻子不可思議地看他。

「我來試試。」

「別開玩笑了，你什麼都做不好。」他妻子譏笑著回過頭去。才回過頭，又再轉回來看他，眼神十分困惑。

他很少看見丈夫有那麼認真堅定的表情。

於是，她把刀子遞給丈夫。

塾師的表情更堅定了，他感覺到心跳在胸口內逐漸加強。

他的右手不自覺地握緊刀柄，一步步走向母雞。

母雞更加不安了，咕咕咕的越叫越慌，翅膀不停掙扎。

他妻子擔心地問他：「你有殺過雞嗎？」

他沒回答，專心一意地半跪著身子，左手扣去雞頸，母雞用力撥動翅膀，亂扭著脖子亂叫。

「等等，不是這樣……」他妻子呼喚著。

他將菜刀高高舉起。

「要捉翅膀……」

他奮力落刀。

剎那之間，他感到全身彷如觸電，腦子突然空白了，變得分外清澈、透明。

他可以感覺到刀子沉入雞頸，將頸骨強橫地斬裂，耳中聽見骨頭清脆的碎裂聲，刀子便卡到了地板。

他感到通體清涼，興奮感在骨髓裡抽搐著，意猶未盡。

忽然，他感到手中一空，雞被奪走了。

「你果然做不好！」他妻子氣急敗壞地叫嚷，被斷首的雞還在拚命拍動翅膀，他妻子好不容易捉住翅膀，然後一手提起雞腳，將雞倒吊，好讓血儘快流出，「只要割雞脖子就好了，幹麼斬下去？」

他茫然地看著妻子，指尖的雞血迅速失去了溫度。

「只要在脖子劃一刀，讓牠流血就得了！」妻子不再多說，看看血流得差不多了，便把雞置入木盆，沖入滾燙的水，三兩下輕易將雞毛剝個乾淨。

他步出廚房，心裡有一種很充實的滿足感。

那種興奮感一直隱隱地在體內迴盪著。

他的手指、他的背脊、他的臉部，不斷地回憶著脖子斷裂瞬間的快感。

他無法忘懷，他還想再試。

那晚他沒去酒館，他將刀子藏在身上，在少人來往的大街上四處遛躂。

手指上殘餘的感覺，記憶猶新。

在昏暗的月光投照下，他望見一隻老狗，正步伐顛簸地走著，大聲地喘著氣。

塾師猶豫了一陣才亮出刀子，把刀子轉了半圈，刀背朝下。

他一個箭步上去，老狗馬上發現他來了，才正要咆哮，塾師已卯足了勁擊下去，老狗立時腦袋開花，倒在地上。

老狗在地上奄奄一息，身子還微微有些動作。

塾師把刀刃轉回來，將狗的姿態擺好，擺弄了許久，還是不滿意。
他看見街邊有一塊大石，於是將老狗拖過去，把牠的頭擱在大石上，四肢則任其垂下。
「這才有些模樣……」他嘀咕著，想像犯人被斬首的模樣。
塾師再次四下環顧，確認沒人瞧見他，於是深吸一口氣，舉起菜刀。

※※※

有人說，劊子手總是會盯住人的脖子瞧，弄得人心裡毛毛的。
可是塾師覺得，劊子手才不會老盯人的脖子，他們早已看煩了，而且他們也已經夠討人嫌了，怎麼還會再做出這種惹人厭的動作呢。
只有像他這種初學者，才會有這種毛病的。
所以每當他來酒館，而杜五又沒來的時候，他就會乘著把酒杯靠上嘴唇時，藉機端詳別人的脖子。
他見有的人粗壯，脖子多肉，有的人較瘦，瞧得見節節頸骨，不知劊子手下手之際，會怎麼磋磨斬下的位置呢？
正胡思亂想，他注意到門口進來了三種脖子。
哦不，是三個人。
三種脖子。
顯眼的是一名道士，看來四十上下，頗為清瘦，穿著陳舊的道袍，道袍的領子掩去部分脖子，看不太分明，不知好不好斬。
另外有一名微駝的老者，執著綠竹竿，脖子整個伸出領子外，和待斬的犯人差不多，脖子細細的，頸骨清楚地浮凸。

最後有一名紅衣女童，脖子全都遮住了，看不出什麼。

這三個人一塊兒進來，很是引人注目，因為他們的組合顯得很不協調。

三人左右望了一陣，看見只有塾師的桌子尚有空位。

不多不少，正好三個空位。

道士走過來，和氣地問道：「可以坐嗎？」

「請。」塾師對他們發生了興趣。

一個道士、一個老人、一個女童。

是的，他很有興趣。

店小二迎前來了：「客官要些什麼？」

「燙一盤菜。」道士說了，又問老人要什麼。

「燒餅。」

塾師訝異地揚起了眉。

老人的聲音很尖，他稍一留神，才發覺老人沒長髫鬚。

老人抬眼望他，目光如電，塾師不由自主地震了一下，擔心自己會被看穿似的縮了縮肩。

「紅葉？」道士又問女童。

女童搖搖頭，然後用精靈似的大眼瞥了一眼塾師。

乘食物未來之前，塾師先搭訕了起來：「道長怎麼稱呼？」

「貧道雲空。」

「幸會，在下羅海，字天池。」塾師拱手說。

雲空說：「天池……有意思，可是出自《說文》？」

塾師本以為雲空不過一個野道人，這下頓時刮目相看：「道長知道典故，可知另有出處？」

「窮髮之北，有冥海者，天池也……是《莊子》逍遙遊。」雲空莞爾一笑。

塾師舉起酒樽，為雲空和老者各倒了杯酒，高興地說：「平日遇上俗人多，今日才見同道人，且敬酒一杯。」

「不敢，貧道不過翻過幾本書。」雲空靦腆地捋捋鬚。

三人互敬了酒，塾師又問：「不知這位老先生如何稱呼？」

「老夫游鶴。」游鶴一雙銳利的眼睛，雖然老邁浮腫，但一望向塾師，塾師仍是馬上心虛的別過眼去。

「幸會幸會……」塾師不自在地說。

「羅先生對脖子那麼有興趣嗎？」

游鶴突來的一問，塾師頓時招架不住，亂了語句：「什……這……老先生何出此言？」

「你一直在看人家的脖子，很討厭。」紅葉忽然作聲，語氣甚為不悅。

見到小女孩犀利的目光，塾師更加不安的左顧右盼，生怕引起其他酒客的注目，雖然沒人轉頭來看他，他還是按捺不住有股奪門而出的衝動。

雲空趕忙緩和氣氛：「羅先生看來是讀書人，做學問的人，怎會……」

「道長……」塾師低下頭，感到很是慚愧，「實不相瞞，在下是個塾師。」

「原來是夫子，失敬。」雲空忙作揖道。

「可是，在下也有疑惑，也想找人解惑，卻一直找不到可解之人。」

「若是夫子不介意，不妨談談你的疑惑，」雲空笑道，「正所謂三人行必有我師。」

「甚是……」塾師不好意思地淺笑，「我說了，諸位請萬勿見怪。」

游鶴說：「您別見怪就是了。」聽到游鶴尖細的聲音，塾師又分了分神。

「我，」塾師咬咬下唇，「我想知道人頭是怎麼斬下的。」

說完了，他偷瞥三人一眼。

三人一點驚訝的表情也沒有。

「用刀斬呀。」紅葉困惑地說。她不懂這個大人怎麼那麼蠢。

「不，不是的。」塾師急急搖手，「我想知道從何下手？如何下手？斬下的人頭又會如何……」

「為何你會想知道？」游鶴問道。

「我……只是想知道。」

「是求知之心嗎？」雲空說，「貧道也曾如此，一旦想求取某樣知識，便想遍覽天下之書，問遍天下之人，有一種不休不眠，朝聞道夕死可矣的感覺。」

「說得是，」塾師這才微露喜色，「我所知有關斬頭的故事，或許足以寫成一本書了。」

「也或許是生死之惑吧？」雲空又說，「未知生，焉知死？但人們總免不了對死亡有所疑惑，想窺探生死之交界，或一探死後的世界。」

「或許……」塾師忽然想起他的妻子和他的生徒們。

他怕回家，因為妻子總在對他冷嘲熱諷，總是用不屑的目光掠過他的臉，似乎連多看一眼也懶得。

他討厭上課，他覺得學塾裡頭的生徒都是愚鈍之輩，教導他們簡直在浪費光陰，要不是為了求得生活之資，要不是為了能完成自己的志業，他根本不想再看見那些生徒。
有一次，他經過菜市口，正巧遇上行刑。
他止下腳步，觀看行刑。
犯人的頭顱斬離的一剎那，他感到全身上下似有電流通過，通體酥麻，興奮不已。
從那一刻起，他便迷上了斬首之刑。
當然，他不會告訴眼前這三個人。
他說：「不知兩位可曾聽說什麼軼聞，是有關斬頭的？」
紅葉不高興地翹了翹嘴。
「老實說，」游鶴說話了，「老夫曾是個仵作。」
「那想必見過不少斷頭屍了。」塾師喜道。
「是不少。老夫想起一宗案子，正是一具斷頭屍，頭滾落在屍體身邊，兇手馬上被逮到了，有人說死者的鄰人與他有隙，那天有人看見那鄰人提了刀出去，刀被找來一看，果然有血跡。」
「那鄰人必是殺人者無疑了。」
「非也，」游鶴說，「死者脖子斷處，皮肉並無收緊，這表示人頭是在死後才割下的。」
塾師聽得睜大兩眼、鼻孔放大、屏著鼻息，津津有味地聽著。
「任何生前的傷口都會收縮，死後切割的則不然，所以知道是死後才割下的，」游鶴又說，「還有，脖子斷處沒多少血。」
「啊，」塾師截道，「我瞧見人頭被斬下時，血會噴得很厲害。」
「正是。」
平常心臟的縮放、血管壁的壓力，會使人體內部保持在一個高壓之中，當頭被斬下時，這股壓力便找到了一個釋放的出口。

依照目擊者的說法，這血會噴成一條很高的柱子。

依照目擊者的說法，此時若將屍體上身踢入水中，脖子噴血的力道，還會使屍身抖動不止。

「沒多少血，表示人死了有一段時間，頭才被割下。」游鶴說這些話時，表情一點也沒變化。

「那殺人者不是鄰人了？」

「不知道。」

「怎會不知道呢？」

「我們當仵作的，只負責檢驗，不負責逮人。」游鶴閉了一陣子眼睛，「所以，那鄰人還是判了個死罪，沒人打算追究是否另有其人。」

「游老，」雲空拍拍游鶴的手，「您又怎麼看呢？」

「老夫怎麼看？那人看來像是路倒的，有人為了構陷那鄰人，才把他的頭割下，使他看來像是被殺的。」游鶴吐了口氣，「不過提刑不在意我的看法。」提刑是讀書人的官，不親自碰屍體，卻是驗屍結果的真正決斷者，對他們而言，仵作只是他們卑賤的手下。

塾師忙問道：「那怎麼知道頭是被割下來，而不是被斬下來的？」

「切口皮肉參差不齊，足見花了一番工夫，才將頭費力割下的。」

塾師點點頭：「看來要將人頭切下，還真不簡單。」

「是不簡單。」

「有簡單切下的方法嗎？」

雲空陡地一慄，猛然望向塾師的眼睛。

塾師的瞳孔幾乎完全放大，面孔潮紅，手掌微微有些顫抖。

雲空感到不祥。

十分的不祥。

※※※

昏黃的燈火下，塾師的筆正疾揮著。

他等妻子入睡了，才點起燈火，磨墨著書。

他不想妻子嘮叨他浪費燈油，是以如此深夜著書，已經有好些日子了，桌上堆滿了草稿。

他的筆寫得飛快，企圖趕上從腦子不停流出的思緒。

費了許多時間和心血蒐集而來的知識，已經在他腦中結成了一張緻密的網，一本專論斬首的著作。

他手邊堆著的是苦心搜尋來的文獻，從先秦的《管子》、《韓非子》、《商子》、《鄧析子》等法家古籍，到晉人的《疑獄集》和一些近代人的著作都有。

這些要不是他輾轉向人抄來，就是瞞著妻子花錢去買的，雖然當時印刷業已經很發達，書本仍然是中下人家難以負擔的奢侈品。

塾師翻看他題名為「劊子手」的那一卷：「凡行大辟（死刑）之隸，是為劊子，民間俗稱之劊子手。劊者，割也。」

又翻了翻「斬首」那一卷：「斬首之刑，周之古刑也，周大辟之刑有三，曰車裂，曰斬，曰殺。殺者，斬首也。隋有五刑，曰笞、杖、徒、流、死，……」死刑又有絞殺、斬首、腰斬、凌遲等等，但他惟獨對斬首情有獨鍾。

還是少了些什麼。

塾師懊惱地咬著筆柄。
少了什麼，少了什麼，少了什麼呢？
忽然，他的背脊流過一道寒氣，冷汗剎那佈滿了背部。
一個念頭在他腦中，靈光乍現。
他有些害怕，又有些興奮，手掌不聽使喚地微微顫抖。
這個念頭，已經潛伏在心田許久許久了，在這瞬間忽然萌發、破出土外。
他感到唇乾舌燥，心臟激烈地撞著胸口。
然後，他握緊了拳頭。

※※※

學塾裡，十多名生徒正埋著頭，一面苦思一面寫字。
塾師在生徒之間緩緩巡視，打量他們的脖子。
生徒們全低著頭，正好讓他看個清楚。
他心裡嘀咕著，衡量著。
「夫子，學生寫好了。」一名生徒舉手道。
塾師回到座位，那名生徒於是上前，將文章雙手奉上。
「甚好，回座位去，莫作聲。」
「是，夫子。」生徒轉過身去，扮了個鬼臉，學塾中傳來陣陣竊笑。
塾師不介意，他沒關係，他還有更重要的事。
他心不在焉地閱讀生徒的文章，一篇篇文章呈上的同時，他的心早已下了決定。

「晉風最愚。」他想。

塾師將手中的文章疊成一疊，在桌上弄齊了：「今天可以下課了。」

在生徒們小聲的歡呼中，他又說道：「不過晉風得留下，你的文章不通，為師要好好教導你。」

名叫晉風的生徒一臉無辜，同學們落井下石的拍拍他的肩，便衝出外頭去遊樂了。

見所有生徒都離開了，塾師便叫晉風坐下。

「提筆，為師唸一句，你寫一句。」

「是，夫子。」晉風不情願地磨了墨、提了筆、垂著頭，準備書寫。

「今日為師出的題目是『君子信而後勞其民』，你寫得不知所云，足見平日並未好好讀書，」塾師邊說邊繞到生徒後方，「可記得此句出自何典？」

「回夫子，是《論語》。」晉風答道。

塾師點了點頭：「這還不差……你一面背頌，一面寫吧。」

晉風搔搔頭，提起筆，開始背頌：「子夏曰……」落筆。

筆忽然壓上白紙，他正慌著：「字寫差了……」才發現眉梢撞上了筆，白紙上潑了大片嫣紅。

晉風來不及感覺到臉龐撞上桌面，視線和意識已在瞬間模糊。

※※※

「晉風呢?!」第二天的上課，塾師如此吆喝著。

生徒們不知所措，面面相覷。

塾師正發下前一天的文章，發到晉風的文章，不見回應，便大聲怒喝起來。

晉風今天缺席了。

「平日就不好好上學，今天竟敢不來了！」他將晉風的文章往案上一拍，生徒們全縮了縮脖子，不敢吭聲。

塾師心裡也很是緊張，在生徒眼中，他看起來像是氣得發抖，卻不知他心裡紛亂得緊。

一日過去，又到了午後，差不多該放生徒回家了。

「子雅，」他沉下了臉，「今天一整天上課，你都在左顧右盼的。」

名叫子雅的生徒一愣，其他同學紛紛偷看他，有的在偷笑。

「甭以為我不知道，」塾師說，「你留下來，為師要好好教導你。」

其他生徒散去了，學塾頓時變得十分安靜。

子雅乖乖地坐在座位上，不敢抬頭。

「紙筆備好。」

午後的陽光，在夏末顯得十分惱人。

依偎在樹上的蟬，竭盡全力地嘶喊，似乎為自己即將逝去的生命唱著輓歌。

颳過樹下的風，偶爾夾帶著涼意。

學塾中很是安靜，十分安靜，非常安靜。

一串腳步聲忽然劈開了寧靜，某個生徒不知為何，匆匆跑入學塾。

「夫子，原諒學生，」那生徒喘著氣，「學生本來跟子雅約好去他家的，現在……」他氣喘稍緩了，視線才看清楚。

這下子，他才看見塾師兩眼血紅，惶恐地看著他。

他還看見塾師的背後，是子雅正席坐著的背影，子雅的上半身伏在桌上，子雅的頭卻立在桌角，雙目微閉，兩唇略略張開，桌緣正滴下深紅的液體。

他轉身就跑，卻發現兩腿已經軟了，舉不起來。

他下意識想要大叫，喉嚨中卻只發出模糊不清的囈語。

塾師此刻的心情異常平靜，一腳踩定了生徒的腰，左手按低了生徒的頭，眼睛瞄準脖子。

「枕骨與肩之間，」他喃喃自語，「不上不下，否則難斷。」

有了先前的經驗，他比較懂得控制力道了。

這一次很順利，比先前的順利多了。

刀刃遇上的阻礙變小了，但他仍覺得不夠滿意。

他告訴自己：「這是個很寶貴的經驗。」寶貴的經驗應該寫下來。

他走向文案，打算動筆寫下心得。

不行！

他止住腳步，猶豫了片刻，看看文案，又看看課堂上的兩具屍體。

「還有機會。」他告訴自己。

於是，他開始收拾課堂，把一切弄乾淨。

那天晚上，他沒有浪費燈油，早早便爬上了床。他妻子狐疑著，好奇地轉過身來瞪著他，可是塾師已平靜地入睡，發出輕輕的打呼聲。

一夜平靜地過去了。

養飽了精神，塾師精神充沛，繃緊著神經去學塾。

生徒們進入學塾時，個個都顯得有些困惑，因為他們的座位全被移動過了。

原本是兩張並列、排成兩排的長几，已經移成左右交錯的排列，也就是每張桌子旁邊都是空位，看不見隔壁。

生徒們困惑地一一擇位坐下，準備好紙筆。

「為師發現你們的文章多有雷同，」塾師說，「是以安排了一下座位，以免你們相互抄襲。」

生徒們不敢表示意見，乖乖開始上課。

塾師上了半個時辰的課，一如往常。

他把《千字文》教完了，又教了一段《初學記》。

「今天要寫一篇文章，試論子曰：『未知生，焉知死。』」

學生們備好紙筆，取水磨墨，開始執筆沉思。

才思較捷的，已在紙上徐徐寫著。

塾師氣定神閒，邊撫著鬍鬚，邊慢慢地閒步巡視。

他走到最後一位生徒背後。

那生徒感覺到老師站在身後的壓力，不禁偷偷地斜眼望去，接觸到塾師的目光，又趕忙閃了回來。

塾師花了好一段時間才走回前面，垂頭看了一陣他的文案，又再轉身往後面走去。

這一趟，他準備好了。

他從袖子裡拿出刀。

他還等了一下，確定坐在最後面的生徒沒要轉過頭來。

他瞄準了，冷靜地、沉著地、精確地、熟練地，一刀斬下。

他很滿意，但也不敢自滿，他保持著謙遜的心，斬下第二刀。

坐在最後兩個座位的生徒倒下去了，塾師知道自己已經迫近「庖丁解牛」的境界了。

他巧妙的座位排列，使得任何一個生徒都瞧不見後面的情況。

但他還是算計錯了。

兩具屍首噴出大量的血，很快在地板上擴散。

不行！他忖著，搶先上步。

果然，第三名生徒感到臀部濕濕的，後面又有嘶嘶的怪聲。

他忍不住回頭。

頭才回了一半，衣領就被往後一拉，他整個人往後倒下，「啊」才發了一半，便已看見一把利刃從眼前降下，硬生生打斷他的喊聲。

血嗖地噴出，噴了塾師一身。

塾師慌了，他知道時間不夠了。

剛才的半聲「啊」，已經使得幾名生徒正在轉過頭來了。

他趕上前，捉住一個生徒的頭髮。

幾個生徒已經拋下了筆，喊叫著奔出學塾。

塾師一刀斬下，斬偏了，刀刃沒入生徒的左半邊臉，拔不出來。

血腳印分成幾條路，從學塾門口往外延伸。

塾師抽不出刀，不高興地咕噥著。

被他捉住頭髮的生徒很痛，發狂地亂揮兩臂，驚慌的發現兩眼的視線之間隔了一把刀。

塾師奮力一推，才把生徒推倒下地，刀才拔得出來。

他四下搜視。

學塾亂了。

這些生徒！真是孺子不可教！

桌子亂了，鋪地的蓆子亂了，紙筆亂拋了一地。
血腳印踏得到處都是，一路踩到門外去。
塾師想著：「明天一定要罵！」
忽然，他省起此刻該做的事。
他扔下手中的刀，踏過屍體，回到他的講座去。
學塾的地面，血泊仍在蔓延，還有一名生徒在血中抽搐著，血從左半邊臉的深溝湧出。
塾師取出草稿，開始潤飾他預定的最後一段，之前他一直不滿意那段。
現在，他已經有十足的把握寫好了。
當官差跑進來時，他還席坐在講座的文案前，潤著稿。

※※※

秋風起，風變乾了，吹得皮膚有刀削的感覺。
塾師跪在菜市口，兩手反綁在背，背上插了根牌子，書名犯人姓名及所犯何罪。
四周圍了很多人，個個露出憎惡的臉神，還不時有人向他吐涎沫。
塾師不理會他們，他有更重要的事。
這幾十日在牢中真不好過，塾師比原來更瘦了，滿腮雜亂的鬍子，又髒又臭又黏的衣服貼著皮膚，很不好受。
他狂熱的眼神在人群中搜索，完全不理會這些不舒服，因為這些不舒服再不久就會過去了。
他睜大雙眼，找到他要找的人，心裡安心不少。
那人站在人群之中，和初見面時一般，穿著道袍，拿著白布招子。

雲空在酒館和塾師見面時，塾師曾問他：「你會招魂嗎？」

雲空當時不解。

數日前，一名高大漢子到他掛單的道觀來找他：「道長，好不容易才找到你的落腳處。」

現在雲空知道那漢子是誰了。

那漢子正站在塾師背後，袒露出他上身強壯的肌肉，手上握了把沉重的大刀。

「記得羅海嗎？」那漢子當時問雲空。

雲空想起了羅海，是因為想起了當時在酒館的不祥感覺。

漢子給了他一疊草稿：「羅海過幾日便要問斬，這是他竭盡心血之作。」

「為何給我？」

「因為他要你幫他完成。」

塾師羅海，在獄中猛然省悟，他的著作不算是完成。

他預計最後一卷是斬別人的頭的親身體驗。

不，還不夠！應該還有一段！

好不容易，他託人輾轉找到了杜五，那名劊子手。

杜五將羅海的草稿給了雲空：「希望你為他招魂，讓他告訴你被斬首的感覺。」

最後一晚，杜五買了酒食，到牢裡與塾師共飲。

「人生難得知心人，」杜五說，「我老杜早已戒酒，練回了當年手藝，明日，便當成送你一程的禮物。」

塾師低頭道謝。

因為早已戒酒，杜五並沒多喝，他不想明天的手會抖。

大刀已磨利，也用冰冷的井水浸過了，銳利無比。
雲空站在人群中，凝神閉氣，心思慢慢凝聚，變得分外清明透徹。
他凝神想著塾師，心神便凝成一面鏡子，映照出塾師的心。
塾師感到後頸被潑了一勺冷水。
「時候到！」遠處傳來一聲吆喝。
朝聞道，夕死可矣！
塾師忽然覺得興奮。
他要在聞道的那一剎那就死。
忽然，脖子一寒。
他又驚又喜。
驚的，令他好想脫口喊出：「好刀法！」
喜的，庖丁解牛，原來如此！
刀刃割入脖子，割斷肌筋，撥開頸骨，如水蛇般靈巧地游過脖子裡頭的每一層組織。
耳朵忽然沸騰了，是血水迅速流走的聲音。
視線忽然在胡亂閃爍，是視網膜正在失去功能。
塾師感覺到一片強烈的空無襲來，佔據他的寸寸感覺。
在最後的意識中，他想起了一個他快忘了的人。
妻子呢？有在看他嗎？
他好想知道。
但他的頸已轉不過來了。

【典錄】斬首

中國古代刑法裡頭，最為人熟知便是斬首之刑，此刑從秦漢開始有紀錄，直到民國初年仍然在用。

「斬」這個字在先秦是指斬斷腰部，秦朝名相李斯父子便是這樣死的。先秦時斬頭稱為「殺」，為周朝三刑斬、殺、車裂之一，秦以後斬首才稱為「斬」。如果斬首後把人頭高掛示眾，又稱「梟首」；如果斬首在鬧市進行，又稱「棄市」。

行刑時間一般是所謂「秋後處決」，這在《禮記》已有記載，理由是春夏乃天地萬物生長、秋冬乃萬物肅殺，古人順應天地，所以秋冬才行刑，例如《左傳‧襄公二十六年》：「賞以春夏，刑以秋冬。」。秋冬行刑在唐朝制定完備，《唐律疏議‧斷獄》明定只有十月至十二月之間，除了「禁殺日」（每月一、八、十四、十五、十八、廿三、廿四、廿八、廿九、三十日）以外的日子，這規定基本上用到清末。所謂「基本上」，是指也有不少例外，唐宋惡逆以上、奴婢殺主，可「斬立決」。但唐、明也有規定，官吏在立春至秋分之間、斷屠月、禁殺日行刑的，是有嚴懲的。

這篇故事本來想以劊子手的生活為主題的，但遍覽諸書都不見劊子手專論，只有一條對劊子手的說明，見《說文通訓定聲》：「大辟刑人之隸，俗語謂之劊子手。」

之卅九

剪縷閣

紹興五年（一一三五年）

（一）游鶴的回憶

游鶴病了。

過了一個嚴冬，外加長途跋涉，游鶴病了。

他們一行三人在雪融後的路上走著，游鶴就忽然軟倒了。

「紅葉，快看看附近有沒有歇腳……」雲空還沒說完，紅葉細小的身子已經自眼前消失，不知跑哪裡去了。

很快的，她又回來了，朝雲空打出肯定的眼神。

「妳能幫他取暖嗎？」

紅葉亮出了幾枚針：「多暖？」

「別讓他冷著就好了。」雲空怕紅葉取了反應太烈的穴位。

紅葉隔著衣服，為游鶴刺了幾針。

然後雲空揹起游鶴，飛快地跟著紅葉走。

紅葉找到了一處破寺。

還是初春，寺中又暗又冷，四壁透風，連泥菩薩也崩了半邊身子。

雲空先找些木板、草料擋住門，遮住牆上的破洞，才生起一堆火，又將道袍脫下，蓋在游鶴身上。

「別多費心了……」游鶴哆嗦著說，「老夫是時候了……」

「你還沒回鄉呢。」雲空緊握他的手，另一手搓揉游鶴胸口。

「回鄉……？」游鶴停了一陣，「早回過了……」

「咱們有經過嗎？」

「有啊……」游鶴疲倦地合了一會眼，憶起上個月，當他們經過一座城……

其時，一股熟悉的感覺籠罩上來，游鶴的心震了一震。

果然眼前是闊別了七十多載的城門。

很久以前，他和家人窩在城門旁的小屋，貧苦地過活。

過了好多好多年，他年華老去，身軀漸漸敗朽，他才又經過了這裡。

那些倚門而坐的老者，是他的兄長嗎？

那幾個拖著鼻水的邋遢小孩，是他的侄孫嗎？

剎那，悲從中來，哀傷沉重地鬱結在心頭。

當時在身邊的雲空，絲毫沒有察覺老人的心緒紛亂。

老人病倒了，在破寺中虛弱地呼吸著。

雲空一面加大火勢，一面責備自己，他明知游鶴身子很弱，也沒照顧好他。

游鶴的腦子越來越亂，許多往事忽然同時擠了上來，一時令他墜入了一個個過往的時空中，搞不清現在究竟是什麼時間了。

「為什麼是我？」他憶起被閹割的那一刻，火燒般的痛苦，燃著他的下體。

父親拍拍他的頭：「他最小的，幹不了活……」

他抬頭看見一名無鬚男子，一面打量他，一面點頭。

泥土被挖掘的聲音，在噩夢中一再響起。

「呔！是何人？」好熟悉的聲音，是義父來救他了。

「瞧這傷口，」義父指了指死屍，「沒血，邊緣沒收縮。」

年少的他，不禁按緊綁在嘴上的布，心裡感到噁心。

「是死後的傷。」是義父教他驗屍，也是他第一次接觸屍體。

「大膽仵作！竟敢誣造假證欺瞞本官，勾結歹人，貪圖銀兩?!」

「啪！」衙吏重重的一巴掌，打在義父臉上。

游鶴別過了頭去，感覺到義父的心在傷心滴血。

他瞭解義父。

「我游某人，敢在死人身上賺一個子兒，便是欺天、欺地、欺神佛，祖宗蒙羞！」

「大膽！本官不怕你不招！來人！重打五十大板！」官兒氣脹了臉，脖子氣出了筋，氣這仵作不合作，害他失去收賄賂的信用。

義父的慘號聲在衙門迴響著，打得昏死過去，硬不改口。

陰雨天，房子四處漏水，連床也濕了一大片。

他鬱卒地望著義父。

「別愁，鶴兒，這雨連皇帝老子都沒機會淋呢。」

一陣爆裂聲，夾雜了煙燻臭味。

游鶴睜開了眼，看著破寺的屋頂，屋頂穿了洞，露出夜空，夜空有些亮，想是今晚有月。

耳邊不時傳來一兩聲輕微的爆裂聲，原來柴火潮濕，不乾脆地燃燒著。

「游鶴醒了。」是小女孩的聲音。

哦，是紅葉。

紅葉不瞭解眼前的老人怎麼了，因為她不知「老」為何物。

她是永遠不會再長大的，永遠的小女孩。

「游老，」雲空正搗著一鍋熱湯，「你醒了？」

游鶴無神地回應了，聞到湯水的氣味，又問：「煮啥？香呢。」

「剛才在外頭找來的草藥，給你壯壯元氣。」

「多掛心了。」

「游老，你有何心事未了嗎？」

游鶴覺得頭好暈：「何有此問？」

「方才你一直在叫著青泥……青泥……依稀是個人名。」

青泥？好久沒想起這個名字了。

游鶴的淚水溢出了眼眶，在眼角流下一道淚水。

當晚，他時而昏迷，時而醒來，不停在說夢話。

雲空的心也跟著亂了一夜，生怕游鶴在睡夢中嚥下了氣。

這一年多以來，兩人一起朝南回鄉，雲空已將游鶴當成師父一般看待，游鶴也常常藉機傳授雲空一些仵作的知識。

紅葉不明白游鶴怎麼了。

「他快死了。」雲空告訴她。

「為什麼會死？」紅葉以為只有殺人才會死人的，她從未見過自然終止生命的人類。

「因為他老了。」

紅葉隱約也明白是怎麼一回事了，便偷偷地躲到破寺外頭哭泣。

破寺中低迴著游鶴的囈語。

他口齒不清，有時激動，有時呢喃，有時皺眉，像是在苦思。

雲空摸摸他的額頭，很冰冷。

他的脈搏也十分不穩定，時快時慢，時滑時沉。

雲空十分清楚，游鶴剩下的時間不多了。

「青泥！」游鶴忽來一聲大叫，嚇了雲空一跳。

紅葉也悄悄從門外探頭進來。

然後，游鶴笑了，露出他殘缺不全的牙齒，笑得整個人如沐春風，沉醉於一池幸福之中。

此情此景，雲空也忘了憂心，陪著他開心。

在走馬燈似的記憶碎片中，游鶴回到了過去。

那年他才十歲，閹割的惡夢、被活埋的恐懼，已經漸漸自他腦中淡去，他已經可以跟一些同齡孩子們玩在一塊。

他和伙伴們喜歡在一間尼庵旁的空地上玩耍，沒人注意到他有什麼不同。

玩伴中有一名小女孩，平日管她叫蓮兒，是庵裡那位中年比丘尼養的孩子。

問起蓮兒是誰的孩子，蓮兒會答說：「我父母很早死了，是師父可憐我，才養我的。」她口中的師父，便是這「無塵庵」中唯一的比丘尼，法號慧然。

每日近晚，慧然便會把蓮兒拉回去，要她一起晚課，口中還咕噥著：「跟那群野孩子會玩野的。」雖然嘴裡如此囉嗦，語氣卻是十分慈祥。

游鶴還注意到，蓮兒跟慧然長得有一丁點兒相像。

游鶴之所以會注意到，因為他常常會忍不住去望蓮兒，注意她的微笑、她的蹙眉、她說話時的嘴唇、她那口掉了一半的乳牙。

她的每個表情、每個動作，都是游鶴每日玩累回家後，夢中也會回味的記憶。長大是一件殘酷的事。

過了兩年，慧然不准蓮兒再跟游鶴玩耍了，還為她取了法號，準備要正式當個以青燈古佛度日的出家人。

游鶴十分納悶，為什麼蓮兒得出家呢？

他偷偷在庵外守候著，想再見到蓮兒。

好不容易等到慧然出門，游鶴趕忙去敲庵門：「蓮兒，快開門。」

蓮兒果然來開門了：「師父會罵人的，快走。」

「不打緊，我瞧見她往城裡去了，一時三刻不會回來的。」

蓮兒這才鬆了口氣，隨即又垂下頭來：「找我有什麼事嗎？」

游鶴怔了一下。

他記得自己有滿胸滿腹的話想說，可一見著蓮兒，卻又什麼都說不出來了。

或許，是不需要說了。

兩人沉默了好一陣子。

「我……我曾經想，長大後要討妳當妻子。」

蓮兒睜大眼抬起頭來，不可思議的望著游鶴。

她第一次聽見這種話，心兒立刻猛然跳動，一抹緋紅在臉龐湧現。

以後，游鶴常會偷偷的來找蓮兒，伺著慧然出門去了，而且是走遠路的裝束時，兩人便會私下會面，互述心事。

「妳師父要妳出家，怎麼沒剃髮呢？」

「師父說，要等我十六歲了才好剃，先讓我帶髮修行……」

「唔，」游鶴點點頭，兩臂枕在腦後，「還是不剃得好，要是剃了，怎麼再當我妻子呢？」

「沒辦法的，」蓮兒幽幽地說，「師父不會肯的。」

「蓮兒，你爹娘呢？若妳爹娘在，會肯讓妳出家嗎？」

蓮兒困惑地望向遠方的林子，樹和樹之間有少許空隙，微微露出遠方的風景。

「自我記得事情以來，便只有師父了，不記得有爹娘。」

樹葉由綠的轉成紅的，無塵庵被林子的落葉包圍了，顯得愈加蒼涼。

雪落雪融，蟬兒伏在樹上聲嘶力竭地咆哮，叫得虛脫，最終落入枯葉堆裡頭，一塊兒腐朽。

轉眼之間，游鶴已十三歲。

惡夢在毫無準備之下撕裂了甜蜜。

一身遠行裝束的慧然，猛然出現在後面，把兩人嚇了一大跳。

「我果然沒猜錯！」她一把拉起蓮兒，眼神中又悲又憤，「妳要再墜六道輪迴嗎？妳真的以為我在害妳嗎？」

她拉了蓮兒往無塵庵走，蓮兒沒作聲，只乖乖地跟著走，留下游鶴茫然不知所措。

過了好一會，他才起身，悄悄地走近無塵庵。

慧然的聲音很大，游鶴在閉起的門外也聽得見：「妳的小命是撿回來的！今世不修行，來世再劫呀！」

游鶴豎起了耳朵。

「妳爹要殺你，要不是我收留，妳早就不在這世上了！」

這下，滿腔的疑竇，立時佔據了游鶴的心。
以後，每當慧然出門，必定攜了蓮兒隨行，游鶴再找不到機會見面。
成長的殘酷一再展現它的威力。
童年玩伴們的嗓子一個個變粗了，只有游鶴的沒變。
某次玩耍玩累了，游鶴要去小便，他走進草叢，拉下褲子，蹲下來。
「喂！」有個同伴悄悄走近，猛一大喊，「你們瞧！游鶴果然是個娘兒！沒鳥的！」
「哦——！」其他玩伴一擁而上，扯住他的褲子，不讓他穿上，他在草叢中掙扎著，想遮掩自己的私處，卻硬是被同伴們轉了過來。
「是娘們耶！」
「怪不得細聲細氣的！」
「下面也沒長毛！」
大夥兒嘲弄他，像是發現了什麼天大的鮮事，可以成為從今以後取樂的對象。
游鶴這才第一次深深的體會到，他有多麼不同。
他回家痛哭了一場，引來義父的關注。
義父是個老仵作，沒妻沒子的，幾年前把他救了，雖沒正式收養，也如父子般親密。
「哭完了，告訴我是怎麼回事。」老仵作泡了壺茶，等他哭個夠。
聽完了游鶴的遭遇，老仵作只能嘆氣：「要知道，你跟別人不同，你是不全之軀，無法過常人的生活。」
不全之軀。
很久以前，他就知道自己與常人有異了，但多年安逸穩定的生活，在義父的照顧下，他幾乎忘了這一切。

「你身為男子，但不能娶妻、不能蓄鬚，甚至……」

「不能娶妻？」游鶴以為自己聽錯了，「義父，我不能娶妻嗎？」

老仵作訝異游鶴的反應如此強烈，不禁更為擔心：「怎麼可能娶妻呢？」

游鶴沒再去無塵庵，那個曾經帶給他甜蜜和悲傷的地方。

游鶴也沒再跟那些多年的玩伴們在一起，他們已經徹底令他失望。

他是不全之人，他要與同樣是不全之人的人接觸。

他專心地跟義父學習仵作的工作。

他要成為探討另一種不全之人——失去了生命的人——的仵作。

十七歲那年的春節，京城開封府如往年一般熱鬧，各種遊樂雜耍、演雜劇的、賣卦的、賣藥的全都自前一年冬至就聚集過來，到了正月十五元宵，正是最高潮之夜。

游鶴偕同義父一起去觀燈，整個開封府被數萬盞燈妝點，好似唱戲的一般妖冶。

游鶴在唸著一則燈謎時，忽然心頭觸動了一下，偏頭覷看旁邊。在萬頭攢動的人群中，其他的人似乎剎那黯淡了下來，只有一名少女，分外的清楚明亮。

「蓮兒……？」

四周剎那變得寧靜，游鶴的腦子似乎突然澄清了，他忘了四周還有許多人，只管不顧一切地衝過去，連被他撞到的人的咒罵也聽不見。

「是妳，蓮兒，是妳！」三四年不見，蓮兒出落得更加秀麗了，少女的體態已經成熟，宛如剛熟的桃子一般，要溢出汁液似的豐盈。

他衝到少女跟前，興奮地望著她。

尤其興奮的是，她身上穿的不是僧袍，而是一般閨女的打扮。

「蓮兒，我終於見到妳了！」

「咄！好大膽的傢伙！」一名中年婦人擋了過來，「你這惡少，竟斗膽直呼我小姐閨名？」

少女吃驚不小，用袖子掩著嘴，驚怕地看著游鶴。

「蓮兒，妳不認得我了嗎？」游鶴不理那婦女，「妳還俗了嗎？」

少女睜著水靈似的雙眼，眼中的驚慌，還夾雜了許多疑惑。

擋在少女面前的中年婦女，兩眉一翹，喝道：「噯！還是個娘娘腔的登徒子！給我滾開！」那女人掃腿踢去游鶴的膝蓋，趁游鶴痛得大叫，便拖了少女逃離。

「蓮兒，別走！」

一個拳頭從旁邊揍了過來：「好大膽王八羔子，調戲良家婦女？」旁邊的人紛紛圍上來，打算好好教訓游鶴。

老仵作趕忙擠上前來，拖了游鶴便跑。

人們看看目標沒了，沒趣的一哄而散。

回到家，老仵作沒說什麼，游鶴也沒說什麼。

老仵作幫他抹了些藥，囑咐他洗個臉，看看已經很晚了，便熄燈睡去。

義父的沉默，令游鶴心裡很是不安。

但令他更不安的是另一件事。

第二天，他偷偷離家，溜出城外，到無塵庵附近的村子裡，期待的守候著。

城內是如此喧譁熱鬧，這無塵庵卻是異常的寧靜。

等了許久，庵門輕輕地打開了，游鶴的心一陣亂蹦，像要馬上跳出胸膛。果真是蓮兒，穿了一身素淨的僧袍，手中提個籃子，不知要去哪裡。

游鶴偷偷跟了上去，待離無塵庵有一段距離了，游鶴才悄聲叫她。

蓮兒先是怔了一下，回頭看見游鶴，忙心虛地四下環顧，生怕看見師父：「怎麼啦？」

游鶴高興地上前，蓮兒卻躲後了幾步：「怎麼還來找我？」

「昨晚在城裡頭看見妳，妳卻不認我……」

「胡扯，」蓮兒慌張地環顧四周，「我何時去城裡了？」

「蓮兒，我並不苦纏妳，可四年不見，也莫待我如此冷漠。」

「師父見著會不得了的。」

「我不會告訴她，她不會知道妳去過燈會的。」

「別再胡謅了，」蓮兒皺眉惱道，「我沒進城，下個月師父就要幫我剃度，你別再來找我了。」說完，蓮兒便急急跑了開去。

游鶴並沒追上去，他只有重重的疑惑。

他不明白，但他心裡有個謎底，而他不敢去相信這個答案。

「鶴兒，」厚重的手掌拍上他肩膀，令他心虛地嚇了一跳，「到此為止了，你不能再來找她了。」

義父從來沒說他知道這回事，也從未表達過意見。

這回忽然出現在他後方，令他覺得大有玄機。

「義父，您早就知道了？」他不敢回頭。

「我老早就知道了，」老仵作嘆了口氣，「所以我才勸說過你呀。」

游鶴搖搖頭：「義父放心，孩兒不會再痴心妄想。」

「那便好。」

「蓮兒也快要剃度了。」

「她姑媽終於決定了？」

「姑媽？」游鶴轉過頭來，捕捉到老仵作眼中的閃爍。

老仵作知道自己說溜嘴了。

「義父，您知道蓮兒的事吧？」

老仵作是個不說謊的人，他只選擇「不說謊」或是「不說」，他不喜歡說謊，因為說謊之後需要更多的謊言，說謊太麻煩了。

「義父，昨晚燈會上見到的蓮兒，難道不是蓮兒嗎？」

「鶴兒……」老仵作很是為難，用眼神哀求他別再問了。

「義父，昨晚的蓮兒不認得我，剛才的蓮兒卻一眼認出我了，為什麼？」

「鶴兒，義父不想告訴你。」

「為什麼？義父。」

「事關許多人的未來，一旦有人知道了，會有人因此改變了生活，不能再如往常那般寫意地活著，」老仵作說，「這就是所謂『秘密』，不知道總比知道得好。」

「我想知道。」

越不讓人知道而人們卻越想知道的，這也是「秘密」的特點。

「除非，」老仵作嚴肅地看著他，緊咬著下唇，「你能依我兩件事。」

「莫說兩件，十件也依！」

老仵作看見游鶴眼裡的決心，早就心軟了。

他搖頭嘆了口氣：「事關私密，但不告訴你，恐怕也不會死心……」他抬起頭，下定了足夠的決心：「第一，你要依我，絕不話與他人。」

「我依。」游鶴重重把頭點。

「第二，別，別再去無塵庵。」

游鶴屏住了氣，強忍眼中將要泌出的淚水，點頭。

這一點頭，將他從多少年的甜蜜記憶、多少個相思的日夜、殘留在心坑角落的一點奢望，完全剝離。

他曾告訴自己，要當個守信的人，以義父為榜樣。

這一條堅持，日後帶他度過了不少苦難。

「好，」老仵作閉了一會眼，斟酌著下一句，「你喜歡吃鄭家的餅嗎？」

「喜歡。」游鶴愣了一下。

他摸不清葫蘆裡的藥，不過無可否認的，鄭家的餅最好吃了。

京城內餅店很多，以兩家最為有名，都是同時有五十多個爐一起烘餅的名店，一家是武成王廟前的張家，一家便是皇建院前的鄭家。

不論是油餅還是胡餅，他都覺得鄭家的最美味。

「這無塵庵是鄭家的庵，庵中老尼慧然，便是鄭家老闆的親姑姑。」

原來如此。游鶴點點頭。

「這慧然年少便吃齋，後來乾脆剃了髮，在此立庵修行，與鄭家人很少接觸，但無塵庵是靠鄭家維持的。」

「那蓮兒呢？」

「這是重點，」老仵作說，「蓮兒，是鄭家小姐。」

游鶴沒有吃驚，他只是不明白，因為蓮兒說過她從小就沒了父母，被慧然抱來養的。

「鄭家現在的當家是二房，家中各房一直不服氣，當家的當時還沒兒子，一直急著生個男丁，好將來繼承家業。」

「然後，他們生了蓮兒？」

「你對了一半，」老仵作說，「當家太太生的第一胎，一次就生了兩個女娃，其中一個便是蓮兒。」

游鶴懂了。

「當家的很生氣，要穩婆將兩個女嬰當場溺死，當家太太哭著央求，他才答應留下一個，另一個仍要殺了。」

古時溺嬰風氣不算罕見，在女子是賠錢貨的時代，尤其常有。但也有女子是賺錢貨的時代，宋室南渡以後，風月之事大為盛行，養了女兒有姿色的，又訓練有才藝的，反而有助一家生計。

游鶴忙問：「想必是沒殺吧？」

「當家太太心裡不忍，畢竟是十月懷胎的骨肉，於是偷偷託人送去無塵庵，求慧然救命，蓮兒的命才保了下來。」

這下游鶴完全明白當初老尼罵蓮兒的話，是何涵義了。

不知蓮兒自己明不明白呢？

「義父，恕我一問……」游鶴遲疑了一下，「既是私密，義父又如何知曉？」

老仵作嘆息道：「我說過，鄭家的其他人不服二房，聽聞了之後，見機不可失，便告到衙門裡去，要扳倒鄭家當家的，這麼一來，衙門便派我到鄭家去檢驗嬰屍。」

「不想同是一家人，居然如此相殘。」游鶴忖著，不免有些寒意。

「嬰屍當然是沒有了，鄭家夫人下跪求我，求我別說出去，她告訴我事實，是為了救夫，但若把事實告訴了丈夫，又會害了小孩，」老仵作說著，指向不遠的無塵庵，「我親至此地探知虛實，得知是實，便回了老爺。」

「義父告訴老爺了？」他們口中的老爺，便是衙門的上司，管民訟的官兒。

「當時的老爺是個好官，我也不怕告訴他，他聽了之後，與我相約不說，再把告狀的家人拉來打上一頓板子，說是誣告良人、陷害家人，這樣才絕了他們的口舌，平息一場風波。」平常衙門仗勢欺人，用打板子誣陷迫供，這番反其道而行，可見刀果然有兩面，水果然能載覆。

老仵作接著說：「蓮兒這樣才能好好長大，這慧然平日也鮮少與鄭家人來往，只有鄭家定期送錢糧才會見面，蓮兒的事也就躲了起來。」

「那麼，昨日燈會見到的，莫非是蓮兒的……」

「妹妹。」

「她也叫蓮兒麼？」

「她也叫蓮兒，」老仵作忽地微笑，「如此一來，鄭家夫人提起蓮兒，誰也不知道還有另一個蓮兒，真是聰明之著！」

游鶴沒有笑，他無心去讚美蓮兒親娘的一番苦心。

他決定真的答應義父，不再去找蓮兒。

任何一個蓮兒。

半個月後，皇建院前鄭家餅店的千金蓮兒，聽說嫁了人。

一個月後，無塵庵的蓮兒正式剃度，領了度牒，法號青泥。

兩姐妹各自找到了歸宿。

時光荏苒，在游鶴電光火石的記憶中，許多片段飛快的過去了。

那些無關痛癢的片段，只是日復一日的驗屍、日復一日又日復一日。

一個穿著粗布衣的莊稼漢子俯臥在田埂旁後腦有一道深深的橫溝陷了下去還少了一塊頭皮身邊有一把鋤頭上黏了塊帶髮的頭皮游鶴記得自己判斷是被人從後面擊殺的

掠過去了……

一個路倒在雜草叢的男子瞧不出年紀瘦得乾巴巴的肌肉似乎被消化了而且還發黑兩眼緊瞪著天眼看是餓了好久餓死的

掠過去了……

一具女屍脖子上有道寬寬的瘀痕舌尖吐出大小便洩出因為他是閹人是不全之軀又剛好沒有穩婆所以才肯讓他檢屍的

掠過去……

掠不過去。

不，這是他不願去接觸的片段。

走開。

記憶像剪不斷的縷縷青絲，他想撥開，卻越撥越纏人，越纏越亂，越亂越清楚。

女屍的臉。

是蓮兒。

蓮兒怎麼死了？

不，這不是蓮兒，是蓮兒的妹妹，也叫蓮兒。

蓮兒早就出家了……

可是女屍的臉還是蓮兒……太神似了……

一道強烈的白光襲來，游鶴睜開了眼。

依然是破寺，依舊是夜晚，鼻中聞到的仍舊是火燒樹枝的煙味以及雲空煮的那鍋藥草味。

他感到極度疲憊，心裡卻忽然清明洞澈，知道自己或許過不了今晚了。

雲空呢？紅葉呢？他想看看他們，這兩位陪他長途跋涉，共他度過人生最後一年的兩人。

在昏淡的火光中，他發現破寺裡頭不只三個人。

他看見雲空，清瘦的臉龐在火光下更顯憔悴。

他看見紅葉，這任性的小女孩，在此時也不禁傷心地望著他。

破寺中另有兩位穿著僧袍的比丘尼，一位十分年輕，另一位是老尼。

他認得那老尼！

多少年過去了？有六十年的光景！上一次見面有這麼久了呀？

游鶴吃力的抖著唇，想說話，發現連嘴唇也無力了，忍不住氣餒得落淚。

老尼雙手合十，席坐在他身邊，口中說道：「阿彌陀佛，青泥來了結孽緣了……」

游鶴笑了。

因為他終於聽見，這盼了六十年，這個人的聲音。

（二）青泥的回憶

蓮兒常常會莫名其妙的陷入迷迷茫茫的狀態。

慧然說她有慧根，說這種狀態叫「放空」，修行之人靜坐，就是要首先達到放空，才有辦法達至更進一步的境界。

能夠天生進入放空的人，自然是有慧根的。

但蓮兒不以為然。

她知道她不是放空。

每當她吃著庵中清淡的飯菜時，會忽然陷入一片茫然，眼前看見的是從未吃過的菜肉，每一道菜她都叫不出名堂。

當她坐在樹下，孤獨地聆聽風聲時，她會剎那失神，看見自己的手在刺繡、在做著女孩兒家的細活兒。

這真的是她嗎？

真的，她在那「放空」之中曾照過鏡子，是她，沒錯。

這種幻象是那麼的迫真，又那麼不可思議。

她從小就住在庵中，甚至沒進過城，每日簡樸得只達到生活需求的最低點，怎麼可能會有這種幻覺呢？那些事物她都沒見過呀。

那一天晚上，她忽然很不安。

她在恍惚之中看見一片大紅，紅的衣裳、紅的布、紅的紙、紅幔、紅鞋……一切都是紅的，耳邊聽見的是吹打的噪鬧聲。

她從未陷入過這種混亂，卻又無力掙脫，只好等待。

她等待，隔著一層紅紗，看見兩支燭火在搖晃。

然後，發生了她無法想像的事。

一名男子掀開她的蓋頭，紅紗褪去了，她看見一片大紅的房間，一張俊俏的臉正感興趣地瞧看她。

「果然是個美人兒，」那男子說，「不愧為我的妻子。」

妻子？蓮兒心中一慌。

男子的嘴唇湊過來了，一把手摟著她的腰，將她輕輕壓倒。

她慌，她很慌，她想掙脫，想逃。

但她不能。

因為被壓倒的不是她。

那只是幻覺幻影幻象，她只能感覺，無法抗拒。

「不要！」她心裡慌叫。

男人溫暖的手掌在她身上游走，衣服被一件件褪去，男子的手指毫不遲疑地撫摸她的肌膚，潤濕的舌頭在她細膩的肌膚上游動。

她完全無助地躺在床上，她推不開幻影。

慢慢的，她的驚慌消失了，反而放鬆了自己，靜待這片幻影消失。

心情放輕鬆了，皮膚反而敏感了，神經不再緊繃，反而開始覺得舒服，挑起了隱藏在深處的興奮。

她不自覺地叫出了聲，呻吟著。

這是非常新鮮的，這是師父從來沒告訴過她的，這是聞所未聞的。

她四肢展開，恣意享受這片奇異的、真實的幻覺。
她胯下泌出了細汗，感覺身體在膨脹，像爐火正慢慢生起，越來越熱。
她感到下身的小衣涼涼的，下體期待的抖動著。
果然，來了。
好痛！
一股火熱竄進體內，火焰迅速蔓延了全身。
不，痛的不是她！
她知道，另外那個人心裡的驚慌和不悅，那個人的反抗，那個人感到割裂似的痛楚。
但她不是那個人。
她放鬆享受著全身的愉悅，身子情不自禁地扭動，挺起腰身，歡迎著。
她大口地喘氣，香汗沾濕了床蓐，她掩著自己的口，生怕驚醒了師父。
那晚以後，夜復一夜，她都在如此享受著。
但她也有一股罪惡感，因為即使師父沒教，她也知道那是什麼。
每個女人都會明白的。
她開始怨恨師父，這個養育她多年的師父，將要為她剃度，要她永遠當一個守清規的比丘尼了。
她想大喊她不要！但她不敢，她不敢違抗師父。
因為她已經習慣了。
六個晚上的幻夢，她已充分體驗到身為女人的純粹快活，她越來越討厭身上的那件灰袍。
第七天，師父慧然出門去了。

有人輕輕地敲著庵門。

一把幼嫩的女孩聲音在門外響起：「有人在嗎？」

蓮兒沒有馬上去開門，她先遲疑了一下，因為除了每個月送糧來一次的人，平日很少會有人來訪的。

她還是開了門。

門一敞開，門外的女孩馬上驚退幾步，掩口驚道：「小姐?!」

她是叫她背後的小姐。

蓮兒也看見了，那女孩背後站著一名女子，梳了新婦的髮式，穿了一身素服，薄施脂粉，睜大眼直看蓮兒。

那「小姐」跟她長得一模一樣。

無塵庵的門前，吹來陣陣微風，拂起層層塵幕。

※※※

「貧尼來此，是為解決一段孽緣的。」青泥老邁的聲音，聽似無力，卻深厚得像海水。

雲空和紅葉不可思議地望著這老尼，老尼自我介紹叫青泥，正是游鶴昏迷中低吟的名字。

在行旅中，雲空從未聽游鶴提起青泥這個人，才剛剛聽見呼喚她的名字，她就來了。

雲空小心地探問：「師父認識游老先生麼？」

「豈止認識，」青泥道，「貧尼來此，是要了結他的心事，也要了結我的心事，要不是這趟，貧尼早就圓寂去了。」

「師父……」一旁伴隨的年輕比丘尼擔心地叫道，「您莫激動。」

青泥長嘆了一口氣。

「道長，」年輕女尼轉向雲空說道，「師父原本預備要坐化，忽然感覺仍有凡塵未了事，心下大亂，這才下山四處尋找。」

雲空不禁好奇，天下這麼大，怎麼會正巧找到這破寺來呢？

除非這青泥已有些道行，能知天機。

「貧道斗膽，敢問是何凡塵未了事？」

青泥坐近游鶴，端詳他的臉好一陣，不禁出了神。

眼前這人，就是對她思念了六十年的那個人。

「游鶴……」青泥輕輕呼叫他的名字。

游鶴睜著眼，只是口中無法說話。

「聽著了……貧尼要告訴你……」

游鶴看著青泥的嘴唇。

這嘴唇已顯老態，四周佈了皺紋，不復當年的紅潤嬌媚，吐出的話語穩重又慈悲，不再是輕聲細語。

游鶴看著她，心裡充滿了滿足，睡意便輕輕襲上來了。

游鶴沒聽青泥接下來的話，能在人生最後一刻得見朝思暮想的人，他滿足的合上雙眼，輕輕呼出最後一道鼻息。

雲空心裡一緊，想上前去，卻又馬上止住腳步。

青泥還在說話。

青泥出了神，幽幽地對游鶴說話，似乎沒注意到游鶴的變化。

「我不是你的蓮兒……」

※※※

青泥記得，她第一次看見無塵庵的蓮兒時……

她自己也叫蓮兒。

她們打從很久以來，就感覺到對方的存在了。

種種發生的事，使她們禁不住懷疑自己是否精神有了問題。

鄭家餅店的蓮兒，常看見佛像浮現在眼前，耳中又常聽見唸佛誦經，她也記得在幻象中，有一位聲音尖尖的年輕男子，常深情地對她說話。

那天燈節，她竟然看見那年輕男子，他還叫了她的閨名。

於是她追問母親。

問起當年的痛心事，母親痛哭不已。

「妳將要嫁人，娘告訴妳也不妨……」

婚後，乘著歸寧之日，她帶著貼身丫環來到無塵庵。

當庵門打開時，她深吸了一口氣。

並不是因為她看見了一個和她長得一模一樣的人兒。

而是因為，她看見了幻覺中常見的那尊佛像，和那滿佈蛛絲的樑木。

她嚮往的清淨無爭，以誦經度日的修行生活。

無塵庵的蓮兒跟她有相同的想法。

她不想再過清茶淡飯的日子，況且，她心中只要一想起那壓在身上的男子，便熾熱不已。

兩姐妹進入內室，密談了好一會。

依兩人約定，回到娘家的蓮兒，生了一場大病，好幾天昏昏沉沉。

這幾天已經足夠讓她認識全家上下的人。

再過幾天，無塵庵悄悄舉行了一場落髮儀式。

慧然感到訝異，蓮兒的臉上已經沒有不馴的感覺，沒有反抗，沒有對落了一地的青絲留念，只有一臉的不悔。

慧然感到欣慰非常。

很久很久以後，青泥聽到消息，蓮兒不知為何上吊了。

聽說是夫家對她苛虐。

無論如何，青泥為逝去的蓮兒誦了好幾年的經。

後來成了習慣，餘生每次誦經總不忘蓮兒的份。

歲月飛逝。

年老的她將要圓寂時，卻老是有阻礙，這才想起她還遺漏了一個人。

那個人對她的思念過於強烈，在冥冥中牽繫著她，令她跟塵世尚有一絲頑固的連結。

現在，她可以了願了。

當她看見游鶴時，她知道他也了願了。

數十年寸寸青絲如縷，越久越纏，越纏越亂。

亂，並沒隨當年落髮而去。

但隨斯人逝去。

青泥垂下了頭。

「阿彌陀佛。」這是她心裡最後迴盪的念頭。

年輕女尼躲去一旁低泣，免得亂了師父的神識。

破寺的破屋頂，烏雲散去，月兒投入了一道光，照在坐化的青泥身上。

雲空好累，傷心得很累了。

活著的三個人，漸漸僵硬的兩個人，全都靜默無言的度過這一夜。

【典錄】驗屍

以下將「仵作游鶴篇」中出現的相關典故載明出處。

〈紫姑記〉：

（一）弄軟乾屍的「罨屍法」，實際上是用在死後僵硬的屍體，參考《洗冤錄》卷八〈驗屍〉、卷十〈洗罨〉以及卷十六〈白僵死瘁死〉。

（二）乾屍，與屍蠟、石胎並稱「永久屍體」，參考葉昭渠《法醫學》（台北，南山堂一九八四），近世又有馬王堆屍、泥澤屍的新類型。

（三）自縊和被勒死的辨別判斷，參考《洗冤錄》卷十九〈自縊〉及卷二十〈被打勒死假作自縊〉。

（四）以新瓦燒熱來驗女屍是否有胎，是晚清小說吳沃堯《九命奇冤》中提及的傳說。

〈絕殺伍癲子〉：

（一）被閹割的人將自己的陰莖磨成粉服下，可止住閹割傷口流血，見明朝李時珍《本草綱目》卷五十二〈人部〉之「人勢」條。

（二）老仵作用頭髮和「蘇合香丸」救醒游鶴，見《洗冤錄》卷五十二〈救死方〉，但沒藥方，《洗冤錄集證》卷四才有藥方。

（三）游鶴提醒要檢查頭髮中是否有釘子釘入腦門，見《洗冤錄》卷四〈疑難雜說上〉及卷五〈疑難雜說下〉。

〈頭點地〉：

斷頭屍的檢驗，見《洗冤錄》卷廿五〈屍首異處〉。

〈剪縷閣〉：

（一）被鋤頭打死案例，見《洗冤錄》卷廿二〈驗他物及手足傷死〉。

（二）餓死案例，見《洗冤錄》卷廿九〈病死〉。

（三）生前死後傷口的分別，見《洗冤錄》卷廿三〈自刑〉及卷廿四〈殺傷〉。

以上所有內容都有再參考葉昭渠《法醫學》及本人上課筆記內容。

之四十

豔陽蛛

紹興五年（一一三五年）

南宋紹興四年，出現一個轉機。
金國從長安以西的和尚原，進攻大宋陝西的仙人關，被打敗。
金人氣焰受挫，露出四年後和議的跡象。
這件事在次年傳到南宋各地百姓耳中，一時議論紛紛。
有人打趣道：「畢竟西來禿頭客，不敵老莊門下徒。」
消息傳到曹遠志耳中，令他不勝嘆息。
回想多年以前，他在開封府東水門外虹橋開了藥鋪，薄有名氣，提起曹遠志，人們便知他賣藥是「童叟無欺，貨真價實」。
信用和誠實使他的藥鋪多人問津，沒幾年便積了好些產業。
忽然金人來襲，土地產業化了空，一家子收拾了細軟和藥材，尤其是那幾枝珍貴的人參，舉家南逃。
他們在南方落了腳，又開了藥鋪。
可喜草藥多來自南方，這下子辦貨方便，藥材也易得了。
可喜攜來了那些人參，北方消息斷絕，原產於北地的人參更是一株難求，他不輕易出手，找了幾個買得起的客戶，總算把一家子的生活安穩了下來。
聽見金人敗仗，回想這些年的風波，深感人生果然無常。
幾場風風雨雨，人也老了。
這一天聽見金人敗仗，晚上便咳了起來。
「沒事，風寒罷了。」他告訴家人。
自家開藥鋪，稍知藥性，抓了些藥來吃，還是不見好，反而咳得愈加重了。

於是找了平日相熟的馬郎中，來藥舖為他看診。

馬郎中一來，見曹遠志在大熱天仍穿厚衣，臉色疲乏，又不斷咳嗽，便忖著：「是陰勝，金虛……」口中問道：「尊體畏寒乎？」

「快六十的人了，骨子虛，是畏寒的。」

兩人邊談邊走到藥舖後間的小房，那是平日曹遠志看舖累時休息之處。

學徒送上了茶，馬郎中便開始為曹遠志問診。

「手。」馬郎中說。

曹遠志伸出手腕讓他把脈，馬郎中遂將三指輕置於曹遠志腕側，微微調整寸、關、尺三個部位，時而輕壓時而重壓：「怪了。」

「怎麼？」

「二十八種脈象，交替變化，真亂。」

曹遠志大驚：「莫非……余命不長了？」

「且莫輕下斷言……」馬郎中感到十分困惑，更加仔細地感覺從指尖傳來的脈象。

藥舖學徒退出去，代替老闆在外面招呼來客。

午後的陽光更烈了，陽光悄悄闖入藥舖，為陰涼的的空間帶來一片生機。

突然，學徒聽見馬郎中慘叫，嚇得整個人跳起，忙奔向舖子後間：「老闆，怎麼了？」

還沒奔到房門口，便聽見曹遠志大叫：「阿魏！別來！別過來！」間中還夾雜有馬郎中掙扎的呻吟聲。

「老闆?!」

「關上門！阿魏！關房門！」

另一名學徒也聞聲而來：「阿魏，啥事兒？」

阿魏走近房門，整個人嚇得後退一步，戰戰兢兢地伸出兩臂，要去合起房門。

可是房門是朝內開的。

他倒抽了一口寒氣，不得不一腳踏入房內，頓時被眼前的景象嚇得兩手凝在半空。

「阿魏！快合上……」聽得曹遠志作喊，說時遲，那時快，阿魏忽然一個踉蹌，口中只輕喊一聲，整個人便被拉了進去。

「媽呀……」站在門外的學徒看到了房中的一切。

他不敢猶豫，大膽的一腳踏入，伸手拉上房門。

房門掩上的同時，門後響起了激烈的碰擊聲，像有東西撞上房門。

房內的傢俱、茶杯發出響亮的碎裂聲，裡頭陷入一團混亂。

除了曹遠志淒厲的哀嚎，學徒沒再聽見其他兩人的聲音。

※※※

雲空來到這家店舖時，注意到店後邊的窗戶全用黑布遮起來了。

店舖是整排相連的，曹家藥舖正好在角頭，有水井為傍，後半邊有小房，是店舖後間分隔出來的。

雲空感覺不到有什麼不尋常的氣氛。

雲空之所以來曹家藥舖，是因為他和紅葉剛來到此地，忽然就被兩個人半路拖著，要他幫忙除妖。

「貧道不除妖。」

那人很訝異：「道士不都會除妖嗎？」

「貧道不會。」

那兩人對視一陣，低語道：「找了好幾個道士也不靈，硬頭皮也得一試了。」

兩人打定了主意，對雲空說：「道士會解奇難雜症吧？」

雲空回道：「貧道的招子是這麼寫的。」

「無論如何，道長先隨我們去一趟，看看再說吧？」雲空點頭，請兩人帶路。

來到藥舖，雲空感覺不到妖氣，也沒有他平日極為敏感的怨氣。他看看紅葉：「妳感覺到有何不妥嗎？」

紅葉搖搖頭：「氣很盛。」

氣盛嗎？雲空於是便問那兩人：「事主是個少年人嗎？」

「不瞞您說，」其中一人道，「有事的是老闆，他也快六十歲了。」

雲空微微蹙眉：「身子壯嗎？」

「不胖不瘦，也不見壯，只是從沒見他生過病，他說是藥氣嗅多了。」

不是年輕人，又非壯漢，一般而言，這人的氣不該很盛。

他再問紅葉：「氣是寒是熱？」

紅葉是無生最小的弟子，修行逾兩百年，能感受到各式各樣的氣，比雲空更為清楚。「寒寒的。」紅葉應道，「跟我平常感覺到的不太一樣。」

「嗯？」雲空揚揚眉，示意她繼續說。

「很多……很多很小的氣……」紅葉歪著嘴，不知該怎麼形容最為恰當。

雲空轉頭問那兩人：「那兩位是……？」

「我們是學徒，」其中一人說，「我叫一葉，是磨藥的，他叫常山。」

兩人領著雲空進了店，店裡有另外兩人在照顧著，那兩人不安的瞟了雲空一眼，又別過臉去，不加理睬。雲空在他們眼中看見一絲無奈，似乎在說：「又來了一個。」

到了店舖後間的房門，兩名學徒便停下了腳步，不再請雲空進去。

雲空好奇道：「不進去嗎？」

「不能進去。」一葉躊躇著。

「不進去怎麼看病人呢？」雲空說，「那讓他出來吧？」

「他不敢出來。」

雲空見兩人不知如何是好，嘆了口氣：「好吧，先告訴我，究竟怎麼回事？」

一葉道：「本來就是要請您來除妖的。」

「裡頭沒妖氣。」但這句話雲空沒說，他說：「總之，先告訴我，貧道才能決定，瞧瞧能不能勝任，幫不幫得上忙？」

一葉碰了一下常山：「你說，你見到的。」

常山緊張的嚥了一口唾液，見雲空神情泰然，才放鬆了一些：「一個月前，老闆忽然全身微寒，又咳嗽不已，自己服了些藥不見效，便找了相熟的馬郎中來。」說到此，他又瞥了眼雲空，確定他依然神色泰然：「馬郎中進去此處看病，不久慘叫一聲，就再也沒出來了，那時阿魏聞聲趕去，也被拖了進去，我聽到老闆大叫關門，就急忙把門關了。」

「你看見什麼了嗎？」

「我看見了……可是我不知道那是什麼。」

「說說看？」

常山咬了咬下唇，苦思了一陣：「他們被一團白色的東西包住，包得一綑綑緊緊的，房間雖然不大，我竟看不見老闆。」

「這一個月來，他都不吃不喝嗎？」

「我們有送吃的進去，可是也不知道有沒有吃。」

「貧道有注意到，窗口全用黑布遮起來了，這是為什麼呢？」

「這是老闆的吩咐。」

「那……你們請過哪些人來看他了？」

「請過了好幾個和尚、道士，都說拿他沒法子，說這妖物太厲害了，他們無能為力，」常山忽然想起了什麼，「有個和尚聽說法力高強的，他開門瞧看，竟也被白色的東西拉了進去，就沒再出來。」

雲空聽了這麼多，卻像什麼都沒聽過，完全搞不清楚事情的來龍去脈。最好的方法是親自去看個究竟。

於是雲空走向那扇門，撫撫門的表面，粗糙的木紋在他指尖上滑動，問常山：「不能進去嗎？」

「進去的人都沒出來。」

「你們說是老闆吩咐用黑布遮住窗口的，那是何時的事？」

「事情發生那天，他就吩咐了。」

「他有說原因嗎？」

常山歪頭想了一陣：「只急急的說要遮去陽光，不能照到陽光。」

雲空沉思道：「如此，他還能說話……那麼，他最近有說話嗎？」

「沒有，那天之後，他就沒再說話了，」常山戛然一驚，「老闆該不會……？」

「不知道。」雲空搖搖頭。

不過，他相信紅葉的感覺，裡面還有活的東西。

他摸了摸門的邊緣，大聲向門內叫道：「曹遠志！你人在嗎？曹遠志！」

呼喚了好幾回，裡頭依然靜悄悄。

雲空把耳朵貼上門，細心聽著，聽不見有什麼雜音。

這才是問題。

曹家藥舖位於鬧市，周圍人來人往，甚是熱鬧，這後房的窗口是朝向街道，房中理應有雜聲才是，可是卻太靜了，靜得不可能。

雲空已經不管他是來除妖還是來治病的了，他很想開門探頭進去看個究竟，很想很想很想很想。

「少爺。」後面有人打招呼。

雲空轉回頭去，見有個一字眉的男子，約莫三十多歲，正走進店裡。

雲空身邊的兩名學徒也忙著向他哈腰：「少爺。」

那青年瞧見雲空，不放心地看了眼雲空的手，那隻手正摸在門上：「這位道長是你倆請來的嗎？」

一葉在旁忙道：「是的少爺，他叫雲空，專治奇病的。」

「那這位女娃是？」

紅葉不高興的嘟了嘟嘴，壞脾氣的瞪著青年。

「是道士一塊的。」一葉忙解釋道。

青年向紅葉微笑，然後向雲空作揖：「我是病人的長子，我叫天龍。」

雲空覺得有趣，這家藥舖的老闆替人取名，總離不了本行。

他自己名叫曹遠志，「遠志」乃安神藥，性溫味苦，能治驚悸，能散鬱化痰。

他的兩名學徒，「常山」乃催吐之藥，性寒味苦，能治瘧。另一位「一葉」乃一種百合，俗名蜘蛛抱蛋，性溫味辛，能活血洩熱，能治跌打、腰痛等各種疼痛。方才說被拉進去的學徒叫「阿魏」，乃殺蟲用藥，性溫味辛，用來治腹痛、去邪。

想必櫃台那兩人也有草藥的名字。

可是曹遠志的長子自稱「天龍」，這也是一味藥嗎？雲空一時想不出來，只好問：「冒昧請問，府上有兄弟幾人？」

曹天龍愣了愣，不明白道士為何會問：「在下有兄弟三人，妹子兩人。」

「那再冒昧請問，」雲空滿臉歉意，「不知令尊又如何為他們取名？」

曹天龍會心一笑，答道：「二弟名天社，三弟諸乘，四弟網工……」

「貧道明白了。」雲空制止他再說下去，畢竟問人家閨女的名字是不禮貌的。

原來曹遠志為他兒子所取的，都不是草藥名，而盡是些蟲名，應該說是可以入藥的蟲名。

天龍者，蜈蚣也，用於鎮驚、解毒。

天社者，蜣螂也，亦即俗稱推糞蟲，也能定驚、攻毒。

諸乘者，蜻蜓也，用於益腎、強陰。

網工者，蜘蛛也，用於祛風、消腫、解毒。

曹天龍一瞧雲空的神情，便曉得他明白了：「家父還故意找了些偏僻的別稱，乃從許多各地藥典中尋來的。」

雲空道：「令尊用心良苦，只是不知為何用蟲藥來取名呢？」

「道長初來此地，恐怕不知，」曹天龍道，「本藥舖所用藥物，以蟲入藥者，十居其二，家父潛心研究，這些年來還不斷增加可用的蟲藥。」

雲空點點頭：「原來也是個奇人。」

「道長，」曹天龍端正了臉色，要談到正題了，「家父一個月前出事，至今仍未踏出此房，不知裡頭發生的究竟何事？道長可有頭緒？」

「沒有，」雲空很誠實，「除非貧道能進去瞧瞧。」

「道長三思，進去的人可從沒出來過。」

「這正是我苦惱的。」雲空一臉惱色，躊躇不已。

「有人在講話。」紅葉拉了拉雲空的衣襟。

眾人靜了下來，細心聆聽。

「沒有哇。」沒人聽見什麼講話聲。

紅葉這下子又不高興了：「不信就好了，我又沒騙你們。」

曹天龍聳聳肩，心想這女娃怎麼那麼容易生氣。

只見雲空彎下腰，拍拍紅葉的背：「紅葉，妳聽見誰在說話？」

紅葉瞪了四周的人一眼，甩過頭去不理他們，用一隻小手掩了半張嘴，貼近雲空耳際：「是關在裡邊的人。」

「嗯？」

「他說曹諸乘有危險。」紅葉的耳朵，可以聽見很微弱很微弱的聲音。

雲空抬起頭，向曹天龍問道：「令弟諸乘，近來可有不妥？」

曹天龍怔了一下：「是有些身體不愉快。」

「貧道雖然沒把握，但請讓我看一看令弟。」

「這是為何？」

「這是令尊的警語。」

曹天龍心想雲空裝神弄鬼，但一看他認真的眼神，心裡忽然有些恍惚。

這道士，不是在開玩笑。

※※※

曹諸乘，曹家三子。

他一來劈頭便道：「好好的不找大夫，無麼找道士來看病了？」

他一臉不悅，神色很有些緊張，眼神也有些慌亂。

雲空說：「讓貧道為你瞧瞧，也不會傷了你。」雲空柔和的語氣讓他緩和了不少，這才開始打量起雲空來。

他見這道人年近五十，長長的鬍鬚垂在下巴，兩眼周圍有風霜的痕跡，卻掩不了那雙精亮的眸子，兩頰瘦得陷了下去，卻減不了一股淡淡的威嚴。

說不定這道人是個希望。

雲空從藥舖走來曹宅，不過隔了一條街，曹宅不大，兩進院落，宅中瀰漫著藥草的特殊香氣，想必宅中有貯藥之處。

第一眼望見曹諸乘，便見他時而會微咳，在這炎夏還穿了厚衣，臉色泛紅得有些異樣。

「何時開始這樣的？」雲空一面觀察他，一面問道。

「約莫一個月了。」

「令尊也是相同的情況吧？」雲空故意這麼問。

曹諸乘整個人哆嗦了一下，惶恐地望著雲空。

他的表情已經回答雲空了。

雲空轉頭望了望曹家的人，看見曹天龍恍然大悟似的眼神，看見曹天社、曹網工等家人們苦惱的表情。

「那麼，令尊開始發病後多久，你才發病？」

「大……大概十……十數日……」曹諸乘懼怕地望著雲空。

雲空轉過去問其他家人：「你們之中，可曾有人也有這般徵狀？」

眾人面面相覷，然後一個個搖頭。

雲空原本以為是一種傳染病，可是其他家人看來並沒避開曹諸乘，也沒在這一個月內發病，足見不是傳染。

他要曹諸乘將手放在桌上，好為他把脈。

雲空的三指一按上曹諸乘的寸口，自己便先嚇了一跳：「這是何脈？」

剛感覺到是「遲脈」，心想果然是寒症無誤了，脈象又忽然一變為「數脈」，剛以為是「短脈」，又慢慢轉為「長脈」。

這一來，雲空的額頭也流出了冷汗。

二十八種脈象交錯發生，雜亂無序，雲空大驚：「此非『解索』乎？」

「解索」乃怪脈之一，脈象大亂，一如企圖解開繩索時的混亂情形，〈七怪脈詩〉說是「乍密乍疏」，只要怪脈一出現，藥石罔效。

曹諸乘一見雲空神色有變，便忽然抽回了手，全身徐徐泌出冷汗，眾人無不訝異的看著他。

他發覺自己失態了，兩眼不安地轉動，尋思著下台階。

曹諸乘微微發抖，拉緊了衣領，站了起來：「稍歇一下，我覺得好冷……」他踉蹌地走了幾步，望向陽光明媚的院子。他想照照陽光，便移動腳步，眾人讓開路給他走過去，曹天龍忙向雲空陪不是。

雲空擺擺手，表示不在意，心裡卻十分的困惑：「貧道方才見你們似乎有話要說，是否有難言之隱？」

曹家二子這時也上前來了：「實無難言之隱，只是有一事，不知有無關聯。」

「請說。」

曹天社道：「我們請道長來除『妖』，是有原因的。」

雲空等他說下去。

「家父在發病前作了一個怪夢，夢見許多蟲向家父湧去，喊道冤枉冤枉，家父一驚而起，自此心神不寧，認為是怨魂來索命的，不久便發生了這等怪事，所以家人們商量後，想來必有妖怪作祟，才找人除妖的。」

曹家四子截道：「我想起的倒是另一件事？」

他兩位兄長看他一眼，曹網工便說：「有一件事，可能與家父和三哥的情形相關，方才道長提及三哥可能跟家父同一回事，我才省起。」

「莫非……？」曹天龍舉起一指。

「四風齋的事。」曹網工向他大哥說，曹天龍聽了忙頓首。

雲空等他說。

「四風齋是家父養蟲用的藥房，這些蟲都是用來製藥的。」

「貧道剛剛耳聞，」雲空說，「令尊對以蟲下藥甚有研究。」

曹網工道：「家父在這方面很是了得，四風齋養了六十種蟲，有八成可以製藥，其他的家父還在研究藥性，而家父養了最多的，便是蜘蛛。」

雲空對曹網工注目了一下，見他眉清目秀，雙目聰慧有神，或許是曹遠志最寵愛的小兒子吧？因為，他用他養了最多的蜘蛛為這小兒子命名。

「蜘蛛也可以入藥嗎？」

「常有神效，」曹天龍插嘴解釋道，「遇有蛇、蠍毒傷，用蜘蛛研磨成汁，塗在傷口敷之，立刻見效的。無論毒瘡、鼻息肉、走馬牙疳、中風不能張口，各有驗方可治。」

雲空聽了，不禁舔舔牙齦，覺得近來甚易出血，不知他的「走馬牙疳」該如何治療？想著，他忙甩了甩頭：「究竟四風齋出過什麼事呢？」

「家父和三哥兩人，某日到四風齋去採藥時，家人發覺他們兩個時辰都沒出來，進去一瞧，才見到兩人皆昏絕在地，」曹網工說，「我們搶救了一番，兩人醒來了，說是採藥時，覺得後項上有物叮咬，便不覺暈了過去，醒來後渾身痕癢難當，敷了些藥才見好轉。」

「這件事多久以後，令尊才不舒服？」

「有十多天吧？」

「諸位認為是何物叮咬？」

「恐怕是蜘蛛……」曹天龍說，「蜘蛛能解毒，本身也有毒，只是我當時記得，咬過的地方並沒起瘡，可能毒性不強。」

「是報冤來了，」曹天社截道，「不需多說，是蜘蛛報冤。」

「二弟，」曹天龍說，「是妖？是報冤？是病？我們不如看看道長怎麼說？」

雲空兩手一擺，搖頭道：「貧道感覺不到妖氣，也沒見到怨氣，恐怕是個罕見的怪病。可否再為令弟看診，才好定奪？」
「諸乘嗎？」曹天龍回頭望去院子，不見曹諸乘人影，「諸乘呢？」
眾人面面相覷，居然沒人留意到曹諸乘失蹤了。
雲空往院子走去，紅葉緊跟著他，還刻意躲開其他人。
紅葉不信任其他人。
以前，她只聽師父無生和師兄白蒲的話。
現在，她只願意跟著雲空，只有雲空肯細心聽她說話。
他們在院子找到曹諸乘了，他正背部緊貼著一面牆，恐懼的發抖，將身體盡量藏在屋簷的陰影中，口中哆嗦著說：「爹是對的……爹是對的⋯⋯」
曹家眾人屏著息，不明白曹諸乘正在害怕什麼。
「爹是對的……」曹諸乘的聲音變成嗚咽，他恐慌的望著地面上光與暗的交界線，緊張地避開夏日午後的陽光。
雲空忽然有些懂了：「快拿黑布來。」
「怎麼？」眾人大惑不解。
「貧道不知道將發生什麼事，不過請快拿黑布來。」
曹天龍忙吩咐人去取黑布，然後走向三弟。
「人哥，不要過來！」曹諸乘嚷道。
曹天龍頓時停下腳步，遠遠向他喊道：「諸乘，到底怎麼了？」
曹諸乘驚叫一聲。
陽光移動的速度其實非常快，如果靜止不動仔細觀看，會發現陽光像一隻懶懶的蝸牛，爬過一根又一根細草，平穩地推向牆邊。
曹諸乘驚慌地發現牆角已被陽光佔據，阻擋了他的退路。
他一臉蒼白、全身冰冷，感到臉孔發麻，因為他知道有事要發生了。
打從剛才進入院子，他就感覺不對勁。
剛才從陰影走到陽光底下時，手背曬到陽光，皮膚就忽然起了騷動。
皮膚底下開始蠕動，像有無數小珠子在皮下翻滾，變得異常興奮。
然後，一根又一根細得看不分明的白絲，偷偷從汗孔或毛孔溜出，在流動的空氣中飄動。
他大吃一驚，立刻把曬到陽光的手縮回來，白絲才暫緩生長。
他立刻躲到陰影之下，但仍能感覺到皮膚底下有一層蠢蠢欲動的細小珠子。
陽光底下不會有真正的黑暗，陰影之中必然會摻進一些陽光，而這些摻了陽光的陰影，正漸漸移上他的皮膚。
曹諸乘立起腳尖，背部緊緊壓到牆上，冷汗已經滲濕了衣服。他脖子緊繃，他緊閉著雙眼，不敢看逼上來的陽光，緊咬著牙關等待關鍵的一刻。
他沒留意到院子裡有一口井，井口邊有一灘積水。
陽光倏地照向那灘積水，一道強光立刻反射，投照上他裸露的左手背，只覺左手背一熱，皮膚頓時沸騰，劇痛和痕癢剎那間同時湧上，爬滿他整隻左手。
眾人屏息，又緊張又期待地目睹這一幕。
曹家主人曹遠志究竟發生過什麼事，眼下便要揭曉了。
「黑布！黑布！」雲空一面嚷著，一面目不轉睛的盯著曹諸乘的左手，遠遠都能望見他左手背發紅腫脹，皮下還有許多東西蠕動。

「大哥——！」曹諸乘的眼眶睜得快要裂開了，淒厲的嘶聲求助。

陽光下，曹諸乘的左手背噴射出一堆白絲，無聲無息的，在半空鋪成一方長巾，黏上雲空的袖子。

雲空來不及閃開，袖子被一股力量緊扯，令他差點穩不住腳步。

「紅葉！」雲空急忙大叫，「阻斷他手上的氣！」

紅葉看得呆了，反應慢了一點，但也幾乎馬上便亮出了五枚細針，一手發射出去，直認曹諸乘左手臂上五條經脈。

雖然手臂被袖子遮住了，卻毫不妨礙紅葉的認穴功夫，五枚細針穿透衣袖，插入五道經脈上的主穴，硬生生將左手臂的氣給截斷了。

可是那些白絲一點也不受影響，一根又一根的從手背上持續湧出，循著先前的白絲前進，越來越多黏到雲空的袖子上。

「雲空！那不是他的氣！」紅葉發現飛針失效，也慌了手腳。

陽光迅速移動，披上曹諸乘的腳，由布襪料子上的縫隙鑽入，一根根白絲馬上從細孔穿出襪子。

雲空心中一急，奮力撕下袖子，趕忙後退好幾步，斷袖被不斷增加的白絲綑上，最後被白絲吞食，完全埋入絲團之中。

陽光爬上曹諸乘的身體，在慘叫聲中，他的身體由下而上冒出越來越多白絲。

他穿的是薄紗夏衣，陽光毫不留情地穿入薄紗，照上他的皮膚。

他的腳已被白絲淹沒了，緊接著整隻腿也剎那冒出白絲，將他牢牢地黏在地上，一寸也移不動。

「有黑布了嗎？」雲空猛然回頭，看見眾人中有個下人緊緊握著一大塊黑布，卻嚇得目瞪口呆，雲空情急攫過去，搶來那塊黑布：「紅葉！幫我忙！」

「怎麼幫？」紅葉滿臉嬌紅，汗水自她額頭徐徐流下，她手中已握了一把細針，在陽光下耀著白光。

曹諸乘的下半身已經包滿白絲，在午後炎熱的陽光下飄著，尋找可以依附的地方。

雲空將黑布往曹諸乘拋過去：「釘在牆上！」

紅葉會意，上百枚細針射出，霎時間，白絲蠕動的光澤、細針燦目的閃光，令人目眩，像是陽光演出的一場華麗宴席。

曹家眾人傻了眼，不清楚自己看見了什麼，只乾瞪著眼。

他們只見牆上覆蓋了一大塊黑布，黑布上浮現出人形，還有許多白絲露在黑布之外，反射著陽光，泛出絲綢樣的光澤。

「要更多的黑布。」雲空轉頭向曹天龍說，曹天龍卻只呆呆的點頭。「快去拿！」雲空催促道，曹天龍才趕緊吩咐人去取了。

雲空看了看喘著氣的紅葉，嘉許地朝她點點頭。

紅葉用小手抹去汗水，高興地笑了。

※※※

四風齋的門未開，門後已微微傳出潮濕的酸味。

四風齋原來就在院子隔壁，曹天龍、曹網工兩兄弟領著雲空和紅葉到此，門一推開，陣陣涼涼的腥味便迎面撲來，雲空馬上打了幾個噴嚏。

四風齋很熱鬧，充滿了各種蟲叫聲，可是卻一隻蟲也沒見著。

曹天龍走在前頭，指了指四周的大箱小箱：「每個箱子都養了不同的蟲。」原來蟲兒全都養在箱子裡面。

雲空靠近仔細，果然寫了「守宮」、「蠍」、「蜣螂」之類的字，但墨水寫在深色的木板上，看不清楚。

「家父出事後，就沒人懂得打理了。」曹網工說。

箱子一個個疊著，有大有小，也有的懸吊在屋樑上。

雲空問說：「蜘蛛呢？」

「在此。」曹天龍走到一角，指著那裡有二十來個箱子，「家父四處蒐集蜘蛛，由家裡的普通蜘蛛，到山裡的、西域的、安南的、倭國的蜘蛛皆有。」

曹天龍取下一個箱子，在蓋子拍打一下，才輕輕掀開：「這是一種山蜘蛛。」

雲空一看，頓感背脊一寒。

箱子裡有六隻烏亮的眼睛，一隻毛茸茸的大腳正緩緩企圖伸出箱外。

「這麼大?!」

曹天龍將箱子合上：「平日要餵牠小老鼠，這些日子沒人理會，恐怕快餓死了。」果然，那蜘蛛是有氣無力的。

曹網工點上油燈，將晦暗的四風齋照亮了些許：「也有極小的蜘蛛。」

曹天龍又打開了一個讓雲空瞧瞧，只見在燈火照耀下，裡頭有許多泛著藍色和綠色銀澤的小球在爬動，彷彿在箱子裡看見一片星空。

一隻小蛛欲爬到箱子邊緣，曹網工立刻將燈火迫近，牠才匆忙退回去。

是的，牠們畏火。

剛才，他們終於用層層黑布將曹諸乘包住了，可是下半身仍被白絲黏在牆上，那些白絲堅韌得很，任憑剪刀和菜刀也切不斷。

雲空建議用火。

用火一燒，白絲立刻萎縮，在空氣中化成黑煙，只在末端留下一端焦黑。

如此，他們才得以將曹諸乘移到一個完全漆黑的房中去。

曹諸乘的下半身佈滿了白絲，口中不停喊冷，牙關顫慄不已，脈搏大亂，整個人快要虛脫了。

雲空問：「牠們的藥性全都一樣嗎？」

「那得視毒性而定，家父會將不同毒性的蜘蛛用在不同疾病上。」

雲空的直覺相信，一切的原因皆出自四風齋：「必須回到原點。」他深吸一口氣，穩住了內心的害怕，告訴自己：「加油。」

「道長，我們出去了？」他們相信道士一定有什麼神術，能在四風齋找出事情的緣由。

可是事實上，雲空是在冒險，是好奇和求知慾驅使他去冒險：「請吧，要是貧道喊叫，你們便趕快衝進來。」

兩兄弟點點頭，往門口走了一段路，又回過頭來：「這女娃呢？」

「紅葉，妳也出去吧。」

紅葉搖頭，微咬著下唇和輕皺著眉，表示她不放心：「萬一你出事怎麼辦？」

「我出事不打緊，妳還可以來救我，」雲空撫撫她的頭，「可萬一妳出了事，妳也曉得我沒那麼本事，救不了妳。」

紅葉很是認真地想了想，才不情願地點頭，雲空輕推她一把，她才尾隨曹家兄弟出去。

隨著四風齋的門慢慢合上，四風齋慢慢被黑暗吞沒，雲空也不禁緊張起來，他忍著顫抖，盡量不讓自己去看正在合上的門。

在四風齋完全陷入黑暗之前，雲空抬眼亂瞟，最後看見的餘光映照出屋樑上的一張蜘蛛網。咚。

雲空覺得五官突然浸入一片空無，眼睛沉重了一下，但很快便適應了黑暗。

他忽然覺得很孤獨無助，藉以辨認方向和聲音的器官似乎被泥封了，只有門縫有一條直線的微光。

他想起一些傳說。

曹家的人有認為是蟲的冤魂復仇，可是這一類傳說在古書並不多見，尤其是蜘蛛的復仇。

他倒是聽過一個故事，說是有隻白蜘蛛在僧房結了張大網，和尚平日無聊，喜歡用木棒去逗牠、挑牠，或將牠打落地上，白蜘蛛只有逃的份兒。幾年後的某個炎夏，和尚大白天脫了上衣，赤身睡到僧床去納涼，白蜘蛛偷偷從樑上下來，在和尚脖子上咬了一口，和尚醒來後長了個毒瘡，不數日便毒發身亡。

曹家也有人認為是有妖物作祟的，可蜘蛛為妖為精的故事，他就想不起來了，畢竟他們的壽命太短，不夠年歲成精。

雲空在黑暗中不能視物，腦子反而特別活躍。

是什麼東西可咬了曹遠志和曹諸乘呢?按說若是蜘蛛，依前人的說法，該會毒發身亡才是。回想游鶴老先生留下的仵作筆記遺稿，也沒記說過蜘蛛殺人，要說人的身體會噴出白絲，更是聞所未聞。

雲空的思潮波濤洶湧，腦中雜念紛亂，他於是趺坐在地，心念繫著兩眼之間，存思內視，但不完全放空，依然保持警惕，注意周遭的動靜。

他漸漸感到體內有股清流在流動，舒服得幾乎忘了他的目的。

他沉醉於渾身舒暢的真氣流動之中，癢。

癢？

他猛然回神，發現脖子上有很輕微的癢，這種感覺在視覺、聽覺都失效時變得加倍敏銳。

雲空剛要動作，一陣小小的疼痛咬在脖子上，帶著寒氣的麻痺感頓時從脖子入侵，往身體各處蔓延開來。

雲空一驚，兩隻手臂首先麻痺，意志也開始蒙罩上一層薄霧，他立刻下意識的運了一口氣，迅速在全身的經脈注滿了氣，希望麻痺感在浸入他的肌肉和神經後，阻止麻痺影響到他的「氣」。

但他還是太慢了，他已經癱瘓在地，腦袋瓜渾沌得很厲害，隨時會陷入昏迷，但他極力將氣凝聚在腦部，讓神智保持一份清明。

黑暗中的屋樑，有細小的金光正快速溜下，像一大灘金色的小沙子般傾倒下來，金色的沙子移到雲空身邊，爬上他的皮膚。

雲空感到深深的恐懼，一時真氣大亂，腦子裡頭晃了一下，又差點暈了過去，他忙調整心念，屏息等待著。

金色的沙子爬上皮膚後，便消失不見了，雲空的觸感已經麻痺了，他不知道那些東西對他幹了什麼事。

他想咧嘴呼救，但嘴巴完全不聽使喚，喉嚨也只能發出嘶啞的聲音。

「紅葉……」他在心中呼喊。

金色的沙子越來越多，幾乎快要爬滿全身了。

「砰！」的一聲，四風齋的門被撞開了。

午後的陽光剎那闖入，照到雲空身上，在這瞬間，金色的沙子突然不見了。

幾枚細針隨陽光射入，根本分辨不出細針和陽光，部分細針插在地上，部分插到了箱子和柱子上。

「果真出事了？」曹天龍和曹網工跑向雲空，將他扶坐起來。

紅葉也跑了進來，說：「我早叫你們開門了，偏是不聽！」她氣沖沖地瞪了兩人一眼，拔起地上的一枚針。

曹家兩兄弟慚愧的低下頭，看見紅葉將細針遞給他們，硬要他們看，他們只好接了過來。

「沒東西哇？」曹天龍把針轉了轉。

紅葉說：「要照著光線看啦。」

兩兄弟半信半疑，將細針在照入的陽光下翻動，果然看見針上插了個很小很小圓滾滾的小珠。

小珠在陽光下顯得透明，一時看不分明，要反光才看得見，仔細一看，原來小珠還有八隻細細的、近乎透明的小腿，正掙扎地動著。

「是喜母嗎？」曹網工驚奇的問。

「恐怕是，金色喜母，而且在陽光下是透明的……我從未見過。」曹天龍道。

「喜母」是很小的蜘蛛，又叫「喜子」，喜歡附在人的衣服上，當牠附上人衣時，表示有親人、客人要來了，所以又叫「親客」，是很常見的蜘蛛。

紅葉將雲空的袖子拉起，心疼地看了一陣，便從腰間摸出一枚細針，迅速地一刺一挑，從雲空的皮下挑出了一隻喜母。

※※※

當天等到深夜，曹天龍領了一些家人，打開曹家藥舖後面的小房間。門一打開，用燈火照到的是一大片柔亮的白色，蜘蛛絲像是一匹匹拉開的絲綢，紛亂交錯地佈滿了整個房間。

燈火之下，可見有幾個蜘蛛絲的團子，團子顯出人形，散發出古舊的塵埃酸味。

曹天龍焦急地用燈火燒灼蜘蛛絲，蜘蛛絲一整片一整片地萎縮了起來，漸漸空出了一條通道。家人們也幫著忙，一面掩著鼻子，一面用手上的燈火燒去蜘蛛絲。

「媽呀……」有人寒顫著說道。

一堆蜘蛛絲裡頭，露出一具枯瘦的屍體，屍體是禿頭的，他倒在地板上，身上黏答答的，如同覆蓋了一層油漬。

另一具屍體也同樣又瘦又潮濕，兩眼和鼻子的空洞中塞滿了蜘蛛絲，連口中也黏了一大堆，想來死前必定十分驚惶。

第三具屍體也清出來了，是戴著一方儒帽、蓄著長鬚的老人，人坐在椅子上，一隻手伸向小几，沒入蜘蛛絲裡面。

曹天龍沿著第三具屍體的手，小心翼翼燒去蜘蛛絲。

那隻手是放在另一隻手上的。

這另一隻手也是十分瘦弱，又黏又濕的，可是指節正微微在動著。

曹天龍試著拔了拔蜘蛛絲，拔不下來。

他一邊流著淚，一邊將那人四周的蜘蛛絲燒去：「爹呀，你得撐著呀……」

不久，終於顯露出一個人形，已經瘦弱不堪，失去了曹遠志先前的神采。

曹天龍和家人用黑布把曹遠志包起來，合力抬起，發覺人變得很輕，心裡更是哽咽：「快送老爺回家去……」家就只隔了一條街。

一大鍋熱湯已經準備好。

雲空整個人泡入藥湯裡，約莫半個時辰，一隻隻細小的喜母才由他的皮膚下掙扎地鑽出，紛紛浮在藥湯的水面上，聚成厚厚的一層。

曹諸乘比較糟糕，整個人泡入藥湯後，也悶出了一堆喜母，可是下半身已經枯萎，變得瘦弱不堪，連站立也沒力氣了。

外頭一片嘈鬧，裡頭的人也開始忙著將藥湯倒入大桶，給曹遠志使用了。

他們取了一根細竹管，找到曹遠志的嘴巴，讓他含著呼吸，再將整個被厚厚蛛網包綑的人泡進藥湯裡，然後便是等待。

雲空抹乾身子，在一旁打坐，一面看著曹家眾人焦慮的神情。

他知道他們正擔心什麼，他們擔心的是曹遠志將會是什麼模樣。

「曹家大少爺……」雲空的聲音很弱，但曹天龍還是回頭來了，「貧道相信，四風齋的其他蟲兒也不行了……」

曹天龍拭去淚水：「您的意思是……」

「乘天亮之前，全燒了吧。」

曹天龍愣愣的沒回答。

「藥舖還有其他屍體嗎？」

「有三具……」

「貧道建議，要燒了。」雲空再強調，「而且要天亮之前……」

曹天龍無力地頓首，看著父親泡著的藥湯，正浮起一隻隻連著長絲的喜母。

※※※

雲空離開很久以後，曹家留下一個道人救了曹家的傳說。

傳說漸漸走了樣，加入了許多細節，連道士也說成了有呼喚鬼神能力的異人。

不過這不重要。

曹網工不久成了親，有了個小兒子，呱呱落地才幾天，可曹網工的妻子一直覺得乳房漲大，疼痛得不舒服，奶水卻不太出得來。

曹網工想起了一個秘方。

他到藥舖取了個乾蜘蛛，大約有大拇指大小，用調了水的麵粉裹好，再用火燒了一陣，接著將蜘蛛取出研碎成粉末，調入一小杯酒裡。

當年的事已經過了這麼久，這些乾燥的蜘蛛又一直用了都沒出過岔子，是以曹網工並不擔心。

「這喝了有效。」他將酒遞給妻子。

妻子不知是什麼，喝了。

春和日暖，正是大好天氣，曹網工的妻子也不再鬧痛了，奶水也很流暢了，她抱了嬰孩，到一棵大樹下乘涼。

家中女僕看見少奶奶坐去樹下的涼椅，口中還哼著搖籃曲兒，女僕知道少奶奶準備要餵奶了，便好心地走過去，傳授她一些養孩子的經驗。

「少奶奶可安好？」她先搭訕著。

曹網工的妻子報以一笑，低頭去看她的嬰兒。

這一看，兩個女人同時尖叫。

嬰兒的嘴還在吸吮著，可是嘴唇和乳頭之間已經被一層白色的絲包圍了。

曹網工的妻子大聲驚叫，站了起來，慌張的跑到樹蔭外的豔陽之下。

女僕往後避開，忽然看見整片白絲如綢緞般向她撲過來，她來不及尖叫，只來得及張嘴，白絲已經竄入她的喉頭。

陽光之下，忽然一片生機勃勃。

【典錄】蛛

並非所有蛛類都有網，例如民國九年《龍巖縣志》卷十〈物產志〉列出多種蛛類：

（一）**蜘蛛**：抽絲製網，捕昆蟲為食，性殘忍，殺其同類，種屬甚多。

（二）**喜母**：小蜘蛛長腳者，俗呼喜子，來著人衣則有親客至，故又呼親客。

（三）**蛭蟷**：一稱袋蜘蛛，於樹根垣基間以絲作巢如袋，以捕食小蟲。

（四）**壁錢**：全身扁薄，晝隱穴隙，夜則行壁間。作巢大如錢，白似紙，有二重，產卵其間。

（五）**蠅虎**：徘徊墻壁間，捕蠅食之。又名蠅狐、蠅豹。

（六）**絡新婦**：大而美觀，腹圓如球，黃白黑色環紋，張大網於樹呈車輪狀。

（七）**蛜蝛**：似鼠婦而絕大，穹背長鬚，四足兩股，生空屋中。

（八）**鼠負**：體青灰色，形扁而橢圓，長三四分，胸部分七節，有等長之腳，恆居濕地，如甕底磚縫等。

蜘蛛整隻可入藥，蛛網、蜘蛛蛻殼也可藥用。蜘蛛乃捕捉夏秋之間者，一般曬乾或烘乾用。唐朝段成式《酉陽雜俎》說蛛網貼在金瘡上，有止血的妙用。

筆記小說對蛛類傳說紀錄甚少，一般都在強調被蜘蛛咬後中毒喪命。寫完本故事後，在清人紀曉嵐《閱微草堂筆記》上看到一則故事，居然異曲同工！見該書卷四：「我（紀曉嵐）的長女嫁給德州紀家莊的盧家，曾見一人臥在溪畔，穿了敗絮衣服在呻吟，往前一看，才見他一毛孔中有一虱，都向內部嚙咬，後足都鉤在敗絮上，解不下來，強行扯開就痛到心髓裏去，沒有辦法，只好坐視他死去，這必定是夙孽的報應呀！」

之卌一

昆侖記

紹興六年（一一三六年）

紅葉躺在屋頂上，仰望晴朗的夜空。

空中無月，鑲了滿天星斗，寧靜又平和地閃耀。

紅葉迎著帶鹹味的風，享受著片刻寫意，口裡哼著市井裡聽來的小曲兒。

「黃雀兒啾……黃雀兒啾……啾啾在樹梢度寒冬……」

她背下壓著古老的屋瓦，歲月與風沙使屋瓦變得粗黑，屋瓦下方，有個人正做著每日例行的靜修功課。

她不要吵他。

星星十分遙遠，她用小手去撥弄了一番，沾弄一兩點星光。

黑夜的大鎮如此寧靜，密密麻麻的屋頂黑壓壓地，像是凝固的波浪。

紅葉忽然緊張起來。

多年來的訓練，她有了野獸般的神經，她知道有東西。

她佯裝繼續哼歌，眼神四處搜索著，只是歌兒已完全走調。

終於，她看見了。

隔了三四間屋宇，清一色黑壓壓的屋頂上，有一團不自然的隆起，她看得出來，那是個把身子彎得很低很低的人。

那人在看她，或許還仔細地嗅著由夜風拂送過來的氣味。

紅葉很不高興，她一骨碌坐起，直瞪那人。

那人嚇了一跳，隨即又平靜下來，他稍微抬起身體，轉頭望去某個方向。

觀望了一陣之後，他毫無預警的一躍而起，輕鬆地躍到另一道屋頂上，身手異常靈巧。他沒有停下動作，乘著餘勢，馬上又跳過另一道屋頂，轉眼之間，他已沒入了黑暗。

紅葉知道那人剛才在看她，一發覺她注意到了，竟然就毫不在乎的跑掉了，這使得紅葉很不高興，分明是小覷她。

她抖抖兩袖，一提氣，便整個人飛跳起來，高高躍到半空，俯視黑暗中的屋頂之海。她看見了，黑暗中的黑暗中，有一個黑暗的物體正穿梭其間，跳過一個個屋頂，朝南而去。

紅葉在落下時轉了個方向，直朝那人的路線前方降落，她的腳落在瓦片上時，沒發出丁點聲音，她得逞地邪笑，期待那人嚇一跳。那人果然衝過來，也如她預期的驚嚇了一下，但他馬上又飛快地轉彎繞過了紅葉。

紅葉更不高興了，她一鬧起脾氣，便不會善罷甘休，於是又提了口氣，整個只有七歲大的身軀彈射出去，直追那人的背影。

她要死纏那人，她要緊跟那人，追得他服氣，追得他討饒。

那人回頭來瞧了一眼，又加快了腳步。

他像叢林中的野獸，跑在屋頂上如履平地，沒引起一點聲響，他的身手像山猿，時而會用兩手輔助飛跑，隨時輕鬆的來個九十度的轉彎。

而且，他還不喘氣。

這下連紅葉也暗地裡有些吃驚了，因為她的身手是利用「氣」的運用，而那人，卻活脫脫是個天生的好手。

不行，無生的弟子是不輕易認輸的。

這一股自豪，加上紅葉的彆扭性子，她是要追到底了。

於是，在星空鋪罩下，連貓兒也不出動的夜，兩條人影在大鎮的屋頂上飛馳。

※※※

雲空感到五官漸漸回來了，他又開始感覺到身體的重量感了，皮膚上的觸覺寸寸開啟，油燈豆大的火光鑽入了眼簾，房間裡特有的稻草味闖入了鼻子，雖然窗門開著，依然驅不去房中的悶氣。

每當從冥思中回來，雲空總會不捨。

打從四歲父母雙亡，隨師父破履學道，雲空便開始學習靜坐。

剛開始，心思紊亂，意念無法如意的集中，直到十三歲隱山寺那場火劫，他才真正學會「守一」。

所謂「守一」，便是將心神專注在身體的某個點，或是某幾個點上。

守一之初，只覺眼前冥冥暗暗、渾渾沌沌，日子久了，晦暗中綻出了光芒，光芒越來越亮，最後將整個人包圍了起來。

一直到四十三歲，似乎發生了很重要的事，但他記不太清楚了，不過自此之後，他漸漸感覺到一股空無之境替代了光芒。

那種空無很舒服，似乎完全擺脫了肉體，融入四周的空間，他猜想或許便是「輕安」。

可惜，已經沒人能告訴他了。

師父們早已逝世，倘若師兄岩空仍在世，也必定很老了吧？

「紅葉。」他朝屋頂上叫喚，等了一下，沒人應答。

他不去猜測紅葉去了何處，反正一定會回來的。

雲空於是踱出房間，到柴房邊的貯水桶去取了點水，打算煮一壺茶，好好看書。此處是他雲遊到這鎮上，遇到一位叫陳想爾的道士，借宿在此的。
陳想爾是個厭倦仕途的書生，改習道術，家中又有許多藏書，正中雲空下懷，他已多年沒好好看一些書了。
他打開大門，泡了好茶，迎著夜風，手上捧了本魏伯陽的《周易參同契》，兀自看得入神。
不知何時，紅葉已走進門來，坐在雲空身邊的凳子上，輕搖著腳。
雲空看了看她，問道：「怎麼了？」
「沒事。」
沒事就是有事。
雲空看紅葉是否悶悶不樂，這小女孩常會使性子，但紅葉沒有不樂的樣子，倒是眼神有些落寞，心思不知在哪裡飄著。
「真的沒事？」
「沒事。」紅葉朝他微笑，想要他放心。
這麼溫柔，一定有事！
不過雲空知道紅葉不會說，他就等她想說才說吧。
雲空取了個小杯子，倒茶給紅葉。
茶冒出熱熱的白霧，在紅葉烏黑的髮髻上蕩了一陣，稀薄了散去。

※※※

紅葉睜亮了眼，用極快的速度跑過一個又一個屋頂。
她在黑夜下守候著，果然又見到那人了。

這次她要保持一段距離，不讓那人發現她，但她同時又開啟了全身的「氣」，即使在不見五指的黑暗，依然能夠捕捉到那人的蹤跡。

一片又一片屋瓦越過她腳下，她心裡帶著一份好奇的喜悅，像是許久沒有玩耍的小女孩。那人的身手果然像猿猴般靈活，高高低低的屋頂一點也難不倒他。

紅葉心裡在盤思著：「今晚的方向不一樣。」那人今晚的路線跟昨晚相反。

昨晚紅葉追了他好一段路，那人最後跳入一個院子，便沒再出來，想來他不是去偷盜的，或許那是他住的地方。

紅葉不甘心，他對那人起了興趣，所以，她今晚打定主意要揪出他的來歷。

她提早來到屋頂，在星光下漫步，到昨晚那人消失的院子附近等待，聆聽空氣中的細微動靜。

時間慢慢流逝，一戶接一戶的燈光熄滅了，聲音也漸漸變得細碎，寧靜中偶有耗子慌張的腳步聲跑過，還似乎不小心踩上了一小灘水。

紅葉凝神閉氣等待，一點也不覺得浪費時間，她活過很長的時間，似乎還會活上更長的時間，所以她一點也不焦急。

終於，那院子的燈火熄滅了，房子陷入了靜謐，四周的雜聲也漸漸褪去，只留下細微的蟲聲和一些來歷不明的聲音。

果然就在此時，那人悄悄地從院子出現了，他的腳底比貓還要軟，要不是紅葉憑著觀察「氣」，根本難以聽見他的聲音。

紅葉隱藏起自己的氣，兩眼緊黏那人的背影，同時緊鎖那人的氣的頻率。她也讓自己全身周圍包裹了一層氣，好讓足尖不必碰上屋瓦、不會弄出聲音，也能夠輕盈地跑過去。

短短幾秒鐘，紅葉準備就緒，就一躍而起，緊隨那人追去。

那人依然靈巧，野貓似的身手躍過一個又一個屋頂，但紅葉更輕巧，彷如被清風吹動的落葉，看似無意的飄動，卻有一定的軌跡。

終於，那人的速度減慢了，止步在一個院子的屋頂上，低頭俯視。

他等了一陣，看來有點躊躇，然後往下輕輕呼叫：「伽央……伽央……」似乎在呼叫人名，但聽不懂是什麼語言。

忽然，院子的黑暗處迸出一個女子的身影，腳步有點踉蹌，紅葉只覺那人的情緒霎然高昂，發出的「氣」忽然湧動起來，又再呼叫了那女子幾次。

可是，女子沒回答，只不斷的搖頭。

不對！

紅葉察覺不對，院子是黑暗的、寧靜的，但絕不是空的！還有許多混濁的氣息躲藏在各個角落！

紅葉取出幾支細針，正要躍過去阻止那人，那人已跳下屋頂，跳到院子裡，拉那女子的手。剎那之間，院子大放光明，十數把火炬高高舉起，同樣數目的木棍、短刀等武器也現身了。

「嘿嘿，原來夜夜來幽會的，便是這廝！」一個滿臉橫肉的男人跨出人群，一臉要咬人的飢色，「黑毛子，你幹的好事。」

紅葉這才看清楚，那女子的嘴巴被封住，兩手也被綁起，一雙又大又深的眼睛，在黑褐色的皮膚下格外明亮。那男的皮膚也是很黑，身子稍矮但十分健壯，兩人一臉驚愕，四條腿黏在地面，不知下一步該踏在何處。

滿臉橫肉的男人得意極了，笑聲充滿殺意：「把她拉一邊去！」有人出來要將那黑女子拉走，那男子馬上臉色緊張，身子擺好架式，準備攻擊。

「要動手是嗎？」滿臉橫肉的男人迫近他，「由我劉三來奉陪吧！」

紅葉屏了氣息，靜候下一幕。

※※※

「道長還在夜讀乎？」門外有人悄聲問道。

雲空知是主人陳想爾，便走去開門：「陳道長也尚未歇息？」

陳想爾走進來，一手提了壺熱茶：「見道長房中有燈，是以過來聊聊。」

雲空笑說：「貧道平日少讀書，見先生藏書甚豐，正飢不擇食的苦讀呢。」原來對方都是書中痴人，兩人相視，莞爾一笑。

「敝人居住鄉野，平日見的盡是目不識丁，讀書讀到高興處，也無人可談，難得有緣，遇上道長。」陳想爾倒了杯茶，遞給雲空：「此乃梅茶。」

雲空一看，果然杯中有顆泡漲的梅乾，渾圓飽滿，煞是好看。

「不敢，貧道也數十年未見書本，忽然見這許多，心裡也著實有些慌。」

陳想爾沉吟一陣，說：「實不相瞞，敝人來此，有一奇書，欲讓道長鑑定鑑定。」

「說鑑定不敢，」雲空客氣地笑笑，「是何書？」

陳想爾神秘地一笑：「與我的名字有關。」

「陳道長名『想爾』，可是本名？」

「自然不是。」陳想爾道，「道長對此二字可有印象？」

「想爾，想爾……」雲空喃喃說道，「貧道似曾聽聞，是否……也是一本書？」

「正是。」

「想爾注？」雲空抱著一絲期待。

「對了。」陳想爾一笑，從袖中取出一本書，小心翼翼地擺到桌上。

書本有些蠹蛀，邊緣也有些黃跡，散發出一股睿智的酸味。

雲空不禁深吸一口氣。

《想爾注》是《老子》的注本之一，託仙人「想爾」之名，其實是漢代張天師「天師道」一系所流傳的注本，而且是第一代天師張道陵所注。由於《想爾注》有「房中術」思想，又有貶低孔子的詞句，所以不但受到讀書人排斥，天師道也秘不外傳，外人無緣一見。

是以《想爾注》很是珍貴，已不知世間何處才有傳本，雲空只聞其名，從來沒想過能親睹此書。

「陳道長，敢問此書從何得來？」雲空不禁大為好奇。

「說來湊巧，」陳想爾有些困惑地說，「有一天來了個年輕人討水喝，我招待了他一餐，他問我道名來由，我說我甚仰慕《想爾注》，想求一見，故取此名以顯吾志，他聽了便取出此書贈我。」

「年輕人？」雲空更好奇了，「此人是何人？怎麼會有這部書呢？」

陳想爾回想了一下：「我不會忘掉他的名字，很容易記憶。」他喝了口梅茶，說：「他說，他叫白蒲。」

雲空吃了一驚，忙問：「白蒲？他什麼時候給你的？」

「說來又是湊巧，正好是道長來的前一日。」

忽然間，雲空覺得有點沮喪，忽然預感自己又將要回到孤獨的旅程上了。

習慣真是一種壞事，一旦習慣有人作伴，就會對孤獨感到難以忍受。

※※※

紅葉不敢相信。

那個自稱劉三的彪形大漢，才剛動手，就摔在地上了，連紅葉也看不清楚那黑皮膚的男子使了什麼手法。

「他娘的！」劉三面子上十分掛不去，惱怒的哇哇大叫，「老子怎地失手了？」

旁邊有人議論道：「這昆侖奴有些兒邪門。」

這是紅葉第一次聽見「昆侖奴」三個字。

劉三又再撲身而上，一手抓向昆侖奴的肩膀，一手拍向他的臉，想要將昆侖奴一招擊倒。

這次紅葉看明白了，昆侖奴伸出一手，剎那便找到了劉三身體的重心，一腳輕輕踢去劉三的膝蓋，不過兩個動作，劉三便在空中轉了一大圈，重重跌在地上。

紅葉從未見過這種身法。

武術，或許是來自民間狩獵和戰爭中的動作，進而演變成體操。然而有招數有套路的武術，或許要宋朝期間才真正形成，比如有名的長拳、梨花槍之類，當時也產生了練武的組織，一般上稱之為「社」。

昆侖奴所用的手法，是借攻擊者的力量和來勢，來反施予攻擊者，這種以弱擊強的手法，要到元朝以後，才傳說在一個叫張三豐的道士手上成形。

但武術之理，是一理通、百理達的，在歷史長河的發展中出現相同的概念並非奇事，但可能最終由於各種機緣，淹沒於淤沙中，有待後人的再發掘。

劉三三度出手，昆侖奴三番將他打倒在地，口中情急大嚷：「將幹！」沒人聽得懂他的說話，他又大叫：「不要！」這才聽分明了。

「崑崙奴！」一人從人群中步出，厲聲問道，「你主人是誰？竟敢來此搗蛋？」

「她是我……我夫人！」崑崙奴和那女子緊握兩手，惶恐的環顧四周。

眾人一陣訕笑：「還夫人呢！真尊貴！」崑崙奴平日聽別人稱主人夫婦為老爺、夫人，便以為一般人也這麼稱呼的。

劉三怒吼著：「這黑毛子！竟恁大膽！老子要剁了這廝！」

方才站出來的人，揄揶說：「劉三，輸便輸了，該好好向人討教才是，人家這一手，可是出自崑崙的身手呢。」又向崑崙奴說：「你也挺了得，出入本宅如入無人之境，你是來要這個女人是吧？」

那黑女子也說話了：「符管家，他本來是我丈夫。」說得流暢多了。

「真感人，是失散了嗎？」符管家一臉憐憫。

「我們本來住在山上，海邊來了船，把我們抓來，後來分開了……」

符管家轉頭問左右：「她打哪來的？」

有人回道：「依稀是渤泥國。」

紅葉又沒聽過了，她側頭自問：「渤泥國在何方呢？」

「在南方，很遠很遠的南方，要越山過海才能抵達。」

紅葉大吃一驚，是誰在回答她？誰靜悄悄來到她身邊而她竟一點也沒察覺？緊接回頭一瞧，黑夜下雖然不太分明，但那人的輪廓是她熟悉的。

「白哥哥！」她盡量小聲，以免驚動屋簷下的人，心底同時也在呼喚：「好久不見了！白哥哥！」

「紅葉，是好久不見了。」白蒲依然白淨，但神色增添了一絲憂色，他凝視久違的小師妹，眼神無限惦念。

兩人三年未見，此刻卻不多說話，只專注屋簷下蓄勢待發的惡鬥。

「渤泥國？那番邦豈不是馬家大船去的？」符管家作沉思貌。

「他們正是隨馬家大船來的。」

「原來如此，」符管家臉上露出一絲狡笑，「馬家小主子，可不是崗頭社的弟子麼？」

四周徒眾一陣議論，紛紛露出喜色。

紅葉搞不清楚狀況，蹙眉輕問：「什麼？」

白蒲悄聲回答：「你的朋友有麻煩了。」

※※※

雲空翻閱《想爾注》時，盡量小心控制指尖的力道，生怕脆弱的紙張會在他指下粉碎，當他偶爾看見被蠹魚吃掉的字時，心中免不了一緊，蠹魚的一口，可能不知要後世的人花費多少工夫去考證了。

《想爾注》的注解，果然與眾不同，完全出自行氣養生的觀點，用的是複雜的道家術語，只有同道中人才會了然於心。

可是，雲空還是覺得有不協調之處。

書頁四邊留白之處，偶爾會出現一個小字，這個字不像是註腳，墨漬猶新，似乎是不很久以前寫上去的，可能是陳想爾隨興所書。

陳想爾一面看雲空翻書，一面搭訕：「道長這些日子，可在鎮上走遍了？」

「此鎮雖不大，卻頗有規模……」雲空不經意地答道。

「是的，這裡是個草店，原本是魚鹽起家的，後來地處要衝，人多了，也漸漸有了模樣，前些年犯金人，也有幾個有武底子的，靠著有大片田地的幾家大戶，組了幾個社，訓練鄉民，大致還算平和。」

草店，是指以經濟目的產生的鎮，又稱墟、集、市，統稱「草市鎮」，大致上南稱「店」、北稱「市」。它們生產不同產品，比如養馬叫馬市，也有產布、產陶器的，甚至後來發展成為大城。

「此地武風可盛？」

「大宋過江以來，是越來越盛了，」陳想爾忽然有感，嘆了口氣：「這些社沒金人好打，倒是自己打起來了。」

雲空蹙一蹙眉，對於人與人之間的爭鬥，有種反感：「貧道遊走天下，這類事聽的見的也不少，說穿了，盡是些無謂的事。」

「道長所說甚是，他們鬥到最後，也搞不清究竟為何而鬥了，徒費力氣。」陳想爾贊同說。

「練武者不修內氣，只求外氣，對人對己都不是好事。」雲空繼續翻看《想爾注》，看見一段，高興的唸道：「名與功，身之仇，功名就，身即滅，故道誡。」

陳想爾點頭道：「此句乃注第九章：名成功遂身退，天之道。」

「陳道長想必已閱畢全書？」

「沒，」陳想爾道，「我只讀了幾頁，不敢再讀，我不確信是否天師真本，怕入了魔道，所以才想找人鑑定。」

雲空明白了，那些書頁空白處的小字，不是陳想爾寫的。

雲空取出紙筆，研墨，然後尋找書頁上的小字，一個個抄下。

由於小字分散得太開，他方才一時沒發現其中的聯結，一旦抄下，就洞然明白了：了走帶我葉紅。

雲空一愣，臉色大變，猛然望去窗外，希望看見紅葉的身影。

「怎麼了?道長。」

「糟了。」雲空喃喃道。

※※※

幾條漢子已包圍了昆侖奴，他們不相信這昆侖奴能以寡敵眾，只要採用車輪戰，不怕他不筋疲力竭。

「墨蘭，他真是你丈夫嗎？」符管家又問。

原來黑女子也被取了個中國名字，倒挺貼切。

「是，還沒來中國就是，我們住在海邊山上……」黑女子急急說道，越急就說得越亂，「求求你符管家，放了我們，我們要回家……」

符管家嘆口氣，悲哀地搖頭：「墨蘭，莫道放了他，恐怕我還要他的命呢。」

「不用說了符管家，他一定是崗頭社派來搗蛋的！」有人嚷道。

「不不不，即使是崗頭社的奸細，咱這麼多人鬥他一個，無論結果輸贏，傳開了，也不是好漢的事，」符管家一笑，「不過，去他的，咱馬頭社怕人笑話?」

「沒錯，他沒命了，也不怕人傳出去。」似乎想討回一口氣似的，劉三在一旁壓弄手指關節，格格作響。

紅葉兩眼迅速掃視了院子一遍，數清了人數，認明了方位，手中準備好細針，調整好射出的角度：「白哥哥，我要動手了。」

白蒲幽幽地說：「紅葉，妳變了。」

紅葉心底一震，緩緩轉頭凝視白蒲。

「我記得，你喜歡將壁虎、飛蟲釘在牆上，妳喜歡袖手旁觀，妳喜歡向我撒嬌，」白蒲語氣平穩，眼睛盯著屋簷下的昆侖奴，「紅葉，自從跟隨雲空之後，妳就變了。」

紅葉沒作聲，她咬咬牙，焦慮地望向院子。

院子裡已經開始動手，三個人圍攻昆侖奴，用的是拳腳，一旁有人手執武器，打算慢慢消磨這個無月的長夜。

黑女子驚叫，卻也使出了架式，原來她也有兩下子，只是遠遠不及昆侖奴。

「白哥哥，你不幫我了嗎？」紅葉沒有撒嬌，沒有哀求，白蒲很不習慣。

白蒲嘆了口氣：「跟我去昆侖。」

「咦？」

「跟我去昆侖，不再回來，」白蒲道，「我就幫妳的朋友。」

「他不是我的朋友。」

「我知道。」白蒲說，「如何？妳可以慢慢考慮。」

紅葉焦慮地望向院子，只見黑女子已被逮住，兩名大漢將她壓制在地，昆侖奴手忙腳亂，前面打倒了一個使拳腳的，後面卻重重一記悶棍，旁邊還有人揮動雪亮的白刃，瞧著時機要動手。

「當初是你叫我跟著雲空的，我還沒問你為什麼呢？」紅葉說道，「你匆匆叫我逃離仙島，也沒告訴我理由。」

劉三哇哇大叫，不服氣地從地上爬起，撲向昆侖奴。

院子一角又出現兩三個人，其中一名長者頗有威嚴，靜靜地觀看，旁人向他恭敬地鞠躬：「馬師父好。」

白蒲冷眼一覷那叫馬師父的老者，說：「紅葉，什麼令妳猶豫呢？妳不是向來是我的小師妹，向來喜歡跟著我走嗎？」

「你瞭解的。」

白蒲沉默了一陣：「我瞭解，自從五年前，師父要『收藏』雲空那一次，當他放過師父，經過我們身邊……從妳的眼神，我便瞭解了。」白蒲頓了一下，望著紅葉稚氣的側臉：「我當時便知道，妳想起他了。」

紅葉的臉上，靜靜滑下一道淚珠。

院子裡，馬師父的臉色很不好：「怎麼搞的？你們全是酒囊飯袋？枉我平日教你們這麼多，連個番人也打不過？」

昆侖奴一面還擊，一面憂心地看黑女子，黑女子被壓制在地上，她忍著不叫嚷，以免分了昆侖奴的心。

「趕快解決他吧。」符管家突然說話了。

白蒲像是一點也不在意屋簷下的廝殺，還是慢慢的說：「妳終於想起他了，可是他想起妳了嗎？」

紅葉一直沒回答。

「跟我去昆侖吧，紅葉。」

「去幹什麼？」

「去搭間小房子，種種果菜、捕捕魚蝦，或者……」

崑崙奴一聲慘叫，肩膀中了一刀，劃出一道血痕，深淺不明。

紅葉馬上躍入院子，一聲嬌啼，崑崙奴身邊立刻倒下三個漢子，全部掌背上插了兩針，卻是四肢全部麻痺。

白蒲搖搖頭，嘆息紅葉的改變，她以往不會這樣手下留情的。

「哪來的娃兒？」

「別瞧扁娃兒了，」馬師父雖然吃驚，依然不愧是當師父的，「恐怕不好對付。」

「好吧，照舊，解決她。」符管家說。

崑崙奴也一頭霧水，這娃兒不是屋頂上那個麼？那晚他發現屋頂上不只他一個人，便警覺的觀察一下，不想那娃兒恁厲害，追了他好久，怎麼幫起他來了？

他沒時間思考。

肩上創傷在痛，伽央在期盼他的救援，身邊有數十個想要取他性命的人。

他心裡一陣悲涼，想起家鄉的椰樹，鹹鹹的海風，園裡剛種下的那些菜，在他和伽央被人拐上商船之後，不知有誰照顧呢？轉眼幾年，恐怕亞答屋也倒塌了吧？

他沒時間思考，但剎那之間在腦中掠過了許多記憶。

「笨蛋！」紅葉一叫，推了崑崙奴一把，他才發覺一道白色亮光掃越眼前。

紅葉手上飛出剎那白芒，持刀的人無聲的倒下。

紅葉知道自己招架不住，她從未獨自對付過這麼多人，她向來是和四名師兄姊一起對敵的。

「白哥哥！我答應你！」她大喊。

不遠處，雲空從陳想爾家中跑出來，在漆黑的夜裡，憑著丁點亮光尋找紅葉的蹤跡，他抬頭仰望，口中不住呢喃：「紅葉……紅葉……」

紅葉平日跟他不多說話，常常只在一旁默默陪他，日子久了，雲空便覺得不能沒有她，覺得沒有人比她更親近了。

這種親近感，似曾相識，似乎在好久好久好久以前曾相識。

「紅葉……妳在哪裡？」他心中焦急地問，一面半瘋狂地亂走，游目在黑沉沉的屋頂上。

忽然，他聽見沉靜的夜裡，傳來霍霍刀聲，刀刃削過空氣，劃出令人毛骨悚然的音波，人耳聽不見，卻會不由自主的戰慄。

緊接著一聲巨響，整個草店似乎突然甦醒了，沉默的狗兒們開始一隻接一隻苦嚷，互通訊息，唱起惱人的大合唱。

雲空奔向巨響的方向，幾片碎瓦飛越雲空頭頂，嚇了他一跳。

馬頭社的院子裡，除了馬師父和符管家，其餘眾人全都倒在地上，無力的呻吟著，不是掌背上中了紅葉的細針，便是被白蒲的氣給震得頭昏腦漲了。

馬師父和符管家一言不發，死盯著院子裡一個白淨少年和一個小女孩，他們一點也沒理會這兩位馬頭社的大人物，只是自顧自在對話。

紅葉語中帶怨：「白哥哥，你為何要逼我？」

「我不是在逼妳，」白蒲說，「自從妳入門之後，我便很在意妳，我喜歡看妳笑，我希望妳傷心時會來依賴我，我會在妳生氣時逗妳笑，今天也一樣，我不是在逼妳，我全是為了妳好。」

兩人互視對方，久久不發一語。

負傷的昆侖奴走到黑女子身邊，兩人緊摟對方，然後才吃力地站起，一時又不知出口在哪裡？將來往哪兒去才好？因為受傷的昆侖奴已經躍不過高牆，他毫無對策，只得看看白蒲和紅葉，又看看符管家和馬師父。

雖然在中土好幾年了，他對這些異鄉人的想法還是摸不清楚。

終於，紅葉開口了：「島上怎樣了？師父他還好吧？」

「島上已經不行了，我也不敢再見到師父了，」白蒲哀傷的眼神，終於忍不住溢出淚水，「他把黃連和青萍給殺了。」

「殺了？」紅葉驚駭萬分，「為什麼師父要這麼做？而且，我們不是不死人嗎？」

符管家和馬師父看著這兩個打倒滿地弟子的人，竟在悠閒的聊著自家事，思量著動不動手好。

他們就是因為還沒動過手，所以仍是站著的。

動手好呢？不動手好呢？還是不動手好了。

但他們想得太美了。

符管家和馬師父只見紅葉左手一揮，便覺手背上一陣刺痛，兩人馬上四肢酥軟，倒地不起。

「那兩個人好煩，」紅葉拭拭淚水，「一直盯人家看。」說完，用腳尖輕輕一抵倒在地上的人，瞧他還能不能動。

良久，紅葉才幽幽地說：「或許，他真的忘記我了？」

白蒲釋然輕笑，轉頭看昆侖奴和黑女子，誠懇地說：「帶我去你們的家，好嗎？」

※※※

雲空回到陳想爾的家時，發現陳想爾還在等他：「找到了嗎？」

雲空搖搖頭，疲倦地坐下，感到極度茫然。

「如果今晚還是沒回來，明日我去向崗頭社求助，」陳想爾道，「搜索全鎮裡外，應該有辦法的。」

雲空乏力地點點頭：「多謝……」

陳想爾離開了，不忘帶走他珍愛的《想爾注》。

雲空伏在几上，帶著不安與憂傷，沉沉睡去。

他並沒完全入睡，仍可以感覺到燈火懶散的擺動，他也可以感覺到空氣分子的微震，只是意識像漿水般黏稠，手腳也沉重得難以移動。

忽然，他的心神彷彿沖入了一池清水，整個人醒了過來，發呆了一陣，他才知道是他的警覺本能使然，察覺到房內有東西。

不管房內有什麼，都已經離開了。

只有几面上留有一點東西，說明了有人來過的事實。

那是用一隻小指沾了點梅茶，在几面上寫下的字。

昆侖

那兩個字慢慢蒸發，從几面上漸漸消逝，最後不留下一絲痕跡。

雲空腦袋瓜渾渾沌沌，思考著：「這昆侖，是《山海經》的昆侖、東方朔的昆侖，還是西域的昆侖……？」

一直到第二天早晨，完全清醒之後，他才猛省，那几上的字是如此細小笨拙。

「紅葉……？」

【典錄】崑崙

崑崙是中國之主幹山脈，西自帕米爾高原，東至入海，台灣和日本都是此山之餘脈，可見其長。《爾雅・釋水》說：「河出崑崙虛。」《史記・大宛傳》也說：「河出崑崙，崑崙其高二千五百餘里。」《水經》說：「崑崙墟在西北，去嵩高五萬里，地之中也。其高萬一千里，河水出其東北陬。」「河」指黃河。《山海經》也有多處提到崑崙、崑崙山、崑崙之丘、崑崙虛等，俱在西方。前述諸文可見崑崙在西方，而且高得不可思議，與地理上的崑崙大致符合。

可是以崑崙為名的山不只一處，廣西、安徽、福建都有崑崙山，清人畢玩注《山海經》曰：「高山皆得名之。」被命名為崑崙的山，在當地都有高山之譽。

《山海經》中的崑崙又是神山，有神居住，如其《西次三經》說：「崑崙之丘，是實惟帝之下都，神陸吾司之。」《淮南子・地形》形容它滿山神樹、靈水，而且「登之而不死」、「登之乃神，是謂太帝之居。」東方朔《海內十洲記》把崑崙說得滿山仙居、異獸、寶物，且為「西王母之所治也」。

唐代傳奇《崑崙奴》故事中的崑崙奴磨勒頭腦聰明、輕功了得，幫少爺幽會，成就一段姻緣。文中崑崙奴是指南洋一帶土人，或過海為奴，或被人捕捉賣為奴隸，《唐書・南蠻傳》有：「自林邑（越南南部）以南皆拳髮黑身，通號為崑崙。」唐朝高僧義淨七世紀時在海外研究佛學，曾三次到達當時南洋佛國聖地室利佛逝，他在《大唐西域求法高僧傳》中多次提及「崑崙語」，可能是當時之馬來語。

前面曾說崑崙在西方，西方乃日沒之地，所以又引伸出黑暗之義，在此「崑崙奴」便是

「黑奴」之意，所以古時皮膚黑的人也有崑崙的外號。朱彧《萍洲可談》說：「宋世，廣中富人，多畜黑奴，有一種入水不眩者，謂之崑崙奴。」一直到元朝仍有用崑崙奴的記載，見《草木子》：「女使必得高麗女孩童，家僮必得黑廝。」

之卅二

江流石不轉

紹興三年（一一三三年）

大概是距離本故事三百多年前，唐朝有個老杜，寫了首五言絕句，題曰《八陣圖》，詩曰：

功蓋三分國，名成八陣圖；江流石不轉，遺恨失吞吳。

第一句是寫諸葛亮的「功」。劉備三顧茅廬後，兩人展開一段精采對話，史稱「隆中對」，諸葛亮在這場對談中提出解決天下紛亂的方法，首先將眾多勢力簡化成三份，接著再統而一之，後果然天下依其計畫三分。

第二句是他的「名」。他出神入化的兵法，以運用自如的陣法驚震敵方，其中以「八陣圖」為最著。

最後一句是道其晚年，英雄不再，各種事情都失算，尤其關鍵戰役中失去吞併吳國的機會，天下未能統一，諸葛亮飲恨而終。

然而最傳神的，是第三句「江流石不轉」，耐人尋味，千百年來依然餘味無窮。

「陳墓」

歷經風沙洗練，雲空的肌膚充滿被歲月精心雕塑的痕跡。

他行到一處河岸，便趺坐岸邊，發愣地觀看河水流動。

河水時急時緩，時而順暢，時而遇上淤積、河灣而遲緩，雲空看河水，差點錯覺以為在審視自己五十年的歲月。

他知道人生沒有永遠的常態，沒有不變的事物，但在觀察河水時，忽然生起一個念頭：雲遊天下數十年，所求究竟為何？他嗤笑自己太傻，他求的不就是「無所求」嗎？不為什麼，什麼也不為，老子所說的無為，莊子所說的逍遙，列子所說的自生自化，彷彿有所求是一種罪過那般。

他離開河岸，步上小丘，懷念地左顧右盼，此地的樹木、竹林和滿地枯黃落葉，都是他行走天下常見的，但走在此地，聆聽腳下葉子的碎裂聲，卻沒有任何地方的碎葉聲比這裡更教人懷念的。

終於他來到山丘頂處，往下遼望，心下才恍然大悟，多年來偶爾乍現的疑問，當下便得到了解答：山下一片焦土依舊，不見人跡，遍野死寂，可見數十年前那場大火果然詭異，燒得萬物不長。

當年的村人們，想來未再重建此地，可能是那些年屢屢發生怪事，使他們對這不祥之地失去了信心。

雲空靜靜看了許久，一直到秋風吹得他連骨子都涼了，他才回過神來。

轉頭一看，心底又是一愣，他看到了不可思議、事先完全沒預料到的情景：林子裡，有一間小屋。

不偏不倚，正是落在當年的位置上。

雲空看了，心裡一熱，兩腿有馬上要奔過去的衝動，看看屋裡是否一如當年。不過，他也年紀不小了，雖然年少的熱情從未減少，卻已懂得控制自己的念頭了。

他慢慢走近小屋，懷念地觀看門前的水缸，缸邊掛了木勺子，還有他從林子裡撿來的乾枝，散落一地。

「汗仔，枯枝要弄整齊，收到後面去。」

「是，娘。」

雲空繞到小屋後面，果然有一堆枯枝。

他再回到門口，只不過遲疑了片刻，便推門進去。

小屋裡沒人，屋裡飄有老木淡雅的氣味，擺了張隨意用雜木併成的桌子，看起來搖搖欲墜，上面擺個缺了把手的泥壺，和缺了角的陶杯。

雲空呼了口氣，原來小屋只有外表很像，裡頭完全是另一回事，畢竟當年的早已化為灰燼，與腳下的泥地混和了。

他步入廚房，心裡忽然一陣寒顫，淚水也同時洶湧而出。

爐灶！還是同一個爐灶！

他被推進爐灶裡，屋子裡四周一片火海，火舌亂飛，企圖吞食他的身體。

「汗仔！縮進去！」他被用力塞進去，煙灰蒙上鼻子，他很害怕，他不明白為何爹娘要這樣做，他被推擠得很不舒服。

爹娘被烈火活生生的吃掉了。

他眼睜睜看著娘的一頭烏髮化為火焰，爹娘伏下臉去，不教他看見他們痛苦萬分的神情，不讓他看見他們的皮肉在烈焰下扭曲、焦爛、熔化。

但他還是嗅到了源源不絕的焦肉味。

接下來的情形他忘了，在過度驚嚇之下忘了，刻意忘的，反正多記有害身心。

只記得眼前兩具焦屍被翻開，爐口外出現兩名道士。

「你叫雲空。」老道士說。

爐灶還是當年的爐灶，爐子裡，他曾經的藏身之地，燒了柴火，燒著爐上的一個小甕，他掀開甕蓋，嗯，是雜糧粥。

他回到外面，坐在桌旁的一張粗木凳上等候。

究竟誰會在當年的廢墟上重建小屋呢？

在屋主回來之前，雲空本想靜坐冥思，順便打發時間，但他不能如意，他心裡波濤洶湧，難以平息。

誰會推門進來呢？

靜謐的林子包圍小屋，連鳥兒也沉默寡言，輕風拂動樹葉，竊竊私語。

山下的焦土更沉靜，豎立著幾塊木板，寫著死者褪色的名字。

雲空聽見腳步聲了。

雖然早有心理準備，心裡還是免不了一沉，悲傷的暖流沿鼻樑而上，激動的凝視木門，期待門後的人快快現身。

一隻老邁的手伸進門隙，輕輕推門。

雲空終於止不住淚水，鼻子一酸，視線頓時模糊了。

那隻手！他曾經多麼熟悉！

老人進來了，一身老舊的道袍，風塵僕僕的白髮，整理得乾乾淨淨的。

看見屋裡的來客，老人愣了一愣，然後輕聲責備：「你這小子，讓我等了那麼久。」

雲空上前去拉著他的手，一句話也說不出來，只顧哭。

「小子，小子，年紀不小了，還這麼愛哭？」老人將雲空輕推回凳子，「沒想到你的老家這山上，那麼多藥草，我摘了些，熬了給你退火好吧？」

雲空奮力止了哭泣，用衣袖抹去淚水：「多謝師兄。」

※※※

九十歲的岩空，還是像當年一般，行事嚴謹但十分爽朗。

師兄弟見面，只恨不能三言兩語將分別多年的事一次說盡，尤其雲空，爭著說他的見聞，說了好久，才想起自己的困惑：「師兄怎會住在我老家呢？」

「在等你呀。」岩空一面清洗藥草，一面說，「我猜，你一定會回來的，只是不知你何時會回來，便在這裡蓋了小屋。」

「師兄等了多久？」

「九年。」

「師兄在這等我，沒再行走江湖嗎？」

「雲空，師兄已經九十歲了，九年前，體力早已大不如前，還能走多少江湖？」他捋捋鬍子，寫意地說，「早就該學師父，結廬修道才是。」

說起師父破履，原來自從二十餘年前一別，兩人都未再親見過師父。

雲空取出一張摺成馬形的符，黃紙脆弱得幾乎要碎裂的樣子：「這是師兄給過我的符。」

岩空看了一樂：「甲馬？怎麼還有？」他拿來端詳自己當年畫符的手法，「看來，你都沒用掉呢，難道沒有逃命的時刻嗎？」

「用過的，只是不捨丟。」

岩空笑著走向門口，「說往憶，徒傷身，對修道人不宜。來，師兄帶你走走。」

這裡四周的景致已略有不同，陰森的林子不再駭人，陽光已經可以照入，岩空在林子邊緣開墾了一小片土地，種了種類繁多的瓜果、蔬菜。

「吃的都是自己種的，用的都從山下廢墟撿來的。」岩空怡然自得地微笑。

走進林子，雲空赫然看見五片長短不一的木板，插在樹蔭間，木板上還寫有褪色的字：

「誰的墓碑？」

岩空輕拍他的背：「去吧，雲空，是我與師父當年葬的。」

雲空上前，果然看見「陳大」、「陳家李氏」二墓，是他父母的墓，事隔太久，他幾乎忘卻了父母的容貌，但不會忘記父母死前救他的事實，火焰中的兩具人體，在他惡夢中纏繞了好久，此刻終於正式湮滅了。

「安息吧，爹娘，」他默禱，「兒雖無大成就，總算能不負人、不欺人、不害人，夜路不懼、夜眠不驚。」

雲空依然好奇，那另外三個墓又是誰的？

他仔細一看，木板上墨跡雖淡，但仍見墓上的姓氏，一寫「段」、一寫「柴」、一寫「趙」。

「師兄，這三人是誰？」

岩空沉吟良久：「我剛才就一直在想，要怎麼告訴你這個故事。」他用手指刮了刮墓碑：「師兄熬的粥該熟了，天晚了，咱慢慢聊吧。」

「柴墓」

岩空和雲空坐在樹蔭下，享受傍晚的涼意，慢慢呷著雜糧粥。

雲空忍不住對那三個墓牌的好奇，一面吃粥，一面老是覷看那三個墓，希望能看出些端倪來。

岩空見狀，便指著寫了「柴」字的木板：「我就先說這塊吧，你要聽簡單的還是冗長的？」

「先說簡單的，好解解饞。」

「好，簡單的說，此墓中乃我徒兒。」

雲空心裡一陣訝然，霎時間後悔勾起師兄的傷心事。

這下子他也才知道，兩人不見的這些年間，師兄也收徒了。

「我初次遇上這位徒兒，是在政和年間，想當時是師父和你我分別後一兩年……」原來有二十餘年這麼久了，雲空頓時感受到時間的殘酷。

師兄弟倆分別之後，對對方的情況一無所知，此番相見，彷彿要將過去的空白填補回來似的。

「當時，我獨自在泉州一帶徘徊……」說著說著，岩空的瞳孔逐漸放大，視焦變得模糊，眼前的景象拉遠，拉得好遠好遠，遠至很久以前的某一日。

那一日，岩空走到江邊，看看江水清澈，便彎下身子洗了把臉，還順便解了渴，感到渾身清涼，便想歇一會，散散長途跋涉後的暑氣。

他坐在江邊，看看四野僻靜，岸邊樹影婆娑，江水映照著一片綠意，游魚在流水較緩的岸邊覓食，輕撥著浮積在水邊的枯葉。

忽然，樹叢裡起了一陣小騷動，有人撥開矮樹，從樹叢中徐徐步出，眼神專注地凝視江水，彷彿沒看見在一旁納涼的岩空。

岩空好奇地看他，是一個十來歲的孩子，穿得破爛不堪，說他穿的是衣服，不如說是用泥巴染色的布條。

在他髒兮兮的臉上，最清楚的是一雙又白又明亮的眼睛，眼睛裡不帶一絲感情，像是看透世間萬象的老僧，木然地凝視江水。

江水上有什麼嗎？岩空好奇地望去江水。

少年赤足徐徐踏入江水，走了一段，便立在水中，緩緩將兩手伸向水面。

然後少年說了一句話。

岩空吃了一驚，坐直了身子，凝視少年的掌心，確認方才是不是眼花了。

一尾魚躍出水面，奮力躍得老高，躍入少年的掌心，然後便靜靜的、乖乖的不動了。

少年將死去的魚放到岸上，又回到江水。

這次岩空要瞧清楚，也要聽清楚。

少年說了一句話，江水上的微風將話吹跑了，岩空還是聽不見，但他從少年的嘴唇猜測得他說的是：

「升天啦。」

他幾乎不發出聲音，但當他說出這句話時，手心上方的空氣晃了一下，背景的影像扭曲了一下，岩空看得一清二楚。

然後，魚兒便躍上水面，安祥地死在少年的掌心裡。

少年覺得夠了，他充滿敬意地捧著魚，慢步回到岸上，一雙泡過水的雙足變得白潔，露出原本藏在塵垢下的肌膚。

許多游魚徘徊在少年站過的地點，似在惋惜著自己錯失良機。

少年這才轉頭看岩空，一雙大眼像在瞬間將岩空看透了。

他拿起兩尾魚朝岩空走來，遞一尾給岩空。

岩空搖搖頭：「謝了。」

少年不置可否，收回拿魚的手，走到後方的樹叢邊緣，堆起一堆小圓石，將魚放在上面。

很快的，岩空嗅到香噴噴的魚香味。

不久，少年又過來了，遞給岩空一尾熱烘烘、還在冒著白色水氣的魚。

岩空不由得愣了一下，接觸到少年堅持的眼神後，不得不領情：「多謝。」他接過烤魚，向少年微笑。

少年說：「剛活過的，馬上吃了好。」

岩空一聽少年的聲音，又一愣，才發現眼前的少年不是少年，而是個少女，掛在身上的破衣底下，隱藏著一副洋溢著青春氣息的身體，若隱若現。

雖然岩空年紀老大不小，又禁慾了多年，還是忍不住臉紅。

他心裡第一個念頭是：「少女在荒郊太危險了，該找件衣服讓她著上才是。」

第二個念頭是：「為什麼這尾魚沒有烤焦？」

魚身上沒有一點火烤後應有的焦黑，且這魚的外觀和烤熟之前幾乎相同。

岩空站起來一瞧，烤魚的那堆石頭沒有生火的餘燼，乾乾淨淨的，但每一顆石頭都熱得變紅了，奮力發出熱氣。

岩空對於他所見的，完全不明白。

為了要明白，他開始吃魚。

魚很好吃。

不久以前才活著的魚，肉質中還有殘餘的生命力，吃起來還有跳躍的感覺，這便是少女所言「剛活過的」的意思。

他偷瞥少女，少女正恭恭敬敬的吃魚，似乎對魚發出由衷的感激，她的吃相並不如她的眼睛和身體那般充滿野性，反倒是十分優雅，像個大家閨秀。

他知道少女信任他，雖然他有許多疑問恨不得想馬上知道，但他不想驚動了少女纖細的心思。

一個妙齡少女，也該是嫁個人家的年齡了，為何會在荒郊遊蕩呢？

從她的衣衫和髒亂看來，她遊蕩的時日也不算短了。

吃完了魚，少女將魚骨妥善掩埋了，又回到江邊，愣愣地蹲著，觀看江水。

岩空想也休息夠了，便起身作揖道：「多謝款待。」

少女沒反應。

岩空離開岸邊，往城裡的方向走去，不過一個時辰，便竄入泉州城中人潮最多的地方。

他四下尋找，總算在鬧市找到賣舊衣的地攤子。

他在舊衣堆中翻找了一番，忽然覺得苦惱了起來。

他從來沒有買過女人的東西。

他不知道少女會不會喜歡他買的東西，他不知道女人的衣裳該如何搭配，他不知道什麼布料穿在女人身上最舒適。

啊，他覺得他不知道的實在太多了，尤其是女人。

莊子曰生有涯而知無涯，果然至理名言，至理名言呀。

幸好，販賣舊衣的是位婦人。

婦人想多賣一些衣服，很懇切地提供意見，岩空終於買下兩套舊衣，大大鬆了口氣。

他走出城外，回到碰見少女的江邊，少女仍在，且幾乎好像沒改變過坐姿。

岩空將衣服遞給少女，期待看見她驚奇又高興的眼神。

少女只淡淡的瞧了一眼，便站起來，將身上的破衣扯下。

這下子，被嚇了一跳的反而是岩空，少女身上的污垢掩不去她迷人的氣息，更何況是一絲不掛，岩空忙轉過身去，將衣服擱下，坐去一旁。

他聽見少女步入江水，他也聽見江水被撥弄，想來是少女在清潔污垢。

不久，少女回到岸上，岩空聽不見什麼聲息，想來少女正在穿衣，衣服料子還不錯，沒發出什麼摩擦聲。

當少女走來他面前時，岩空一顆亂跳的心，才終於緩和下來。

她果然是個秀麗的少女，神態大方，惟獨缺了些笑容。

少女也不說話，轉了一圈，讓岩空看看她的打扮。

岩空無奈地一笑：「對不起，我沒買過女孩的衣服。」

少女怔了一下，對岩空逐漸灰白的頭髮注目了一陣子，然後彎身撿起一塊石子，在手心徐徐撫弄，撫著撫著，石頭上赫然開出了一朵黃花，開得燦爛奪目，鮮豔得教人想一口咬下去。

岩空接過石頭，看著花朵，心中忽然萬分感慨。

少女又回到江邊去了，繼續看水。

兩人就這樣，在江邊守了一夜。

「師兄的徒兒是個女孩？」雲空訝然問道。

岩空點點頭：「一個好女孩。」

少女隨岩空四處飄泊，平日還是很少開口說話。

「這教我想起了你，」岩空說，「你小時候也是這麼沉默寡言，不知小小的心裡頭存著什麼怪念頭。」

「她還有一點與我相像。」雲空暗示道。

「她有『慧根』。」岩空同意。

雲空自幼便能見人所不能見，當年師父破履便發覺他有慧根。

「可你是小時了了。」岩空身為師兄，語氣上不饒人。

「是呀。」雲空淺笑，不分辯。

「她隨我行走江湖，日日看我為人占卜推命、設壇消災，她也隨我學了幾樣，口中稱我師父，但從未正式拜師。」

看著岩空眼中的惦念，雲空深深感受到師兄的心情：「可是，你心裡早已將她看成正式弟子了吧？」

岩空沒回答雲空的問題：「我從沒探問她的過去，但總要叫她的名字，當她告訴我她的名字時，她也告訴了我她的來歷。」岩空疲累地嘆了一口氣：「這個來歷，要從一百八十年前說起……」

這一回，岩空沉默了許久許久……

話說一百八十年前，大宋建國，趙匡胤即位第三年，秘密鐫了一道碑。

宮中祭祖的太廟，在側邊寢殿有個小夾室，那秘碑便立在那裡，稱之為「誓碑」，夾室終日緊閉，派有御衛守門，一般沒人能見到。

當時趙匡胤定下制度，日後新天子即位，都必須恭敬的閱讀誓詞，發誓遵守，而新天子讀誓詞時，是由一個小太監帶他進去的，這小太監還必須不識字。

所以說，三百年來，只有皇帝一人知道誓言。

直到靖康之變，金人闖入皇宮，直入太廟，才有人看到那三行誓詞，內容是：

柴氏子孫有罪不得加刑

不得殺士大夫及上書言事人

子孫有渝此誓者天必殛之

「雲空，你相信讖言嗎？」岩空苦笑道，「瞧，誓詞說如果趙家子孫背誓，則天必殛之，現在大宋亡了一半，能說不是天譴嗎？」

「師兄說的是，那些年殺的士大夫和上書的人，確是不少。」

「南渡後還在殺。」

「那麼為何又不能加刑於柴家呢？」雲空問道。

岩空停下口中的雜糧粥：「你忘了趙匡胤的天子寶座，是怎麼來的嗎？」

五代十國的大混亂時期，每個國家的壽命都很短，軍人不斷推翻舊政權，自立為王。五代最後一國是「周」，史稱「後周」，是前一國「後漢」的樞密使郭威，乘後漢皇帝劉知遠駕崩，篡位成立「周」。

郭威只當了四年皇帝，死後皇位交給養子柴榮，是他深愛的柴皇后的侄子。

柴榮也只當了五年皇帝。

柴榮去世前，病得很重，他想讓七歲的兒子柴宗訓繼位，並且安排「殿前都點檢」隨身指導孩兒。

可想而知，「殿前都點檢」有左右朝政的權勢，在紛亂不已的五代，更有可能篡位，重演九年前郭威篡「後漢」、立「後周」的事件。

當時原任的殿前都點檢，是郭威的女婿張永德，他軍功顯赫，朝中同夥也多，柴榮自然是大大的不放心。

最後令柴榮下決心的，是當時有謠讖說：「點檢作天子。」

於是，柴榮下了決定，將張永德改任宰相，提拔自己一手栽培的趙匡胤為殿前都檢點，才抱著一顆忐忑不安的心，病死。

「所以說，沒有柴家的提拔，太祖當不了天子，大宋也不會出現。」岩空說。

「我明白了，師兄。」雲空頷首道。

宋太祖趙匡胤「陳橋兵變」、「黃袍加身」的故事是眾所週知的，趙家天下直接得自於柴家，「誓碑」中指明禮待柴家，也是合乎情理。

「我雖然明白了，但這又與此墓有何關聯？」

「柴榮有七個兒子，三個被後漢殺了，一個當皇帝後被太祖廢了，一個在大宋初年死了，還有兩個，史上未見紀錄，不知所終。」

雲空道：「難道是太祖……」

「太祖在即位三年時立下誓碑，柴榮第五子柴熙讓在太祖即位二年時去世，當皇帝的柴宗訓在太祖即位十二年去世，即位以來，太祖便用『杯酒釋兵權』之類的懷柔政策，柴家又對他有恩無過，理應不會違背自己的誓詞，」岩空搖首，「我不認為是太祖殺的。」

「師兄一直在說柴氏……那麼，」雲空疑惑的說，「你的女徒兒，難道正是柴氏嗎？」

「她名叫湘。」

「柴湘……」雲空沉吟道。

「小湘是名門之後，數十年前，滄州有個柴進，師弟聽過嗎？」

「聽過，聽聞他正是柴榮嫡系子孫，廣納天下豪傑，儼然當年信陵君。」

「不特此地，他還持有丹書鐵券，說是先世太祖皇帝賜與柴家的，所以他才那麼大膽收納英雄好漢，」岩空嘆道，「可是朝中有小人，根本不將丹書鐵券放在眼裡，連皇帝也忘了寢殿後方的誓詞，於是柴進被逼反了，加入梁山泊宋江一夥。」

「可宋江後來不也降了？他受了招安，還去征討另一個造反的方臘。」

「對，柴進也降了，可你瞧，後來梁山泊一夥人或被賜死、被暗殺，或退隱、或自殺，小人當道，哪容得了英雄好漢？所以柴進也沒什麼好下場。」

「柴進怎樣了呢？」

「柴進辭官退隱後，某日家中闖入強盜，見人便殺，小湘是正好外出未歸，才逃過一劫的。」岩空說，「雖然『誓詞』說柴氏子孫有罪不得加刑，但沒人阻止得了天災、強盜讓柴家滅門，只是有一件奇事：那些強盜沒搶財物。」

「難道，會是皇帝……？」

「也可能是小人們要『迎合聖意』，私下幹的。」岩空搖首，「臆測之辭，師弟聽聽便了。」

「我明白的，」雲空說，「我不明白的是，她的手心到底有些什麼呢？」

「小湘跟隨我多年，一直沒再用上我當初所見的異賦，大概是衣食有憑了，不再需要了，」岩空的臉色黯淡下來，「直到一日……」

直到一日，師徒兩人行經一處山徑，路旁的林子忽然走出幾個漢子，不懷好意的直往兩人身上瞧。

柴湘像一隻受驚的貓，緊張的瞪著對方。

前頭的男子滿臉髭鬚，貪婪的視線在柴湘身上游走：「好俏的妞兒。」

後面一人舔了舔嘴緣：「真夠上火，會嗆到呢。」

岩空輕拉柴湘，想往前走，看看這些人會否放過他們。

正要越過前面的男子之際，樹林有些騷動聲，岩空肌肉一緊，從眼角的餘光發覺一件令他不寒而慄的事。

林子裡，還有不少貪婪的眼。

柴湘也感覺到了，她鮮嫩飽滿的軀體上，那些人的眼光像噁心的毛蟲，在她身上蠕動、滑動。

她的手心冰冷，輕觸了一下岩空的手，很小聲地說出：「強盜……」

驀地，她想起了那些強盜。

她家人的血流過腳邊，將她珍愛的繡花鞋染紅了。

她捧著母親的頭，頭只剩下一段肌肉和一層皮連著身體，她朝母親的臉大喊，幾近瘋狂：

「張眼啊！娘！張眼啊！」

母親的嘴角溢出一抹血塊，半合的眼皮抖動著，似乎是不放心地瞧著柴湘。

柴湘忽然領悟到母親的離去已經是無法改變的事實，於是她捧著母親的頭，對她說：

「娘，您升天吧。」

柴湘猛然回過神來，接觸到眼前男子的目光，頓時渾身雞皮疙瘩。

林子裡的人弄清楚這兩個人毫無反抗之力，於是，他們魚貫步出林子，一個個得意的猛盯著柴湘，還瞟了眼岩空，覺得他礙事。

岩空飛快的掃視了一遍，心中暗忖：「九個人。」他對付不了九個人。

只不過眨眼之間，岩空腦中已轉過好幾個念頭，但沒一個是派得上用場的。

那些翦徑的強盜已經逼近，他沒時間再猶豫了，但除了逃跑，他實在沒有更佳的辦法。

此時，柴湘做了一件事。

她伸出兩手，兩隻手掌朝天，作捧物狀。

然後她向面前最面前的漢子說：「升天啦。」

這回岩空看得更清楚了，因為柴湘的手就在他眼前。

柴湘手上忽然顯現一個透明的圓球，圓球後方的綠樹映照在球中，扭曲成一片晶瑩的綠意。

然後，綠意溶化了、粉碎了，閃爍著七色霞光，流露出一片祥和。

那漢子看得呆了，充滿貪婪和色慾的眼神忽然一片平和。

岩空心中愕然，那漢子一定看見了什麼他沒看見的東西，表情變得異常平靜。

漢子的眼皮倏然失去肌肉張力，頭往柴湘的手心一傾，整個身體向前倒下，柴湘忙往旁邊一閃，任他仆到泥地上。

旁人莫不驚愕，好好的一條漢子，正要行樂的當兒，怎地就這樣暴斃了？

柴湘又轉向另一人。

「升天啦。」

那人只不過遲疑了一陣，朝柴湘手心一望，幾乎是馬上的倒了下去。

眾盜終於明白事情有異，臉色不再輕鬆，原先藏起的兵器也半露了。

「那娘兒有妖術！」有人輕聲說道，語帶畏縮。

「怕啥？咱一刀了結她！」

柴湘發覺身後有殺意迫近，她回身，兩手一伸：「升天啦。」

她的聲音柔軟而悅耳，似在輕輕的勸說。

於是，兩個人同時倒了下去，死前的表情像是得到了完全的解脫，還帶有一抹滿足的笑意。

剩餘的強盜完全失去了鬥志。

他們壓根兒不明白同伴是怎麼死的。

他們從未遇上這種事，所以他們一丁點兒勝算也沒有。

在這種情況下，他們別無選擇，只好趕緊撤退。

越快越好。

見強盜們溜了，岩空才鬆了一口氣，說：「小湘，多虧妳了。」

柴湘輕輕搖首：「徒兒少用，已然生疏了。」話語剛落，柴湘倏地一驚，望向路邊。

原來還有一名年輕的強盜沒離開，他坐在路邊，用有趣的眼光打量柴湘。

方才那麼多人盯著她瞧，她倒沒怎樣，但眼前這名俊俏的年輕人打量她，柴湘的臉竟馬上紅了起來。

岩空見他沒逃走，好奇的問：「你是強盜嗎？」

「不是。」

「你是和剛才他們一夥的嗎？」

「是啊。」

岩空這下搞迷糊了：「你跟他們一夥，可你不是強盜？」

「我無親無故，他們肯收留我，我才跟著他們的，」年輕人說，「現在他們跑了，我也不想再跟他們一塊了。」

「你隨過他們打家劫舍嗎？」

「有啊，」年輕人一臉輕鬆，「人也殺過，錢財也搶過，只是姦淫婦女一事，倒沒嘗試。」

「如此，」岩空鬆了口氣，「我們告辭了。」

「且慢。」年輕人站了起來，攔著路。

柴湘一緊張，緊抿兩唇看那年輕人。

「這位姑娘，在下無知，不知妳是用何種手法殺死他們的，」他瞟了眼地上的四具屍首，「我很想知道，所以請讓我試試。」

柴湘細細打量這年輕人：「為什麼？」

「因為我想賭賭看。」

「如果你沒想害我，我是不會這麼做的。」

年輕人側頭懊惱了一陣，說：「是嗎？」隨即抽出刀，將刀尖指向岩空。

刀大概是經過了許多歲月，刀面滿佈黃鏽，刀口上還有殘留的血塊。

「如果，只是如果，」年輕人問柴湘，「我殺了他呢？」

柴湘什麼也不考慮，便將兩手掌心伸向年輕人。

年輕人用堅定的眼神看著柴湘的眼睛，視線一交接，兩人同時震撼了一下。

年輕人從柴湘眼中看見深沉的靈魂，埋著無盡的悲傷，悲傷得令人想一把抱著她、安撫她，直到她不再哀傷為止。

柴湘也震了一下，因為她從年輕人眼中見到一股沉痛，他也埋藏了痛苦的過去，他的命運也牽繫了無法自拔的宿命。

年輕人甩甩頭，讓自己保持鎮定：「來吧。」

柴湘將手舉向年輕人的眼前。

岩空靜觀其變，不同意也不反對。

他尊重他人的決定，即使那人要尋死。

「升天啦！」柴湘輕語著，像在哄孩子入睡。

跟別人沒啥不同，年輕人的眼睛失去光芒，硬邦邦倒了下去。

岩空惋惜地搖了搖頭，他走向柴湘，牽了牽她的手：「走吧，小湘。」

柴湘再看了一眼地上的年輕人，才步離這個地方。

師徒兩人離去，拋下身後的五個死人。

「那五個人今早睡醒時，或許沒料到今天會是他們的忌日吧。」岩空忖著，於是再回首瞥了一眼。

這一望，他整個人呆住了。

年輕人從屍堆中一骨碌爬起，伸展了一下身子，用惺忪的眼睛看他倆。

「他沒死。」岩空輕聲說。

柴湘也回頭了，不禁面色驚喜。

年輕人好不容易站直了身子，踉蹌地步向他倆，當他走到岩空眼前時，他問：「你可曾瞧過她手中有什麼？」

岩空搖頭。

「那是天堂。」年輕人說。

柴湘沒有回應，她隱藏起臉上的驚喜，一臉不在意。

「道長，」年輕人愈發懇切，「請收我為徒。」他跪下，連連磕了幾個頭，又向柴湘求道：「師姐，請為我美言幾句。」

柴湘看向岩空，用眼神表示同意：「多個有力的人伺候師父，也好。」

岩空一時無法決定，躊躇片刻，才說：「先告訴我你的名字吧。」

年輕人喜道：「敝姓段，名宗。」

「段宗。」岩空複誦了一遍。

說著說著舊事，不覺日已半沒山頭，年老的岩空垂著頭，壓抑著湧起的哀傷。

雲空拍拍師兄的背：「天晚了，怕著涼，咱回去吧。」

岩空微微點頭，雲空便扶起師兄，一手拿了兩個空碗，往小屋徐徐而行。

夕陽餘暉下，五個寂寞的墓默默無言。

「段墓」

休息了一晚，雲空睡得很好，沒有意料中的夜夢。

這裡曾是他的家，曾經被燒燬，加上闊別了數十年，所以會感覺陌生也是自然的事。這種陌生感，使雲空對這重建的小屋產生些微的抗拒感，他想像父母的幽魂尚在屋中徘徊，或許會在夢中與這久別歸家、年華老去的兒子相會。

但這一切都沒發生，這一夜睡得前所未有的安穩。

雲空從床上爬起，四下觀看，沒見到師兄的身影，也沒聽見他的聲息。

他步出屋外，挺胸吸入晨間的霧氣，又低下身子，舔了些草葉上甘美的露水。

雲空在直覺下走向五個墓的方向，果然在五墓的林子間，找到師兄岩空。

「師兄！」他遠遠叫了。

岩空回了一下頭，又繼續垂頭看墓。

雲空心覺有異，便加緊了腳步。

「師兄，怎麼了？」

岩空指向地面，雲空才發覺，地面上只剩四塊木板。

雲空又再加快速度，奔到師兄跟前，才看見寫了「段」字的木板躺在地上，墓前的泥土被翻開了，露出一個長形的大坑。

如果這兒曾有埋些什麼的話，那麼有東西不見了。

「怎麼回事？」

岩空懊惱地搖搖頭：「昨晚還好好的，不是嗎？」

雲空繞著墓穴慢慢兜了一圈，希望看出些端倪。

墓穴裡連一小片骨頭也沒有，只有晨間的霧水沾濕了泥土。

雲空指著地面：「腳印。」被晨霧沾濕的泥土，清楚地印上兩行足跡，腳印旁各有一列僵硬的掌印，從墓穴一直延伸出去，直至草地邊緣才消失。

岩空有點失神，眼袋下的肌肉在抖動，剎那之間，血絲侵佔了他的眼睛。

他喃喃說道：「這不是第一次了。」

岩空所知道的第一次，發生在二十餘年前。

當時，段宗看了一眼柴湘的手心，臉上的血色瞬間褪去，膚色迅速變得死白，那是失去生命的人之特徵。

但在段宗倒地不久之後，竟又再甦醒了。

「這種人我見過。」雲空說。

他首先想起黃叢先生，一個不會死卻不斷求死的人，即使身體粉碎了，依舊會慢慢的再生回來。五味道人、無生五名弟子也都似乎活了上千或數百年。

這些不死人全是東海無生的傑作，不，該說是實驗，或說是他滿足了這些人求仙的欲望。

雖然不死比死亡更痛苦，但還未得到的事物總是美好的，待他們真正得到不死之後，後悔者已經沒有重新選擇的餘地。

岩空聽了師弟的敘述之後，露出嚴肅的表情：「我敢說，子祠不是第一次。」「子祠」是段宗的「字」。

當時岩空早已留意到，段宗的脖子上有一道奇怪的痕跡，像條帶子圍繞在頸上，留神一瞧，會發覺是一圈隆起的肉芽。

段宗平時會刻意隱藏起脖子上的異物，但師徒三人每日同起同臥，沒有不露形跡的道理。當時更令岩空擔心的是，段宗似乎，不，該說確實是，很喜歡柴湘。

每當師徒三人同行，段宗總會有意無意倚近柴湘多一些。

平日起臥休息，段宗也會刻意的接近她。

岩空也知道，平日夜宿荒廟舊宅，段宗也會悄悄喚醒柴湘，然後兩人到外頭去談心。

岩空看在眼裡，心裡百味雜陳，這是他活了一大把年紀從未有過的感覺。

年輕時，他曾身陷困苦和仇恨，沒多餘的心思用在此處。

壯年時，他巧遇師父破履，於是發願一心求道，永不脫離禁欲的清修生活，貧苦的江湖生活，也令他無心於此處。

不想在耳順之年，竟遇上柴湘，一時心緒大亂，有時連自己也不明白自己在想什麼了，但習慣於修道的心使他立生警惕，開始意識到自己的思想會步入危險的境地。

危險就危險吧！

人生何處不險，何時不險，何人不險？

他開始留意兩位徒弟的對話。

首先，他要弄清楚一些事。

「小湘，」他直接問，「妳知道妳擁有的是什麼力量嗎？」

柴湘茫然搖首：「小湘只知道，看了我的手，他們會死得很安樂。」

岩空向段宗求證：「子祠，你可能是唯一看過的生還者，告訴師父，你究竟瞧見了啥？」

段宗並沒馬上回答，他先是沉默地微笑，然後深情地望著柴湘，說：「是天堂，是我最嚮往的美景，它會在小湘手中出現，然後會放大、放大……」段宗兩手揮了個半圓，比劃著，「直到我整個人被包圍了，洋溢在其中……感覺上，我能夠進去裡面，只消跨出一步，我便能直抵天堂。」

「你跨出了嗎？」

段宗點頭：「所以我死了。」

「但你又回來了。」岩空抓著話尾不放。

「是的，師父。」

「你在死去之前，就已經滿懷把握能夠回來了，」岩空加了把勁，「是以你不擔心。」

這次段宗沉默了更久，他凝視師父岩空的眼，似乎想瞧出些什麼，然後很快的釋然一笑：「是的，師父。」

「為什麼？」

「你明白的。」

「師父希望聽你親口告訴我。」

「一切如師父所見。」

兩人就這樣僵持在那裡。

段宗一臉輕鬆微笑，但脖子卻緊繃得粗大了起來。

岩空一臉凝重的緊抿雙唇，右手拇指用力抵在尾指指頭，以堅定意志。

最後，還是柴湘打破了僵局：「你就告訴師父吧。」她輕輕推了段宗一把。

果然柴湘早已知曉！雖然岩空已經預料，可是心裡頭那種不是滋味的感覺還是硬揮不去。

段宗舔了舔嘴角。

這個動作令岩空猛然寒慄。

段宗舔弄嘴角的同時，突然露出兇狠的目光，彷彿隨時要解刀出鞘，在那一瞬間，岩空已經完全相信自己的直覺：段宗拜他為師，並不是為了拜他為師，而是為了柴湘。

為什麼為了柴湘？為了柴湘的什麼？

他的目光像一隻飢餓多日的猛獸，利爪從指頭完全露出，準備染上鮮豔溫熱的血。

「對不起師父，弟子冒犯了，」段宗忽然跪下，「弟子不說，是情非得已，若師父想要知道，弟子只好說了。」

岩空還不敢放輕鬆：「說吧。」

「弟子是大理國人。」

岩空又證實了一件事：段宗說話有雲南腔調，段氏又是大理國的大姓，如今果然猜得不錯。

「弟子遠離家鄉，到處尋找神仙求道，」段宗頓了一下，「而且弟子果然找到了。」

岩空冷靜地問：「在何處？」

「在齊地。」亦即山東半島一帶。

「然後呢？」

「弟子向神仙求取不死，神仙見我虔誠，便賜與我不死。」

岩空雖是道士，卻向來對神仙之說存疑，眼前的弟子聲稱見到神仙，而又似乎真能不死，一時之間，岩空的信念晃動了一下。

「你是不死之身？」

「師父不是早就料到了？」

「子祠。」岩空終於忍不住，用嚴厲的眼神瞪著他。

「我不是不死之身。」

四周忽然一片沉靜，彷如風災後的曠野，萬物都窒息似的噤聲不語。

「你不是？」岩空以為聽錯了。

「仙人向弟子開了個玩笑，他只給了我有限的不死，」段宗咬咬下唇，「我可以不死幾次，至於究竟是多少次？弟子並不知曉。」

岩空仔細想了一遍，史籍上有哪個神仙是這麼愛惡作劇的。

他想不到。

「那仙人道號為何？你可有問他？」

「有，」段宗把下唇咬得更緊了，「他說，他叫無生。」

「無生？」這聲驚嘆是雲空發出的。

晨霧已經在陽光下蒸散了，清冷的空氣也漸漸轉暖了，年老的岩空似乎耐不住氣溫的變化，打了個噴嚏。

「師兄，你的弟子說那仙人是無生？」雲空再問了一次。

「四大奇人的無生，我確認過了。」

「我也見過無生。」雲空道，「時間上，應該是師兄遇見段宗以後。」

「你也見過他嗎？」岩空露出驚奇的表情。也難怪，因為無生向來在江湖傳說中撲朔迷離，沒幾個人見過他的真面目。

雲空搖頭：「這件事待會再說，先告訴我無生和段宗的相遇吧。」

岩空嘆口氣，道：「無生，據子祠說，喜歡開惡意的玩笑……」

段宗才剛剛擁有不死之身，馬上便死了一次。

當時，無生將他一把推下山崖，摔了個四分五裂，但不久之後，他便從幽冥之地徘徊歸來，在迷茫中醒來時，他已經明白他是不死之身了。

無生朝血肉模糊的段宗微笑：「你已經用過第一次了。」

段宗記憶中的無生，是個仙風道骨的中年道士，臉上總是掛著笑容，眉頭一抹愁意，像是個閱歷人生甚深的慈悲之人。

「猜猜看，」慈悲的無生說，「你還剩下幾次？」

惶恐的段宗，感到體內有一陣陣痕癢，血管、肌肉和內臟正在體內緩緩蠕行著，尋回它們應在的位置。

不久，一股熱流穿梭在體內，他的心臟又開始跳動了。

第二次死亡，發生在南行的路途上。

段宗沒發覺，他的一袋金子早已露了形跡，成為一眾強盜覬覦的目標。

半路上，他中了埋伏，強盜們花了三刀才將他殺死。

第一刀毫無預警的劈在他背上，他驚惶回頭。

第二刀砍斷了他伸向腰間拔刀的手，斷了半隻手掌。

第三刀砍過後，他的臉撞上旁邊的樹幹，圓睜著眼，看著失去頭顱的身體仆地。

這一次，他花了較久的時間復原。

痕癢的感覺首先從脖子斷處開始，越來越癢，他好不容易掙扎著爬到首級旁邊，讓脖子靠上去。

不久，脖子上長出肉芽，像千萬隻蠕動的蟲兒，慢慢找回頭的接口，他微微調整了一下身體的位置，免得癒合後的頭會歪掉了。

花上一整天的時間，他才完全恢復原狀，首先第一件事是揮趕蓋在身上的一堆蒼蠅，然後清點了一下身上的財物，發現除了身上的一件短衣，隨身行李和直刀全被奪走了，他想想強盜們也有道理，畢竟死人是不需要那些東西的。

問題是他又活過來了。

強盜總有個落腳的地方，也有在落腳處附近翦徑的習慣。

他一路追蹤，好不容易發現強盜的蹤影。

乘著黑夜，他摸進強盜藏身的林子，觀測他們的一舉一動。

待強盜們入睡，他走到守夜的強盜背後，拾起一塊尖銳的石塊，狠狠擊去強盜脖子後方，椎骨立時折斷，椎骨內的神經剎那中斷工作，強盜馬上軟趴趴的倒地不起。

於是，段宗取得了武器——一把沾了血跡、有點生鏽的刀。

「把我的東西還我！」他大嚷。

強盜們一驚而起，紛紛站穩馬步，握緊刀柄。

「你不是死了嗎？」為首的強盜瞥了眼地面的死屍，問道。

段宗回道：「沒錯，當時我確是死了。」

強盜首領一手握上刀執，細細打量段宗：「我不明白是怎麼回事，總之，你找上門來了，還暗算了我一名弟兄……」

「說到暗算，」段宗截道，「我還是向你們學習的。」

「總之，」強盜首領加重了語氣，「這次不會再讓你有機會活過來了。」

「有關這點，待會再下結論吧。」

話語才落，刀勢驟起。

林子中央的火堆燒得正旺，刀光映照火焰，恰似兩條黃龍在林子裡追逐飛竄，爭相撕咬對方的身軀，陣陣黃色閃電飛射，教人睜不開眼。

一旁的強盜雖想插手，卻找不到插手的空隙，只看見首領和段宗一招緊接一招川流不息，身手快得連想留下些許印象、記個一招半式都來不及。

兩把刀時而相互錯身而過，時而重擊對方，時而如蜻蜓點水一接觸便閃開。

「好小子！」首領吼道。

「好說！」段宗回道。

突然，段宗疾步搶前，火速迫近首領，兩人的鼻子差點就要碰撞。

刀乃短兵，用於近身防衛及搏鬥，但忽然距離太近，反而一時施展不出招數，強盜首領始料未及，一時招數使老，砍不中段宗。

「結束了。」段宗的嘴唇貼近首領的耳邊，說了這一句。

戰鬥停止了。

強盜們看見的是，段宗已將刀反轉，刀首前端抵在強盜首領喉部，頸上的整個喉結壓了進去。

強盜首領雙目圓睜，一個字也沒說，便睡倒在地，還抽搐了幾下才完全窒息。

段宗從強盜首領腰際解下一個小袋子，數了數裡頭的金子，又解下首領的衣服穿上，一面穿一面說：「我原來穿的想必沾了不少血，你們誰搶了便罷了，不需還我了。」

強盜們戰戰兢兢，他們萬萬料想不到，今夜竟是如此難眠。

其中一名較有膽識的，問了一句話：「你的身手不錯，而且不像是中土的招式，敢問，是何方人氏？」

「大理國人。」段宗輕鬆回道。

強盜們驚嘆一聲，驚奇南蠻子竟有如此角色，殺人不血刃，他們討論了一陣，其中一人又向段宗說：「現下我們是群龍無首，閣下如此高明，不知願否加入我們？」

段宗聽了，凝視他們的眼睛。

「你加入的就是那天那夥人？」岩空聽罷，問道。

「是的，師父。」

「那麼，你那天要死在小湘手上，又是為何？」

段宗仰首想了想：「那段日子以來，我覺得，活下去的意義實在少得不可思議。」段宗沉吟了一陣，「那天遇見小湘，我忽然有個感覺，若要死，死在她手上會是一件再美好不過的事了。」

柴湘羞澀地垂頭，那種少女的嬌態是從來不曾見的，岩空禁不住有點光火，莫名其妙的光火。

「那一次，是你第三次了。」

「是的，師父，那一次我是碰運氣的，」段宗說，「我賭了一把。」

「無生難道連暗示也不曾給你，說你會死幾次嗎？」

「師父為何一直想知道呢？」段宗的微笑帶有警戒，「問題是弟子也不曉得，才會如此消沉啊。」

「無生沒說過其他的話嗎？」

「怎麼說呢？」段宗側頭想了一下，「弟子也問過他，要求他說個確實的數字，他只回說：『天數，地數。』如此罷了。」

「天數……地數？」岩空反覆嘟噥著，不知不覺才發現日頭已近中天，影子縮得很短了，大地上一片光亮。

看見倒下的木牌、洞開的泥土地，他才意識到他已是垂垂老矣的岩空，不復當年的毛躁和剛烈，方才的回憶實在太真實了。

眼下的問題是地面上的腳印和手印，不知它們的主人正在何方？

「後來呢？師兄，」雲空催促他說下去，「他為何會死？」

「可是……」岩空表情愣愣的，目不轉睛地望著地面，腳印和手印已經乾透了。

雲空看了師兄的老態，忽然傷感起來，回想以前的岩空，行事起來衝動又不計後果，脾氣火爆又嚴肅，但總是很照顧雲空這位小師弟。

如今岩空已如枯槁之木，裡外都已老朽、敗壞，隨時一場風雨都能將他吹倒。

「師兄，段宗是怎麼死的？」雲空再問了一遍。

岩空垂下頭，凝視被陽光照亮的墓穴，說：「是我殺的。」

「什麼？」雲空大吃一驚。

「段宗的第四次死亡，是我殺死他的。」

雲空馬上湧現一股不祥的念頭：「不好！」

如果段宗又再復活了，他的目標還會是誰呢？

雲空凝聚心神，環顧四周，聆聽四方林子的聲息。

萬一段宗忽然闖出來，即使手無寸鐵，他也是萬萬應付不了的。

為了謹防那個不幸的萬一，他需要知道更多：「師兄，你一定得告訴我，你為何殺他？你怎麼殺了他？」

「說起來……」岩空茫然抬頭望天，望了好久好久，一行清淚輕輕流下臉龐。

他拭去淚水，趺坐在地，面朝腳印離去的方向：「我一直都在疑心，子祠真的喜歡小湘嗎？還是另有所圖？在知道子祠的身世之後，我更加懷疑了。」

「說得也是，」雲空捋弄長鬚，頷首道，「他身手了得，遠從大理來到大宋，又有一袋金子，行事詭秘，心機深沉……種種來看，他的背後或許有很多故事。」

「不特此也，他還是大理王室。」

雲空一愣：「大理在南方偏遠之地，消息不通，他隻身前來中土，莫非那兒發生過什麼事？否則堂堂一個王室，怎會跨越整個中土，只為求仙而已？」

「他說，他們一家為奸人所害，舉家幾乎全滅，他為遠走天涯，希望學會異法，能回國復仇。」

「他的仇人是誰？」

「他的王叔，亦即大理國王。」

岩空解釋，他去查過史書，大理段氏世代為西南望族，於後晉天福二年（九三七年）建國大理，其時段思平起兵攻打篡國者楊幹真，勝利後自立為王。若要說段宗的王叔是國王，應該便是第十六任王段正嚴。

「仇人是國王？」雲空沉思道，「復仇必然難上加難，想來他心裡的怨氣很強。」

「所以他需要不死、如果他能不死，當他復仇的時候，便能保證死的只有仇人。」

「師兄想的固然不錯，可是若非喜歡上柴湘，而單純只要利用她的話，她又有什麼可利用之處呢？」

岩空低首不語，疲倦地合上眼簾。

「說來湊巧，」雲空說，「柴湘的祖先是亡國之君，全家遭奸人所害，僅她一人僥倖逃脫，而段宗又是王室子弟，亦被奸人害得滅門，師兄，你說……」雲空蹙眉道，「他們兩人是否擁有相似的背景、相同的遭遇，所以有著相同的氣質呢？而相同的氣質，也使他們互相吸引，所以才會喜歡上對方的？」

岩空全身一震，驚慌的瞪著雙眼，湧出了一點細細的冷汗：「相……相同的氣質？」

「他們氣類相投，正如水乳交融，恐怕如此。」

「你是說，段宗是真心的？所以我不該殺了子祠？」岩空顫抖著說。

「說到這點，師兄，我尚未知道你為何會殺他。」

「因為，」岩空忽然用蒼老的聲音嘶啞地叫嚷起來，「因為他害死小湘！」

「告訴我吧，師兄，」雲空縱容他，「告訴我，別悶在裡頭，會悶壞的。」

岩空大口大口喘息，希望讓劇烈跳動的心臟平靜一些，他嚥了嚥口水，避開雲空的目光，先整理一下腦中的記憶。

「說起來，我一直都在懷疑他，我不想把許多事教給他，我希望從來沒遇見過他，甚至恨不得他趕快消失，我從來沒有如此厭惡過一個人，」岩空緊皺雙眉，語氣沉痛，「師弟，我忘了寬宏大量，忘了學道之心，師弟，你是旁觀者，是什麼令我沉淪？是什麼教我迷失了方向？」

言畢，他痛苦地將臉埋入兩掌，用力呼吸，好吐出鬱結胸中的怨氣。

「這一點，或許道經上沒說，」雲空道，「人生若莊周夢蝶，不過虛幻一場，然而咱們會執著於虛幻，便是佛家所云之『苦』。」

「苦？」一個字深深插入岩空的心竅，又痛又迫切。

「燈火大師教導，苦的根源在『欲』，有欲念生起，便有『求不得苦』。」

「師弟……」岩空發出悲痛的聲音，「師兄的苦，你明白嗎？」

「師兄只要想想苦的源頭，你一定明白的。」

「是子祠！」岩空恨恨地嚷道。

「不，」雲空說，「是柴湘。」

岩空恍如被雷擊中一般，整個人像粉碎了似的癱瘓在地。

久久，他才無力地說：「師弟，你對師兄太殘酷了……」

「對不起，師兄，」雲空心中不忍，但他知道，若不捨去這些不忍，師兄會陷入更糟糕的境地，「師弟只希望師兄能回到『道』的路上，而不是二十餘年深陷在悔恨和怨念之中。」

岩空愕然道：「師弟，你知道……？」

「師兄難道忘了？我的眼睛能看見怨氣。」雲空悲傷地望著師兄，「我第一眼瞧見久違的你時，便看見了，一層又一層渾重的怨氣包圍著你，而且，你身邊還有另一團氣。」

「另一團……氣？」

「它幽幽的、淡淡的，如霧如煙，外形像一個優雅的女孩……」

「小湘還在我身邊……？」

「我猜不是，那是師兄的怨念，你還惦念著她。」

岩空不作聲，兀自垂頭冷靜了許久。

雲空轉過頭去，看看樹、看看草。

當一片樹葉脫離枝梢時，他也注意到了，於是他看著葉片在空中自在的翻舞，享受那片刻的短暫的自由，最後輕輕落地，永遠受地心引力囚禁，直至腐朽。

雲空又注意到，葉片落地驚動了一隻蚱蜢，牠猛然躍起，停在一根草上，考慮良久，才決定往草根的方向移動。

「那天……」

岩空的聲音令雲空馬上捨棄了蚱蜢，轉頭聆聽師兄的話。

「那天，他們兩人一起要見我，」岩空表情僵硬，心情似乎又回到了二十年前的那一天，「當時我一見狀，已知情況有異……」

「師父，」段宗已經跟隨岩空兩年，雖然岩空沒教他什麼，他依舊非常有禮，「我們有一件很重要的事，要向您請示。」

其時，師徒三人借宿一間荒宅，每日三人到附近的村鎮去，為人占卦、禳災、祭祀，待了將近一個月。

岩空正想說找個安靜之地，落腳結廬，精進修行，不想段宗卻給了他一個天大的霹靂。

「我要回大理去了，希望師父准許。」

「你要回去處理私事嗎？」岩空心中竊喜，很想大叫一聲「准了！」

「是的，弟子另有一請求。」

岩空心裡掠過一絲不祥。

段宗用舌頭舔了舔嘴唇：「弟子……想攜師姐一同回大理……」

岩空一聽，先是兩眼發直，繼而全身毛孔悸動起來，汗腺鼎沸起來，頭皮上一陣抽搐，腦子裡一片混亂。

他拚命想抑制怒火，冷靜的問：「為什麼？」

段宗避開岩空的問題：「只求師父准許。」

柴湘也站前來，單膝跪下向岩空請求：「師父，弟子想去幫忙師弟，求師父允許我們兩人一同去大理。」

岩空恨恨地瞪住段宗：「難道你想小湘去送死嗎？你要讓小湘對你的王叔說『升天啦』，然後被殺死嗎？你可以死後復活，可小湘辦不到！」

「不，師父，」段宗激動得漲紅了臉，「我不會這麼做的，我不會讓小湘受到一丁點兒的傷害！」

「是嗎？你打算帶她去大理，已經是傷害了。」岩空憤怒的語氣變得酸楚，「在混亂之中，你保證得了什麼？你能用你不值錢的性命保證嗎？」

他已經不明白自己想幹什麼，不明白這些話是怎麼從他口中出來的，他的腦子裡盡是浪濤洶湧，手心激動得發冷。

他感到夢想的幻滅。

他感到被背叛了。

他還感到前所未有的失落和莫名的痛楚。

他抽出桃木劍。

「師父，請息怒！」柴湘憂心的懇求，「不關子祠的事，是我決定的！」

岩空的耳朵有聽見她的聲音，但他一點也不在意，宛如聾了一般，猶如入定了一般，忘卻了周遭一切，心中唯一留下的，唯有怒氣，不斷膨脹的怒氣。

怒氣沿著右手臂流動，將渾身的忿怒灌注入手中的桃木劍。

殺戮的意念殘暴而冷峻，鑽入桃木劍的木質細胞，給它們注入新的力量。

殺意填充了桃木。

桃木細胞間滿溢了暴怒。

在一瞬間，桃木劍迸發出刺骨的寒意。

柴湘和段宗見狀，驚呼一聲。

岩空手中的桃木劍，變成了一把鋼劍。

「師父！」柴湘慌了，她從沒見過如此震怒的岩空。

「師父，請千萬息怒，」段宗鎮靜的說，「回大理的事，弟子不提便是。」

「今日不提，明日呢……？」岩空整個人如同浴入鎔化的鐵漿，他已經無法控制自己的暴怒。

平常的日子裡，每當他偶爾想到柴湘總有一日離他而去，他便會迴避這個念頭，然後帶著忐忑的心情，輾轉難眠。

他已經不能忍受柴湘離開他。

他更不能忍受柴湘離開他是為了段宗。

鋼劍猙獰地舉起，劍鋒直竄怒氣所憎恨的人。

寒冷的劍身倏然一陣抖擻，痛飲鮮紅的熱血，將血水冰凍成黏稠的漿汁。

岩空一慄。

他完全沒察覺他已經出手了。

而且令他眼眶欲爆，血絲暴張的是，劍身埋在柴湘胸口上。

他發狂似的大叫，急急抽劍，猛然後退數步。

「天啊！小湘！」呼喊的是段宗。

段宗忙扶住柴湘，眼神焦急地搜索柴湘臉上的生機，卻只見她顏面上的血色正一點一點褪去，抖動的嘴唇奮力地呼吸空氣。

岩空呆了、傻了、狂了、瘋了、僵了，兩眼發直的盯住柴湘。

我出手了？我出手了？他自問。

我真的刺向小湘嗎？還是小湘為他擋劍？

他不斷自問這得不到答案的問題。

「師父……」柴湘還掙扎著說話，「求求你，答應我……別……」

段宗輕輕掩去柴湘的唇，搖搖頭，不想她再說下去。

鮮血自柴湘的胸口不斷湧出，染紅了柴湘，染紅了段宗，也染紅了岩空的眼睛。

段宗知道柴湘已經不可能活下去了：「小湘，看看妳自己的掌心吧……這樣比較不痛苦。」

柴湘微笑，搖搖頭：「我……我看過，可是……我看到的是……地獄。」

「妳給別人看見天堂，為何自己卻看見地獄呢？」段宗緊咬牙關，強忍著隨時要奪眶而出的淚水。

柴湘撫著段宗的手，吃力的說：「當我看見家人死在血泊中時……我便想，我也會如此……然後，我昏了，昏迷中，我見到了地獄，很寒冷、很熱、很痛苦……醒過來後，每當我看自己的掌心，便會見到可怕的地獄，可是為什麼……別人會見到……」言猶未盡，柴湘兩眼一白，意識忽然模糊了。

段宗緊握她的手，握得很用力，希望她會痛，企圖讓她別那麼快嚥氣，那怕再多幾秒也好。

「師父……」柴湘忽然又醒了，「地獄好可怕，我不想死。」

岩空的眼神愈加狂亂，冰冷的火焰燒焦了他的睫毛。

柴湘忽然失去了力量，整個身子一垮，最後一個「死」字卡在唇間，尾音化成斷斷的嘆息聲。

段宗輕輕擱下柴湘，徐徐站起，面朝岩空。

「師父。」他說。

岩空大叫：「你害死小湘你害死小湘你害死小湘！」他衝向段宗，手中鋼劍抖擻著，渴望著鮮血來降伏怒焰。

段宗亮出直刀，一言不發便揮出了陣陣刀雨，漫天燦目刀芒，將空氣當成畫布，寫上一個又一個悲痛的字。

岩空懾於段宗的氣勢，一時駭然止步，只不過一秒鐘，他便發現段宗使的刀法不是攻勢，也不是守勢。

他真的只是在寫字。

岩空不再猶豫，也不考慮自己需不需猶豫，便一劍刺去。

劍穿入薄薄的胸肌，竄過肋骨之間，通入心臟，痛飲滾熱的血。

段宗的刀刃正好揮過，斬斷了岩空的劍。

岩空忽然失去了衝力，手握半截鋼劍，連連倒退了幾步。

這一下，他才看清楚，插在段宗胸口那半截劍，漸漸失去了金屬的光澤，變回樸素的桃木。

段宗無力地揮下最後一刀。

胸口湧出的血，與柴湘沾染在身上的血混和，調成更鮮豔更醉人的嫣紅。

段宗依然站著，任鮮血爬下身體，在地面渲染、擴張。

岩空終於回復神志，吃驚地觀看自己一手做下的場面。

他手中的劍掉落在地，發出桃木擊地的渾沌聲。

他咧開大口，卻發不出聲音，淚水爭著從唇緣滴入口中，良久，他才發出一聲悲鳴。

「趙墓」

岩空敘述完這段舊事，辛苦地喘息，淚水如湧泉般流滿了臉龐。

雲空聽了之後也喘息不已，他不敢相信，與師父一起照顧他長大、他所敬佩的師兄，居然做出這些事來。

失去理智的殺戮，已使岩空數十年修道的成果毀於一旦。

雲空感到下巴癢癢的，原來不知何時，有一滴淚珠已經懸掛在那兒：「後來呢？師兄，你怎麼將他們埋在此地的？」

從岩空的敘述可知，他手刃兩徒的地點距此地很遠，所以雲空忍不住一問。

「我燒了他們。」岩空說，「我害怕子祠再復活，也厭惡子祠再復活，所以我將他徹底火化。」他疲憊地合眼，「我攜著兩人的骨灰，行走了數年，忽憶當年師弟俗家的住處，便慢慢行來此地，結廬修行……不想多年過去，依然無法回到當初修道的路上去。」

雲空完全明白了。

在他眼前的，只是一個不斷在悔恨、用過去的痛苦記憶來折磨自己的老人。

「師兄，眼下看來，化成灰燼的段宗雖然費了二十餘年，仍舊復活了，如果你們見面，你想怎麼做？」

「隨他喜歡吧。」岩空深吸一口氣，「我很後悔，我控制不了凡心，竟造成了無法逆轉的結果，也種下了惡業。」

雲空點點頭，望去林外小屋的方向，從這裡看不見小屋，但小屋上方的天空，瀰漫著一團濃烈的怨氣，污穢的怨氣緩緩翻滾、咆哮著，因感受到痛苦而更感痛苦，一如循環不已的地獄之火。

雲空輕按腰際的桃木劍，凝視那團只有他看得見的怨氣，思量許久。

他正欲跨出腳步，走向小屋時，又被岩空的聲音止住了。

「我不該這麼做的，我實在不該這麼做的。」岩空幾近耳語的呢喃著，「如果命運如此作弄人，為何當初要讓我們相見呢……？」

雲空不安地瞥了眼怨氣，等待師兄說下去。

「雲空，」岩空抬頭望向師弟，「你可知師兄俗家名姓？」

雲空一愣，心中一驚。

心中一驚，是因為原來就十分老邁的師兄，這一瞬間老得更加淒涼了，幾乎像是一掐便會碎成粉末的枯葉。

那一愣，是雲空這下才發覺，他從未想過師兄有俗家名姓，也從沒聽師父或師兄提及，或在任何對談中透露一二。

一個向來不是問題的問題，忽然在雲空心中膨大，變得十分重要。

要是有誰提過的話，反而是龍壁上人，似乎知道一些來龍去脈……

他想知道：「師兄，我從未留意，難道這有什麼關聯嗎？」

岩空頷首道：「你說過，子祠會和小湘互相吸引，或許是因為他們有相似的氣質，他們都身世顯赫，也同遭家破人亡……其實我第一次見到小湘時，也有這種感覺，甚至第一次見到子祠時，也有……不過，是一種危險的感覺。」

「危險？」

「我從他身上看見了過去的自己，」岩空說，「生存的目的只為了復仇，滿胸懷著的是恨意和怨氣，我看見他時，我害怕。」

岩空沉默了，細細回想著過去，整理著不太靈光的腦子裡的資料，然後才說：「我俗姓趙。」

雲空聽了，下意識望去樹蔭下的五墓。

還有一塊木牌，是先前岩空尚未提及的，上面寫了個「趙」字。

「我不但姓趙，還是大宋宗室。」

「師兄是大宋宗室，難道不受朝廷庇蔭？」

「苟活性命已是萬幸，怎還敢說庇蔭？」岩空淡然一笑，「我非當今皇上一脈，而是太祖一脈。」

宋朝是趙匡胤建立起來的，他死後諡曰「太祖」。

但趙匡胤死後，繼位者不是兒子，而是其弟趙光義，光義死後諡曰「太宗」，自此宋朝皇帝一直都是太宗子孫，太祖子孫流落民間，沒沒無聞。

太祖子孫落得如此田地，據說與兄弟之爭有關。

那個充滿懸疑的宮闈秘聞，史稱「燭影斧聲」，北宋初期已在民間廣為流傳。

話說宋開寶初年，趙匡胤出遊遇見一位老朋友，該人精通術數，趙匡胤請他算算自己享壽幾何，那人說，某年十月二十日之夜，若是天晴，便能穩當一紀皇帝，否則就不妙了。

開寶九年十月十九日傍晚，一位精通太乙、六壬、遁甲等術的馬韶，密告「晉王」趙光義的幕僚程德玄，說次日是光義大吉之日，於是馬韶馬上遭到軟禁。

十月二十日夜，趙匡胤夜觀天象，先是天晴，忽然便陰雲紛紜，天降雪雹，匡胤心中不快，便召來弟弟光義喝酒。

兄弟兩人在萬歲殿對酌了一陣，趙匡胤突然瞪著眼，一臉心事，似乎想說些什麼，光義連忙命令侍候的宮人們退下，守候門外，宮人們只能遠遠看見屏風後的影子。

屏風後，燭火陰沉的搖曳著，將匡胤和光義的影子投照在屏風上，影像模糊散亂，外頭侍候的人只見燭影詭異的晃著，一點也看不清楚裡頭正發生什麼事。

雖然看不清楚，兩人身影的不同，依稀可辨。

光義時時離席，顯得有些焦躁。

時至三更，夜已過半，雪花紛飛，地面已有數寸積雪。

忽然，斧聲乍起，宮人一驚，恍惚中似是見到皇帝趙匡胤正用斧頭劈雪，邊劈邊嚷：「好做！好做！」眾人心中大疑，卻也不敢多疑。

不一會，匡胤和光義就睡了，在沒任何吩咐之下，宮人不敢進去，也不敢離去，只聽屏風後鼾聲如雷。

近五更時，光義出來了，宣布皇上駕崩。

一時，寧靜的宮中氣氛詭譎莫名，匡胤的屍體很快裝入靈柩，光義在柩前便即了帝位。

接著再過兩個月便要過年了，習慣上年號更改也要等次年才改，但光義馬上便忙著改了年號「興國」，不知在急些什麼？

即位不久，光義之弟光美，忽然被莫名其妙削奪「王」位，貶為「公」，不久又不明不白死去。

匡胤長子德昭其時三十歲，封號「武功王」，一次在宮中提出意見，要獎賞有功軍兵，光義冷著臉說：「等你即位了，再賞不遲。」德昭心中懼怕，回家自刎而死。

匡胤幼子德芳，在長兄去世一年後，「暴病身亡」。

光義即位五年後，忽然公布說，他和匡胤以及親娘之間有個誓詞，就存放在金匱裡，講好是匡胤死後，皇位乃兄終弟及的，還說「金匱之盟」立誓時有誰誰為證。

種種動作，欲蓋彌彰。

「我乃太祖五世孫，」岩空道，「也是堂堂皇室。」隨即垂首嘆道：「以前年輕時，我確是這麼想的。」

「朝廷都沒照顧你們嗎？」

「光義疑心極重，弒兄殺弟逼死侄子，我們歷代祖先都不敢聲張自己的身世，」岩空毫不避諱地道出太宗名諱，可見其心中之憤，「我自少知道此事以後，胸中鬱鬱不平，想出一口氣，便努力讀書，求取功名。」

雲空從來不知道師兄的過去，這下才明白師兄性格的來源。

岩空繼續說道：「可恨的是……」他語氣中不含任何恨意，「我果然通過遴選，進入太學，可太學發現我是太祖後裔之後，馬上借了莫名的罪狀，將我逐出太學。我年少氣盛，忿怒不過，立意不再踏入家門，不願再姓趙，開始浪跡江湖，直到遇上師父……」

提及師父破履，岩空戛然低頭沉默，忽然泣著：「對不起，師父……」

雲空已經懂了，明白為何師兄會說，當他遇見柴湘和段宗時，心裡會有那種感覺。那種遇上同類的感覺。

他們都背負有家族的命運，被家族的命運迫得走入命運的死角。

他們不滿，他們苦惱，他們充滿怒意，但他們又毫無辦法。

心有罣礙，有罣礙故，恐怖即生。

「怨氣……」雲空低喃著，再度轉頭望去小屋的方向，遙望那團泛著火光、染著血色的沉重怨氣。

這一次，他堅定了決心，握緊了桃木劍，離開岩空，大步走向小屋。

他的腳步，隨著泥地上的手印和足跡，跨入草地。

視野所至，盡是綠油油得令人沁涼的草木，又是蔚藍得教人想歇下一切的天空，雲空心中吹過一片清涼。

他緩緩調整自己的呼吸，細數腳步的節奏，眼神篤定地望著前方。

紅色的怨氣像雲、像巨大的螃蟹爬在空中，猙獰、可怖，卻又充滿了令人憐憫的可悲。

雲空的心，此刻分外寧靜。

他憶起很久很久以前，與師父的一席對話。

「人有八重鎖，鎖住先天之道。一重稱為心，一重稱為身，一重稱為欲……」好久的事了，可師父破履的聲音，似是仍在耳邊徘徊。

「人初生時，是全知的，直到學會使用五官，反而遠離了最原始的『道』，然而有些人重新發現了『道』，於是再回頭學習捨棄五官……」

雲空只覺一股真氣在體內竄流，輕柔地爬過背脊，伸入四肢、在每一個細胞間擴散。摒棄五官。

忽然之間，雲空感覺自己不是在走路了。

路消失了，小屋消失了，草木消失了，天空消失了。

雲空也消失了。

一陣強烈的氛圍襲來，一時之間，萬物都充滿了意義，也失去了意義。

「人就如蟲作繭，棲息於繭中，大部分人都枯老繭中，只有少數人明白需要離開繭，而只有少數中的少數，真正離開了繭。」

「謝師父教誨。」雲空口中不禁說道。

他已站在小屋門口，手中的桃木劍微顫著，注滿了真氣，蓄勢待發。

門檻上沾了一攤黃色黏液，還有一塊塊乾涸的血漬，從門口一片片延伸進去。

「你是誰？」小屋中傳出一把嘶啞的聲音，像乾牛皮在粗樹幹上摩擦的聲音。

雲空看見了，那是一個殘缺不全的人，身上有的部分缺了層皮，露出血紅的肌肉，頭上有的部位只長了稀疏的頭髮，當他說話時，還可以看見顏面肌肉在拉動。

他的眼球並沒完全在眼眶裡，因為眼眶不完整，眼睫也只有半片，雖然如此，還是可以看出他充滿憤怒的眼神。

「貧道雲空。」雲空徐徐回道。

「雲……空？」那人低吼了一聲，扭動了一下身子，兩、三片肉屑掉到地上，似乎只要跳動幾下，整個人便要碎成一攤似的。

「你是段宗嗎？」

那人猛一抬頭，眼珠子幾乎要滾下臉龐：「你怎麼知道？」

「因為我是你師叔。」

段宗瞪著雲空好一會，眼瞼漸漸長好，歪掉的鼻子也正長著軟骨，他說：「師叔嗎？……瞧見師父如何待我嗎？」

「我看見了，也聽他說過了。」

「你說，我現在該怎麼辦呢？」

「我看，你是長不好了。」

「我想也是，師父不但殺我，還將我火化，再將灰埋入土中，土中很擁擠，沒有生長的空間，又有蟲蟻吃我，我花了好長時間，才長成這個樣子……究竟有多久了？」

「師兄告訴我，有二十餘年了。」

「是嗎？」段宗半合上眼，眼珠子從未長完的眼瞼下露了出來。

「你想就這個模樣活下去嗎？」

段宗警惕起來：「什麼？」

「你可以選擇死亡，拋棄段宗的身分，重回六道。」雲空知道佛教在大理很是發達，使用佛學術語，他應當能明白。

「我不會死，」段宗沉聲道，「我不會死的。」

「我知道你可以死好幾次，但可知你能死幾次嗎？」

段宗不回答。

「我知道。」雲空說。

「你怎會知道？」

「無生說的。」

「無生沒說什麼。」段宗緊抿著嘴，才剛長好的嘴唇裂了一角。

「天數，地數……」雲空說，「陰陽之學，天數乃陽數一三五七九，地數乃陰數二四六八十，習五術之人，皆知『天數五、地數五』。」

段宗全身一緊，呼吸一沉重，腹部竟撐裂一個小洞，流出黃水。

他像個隨時要瓦解的物體，這裡才剛補了一塊，那裡又剝落了一片，像個蹩腳的工匠，怎麼樣也湊不齊零件。

「你……想殺了我？」他稍一用力，舌頭便斷了一半，卡在口中控制不靈，「想永遠殺了我？」

「不，」雲空輕輕舉起桃木劍，「貧道想超度你。」

滔滔不絕的生命力灌注著木細胞，桃木劍已經十分飽滿。

桃木劍猛地一震，原本陳舊的木色，剎那煥然一新，散發出新木的幽香，小屋內刺鼻的腐肉味剎那褪去，飄滿異香。

「段宗，你是已死之人，」雲空說，「留念世上，徒然而已。」

「我有大事未盡！」段宗大喊。

「忘了吧。」雲空淡淡說。

桃木劍開始發芽，冒出一片片苞葉，展出碧綠油亮的新葉。

雲空踏起禹步，七步踏過，桃木劍倏地刺向段宗。

段宗伸手一擋，還未長好的手臂劈啪一聲折斷，桃木劍沒入稀爛的胸口，穿透脆弱的肋骨，被心臟洶湧騰滾的血液沖洗著。

段宗愕然，一言不發，哀傷地凝視桃木劍。

「升天吧。」

剎那，怨氣暴湧，從段宗體內衝出，沖濁了一屋清香。

怨氣像巨浪般湧向雲空，雲空心神凝定，閉上雙目，任由段宗沉積二十餘年的怒氣衝擊。

怨氣穿入雲空的意識，片片記憶在雲空的腦海展開，雲空看見了許多許多過去……

穿著大理國服裝的段宗，臉上含著青澀，正拉開一把弓。

「不行不行，」一把濃厚雲南腔調的聲音說著，「拉弓不是用手指而已，要用七個點的力……」

段宗一轉頭，望見一位老者，是教授弓箭的師父……

這片記憶穿透雲空，飛撲到門外去了……

一名宦官站在門口，朝段宗微笑，隨即一個高大的身影經過段宗身邊……

「爹。」段宗叫住了那個身影。

「爹要進宮去見你王叔，不知有何要事呢？」

一個時辰後，消息傳來。

一名下人慌張的跑來：「不好了，少爺，消息說王爺反了，剛才進宮意圖行刺，已經殺頭了！」

段宗的腦海忽然一片空白，七情六慾瞬間化為薤粉。

然後，他開始憤怒……

這片記憶飛快地從雲空背後穿出，撞上土牆。

「子祠！這些都過去了！」雲空大聲嚷道。

段宗的怒意更濃了，怨氣中的腐敗味更重了。

「百年之後，你的王叔也化成空了，數百年後，大理也不復存在了，千年之後，段氏也不是王族了，你在執著什麼呢？」

段宗不理會，恣意地發洩怒氣。

「你要復仇，復仇之後又當如何?!」雲空嘶聲喊道，「小湘會高興嗎?!」

怨氣驀地減弱了。

雲空趕忙更加集中心神，桃木劍又恢復了微微的震動。

段宗的眼眶流下一道黃水，似乎是眼淚：「師叔，你叫雲空是吧？」

雲空輕輕的點個頭。

「我會記住的，」段宗的眼球開始溶解，「因為你嘲笑我。」

「不，我沒有……」雲空愣住了。

「我會記得的……」段宗快速的崩解，身上的皮肉紛紛脫離骨骼，重重摔到地上，骨架也迅速脫離關節的連繫，散落一地。

數秒之間，段宗只剩下一堆開始腐爛的屍塊。

雲空沉著氣，不敢妄動。

屍塊上方依然蕩漾著一團紅色的氣，紅雲之中有張閉目的臉，一頭火紅的亂髮在怨氣裡游動著。

紅雲還糾纏在桃木劍的劍身，不久，它冉冉上升，脫離了桃木劍，穿過茅草屋頂，不知飄向何方去了。

雲空收了氣，桃木劍黯然回復陳舊的木色，掉落幾片殘葉。

「我在嘲笑他嗎？」疑竇一起，心緒便亂了，他不禁呼了一口氣，搖頭道：「我還修為不夠。」

他慢慢步出小屋，走了不遠，回頭仰望小屋上方的天空，果然那團紅雲仍在，在空中痛苦地扭動著、徬徨著。

「我沒有嘲笑你！」雲空向紅雲喊道，「我沒有！這不是可以嘲笑的事！」

紅雲發出悲傷的低吼聲，唱著地獄般的苦吟。

「我一定會讓你安息的！」雲空兩手圍著嘴巴，「不管花費多久，我一定教你安息的！即使我死了，再輪迴了，不度你安息，我不出六道！」

紅雲兀自呻吟著，迸散著臭味，讓空中的飛鳥也不敢接近。

雲空累了，收回桃木劍，漫無目的的遼望四周。

心情平復了，四周草木的芳香又回來了，剛才發生的一切，似乎又無關緊要了。

忽然，雲空猛地一頓，驚視天上浮雲，姿態萬千，他張口結舌、雙睛圓睜，好久好久合不上來。

「原來如此，原來如此，原來如此！」

他又是狂喜，又是惆悵。

狂喜是因為，他知道他將來一定會完成他發下的誓言，他一定能超度段宗。

惆悵是因為，這個完成的日子，實在是太久了、太遠了。

他猛然憶起很久以前，與師父、師兄分別後，拿了一張師父給他的紙條，登上高山去，苦思紙條上的句子……

「深山撒灰燼」

他在高山觀雲之變化，在迷濛之中，他看見了幻象。

數百年後，一個未知世界的幻象。

雲空驚悟，所謂「業」，原來如此！激動中的一句話、一個念頭，居然影響了數百年後的未來。

雲空苦笑，用力搖頭，心下大為寬懷。

「算了吧，」他甩甩頭，「早一日得道，遲一日得道，終是得道。」

這麼一想，山川草木、藍天白雲，又回復了往昔的靜謐和迷人。

走著走著，觀看雲朵懶懶的蠕動，翻出一個又一個新形狀，毫不倦怠，不知不覺中，雲空已回到五墓所在之地。

岩空依舊坐在原來的位置上，一寸也沒移動過。

因為他已經不會移動了。

雲空瞧著師兄最後留下的表情，這具被遺棄的軀殼上，仍舊帶有一絲憂愁，眉頭的皺摺僵在額頭上，鬆不掉。

雲空端詳了師兄好一陣子，才走向五墓，拔起寫了「趙」字的木牌，開始用木牌掘土。

一面掘土，雲空不禁一面高聲吟唱。

「魂兮魂兮！去君之恆幹，勿歸勿歸，遠遊四方。」

風揚起了，滿地芳草柔弱地擺腰，為雲空的歌聲嘆息。

「魂兮魂兮！捨君之樂處，勿歸勿歸，塵世之樂不可久，天地之樂長存……」

輓歌唱完，雲空已挖了一個長形的淺坑。

他將岩空拖到坑旁，讓他仰臥坑中，但只有背部的半面身子進入土坑，前半面露出地面，野風吹得岩空的鬍子悠哉地飄動。

雲空一面將泥土撥到岩空身上，一面又唱起來了：「魂兮魂兮，在上鳥鳶食，在下螻蟻食，捨身與萬物，施血與草木，不亦樂乎？」

唱累了，撥土也撥累了，雲空坐在一旁歇息，最後一次觀看岩空露出土外的臉孔。

他估算，二十日後，趙墓墓前會只留下一堆枯骨。

再陪了岩空一會，雲空便回到小屋，收拾好行裝，再度上路。

【典錄】大宋趙家

要不是柴榮英年早逝，留下孤兒寡婦，趙匡胤或許沒有成立大宋的機會。他統一全國後，以「杯酒釋兵權」，防止再發生五代時掌權軍兵篡位的紛亂局面。歷史上總說宋朝「重文輕武」、「積弱不振」，但從大局面看來，似非如此三言兩語可以說盡的。

首先，大宋立國之初便有北方天敵大遼（契丹人），遼被金滅了，宋朝還能在南方苟延殘喘，直到金人也被蒙古滅了，它還有一口氣在，這種百足蟲的工夫，不是一句「積弱不振」可以說明的。史家常以國力強盛、四方征戰評論一國興衰，但別忘了兩宋是中國科學得到最大發展的時代，還刺激了後來歐洲的文藝復興。

再說「燭影斧聲」，此事源自北宋初年筆記小說《湘山野錄》，作者是文瑩和尚，他關心時政，書中都是宋初至仁宗之間的軼事，後來司馬光在《資治通鑑》也寫了「晉王」趙光義趕在皇子趙德芳之前入宮，搶得先機登上帝位，可見事有蹺蹊，另外本故事中所舉疑點，皆為出自《宋史》的蛛絲馬跡。燭影斧聲尚有下文，這個下文，要用兩宋三百多年十八位國君來說明：

北宋共有九帝，第一帝是「太祖」趙匡胤，其後八位便是「太宗」趙光義及其後裔，而最後二帝「徽宗」趙佶、「欽宗」趙桓被金人俘去北方。

南宋也有九帝，第一帝是「太宗」後裔趙構，他沒兒子，找來「太祖」七世孫趙慎即任為帝，大宋天下又「還」了給匡胤子孫，而南宋最後二君「端宗」趙昰、「衛王」趙昺也是亡國之君，死在南疆，下場悲涼。

南北宋十八帝可簡列如下，十分平衡：

北宋九帝：太祖－太宗及後裔共六帝－最後二帝死於北方
南宋九帝：太宗子孫－太祖後裔六帝－最後二帝死於南方
若說是冥冥巧合，也未免太恐怖了。

南渡記

之卌三

紹興九年（一一三九年）

看過江船，尤其是漕運用的江船，雲空已經覺得十分不可思議了。見到海船，雲空更是訝異。人怎麼有辦法在水上建起像廟宇那麼大的東西呢？海船結構更大、更複雜，在更大的水域行駛更遠的距離，不似江船尚可見到岸邊，遼闊的海洋更荒涼，一旦被海洋吞食，就屍骨無存了。

這些船所前往的，會是怎麼樣的一個世界呢？

雲空漫步在大港邊緣，觀看人群像流水般東竄西竄，工人將貨物搬上海船，海船上也人頭攢動，不清楚在忙些啥。

看那些工人皮精肉瘦，膚色像抹了油的泥巴，從他們凹陷的肚皮和凸顯的肋骨，也看出他們的勞力換來並不多的溫飽。

碼頭上也有不少異國人，有留著捲曲紅棕色長鬚的、圍著頭巾的、穿著花色大袍的，說著完全聽不懂的異國語言。各色各樣的外國人，令廣州這裡跟其他城市完全不相同，雲空感到自己根本是身處於大宋以外的異域。

在此地待久了，他逐漸知道朝廷在此地特別設有「市舶司」管理進出船隻和貿易，還有專給外國人的居住區，在市舶司工作的甚至還有外國人。

雲空穿梭於人群中，商人、工人、小販、妓女的對話在他耳邊溜過，他找到一塊空地，歇下了腳，趺坐在地上，立起白布招子，昏黃的布條上搖晃著墨漬轉淡了的「占卜算命・奇難雜症」八個大字。

他靜靜的呆坐著等待有人找他解惑，觀看人來人往，沒像以往那般思考人生哲理，也沒打算靜坐冥思、修長生之道。

他心中繫繞著一個人，只要一閉上雙眼，紅葉的臉便馬上浮現在眼前，這種情形已經持續了三年，自從紅葉離去之後就不曾中斷過。

在這種狀況下，他根本無心修行，因為紅葉的影像在閉眼比睜眼時清楚，清醒時比入睡時清晰，她無時不在，無處不在，有時他忽然發起呆來，才驚覺自己正在想念紅葉。

但今天不知為何，他忽然心念一動，感覺因緣俱足，便收起白布招子，找個陰涼棚下盤起腿來，半閉著眼睛，開始久違的冥想。

果然，今天好順利進入狀況，只不過一會兒，他就有如掉入深洞，馬上進入了冥想狀態，彷彿這一刻已經等待他許久。

一旦進入冥想狀態，各種畫面忽然間跳躍出來，在眼前如走馬燈那般，短短一分鐘就掠過了無數畫面，把他此生所有的經歷，不管是記得的或忘記了的，乃至於過去百年、數百年，千年的記憶，風馳電掣的閃過了一遍。

頃刻之間，雲空看見了所有的來龍去脈，想起了無數曾經刻意要忘記的事情，不禁熱淚盈眶，即使在冥想之中，依然流下了兩道眼淚。

他突然明白，今天來到這個港口並不是偶然，也不是命運趨使，而是在潛意識之中，他早就想這麼做了。

不多時，炎日當空，地上的影子畏縮起來，躲到主人腳底下去了。

一個人走到雲空面前，擋住了陽光：「道士，占問前路要幾多？」

雲空自冥想中戛然張眼，淚水模糊了人影，他擦了擦眼淚，回道：「占一事只需卦金十文，推祿命百錢。」

那人沉吟一陣：「我要到很遠的地方去，不在中土，這樣會準嗎？」

「運隨身行，到哪裡去都一樣的。」雲空抬頭看來人，見他膚色粗黑有滄桑之貌，身材健壯，卻有一張秀氣的臉，還有文人多愁的眼神，「你是要出海嗎？」

那人呵呵一笑：「俺咱要到南海去行商的。」

「南海嗎？」雲空忍不住自問，「會是怎樣的一個世界呢？」他不禁猜想，那些異國商人會是住在怎樣的一個世界？

那人左顧右盼了一下，便一屁股坐下來：「道士是修道求仙的，難道不曾聽說海外有仙山嗎？」

雲空說：「先生不用去工作嗎？」

「俺咱就是船主，況且現在也是休息時間。」

雲空一瞧，果然四下已無人工作，工人們紛紛找個陰涼處，吃喝的吃喝，打盹的打盹，也有眼巴巴直盯著別人吃東西的。

雲空這才知道，眼前這壯年男子雖貌不驚人，卻大有來頭：「閣下出海，莫非曾見過仙山？」

「靈秀之山確是有，不知算也不算仙山，當地土人敬山為祖山，等閒也不得上山的。」該人說，「奇人異國雖不少，只是與《山海經》一比，又遜色了許多。」

「《山海經》？」雲空雙睛一亮，「先生讀過此書？」

那人點點頭，說：「家父藏書頗豐，俺咱留了些在船上，到南海船程長，閒暇時便會看書。」難得有人跟他談起那些藏書，他看起來很高興：「由於俺咱走的是南海，還特地多看了幾遍《大荒南經》和《海外南經》。」

《山海經》分成「山經」和「海經」，所謂「經」是分述不同方向經過的山名、國名、異人神祇和異獸草木，總共十八卷。據信由不同時代的不同作者編成，但當時咸信是西漢劉秀所編。

「《海外南經》有結匈國，又有羽民國，又有長了鳥翼和鳥喙的讙頭國，畫得千奇百怪，俺咱一件也沒見過，」那人不知是嘲諷古書，還是惋惜無法親見古書中的人物，「泰半圖卷也已褪色，或有破碎，有的圖畫俺咱也看不分明……」

雲空驚問：「等等，你的《山海經》有圖？」

那人聽了，怔了一下：「《山海經》就是圖卷呀。」

雲空感到口乾舌燥，一時喘不過氣來，因為歷來所見《山海經》，都是有文無圖，直到幾百年後的明、清時代才有人為它配圖。

但據說《山海經》原本是有圖的，圖文並存。另一說《山海經》本來就是圖卷，世傳的文字其實就是圖畫的註解。

《山海經》原圖失傳已久，雲空不禁感到興奮：「敢問閣下，令尊收集的這部《山海經》，源自何代？」

那人見雲空如此慎重，臉色也不禁嚴肅了起來：「道士用過飯未？」

「什麼？呃……尚未。」

「如此，請移駕船上，咱一邊看圖、一邊用個飯，不知肯賞光否？」

「莫說用飯，」雲空說，「能見此圖，我便飽腹三日了。」

「對了，」那人站起來，作揖道：「俺咱是船主，姓梁，名道卿。」

雲空也回禮：「貧道雲空。」

他隨梁道卿登上大船，船上飄來陣陣新漆味，從未見過的粗大繩索，比手臂還粗壯，像巨蛇般懶散地蜷伏在地，一個個皮肉像精鐵般的水手在甲板上忙碌著。

從船上俯視下方，港口像是繁忙的蟻巢，各色人物在貨物之間穿梭著，猶如困在迷宮中，無助又徬徨。

船上儼然是個自成一體的小世界，雲空隨梁道卿走過甲板、穿過艙房，來到大船正中央高處，有間採光良好的小室，置有文房四寶和大堆的書籍、卷軸和字畫，書櫃全用韁繩緊綁在牆上。

雖然宋代已有印刷業，知識的取得比過去容易，但印刷本仍是普通人買不起的高價品。在這之前數十年，在蘇軾的時代，正是抄本到印刷本的轉換期。更早之前，只有皇宮和佛寺有藏書，讀書人可以去寺院看書抄書，所以雲空幼時，破履才會帶他去佛寺修行的。

雲空一一瀏覽書名，驚訝地發現不少失傳的書籍，甚至有從未聽過的古書，大都是手抄本，都是一卷卷的，而非經摺裝或蝴蝶裝的印刷本。

梁道卿翻找了一番，從櫃子中抽出十多個卷軸，又翻看了一遍，才選出兩卷攤在桌上：「在此。」

只見卷軸上夾有小布條，書名了內容：《大荒南經》、《海外南經》。

卷軸是細緻的布料，看來是漢代常用的「帛」。展開卷軸，一股歲月的古舊氣味撲鼻而來，一個個生動的人物、異獸躍然紙上，一座座翠綠的高山橫列，一道道流水延綿，宛如能夠嗅到草香、聞到水氣，還有空氣中瀰漫的異國芳香。

雲空忍不住將手移到帛圖上方，感受它散發的氣息，感受凝固在帛圖裡的時間。

梁道卿瞧雲空一臉感動，很想舒緩他的情緒：「雖說蠻夷之地不似《山海經》所繪那般奇異，然而，也還是十分有趣的。」

雲空抬頭，兩眼閃著好奇的光輝：「願聞其詳。」

「比如說，南地無四季，終年暑夏，但一年之中必有一段時間會下大雨、發大水，乾、濕兩季十分明白，與中土大異，」梁道卿笑著搖頭，「往往初到該地的唐人，會很不習慣。」

「『唐人』是指……？」

「當地土人係這般稱呼我們的，有唐一代就有中土商人去貿易了。」梁道卿取出一塊素布，遞給雲空看，「瞧，這是土人平日用來裹著下半身的，不著上衣，如此十分涼快，俺咱在那裡也這麼穿的。」

「梁翁住過南海麼？」

「這裡每個人都住過的，船行至南海，要買賣，還要等順風才能回航，有人乾脆定居下來娶妻生子，也有人當『住蕃』的，幾年才回一趟。」住蕃，就是後人所謂的「華僑」。

「那麼，梁翁想必當地見聞不少。」雲空若有所思地說。

梁道卿笑道：「這要說起來，三天三夜也說不盡。」

「那……閣下可曾聽聞『昆侖』在南海？」

「昆侖？」梁道卿會心一笑，「道士果然還是想去找神仙的吧？」

「不，貧道想找的，是一個人。」

梁道卿奇道：「道士不找神仙，會要找的什麼人呢？」

「一個小女孩，一個名叫紅葉、喜歡穿紅衣的小女孩。」

見雲空認真的眼神，梁道卿正色問道：「為何得去昆侖找一個小女孩呢？」

「她告訴我她會去昆侖的。」

梁道卿搖頭道：「《山海經》裡提到的昆侖有幾處，《海外南經》也提過一個昆侖虛，但從未聽見當地人或唐人說過這個名稱。」

雲空沉吟良久，才說：「要到南海地方，只有此地有船麼？」

「除了此地廣州，尚有泉州，都有海船去南海的。」

雲空這回沉默了更久。

※※※

從廣州往東北方約莫三、四日腳程，雲空來到羅浮山。

羅浮山上有好幾處道觀，他經過了好幾座都沒停下腳步，因為每一間都像觀光勝地，沒有讓他想要進去的衝動。

走著走著，覺得累了，便在山路邊找了塊青石，坐下歇息。

四周非常恬靜，比剛才的任何一間道觀都來得令他舒服。

不遠處傳來歌聲，一把蒼老沙啞的嗓子，正高唱道情。

那淒涼的道情伴隨枯葉被踏碎的聲音，漸漸走近，雲空看見來的是位老道士，老得頭髮也不多了，梳不成髻，只好隨意紮了把馬尾垂在腦後。

老道士正唱：「……親愛如兄，字曰孔方。見我家兄，莫不驚視。錢之所祐，吉無不利，何必讀書，然後富貴？由是論之，可謂神物。無位而尊，無勢而熱……」

唏！那不是晉人魯褒的《錢神論》麼？哪是道情？

雲空噗哧一笑，心中忖道：「這道士好沒正經。」見老道士走近，雲空忙起身作了個揖：「晚輩雲空。」

老道士捋著鬚，呵呵笑道：「你是晚輩，那我便是前輩了，」他不再作揖，反而兩手扠腰：「前輩孔方。」

雲空蹙了蹙眉。

「小子，你剛才嫌我不正經，現在又嫌我不禮貌了是吧？」

雲空倒是心裡暗地一怔，承認的話是無禮，否認的話又是說謊，一時之間躊躇了起來。

老道士哈哈大笑，要他坐下，自己再坐在旁邊，拍著他的肩膀說：「瞧你懵勁兒，連撒個謊也要考慮這許久。」

雲空忙道：「晚輩無禮，還盼前輩多包涵。」

「貧道不嫌無禮，你也不必包涵了。」孔方說，「貧道唱這首《錢神論》，可是修行多年所悟之理。」

「若蒙不棄，前輩請告訴我。」

「試問當今世上，何物賽錢？求了個長生不老，沒錢也得餓肚子，讀了個滿腹詩書，沒錢也沒人聽得見你學識淵博，一旦發表偉論，還被人叱為窮酸。」孔方高聲說著，將地面的和樹上的每一片樹葉都當成聽眾。

「話雖如此，可道家中人談錢，豈不太俗？」

「俗物雖貴，不俗之物更貴！要說不俗，還是要錢。」他指向不遠那間巍然華麗的道觀。

「可是……」

「雲空雲空，」孔方拍拍雲空的手背，「你一路走來，可是餓肚子的日子多？瞧你形體削瘦，三餐不繼，偶爾遇上有錢的貴人，才有一頓飽食，可是不是？」

雲空雖然點頭，但也不覺餓肚子有什麼不對。

「我明白，你又在想，談論這些有形事物有益處，反而阻撓修道之心吧？」孔方喋喋不休的說。

「前輩都能知道晚輩心中所思，晚輩也不多言了。」

「錢之為物，雖非開天闢地以來便有，卻早也滲透在家人和出家人生活中的每一道縫隙，教人惱恨，卻不得不如此。」

雲空垂頭一笑：「沒想到上羅浮山，卻聽了一篇錢神論。」

「那你為何上羅浮山？」

「晚輩是煩惱前程不明，心想羅浮山景致絕美，又有道觀佛寺，上山走一遭，或可澄清思緒，或可遇高人指點。」

「那你找對地方了，我就是高人。」

「咦？」

「你為人占一卦，卦金若干？」

「不過十文錢。」

「有錢好辦事，那你給我十文錢。」孔方伸手要錢，五指跳動。

雲空不禁失笑，這前輩太亂來了。

「別人有疑時，向你問卜，你有疑時，不妨也花個十文呀。」

雲空點頭道：「有理。」於是回身去翻找布袋，找了一會，卻找不到錢，想起好像放到腰囊去了，於是又去找腰囊，好不容易才湊齊十文錢。

「好吧，你想問什麼？」

「我想要跟著商船到遙遠的南海去，此去可能有去無回，我是應該去呢？還是不應該去呢？」

孔方把銅錢在掌心搖了搖：「在我跟你占算之前，我先問你，你回想看看，你在這一生路途中，所求的是什麼？得道嗎？」

雲空想也沒想：「我向來沒刻意追求得道。」

「成為一代宗師嗎？」

「恐怕我完全沒這種能力。」

「揚名嗎？」

「我資質平凡，大概也沒揚名的條件。」

「那就對了，」孔方滿意的捋捋鬚，「大道可貴之處，也是它最不容易之處，就在它的本質，『虛』。」孔方拍拍肚子：「人的皮囊因為『虛』，才能容納五臟，才能苟活性命，天地因為『虛』，才能容納萬物，萬物才得於發生。」

「晚輩回顧一生，果然是無甚作為。」

「你無作為之處，正是你有作為之處，」孔方道，「你歷經艱險，只為求一解答，為知山魈存在否而登高山，為知前生之鍵而闖無生仙島，為解馬家藥舖怪病而自困於四風齋，全然不度量自己的能力，這一切蠢事，你捫心自問，是為了什麼？」

「不為了什麼，可貴的不是解答，而是追問解答的過程。」

「這正是無為之為。」孔方道，「有為之為，是給世人看的，無為之為，是讓自己昇華的。」

雲空恍然大悟，忽然感到遍體酥麻，呆立在紛紛落下的林葉間：「如果只在過程……」

過程，連結因和果之間的通道。

道。

「你遲疑，因為你想要去的，是一個完全陌生的世界，」孔方道，「沒有你熟悉的語言，沒有你熟悉的風土人情，連歷史也全然迥異。」

「前輩說的一點不錯。」

「所以說，想到你能去一個全新的世界探索，那不是很有趣嗎？」

聽他這麼說，雲空也忍不住躍躍欲試，恨不得馬上拔腿去港口找梁道卿。

「可記得《莊子》的第一則故事？」

「晚輩怎敢忘？」雲空回過神來，「是北冥的巨魚，名為鯤。」

北冥有魚，其名為鯤，鯤之大不知其幾千里也。

化而為鳥，其名為鵬，鵬之背不知其幾千里也。

怒而飛，其翼若垂天之雲。

是鳥也，海運則將徙於南冥。南冥者，天池也。

「巨魚化為巨鳥，由北冥飛往南冥。」孔方笑道，「你可知道？《爾雅》說：『鯤，魚子。』鯤不是巨魚，而是小魚。」

「晚輩瞭解了。」雲空深吸一口氣，拱手作揖道：「多謝前輩教誨！」他抬頭時，青石上不見了孔方。

他轉頭四顧，也不見孔方。

孔方無聲無息的離開了，雲空坐在青石上，再等了一陣。

孔方跟他的十枚銅錢一起消失了，始終沒再出現。

※※※

數日後，雲空回到廣州，在珠江口的大港尋找梁道卿的船。

一路上，紛紛世事拂過耳邊。

「聽說出了個新的英雄，把金人打得快求饒了，大宋有救了！」

「你說的是岳飛嗎？」

雲空忖著：「那年輕人能讓胡人遲兩百年佔據中土，然而，兩百年後呢？」

他在碼頭一角找到梁道卿，梁道卿看見他，劈頭便問：「你決定上船了嗎？」

雲空點點頭。

「你願意放棄在此地的一切嗎？」

「反正我沒東西可以放棄的。」

「甚好。」梁道卿頷首道，「話先說在前面，在船上沒人是可以閒著的。」

「甭看貧道五十歲了，可硬朗得很。」

「甚好，甚好，」梁道卿猛點頭說，「俺咱這趟船，要到三佛齊去的，會先依西南季風南下，經過占城、真臘、羅斛、羅波斯、吉蘭丹等地，冬季時再依東北季風北上，轉航到加里曼丹、渤泥、麻逸、三嶼……」

梁道卿說的，他一個都不認識。

不過，他還有很長的旅途可以記下來呢。

他只希望，紅葉在這些地方的其中之一。

因為他已經憶起，很久很久以前，紅葉是誰了。

海風漸強，風緩緩轉向了。

梁道卿閉上嘴巴，抬頭凝視雲的流動，再轉頭望向桅杆上的一名漢子。

漢子高聲回答他：「是時候了。」

「甚好，」梁道卿向船上的人咆哮道，「風轉了！趕緊上貨！後日啟程！」

雲空忽然轉頭望向港口，注意一位搬運工人背上的肌肉，因奮力抬貨而脹大、堅實，汗澤在肌肉上泛著銀光，雲空記住了那片銀光，不為什麼，只因為想留住某種記憶。

或許在離開之前，他已經開始懷念了。

【典錄】海上貿易

宋朝的商業活動，不論國內或海外貿易都十分頻繁，宋太祖趙匡胤特別在港口設立「市舶司」管理海外貿易，抽稅一成，其中廣州（在廣東）、泉州（在福建）、明州（今浙江寧波）即是三個最重要的對外港口，以廣州為最主要。廣州、泉州都是以貿易為主的商業城市，其時當地的農業並不發達。

早在西漢，南方吳越之地已有海外貿易，證據是在廣州發現的南越國文帝趙昧（被漢高祖封為南越王的趙佗之孫）的墓中出土了波斯銀盒、非洲象牙、東南亞乳香等物，可能主要是外商帶來，或出外貿易於做為中繼站的海港（如鄰近的越南沿海諸港）交換而來，未必是產地直達。

唐朝時代，也有遠自大食（阿拉伯）和波斯的商人前來廣州交易，甚至設有專給外國人居住的「蕃坊」。但在唐末的黃巢之亂中，廣州的大食和波斯商人被屠殺，外商不敢前來，改在馬來亞半島的馬六甲和吉打跟中國商人交易，廣州一時沒落，也令泉州得到發展。

宋朝之時，隨著廣州、泉州造船技術的進步，造出穩定的遠航海船後，以及羅盤的普及使用，商人也得以主動出擊，親自到產地去貿易，加上西亞伊斯蘭世界戰事不斷，中國商船因此打破過去由波斯和阿拉伯壟斷南洋的局面，成為南洋海上霸權。

有關南洋，宋朝最早的私人著作是官員周去非的《嶺外代答》（淳熙年間一一七四-一一八九出版）描述南洋國家，南宋市舶司提舉趙汝適也著有《諸蕃志》（寶慶元年一一九五出版），記錄有通商的亞洲諸國。當時的航海路線不知如何傳授，咸信是商人私下秘傳，目前最早只找到明初的各種「針經」（指南針的航海路線）如《海道經》、《鍼譜》、《羅經針簿》之類，皆私人相傳，後被人收集得之。

之卌四

飛頭記

紹興九年（一一三九年）

孩子剛呱呱落地，女孩便要求幫忙接生的母親把嬰兒抱過來。剛才，當她奮力將嬰兒擠出時，她大張兩腿站著，同時兩手用力拉扯從屋樑上懸吊下來的粗繩，又拔又拉，兩隻手掌被磨得又紅又粗。她用發疼的手心接過啼哭的孩子，用手指撥開黏在孩子頸項上、源自她子宮內的血水和白色漿液。

她在脖子的摺皺中尋找，終於找到她最不希望見到的：一抹淡淡的紅線。紅線很淡，她原本還期待那其實是夾在摺皺中的血水，但紅線繞著脖子轉了一圈，完全證明了她的憂慮。

看著女兒發呆的神情，她母親把嬰兒拿了回來：「等我洗乾淨再說。」嬰兒被浸入一盆溫水，婦人洗走他身上黏滑的羊水、胎糞和血水，頓時變成了一個光淨聰明的男孩。

女孩疲憊的躺下來，嬰兒被放在她胸前，閉著眼尋找乳頭。女孩的母親用溫水抹洗她的下體，然後幫她蓋上一片薄布。

她撫摸嬰兒光禿禿的頭頂，觀看他倉促吸吮乳頭的小嘴，她毅然下了決心，對母親說：「媽，妳知道我的決定了。」

她母親年僅三十餘歲，卻已像老邁的婦人，皮膚厚如皮革，滿臉被歲月摧殘的痕跡。她哀傷的點了點頭，說：「坐滿了月子再說吧。」

女孩搖搖頭：「或許會太遲了，風吹東南時，我必須離開。」

她母親將污穢了的溫水拿到門口潑出去，潑到高腳屋下方，驚動了屋子底下沉睡的雞隻，發出咕咕咕的抱怨聲。

婦人望著新生的彎月，眼角不禁盈現淚光：「詛咒呀，這是祖先的詛咒呀。」

※※※

月明星稀，商船下了錨，停泊在距離海岸不遠的溫暖海上，等待明日天光才靠港。

雲空望見海岸上有零星燈火，便問船主：「為何不靠岸？」

「這港口附近有暗礁，撞上就不妙了。」船主梁道卿說，「天亮了看得清楚，不需冒險。」

雲空點頭表示明白：「那此地乃何處？」

「占城國的新州，估計沒錯的話，天光時會看見一個小島。」占城國新州就是今日越南的歸仁，從廣州一路航行至此，船隻都不會距離陸地很遠。

「今晚早睡，明日起早忙了。」船主提醒他之後，便鑽回船艙，僅留下夜間看風的水手，站在高處留神四周的動靜。

雲空在星月下盤膝而坐，開始他每日的靜修功課。他都選擇夜間靜修，比較沒有水手的聒噪聲。

閉上雙目後，船隻在波浪中搖晃的感覺更加清楚了，他靜觀著搖晃的節奏，漸漸感到身心與波浪的起伏融為一體，搖晃消失了，身體頓然如處平地，身心自在。

正當感到舒坦，雲空忽然感覺背脊一涼，腦袋彷彿插入了幾根短刺。

他抬頭瞧看，看見遠處的岸邊有燈火數點，而上空有異象。

有幾個紅色的東西在空中飛竄，飛過來飛過去，像在互相追逐嬉戲。

腦中的刺痛感就是從那邊引起的。

他感覺到渾重的怨氣。

雲空不得不中止靜修，站起來眺望空中的紅影。

「老哥，」雲空呼喚在高處留守的水手，「你看見那邊空中有什麼嗎？紅紅會飛的。」

水手依雲空指去的方向瞄了一眼，便滿不在乎的轉回頭，當作沒看見。

「老哥曉得那是什麼嗎？」

水手被問煩了，隨口應道：「是夜貓子啦！是夜貓子。」

雲空經常夜宿山林，對貓頭鷹的行為還算頗為瞭解，他再觀看了一會飛行的紅光，還是不敢認同水手的答案。

他知趣的不再發問，只在心中納悶：在異鄉之地，會有多少他無法想像的事情呢？說不定這艘船上任何一位水手都比他來得博學。

他向來從書中汲取知識，如今他抵達了一個連書中知識也鞭長莫及的異地，才真正體會到「生有涯，知無涯」的意思。

他再度半合上眼睛，企圖再次進入冥想狀態，但空中飛旋的紅光不斷干擾著他，令他無法真正靜下心來。

雲空睜開眼，凝視空中紅光，口中喃喃道：「你們是什麼？」

只不過一句話，空中紅光忽然停頓，幽幽的浮在半空，似乎從遠處俯望著雲空。

雲空心下一驚，果然起心動念都會撼動十方。

「老哥，」雲空抬頭呼喚水手，「那些不是尋常之物。」

水手有些急了：「道長，咱們不是在大宋，還是噤聲得好。」

雲空見他害怕，只好不再多問，或許等到天明，再問船主梁道卿好了。

※※※

天才剛剛微亮，船上就忙碌起來了。

在商船最高的位置上，梁道卿凝神閉氣，站在領航員身邊，領航員手中舉著各色小旗，指揮船尾控制方向的舵手，以及在船桅控制船速的水手。領航員緊盯海面，從過往的經驗和海面的波浪判斷水面下的礁石。

他的專注力不只關係到全船人的性命，和他們必須照顧的家庭，還關係到造價不菲的船，以及船上可養活他們好幾年的貨物。

當領導員宣布脫離暗礁地帶時，大家都暫時鬆了一口氣，直到船成功停泊在港口，眾人才完全放鬆，隨即下錨、開始整理韁繩、放下船帆、搬運貨物。

但雲空驚訝的是，商船並沒靠岸，而是停在一個島嶼，離陸地尚有一段距離。

水手們先將需要搬下船的貨物搬到島上的港口，點算完畢之後，將會再用小艇運到岸上去。

雲空終於看清楚海岸了，在細白的沙灘上有城寨，尚有寺院和佛塔，但風格跟大宋迥異，雲空認不出是佛寺。遠看山脈如屏風，森林連綿，昨晚他看見的幾個紅光，就是在這片森林上空飛舞。

當大家都在忙碌之時，最有空的反而是領航員了，雲空忙找他詢問：「為何不直接停靠去海岸呢？」

「我們這艘大船吃水深，而這港口水太淺，礁石又多，很危險的。」領航員很樂意回答他，「此島喚作羊嶼，大船都以羊嶼為港口，再用小船來回運貨。」領航員指向北方，有一處夾在兩片陸地之間的海口：「那個大海灣才是新州港，不過淤泥太多，大船行船困難，所以才要從這裡運過去的。」
原來運貨小艇並不是將貨運向附近的白沙灘，而是遠在十公里外的大港。
「可不是？要不是占城國的國王規定要在這裡下船，遲早會被其他港口取代的。」
「那挺麻煩的。」
「我們會上岸嗎？」
領航員搖搖頭：「占城近年很常跟真臘打仗，不太安全，除非船主要派人上去看貨吧？不過，通常都在這島上交易的。」
「嗯……」雲空不禁又望了岸上兩眼。
「你想上岸咩？」
「想去見識。」
「直接問船主不就得了？」領航員舉頭找梁道卿，「一切都是由他安排的。」
雲空主意已定，一見梁道卿有空，便上前問他。
梁道卿沉吟半晌，他尋思把這裡需要的貨物賣出去，又把此地的物產買上船，還要補充食物和淡水，估計要在這兒待個五、六日，說不定還必須親自上岸。
「還請道長暫且歇息，這幾天若有上岸，就必帶你上去。」
雲空沒辦法，只好也下船去，在羊嶼隨興逛逛。
此地氣候炎熱，雲空早已不穿長袍，跟水手一般換上短衣，依然戴上草笠，掛上他不離身的黃布袋，告知梁道卿一聲，便踱下船去了。
這島嶼只有一公里見方的大小，島中央是座山丘，沿岸有港口官員的辦公室，有衛兵駐守小寮，還有臨時遮日擋雨、堆放貨物的草棚。水手和工人們來來去去，但占城國人都膚色較黑，而且男子都不把長髮紮起來，是以不難辨認。

雲空逛著逛著，已經逛到港口邊緣，此時聞到一股異香，是放了香料烹煮的食物香氣，那種香料的氣味是他從沒聞過的。

原來是工人休息的草棚旁邊，有兩名女子正在準備工人的食物，她們用石頭搭了爐子，正煮著兩鍋魚。看見雲空這位陌生人，兩名女子禁不住退了退身子，眼神閃爍的偷瞟雲空。

雲空也覺得十分靦腆，因為占城國人穿得極少，這兩名女子裸露上身，只在腰部圍了塊花布，比較年輕的女子雖在脖子上掛了首飾，也掩不去她年輕又飽脹的乳房。為了不讓她們不安，雲空不看她們，慢慢的踱過去。

才走不遠，雲空便聽見嬰兒哭聲，不禁忖著：「原來還有個小孩呀？怎麼剛才沒看到？」他回頭瞧看，只見那年輕女子從地上的籃子裡抱出嬰兒，馬上給他餵奶。

那名年紀較大的女人竟停下手邊工作，朝雲空走過來，指指他肩上的黃布袋，口中說：「兜希？」

雲空蹙眉，聽不懂。

「刀時？」女人嘗試換個說法。

雲空明白了，指指自己：「道士。」顯然這女人看見他布袋上的八卦圖象了，看來她也稍知中國之事。

女人不知嘟囔著什麼，翻開腰間圍布的摺疊處，取出一片小小的玉石，呈半環狀，類似半個璧的「玦」，但顯然是把原本完整玉璧折半的碎片，因為上面刻有文字，而文字是缺損的。她將玉石遞給雲空，他只好拿過來，卻瞧不出那些扭曲的刻文是何種文字。

雲空把玉石還給她：「這是什麼？」

女人試圖說明，但由於兩人語言不通，費了一番唇舌，依然無法說清楚，女人嘆了口氣，只好走回去繼續煮魚。

雲空繼續走他的路，周圍的環境逐漸荒涼，他看到島的後山有幾間高腳屋，由於不明白此地習俗，為了避免冒犯，他開始回頭走。經過剛才煮魚的棚子時，看見水手和工人們已在排隊領午餐，每人分到一條魚，都用蕉葉盛著，當地工人們把口中嚼食的檳榔吐掉，隨地將就坐下用餐。

雲空也分到了一條魚，當他從女子手上接過自己的午餐時，才注意到那名餵奶的媽媽實在非常年輕，只不過是個剛剛長大的少女。她的眼神帶有一絲哀傷，當她看到雲空的時候，眼睛是避開的，不知在畏懼什麼。

雲空把香噴噴的魚拿回船上時，領航員笑嘻嘻的問他：「你吃過了嗎？口味慣不慣？」香料的味道十分刺激味覺，令雲空的胃比尋常更餓多幾分：「很好吃。」

「你注意到了嗎？她們煮了兩鍋，給我們跟占城人的是不一樣的。」

「有何不同？」

「占城人不愛吃鮮魚，他們吃的魚都先放上幾天，等酸臭了才吃。」

難怪剛才一直嗅到酸腐味，原來如此。

領航員笑著說：「這裡還有一種很特別的水果，叫波羅蜜，入口之後香氣極濃，比糖還甜！船主每一趟來都會買幾顆給大家享用，你今晚就會吃到了。」

將近晚上，水手才真的有機會休息，就在棚下就地睡覺，等待明天早上的工作。今天他們把梁道卿運來的貨搬上小船，明天他們還要等梁道卿訂的貨從陸上運來，再搬上船去。

梁道卿和所有船員在甲板上坐著，分食又甜又濃的波羅蜜時，梁道卿對雲空說：「今天還真抱歉，沒辦法顧及到你。」

「這是梁翁的生意，我只是個搭便船的外人。」雲空時而觀看天空，希望再度看到昨晚森林上方飛轉的紅光，好直接詢問梁道卿。

但是，今晚什麼也沒有看到。

雲空等候到深夜，依然什麼也沒有看到。

等了好幾天，船即將要重新出海了，他還是沒上過對岸。

梁道卿告訴他：「上一趟，俺咱聽說陸地上不平靖，可能有戰爭要發生，所以我們就不上岸了，相信你要找的人也不會在這裡。」

雲空雖然有些失望，但也不能責怪人家珍惜生命，畢竟他們行船是為了求財。

「那我們何時要開船呢？」

「明天再停一天，後天大早開船。」看見雲空略有失望的表情，梁道卿安慰他：「其實岸上也沒什麼好看的，不過就是兩個村落，這個港口也是由村落的頭目經營的，他們真正的京城還要再往裡面走百里才到，況且守備森嚴，外人不容許亂走。」

正在談話間，大副跑過來向船主報告：「船主，該名女子已經檢查完畢。」

「那好，明日才上船吧。」

雲空好奇問道：「什麼女子？」

梁道卿先是欲言又止，然後說：「不瞞你說，我們買賣的商品，除了犀牛角，和這裡特有的茄藍香和烏木之外，也包括人。」

「人？」

「想必雲空兄也聽過昆侖奴，其實都是南洋一帶的黑人，」梁道卿說，「不過這次情況特別，有個女子自願被販賣為奴，而且很奇怪，她的條件是要我們在渤泥把她賣掉。」他撒開兩手，道：「我沒關係，況且她是自願的，而且我也不會虧損。」

「其實她的目的是要上船到渤泥去吧？」

「若是，俺咱也不覺得奇怪。」

「那麼，要多久才會到那個叫渤泥的地方呢？」

「走走停停，也需時半年吧。」

※※※

次日中午，最後一批貨物搬上船以後，工人們吃過午餐，就紛紛登上小船回岸上去了。令雲空感到驚奇的是，那兩名負責煮食的女子，在收拾好工具後，那名年輕的媽媽竟然就登上船來了。

「就是她嗎？」雲空訝異道，「她才剛生了孩子。」

聽見雲空這麼說，領航員喃喃道：「要是我，就不會多管閒事。」

梁道卿看過了女子之後，吩咐手下拿件衣服給她蔽體，免得其他船員看了會生起色心，還是遮住上半身得好。梁道卿又叫她先下船陪孩子，女子抱著孩子給他餵奶，梁道卿看了也不禁黯然神傷：「讓她跟孩子在一起吧，明早開船時再上來好了。」

年輕媽媽和她的孩子，以及那位顯然是她母親的女人，就待在港口的帳篷下，三人依偎在一起，等待著天明的到來，這可能是他們此生最後一次聚在一起。

夜色完全拉上了天幕，在沒有遮蔽的廣闊天空上，群星滿佈，好像隨時要墜落似的。

雲空依然不放棄的望向海岸上的森林，期待最後一次看見那個奇特的紅光。

他的等待沒有白費。

黑暗的森林跟黑壓壓的天空本來連成一體，忽然，森林的樹頂上出現了一點一點的紅光，紅光並不強亮，只像紅色的影子，不過在黑暗中特別的明顯。

雲空興奮的站了起來，他站到船的邊緣，緊盯著紅光冉冉從樹頂上升起，漸漸開始在空中互相追逐，彷彿頑皮的孩童在嬉鬧，但由於距離過於遙遠，雲空聽不到任何聲音。

甲板上還有幾個留守的水手，負責守衛夜晚的安全，他們也看到了，也跑到船緣去眺望。

「你們知道那些是什麼嗎？」雲空趁機問他們。

一名老經驗的水手覷了他一眼，搶著回答：「那是夜鳥，很特別的，只有這裡有，眼睛會發紅光。」雲空知道他沒有說實話，他知道他們的顧忌，擔心一旦說了實話，事情就會成真。

「你看！」一名水手突然驚呼。

空中出現異狀，一個紅光突然自空中墜落，直直的掉入森林。

眾人還在揣測發生了什麼事，又有兩個紅光在空中飛轉時，突然就掉下來了。

大家都曉得，森林那邊必定有事情發生了。

此時有個人從沙灘上急急跑過來，踏過碼頭的橋，跑到船邊，用力拍打船身，口中叫嚷著他們聽不懂的話，從聲音聽起來，就是那位明天要上船的年輕媽媽。

「發生什麼事了？」梁道卿聽到騷動，急忙從船艙跑了過來。

水手報告：「明天要上船的女奴，好像急著要上來，不知道發生何事？」

「找會講占城話的人過來！」梁道卿忙道。

「阿丙是占城人。」有人告訴他。

「那快叫阿丙過來！」

水手匆忙去找人了。

這艘船上並不只有漢人，也有好幾個南洋各地的土人。若是仍在港口，占城會提供知曉漢語的通譯，現在梁道卿只好依靠他的外籍船員了。

另一名水手報告：「要把登船板放下去嗎？」

「稍安勿躁！」

但那女子的聲音真的十分慌張。

「又掉下來了！」有人驚呼道。

梁道卿順著他的手指望過去，才看到天空上有一堆紅光飛轉。

通曉占城話的阿丙跑過來了，他伸出身子聆聽女子的話，又問了她一些話，才轉頭向船主說：「她說他們要殺她，求我們讓她登船。」

「為什麼他們要殺她？」梁道卿感到十分驚恐，心裡馬上做出種種盤算，他絕對不想得罪這邊的政權，否則以後就沒辦法回來做生意了。

「我有問過她了，」阿丙說，「她說因為她快要十六歲了。」

「十六歲又怎麼了？」

船上的人注意到了，對岸的森林燃起了許多火把，火把慢慢從森林跑到海面上，開始渡海過來了。

「船主！有很多小船過來了，怎麼辦？」守夜的水手急問道。

若是不逃走，恐怕有性命之虞，梁道卿心中焦急萬分：「來者不善，善者不來，雖然不知對方是何來歷？有何目的？不過我們還是趕緊起錨開船吧！」

眾船員應了聲是，紛紛各就各位，有的跑去叫醒已經入睡的夥伴，領航員馬上就定位，腦中搜尋暗礁的位置，因為在夜間根本看不到，只能憑記憶避開暗礁。

船下的女子拍打船身，拍得更急了。

雲空抓著梁道卿問：「你不讓她上來嗎？」

「如果他們是為了她而來的，俺咱若讓她上來，那就結下樑子了！」

從對岸來的小船越來越靠近小島了，而他們的巨大商船必須要花費許多時間準備才能開船，僅僅要把沉重的錨從海床拉起來、把巨帆在船桅上升起，就需要許多時間了。

「船主……」阿丙怯生生的說，「你該聽聽看她在說什麼……」

「她說什麼？」

「她說，她要詛咒我們整船人都要沉入海底。」

梁道卿緊咬著牙。

跑船的人都知道，他們是受不起這種詛咒的，尤其當對方來歷不明的時候，他的詛咒可能是很強大的。

「放板！」梁道卿一聲令下，當即有人放下登船板讓女子上來。

女子登船之後，梁道卿恨恨的看著她：「妳究竟是什麼人？」

女子沒回答他，只是憂心的看望天空，她朝著森林上空的紅光發出短笛似的嘯叫，又高亢又尖銳，不似人類的聲音。空中的紅光似有聽見她的嘯聲，竟從森林上空四散飛走了。

梁道卿呆愣的看著她：「我看我知道妳是誰了。」他抖著嘴唇說，「不，我看我知道妳是什麼了！」

幾支短箭從海上飛射過來，竟射到了甲板上，嚇得船員們紛紛低下身子。沒想到他們的小船還那麼遠，竟還能射到船上來，想必剛才空中的紅光就是被他們射下來的！

領航員看著船帆已經完全升起，風力開始扯動船帆了，只是風還不夠強，他必須馬上判斷風速和船的方向：「船主，準備好開船了，只等你下令。」

梁道卿盯住年輕女子，見她害怕得渾身哆嗦，不斷惶恐的望向島上。

「開船！」

領航員早舉起火把，用於指示舵工和風帆工。在他的號令下，梁道卿的商船緩緩的轉彎，駛離羊嶼，冒險朝大海行進。

一開始，領航員不敢讓船速太快，命令他們僅將船帆升起一半，以免船速太快，來不及閃避礁石，一日到了安全的海域，就命令將船帆完全拉起，全速前進，把追來的小船遠遠的甩在後頭。

梁道卿看看安全了，便命令領航員把船設定朝渤泥的方向駛去。

白天行船靠羅盤，夜間行船還可以參照天上的星斗，對領航員而言，不是問題。

待行船穩定之後，梁道卿忽然命令兩名水手從背後挾著女子，女子睜大著一對明亮的眼睛，驚恐的看著梁道卿。

梁道卿兀自驚魂未定，張大著鼻孔用力呼吸：「告訴她別怕，我不會傷害她，只是想弄清楚她是什麼人。」阿丙照實翻譯了。

女子動彈不得，水手在她腰邊搜尋，找出一把匕首，遞給梁道卿。梁道卿翻看匕首，是占城人家尋常匕首，刀身略彎，鋒利非常。

梁道卿嘆了口氣：「沒其他武器了？」

「回船主，沒了。」

梁道卿慢慢走上前去，解開她脖子上的首飾，並吩咐水手把一盞鑲了琉璃片的銅製燈籠拿過來，讓光線映照在她光溜溜的脖子上。

有一道紅線深陷在她的脖子上，繞著頸轉了一圈。

梁道卿倒抽了一口寒氣：「十六歲是吧？妳什麼時候十六歲？」

※※※

女子被關在船底的貨艙裡，梁道卿不許任何人接近她，她也從晚上到白天都安靜的默不作聲。

雲空無法理解船主的做法，便跑去問他，梁道卿待在他四周放滿了書的船艙中。

「道長，你是明白人，讓我給你看看一些古書好了。」梁道卿顯然一整晚沒睡好，桌面上鋪放了好幾部書，「先是這部《搜神記》，還有這部《博物志》。」他把書遞給雲空，指著要他看的段落。

《搜神記》和《博物志》都是晉朝的作品，少說八百年歷史，雲空小時候在隱山寺看過的，書中記滿了稀奇古怪的事物，他特別愛看。

《搜神記》說，秦朝時，南方有一種「落頭民」，他的頭會飛出來，又說三國時代的東吳名將朱桓，家中有個婢女，晚上就寢後，頭會飛出來，以耳朵為翼，天亮才回來。當時在南方征伐的大將常會捉到這些人，曾有人用銅盤蓋著這種人斷頭的脖子，他們的頭無法接回去，最後就會死掉。

梁道卿又遞給他《博物志》，上面也說吳國有飛頭人，並有一種稱為「蟲落」之祭祀。

梁道卿說：「俺咱年輕時跟隨父親行船至此，十分驚訝占城國也有相同的傳說，事實上我們的船員全部都知道，飛頭人並不只在這裡，從夔州（今貴州）、大越、占城、真臘一路南下，都有相似的說法。」

雲空看了作思：在秦和三國時代，吳國已經是南方邊際，但現在也僅是大宋京城臨安府之所在，而比吳國更南的廣南地方（今廣東、廣西），三國時根本就是漢人不願去的蠻荒之地。

「書上所言的『蟲落』，不知是何種祭祀？」

「俺咱沒見過，你昨晚也看過了，遠遠看見滿天的飛頭，避之唯恐不及，怎麼還會去親近他們？」

「這麼說來，除了他們的頭會飛之外，還有什麼可怕的地方嗎？」

梁道卿側頭想了想：「說起來好像也沒有，只說他們會去舔小孩的糞便，然後小孩就會死掉。」

雲空正色道：「我想見見那名女孩，希望你允許。」

「你打算做什麼？」

「我想找她聊聊，親自聽聽她的說法。」

船主梁道卿面帶猶豫。

「機會難得，梁翁難道不想親耳聽聽飛頭人的說法嗎？」雲空說，「當然，我還希望借用阿丙。」

※※※

女子被帶到陽光充足的甲板上，雲空和船主席坐在地，旁邊坐了占城人阿丙，面前擺了米飯和鮮魚，魚是利用商船後方的拖網捕獲的。他們邀女子坐下，跟他們一起吃飯，好讓她安心。

女子不安的環顧周圍，商船已經停在海中央，幾乎所有船員都卸下了手上的工作，好奇的包圍了他們。在明亮的陽光下，女子脖子上深陷的紅痕特別的引人矚目，比她清澈的大眼和姣好的容貌更吸引眾人的目光。

「妳叫什麼名字？」雲空柔聲問道。

阿丙翻譯後，女子回道：「柳葉。」

雲空開門見山：「柳葉，他們說妳是飛頭人，妳的頭會飛出來嗎？」
柳葉垂頭小聲說：「還沒有……」
「為什麼是十六歲？十六歲之後就會飛出來嗎？」
柳葉點點頭，微微顫抖：「我很害怕，我不知道到時會發生什麼事。」
梁道卿聽了，不禁輕皺眉頭，他開始有點可憐她了。
「如果頭目發現了，他會砍斷我的頭的。」
「所以妳才要逃走？」
柳葉點頭。
「那妳的孩子怎麼辦？」
「我媽媽會保護他。」
「妳媽媽的頭也會飛嗎？」
柳葉用力搖頭：「不，她不會，全家只有我會。」
雲空和船主不禁面面相覷。
昨晚他們討論過，飛頭人究竟是一種怪物？一個種族？抑或是一種咒術？從柳葉的答案看來，恐怕沒那麼簡單。
「那麼，妳的祖先裡面，還有會飛頭的嗎？」
柳葉把頭垂得更低了：「我們每一代都會有一兩個，一旦有人家裡出現飛頭，長大都會躲到深山裡面去。」
「那妳的頭何時會飛出來？」
「今天是我生日……」

梁道卿感到全身酥麻，又是期待又是害怕：「當妳的頭飛出來的時候，妳需要我們怎麼幫妳？」

柳葉滿臉不敢相信的表情：「你要幫我？」

「是這位道長要幫妳。」梁道卿指指雲空，「我們聽說過，飛頭會飛出來吃小兒糞便，或吃女人經血，或飛到海中吃魚，妳需要我們幫妳準備這些東西嗎？」

柳葉咬了咬牙：「我媽媽說，她要在我十六歲生日的那天晚上，當我的頭第一次飛出來時，殺一隻雞給我……」

梁道卿抬眼搜尋廚子：「我們船上是有養雞的。」

雲空截道：「妳媽媽說要殺一隻雞，有什麼特別的理由嗎？」

「我也不知道，」柳葉瑟縮著身子，「我們家代代相傳，都是這麼做的……」

雲空頷首沉思良久，才擺手請女子吃飯：「吃飽了，準備好今晚吧。」

女子感激的點點頭，但仍然不敢完全信任眼前的這名道士，她擔心這些陌生人會趁她的頭離開時對她做什麼事情，說不定會將她的身體扔到海裡，如此她就永遠無法活著再看到她的孩子了。

她用手抓起米飯送入口中，心想：唐人的米飯可真香。

此時雲空突然問她：「妳可知道，妳家祖先的第一代飛頭人是誰嗎？」

柳葉愣住了，她從未想過這種問題，也沒聽媽媽說過這件事。

忽然，柳葉猛然想起一件事，她圍下半身的花布，在腰部摺疊扣緊，她從摺疊處取出一塊拇指大小的玉片，這是那天她母親給雲空看的。

她將玉片遞給雲空：「這個就是我祖先傳下來的，已經非常古老了，我們都不知道是什麼東西。」

雲空翻看玉片，仔細端詳，依然看不出上面刻的是什麼文字，他想起了當天女孩的媽媽似乎有話要對他說：「妳母親曾經跟我說話，可是我聽不懂，妳還記得她說了些什麼嗎？」

柳葉搖頭：「不過，她常常跟我說，如果在我十六歲以前找到會解讀這片玉的人，或許我的頭就不會飛出來了。」

在沁涼的海風吹拂中，雲空陷入了沉思。

※※※

柳葉既擔心又興奮的時刻漸漸迫近了。

太陽滑向船尾的方向，海風變暖了，天空慢慢由蔚藍轉成紫色，海平面上一片橙紅，當太陽觸及水面時，它變成巨大的鵝蛋黃，緩緩沉入海面，滾沸的海水被燒得一線金光。

梁道卿準備了一間船下的艙房，把艙房搬空了，點了支火把，在天黑之前，讓柳葉進去，然後外面扣起來，直到天亮才打開。

他們在艙房地面鋪上草蓆，讓柳葉躺上去。

跟柳葉一同進去的，還有雲空。

梁道卿再三向雲空確認，他真的要一起進去。

「我感覺到，」雲空說，「她的母親希望我幫助她，而且，我很想要弄清楚是怎麼一回事。」

「要是送命了，俺咱會很抱歉的。」

「梁翁也是好古之人，這個自三國以來的謎團，如今近在眼前，我想你也很想弄清楚。」

「俺咱可沒你那麼瘋。」

「貧道非瘋，實乃深思熟慮，」雲空笑道，「梁翁身繫一族興衰，有家人和船員靠你生活，我雲空孤身一人，生死無礙旁人，若真是死了，只管將貧道扔下海餵魚就是。」

「那你要找的人呢？還沒找著呢。」

「生死疲勞，輪迴無止無休，不怕遇不上的。」

梁道卿嘆道：「難得道長豁達如此，」他悄悄遞給雲空一把匕首，正是從柳葉身上搜出來的，「萬一有個萬一，你只管敲門，俺咱會派阿丙守在門外。」

忽然，雲空感到背脊一涼，背部陣陣刺痛，從後方湧現濃烈的怨氣，他心下一慄，回頭望去，只見躺在地面的柳葉忽然喉嚨發出咯咯聲，呼吸變得急促。

她瞪大眼望著雲空，發著抖說：「道長，我好怕……」她知道雲空聽不懂，但母親不在身邊，她已經無人可以述說她的恐懼了。

「梁翁，快關門。」雲空從裡面推了門一把，梁道卿便匆匆將門合上了。

門外有人輕敲：「道長，我是阿丙，有事叫我。」

「謝謝你，阿丙。」雲空急步走到插著火把的角落，在火把下方席地而坐，從黃布袋取出桃木劍、銅鏡、朱砂筆、易經等物，隨時戒備。

只見柳葉睜著害怕的雙眼盯著他，脖子上的紅痕越陷越深，將血液推擠入頭部，擠進眼球，令眼球漸漸染上一層血色，包裹了眼白，掩蓋了瞳孔，頭顱發出椎骨脫節的格格聲，整個頭慢慢扭轉到背後，整張臉磨過地面的草蓆，口角流出摻了血水的涎液。

這是個十分激烈的轉變過程，而且是柳葉此生的第一次。

雲空手中握著桃木劍，盡力穩住自己的呼吸，張大眼睛，將親眼所見刻畫成記憶。

柳葉伸出舌頭，少了脖子的束縛，舌頭得以伸得特別長，令她的頭可以在地面拖行，將食道、氣管和部分肌肉從頸部的洞口緩緩抽出來。

雲空心中訝異：「人頭斷了還能飛行，除非人頭自有氣血，若非，難道是內臟也一起抽出？」想想又覺不可思議，他跟隨老仵作游鶴那數年，聽他說過許多驗屍之事，也親眼見他檢驗慘死之屍，以五臟六腑之大，有可能從這麼小的洞口出來嗎？

雲空馬上有了答案。

從脖子拉出來的，是萎縮的內臟，一個個乾縮成囊袋，有如葡萄串般從洞口拖出，卻沒有流出血液。

柳葉的臉壓在草蓆上，發出模糊不清的囈語，此時她的後腦忽然伸出兩片薄膜，有如蝙蝠的薄翼，但沒有蝙蝠瘦長的手指。薄膜慢慢展開，開始用力拍動，整個頭冉冉升空。

雲空緊盯兩片薄膜，困惑的飛快思考。

他腦中靈光乍現，便拿出柳葉給他的玉片，在火把的光線下迫近眼睛，端詳上面如雲水般迴轉的文字，脫口說出：「鳥篆……」

秦朝統一六國以前，六國各有其文字，南方吳、越不包括於六國之中，也不臣屬於周王，在東周前期（春秋時代）才因為鄰接的楚國而參與中原爭戰。吳國文化悠久，武聖孫吳亦出自吳國，各代名劍也多出自吳越兩國，雲空年輕時曾跟鐵郎公結伴同行，見過他家傳劍譜，書中所繪吳王古劍，劍身上便刻有此種篆文，跟秦朝宰相李斯制定的小篆不同，字形如鳥形，故稱「鳥篆」。

「莫非是吳國文字？」雲空心底暗暗吃驚。

他腦袋飛快運轉：師父破履提過，師門源自茅山，亦即他和赤成子於江寧府遇險後去到的句曲山，地點亦在古之吳國！

說不定，茅山之術如此特殊，有別於其他道派，因為它源自於吳國古代巫師！

說不定，古時記載吳國有落頭民，並不是偶然！

年輕時，他和師父、師兄於桂林遇上蠱術，事後，師父告訴他，廣西桂林乃古之蒼梧，跟周邊的巴蜀（今四川）、夔（今貴州）、大理國（今雲南）一般，保存了許多古代的巫術，他曾想一一造訪。

這說得通。

說不定，這些古術並未消失，而是從吳、桂、夔、大越、占城一路往南傳。

或是，這些族人一路南遷。

雲空驚愕的抬頭，凝望凌空的飛頭：「妳的祖先，到底發生了什麼事呀？」

飛頭似是失去了意識，不再是柳葉，而是另一種生物。

她抬起鼻子搜索，在船艙沉悶的空氣中尋找腥臭的氣味。

船艙裡充滿了海水的鹹腥味，但仍掩蓋不了置於地上的死魚臭味。

飛頭拍動後腦的薄膜，飛向死魚，咬破魚肚，令腸子和鮮血流出了，才伸出長舌，貪婪的吸吮魚血，待她將血舔乾淨了，又吸吮腸子和內臟，最後才大口啖食魚肉，最後才用長舌將魚骨送出來。

吃完了魚，飛頭轉向雲空。

她脖子下垂吊的縮小內臟充滿了血色，血紅的眼珠子不見雙瞳，蒼白的臉孔也失去了少女的清秀。

雲空看不見她的瞳孔，看不出她在作何打算。

「柳葉？」雲空用占城的發音呼叫她的名字。

柳葉沒有反應。

他很想知道，柳葉的飛頭，仍然保有柳葉的意識嗎？

雲空可以清楚感受到飛頭發出的怨氣，只是不知這怨氣出自何方，是柳葉本人？是飛頭？

還是其他的東西？

「柳葉，」雲空朝她舉起玉片，「妳母親可能希望有人能幫妳，我想我大概知道這東西是什麼了。」雲空不知飛頭具有何種特殊能力，但從那晚在空中的飛頭們能感覺他的思緒來看，他們或許是能知悉人心的。

「如果可以的話，」雲空舉起桃木劍，「妳介意我用這東西碰碰妳嗎？」

飛頭發出啾啾怪叫，奮力拍動薄膜，飛到天花板去。

「我明白了。」雲空放下桃木劍，「我明白了。」

飛頭繞著一丈見方的船艙飛行，時而飛回剛才放置死魚的位置，嗅著滲入地板的血腥味，細聲啾叫。

雲空觀察了一會，便起身走到門口，輕輕敲門，門外的大丙慌張的打開門：「道長快出來！」他以為雲空有危險。

「不，不，」雲空忙伸指抵口，要他小聲，「還有魚嗎？多拿些來。」

※※※

清晨之時，雲空才再度敲門。

疲憊的雲空踱步出來，門外的大丙也一夜戒備沒睡，兩眼黑圈，只有柳葉兀自躺在艙中，安心舒服的打著輕鼾，肚子吃得飽飽的。

雲空走去找船主報告：「看來除了頭會飛之外，並不會傷人。」

梁道卿還是不放心：「傳說他們會吸人血的。」

「我不知道我的想法對不對，不過我是這麼猜的，」雲空說，「飛頭要的是腥血，只是腥血，不管是何種血，但有些血容易得到，也有困難得到的血……」
梁道卿想不通：「願聞其詳。」
「女人的經血，女人產後的血，是容易得到的血。」
梁道卿點點頭：「那小孩糞便呢？」
「南方草地多蟲，小孩易遭蟲患……」
「俺咱懂了，我也患過蟲病，大便會有血。」
「若小孩因蟲病而死，人家就把過錯推到他們頭上。」
「困難的血呢？」
「死屍的血、要殺人才取得的血，這無疑會增加他們血食的風險。」
梁道卿仍然感到困惑：「為何不吃其他的，偏偏要吃血呢？」
雲空嘆了口氣：「我猜，這是一種詛咒，是很古以前的咒術，詛咒代代子孫成為怪物，綿延不絕，十分惡毒。」
梁道卿聽了，不禁打了個寒噤：「而且詛咒他們成為吃腥血的妖怪？」
「所以我才在她第一次把頭飛出來時給她死魚，如此，以後她就會尋找同一種氣味。」雲空說，「我希望，魚，對她來說會是容易得到的血。」
「原來如此。」梁道卿聽了也不禁感傷。
「梁翁，一夜平安，柳葉還在睡，麻煩你保護她了，」雲空打了個大呵欠，「貧道也得去躺躺了。」
接下來的每一天，水手每日為柳葉準備好鮮魚，她會在傍晚時進入船底艙房，門外扣起，直至日出。

他們沿著海岸南下，行經南洋各國，其中經歷細說不盡，直到半年後，季風轉向，他們才得以轉為北上，到了年底，商船終於抵達渤泥。

渤泥的蕃王派人接洽，安排他們想帶回去的產品。

柳葉躲在甲板上，不讓岸上的人看見她。

她靠坐在船邊，抬頭眺望海岸的山林和山脈，跟她的家鄉十分相似。

船主梁道卿和阿丙走過來：「柳葉，渤泥到了，妳要怎麼樣？」

柳葉無神的望著梁道卿，她的頭每晚都會飛離，著實令她感到非常疲倦：「你要把我賣了嗎？」

「俺咱既沒買下妳，也不可以賣掉妳。」梁道卿盯著她曾經美麗的眼睛，如今都會蒙上一層血色，「遇上俺咱，是妳的運氣。」

「謝謝船主。」柳葉垂頭，似在哽泣。

「妳在哭嗎？」

柳葉點點頭：「我想念我的孩子。」其實早在啟程後數日，她的奶水就已經乾涸了。如果她的孩子還活著，也該要斷奶了。

「妳還想回去占城嗎？還是要下船？」梁道卿憐恤的問她，「還是，妳要留在船上工作？」

柳葉想了一下，才說：「我想再留在船上一晚，可以嗎？」

「沒問題。」

「而且，要在這甲板上，可以嗎？」

梁道卿深吸一口氣，即使在炎熱的陽光下，依然感到冷了一下。

※※※

當天晚上，船員們都不打算睡覺了。

太陽即將沉海時，柳葉躺在甲板的草蓆上，船員們遠遠圍繞著她，不敢太接近。

當夜幕完全蓋上天空時，柳葉的脖子就開始陷進去了。

這已經不是第一次，未來尚有無數次，柳葉已經不似第一次那般痛苦，靜靜的等待頭顱脫離身體。

甲板周圍插了好幾支火炬，船員們屏著鼻息，緊盯著柳葉的脖子緊縮、分離，然後在後腦升起一對薄膜。

「我的老天啊，」一名老水手小聲的嘆道，「我活了大半輩子，今天真是不虛此生了。」

柳葉的頭飛上天空，漸漸的不被火光照到，仍可在漆黑之中見到她紅色的雙瞳，在夜空中炯炯亮光。

她面向岸上樹林，斷斷續續發出有如嬰孩啼哭的叫聲。

不久，樹林後面竟也升起盞盞紅光，一對、兩對、三對的陸續出現。

紅光在空中上下抖動，顯然是跟她一樣有著上下拍動的翅膀。

忽然，柳葉發出欣喜的尖叫，一個飛頭從林中飛過來，她也從商船飛過去，兩個飛頭在空中互相繞著圈子，發出親密的啾啾聲。

此時此刻，雲空感受到柳葉的怨氣暫時消散了。

「這就是妳要來渤泥的原因嗎？」雲空手中把玩著占城國的匕首。

他打算明天柳葉下船時，把匕首還給她。

然後祝福她。

【典錄】飛頭

晉朝張華《博物志》說：「南方有落頭蟲，其頭能飛。其種人常有所祭祀號曰『蟲落』，故因取之名。」每到晚上，他們的頭便會飛出，耳朵便是他們的翅膀，到早上才回到身體，以前的吳國（今長江下游）常常捕捉到這些人。

晉朝干寶《搜神記》也有相同的記述，還說是在秦朝時的傳聞，又補充說這些人叫「落頭民」。

另外還說，三國東吳名將朱桓有個婢女，人頭會在每晚就寢後飛走，以耳為翼，從狗洞或天窗出入，天快亮了才回來。由於常常發生，旁人也覺得有異，晚上前去偷瞧，果然，睡在床上的婢女有身無頭，體溫稍冷，氣息微弱。旁人試著用被單蒙著她的身體，到了破曉時分，飛回來的頭被擋了接不上去，還兩三次掉到地上，一邊哀愁的嗚咽，一邊呼吸急促，一副快要死去的樣子，旁人於是拉走被單，她的頭趕忙搏向斷頸之處，頃刻才平息。朱桓覺得太怪異了，不敢再留這婢女，就放遣她離開去了。

故事最後又說，當時往南方征伐的大將常會捉到這些人，曾有人用銅盤蓋著這種人斷頭的脖子，最後果然便會死去。

宋朝李石《續博物志》說：「嶺南溪洞中往往有飛頭者，故有飛頭獠子之號，頭將飛一日前，頭有痕匝項如紅縷，妻子共守之，及夜生翼飛去，曉卻還。」嶺南乃廣東廣西一帶，比前述之吳國又更南了一些。

又說：「梵僧菩薩勝言：闍婆國中有飛頭，其俗所祠，名曰蟲落，因號落氏。」基本上還是《博物志》的說法，不過地點一下拉遠到闍婆國，基本上公認是今日的爪哇，不過也有人考據可能是馬來半島東北赤土國的異譯。

直到明朝，或許是因為海上交通發達了，才有飛頭人的新資料補充，不過不只局限在中國南部，而是延伸到印度支那地區。

明朝郎瑛《七修類稿》引用陳孚紀事詩：「鼻飲如瓴甋，頭飛似轆轤。」道是飛頭「夜飛於海食魚，曉復歸身者。」陳孚是元朝詩人，曾出使安南（今越南北部）。郎瑛說，他在《贏蟲集》見過，說這些「鼻飲頭飛」的是老撾國（寮國）人。不過，陳孚所說的「頭飛似轆轤」，日本又有稱為「轆轤首」的長頸妖，不知是否由此演變而來。

郎瑛又說，他看了一本《星槎勝覽》，說占城國有婦人的頭會飛，晚上會飛去吃人糞，要是乘她頭飛時封了脖子，或移開她的身體，她就會死了。

《星槎勝覽》是四次隨鄭和下西洋的費信所著，介紹下西洋四十四國見聞，在「占城國」一節說有叫「尸頭蠻」的婦人，夜間飛頭吃人糞便，病者被吃糞便則妖氣入腹而死。若有人知情不報，官府會治罪全家。

我的父親曾聽其父說，泰國地方有飛頭人，而且還是連著內臟整串飛出，晚上會飛頭到墓地去吃死屍，人們發現了，便在墓地圍上鐵絲網，飛頭的內臟被勾住，扯脫不了，天一亮就死去。聽說泰皇為了永絕後患，便要殺死所有飛頭人，據說這些人的頸項上會有一圈紅線，所以便在街上逮到這些人來殺了。只不知我祖父的這個故事，出處在何？又源自何時？

至今，飛頭幾乎已是全東南亞的傳說，還有傳說是馬來巫師修煉降頭術「飛頭降」才有的，不過這種說法尚無可考。

《雲空行》叁 年表

西元	年份	年齡	故事	地點	大事
一一三一	紹興元年	43	31〈諸僊記〉	琅邪／東海	秦檜參知政事，次年為相。
			32〈降生圖〉		
			33〈百妖堂：後篇〉	琅邪	
一一三二	紹興二年	44	34〈行路難〉	江州一帶	秦檜力主和議，被免相。
			35〈蓬萊淳風〉	東海／萊州	
一一三三	紹興三年	45	36〈紫姑記〉	江淮一帶	
			37〈絕殺無癩子〉	臨安府（杭州）	
一一三四	紹興四年	46	38〈頭點地〉		吳玠大敗金兵於和尚原。
一一三五	紹興五年	47	39〈剪縷閣〉		
			40〈艷陽蛛〉		
一一三六	紹興六年	48	41〈昆侖記〉	南方草店	

一一三七	紹興七年	49			
一一三八	紹興八年	50	42〈江流石不轉〉	廣州仙人村	秦檜力主和議，以徽欽二帝相脅，高宗於是贊成和議。
一一三九	紹興九年	51	43〈南鯤記〉	廣州／羅浮山	
			44〈飛頭記〉	占城國新州	

國家圖書館出版品預行編目資料

雲空行（叁） / 張草著.--初版.--臺北市：皇冠.
2019.05
面；公分（皇冠叢書；第4758種）

（張草作品集；06）

ISBN 978-957-33-3446-0（平裝）

857.63 108005355

皇冠叢書第 4758 種
張草作品集 06
雲空行（叁）

作　　者—張草
發 行 人—平雲
出版發行—皇冠文化出版有限公司
台北市敦化北路 120 巷 50 號
電話◎ 02-27168888
郵撥帳號◎ 15261516 號
皇冠出版社（香港）有限公司
香港上環文咸東街 50 號寶恒商業中心
23 樓 2301-3 室
電話◎ 2529-1778　傳真◎ 2527-0904
總 編 輯—龔橞甄
責任主編—許婷婷
責任編輯—平　靜
美術設計—王瓊瑤
著作完成日期— 2019 年 01 月
初版一刷日期— 2019 年 05 月

法律顧問—王惠光律師

讀者服務傳真專線◎ 02-27150507
電腦編號◎ 563006
ISBN ◎ 978-957-33-3446-0
Printed in Taiwan
本書定價◎新台幣 320 元 / 港幣 107 元